STEEL

Warrior Lover

von

Inka Loreen Minden

Bibliografische Information der Deutschen Nationalbibliothek
Die Deutsche Nationalbibliothek verzeichnet diese Publikation in der Deutschen Nationalbibliografie; detaillierte bibliografische Daten sind im Internet über
http://dnb.d-nb.de abrufbar.

Steel

Warrior Lover

www.inka-loreen-minden.de

E-Mail: lucy-palmer@inka-loreen-minden.de

Deutsche Erstausgabe November 2014

Herstellung und Verlag: CreateSpace
ISBN-13: 978-1503085978
ISBN-10: 150308597X

Lektorat: Alexandra Balzer

Printed in Germany
by Amazon Distribution GmbH, Leipzig

Dieser Roman hätte im gewöhnlichen Taschenbuchformat 450 Seiten. Durch das Überformat ergibt sich jedoch eine viel geringere Seitenzahl, wodurch Druckkosten und Papier eingespart werden.

Vorwort

Liebe Leserinnen und Leser,

dies ist bereits der siebte Teil der Warrior Lover Serie. Zum besseren Verständnis sollten mindestens die ersten drei Teile bekannt sein, um der Geschichte und dem Handeln der Figuren folgen zu können.

Darum geht es in den ersten Teilen:

Unsere Welt, wie wir sie kennen, gibt es nicht mehr, alles ist verstrahlt. Jahrzehnte nach einem Atomkrieg leben die Menschen unter gigantischen Kuppeln und sind einem diktatorischen System ausgeliefert. Um das Volk bei Laune zu halten, gibt es »Brot und Spiele« wie im alten Rom.

Das Regime schickt genetisch veränderte Elitesoldaten mit Supersinnen an die Stadtgrenzen, um die Outsider draußen zu halten, denn die Vorräte der Kuppelstädte sind begrenzt. Doch nach und nach kommen sowohl die Warrior als auch die Einwohner der Wahrheit auf die Spur: Alles, was man ihnen erzählt hat, ist eine Lüge …

Die Warrior-Lover-Serie umfasst die Teile:

Jax – Warrior Lover 1
Crome – Warrior Lover 2
Ice – Warrior Lover 3
Storm – Warrior Lover Bonusstory
Nitro – Warrior Lover 4
Andrew und Emma – Warrior Lover Sidestory
Steel – Warrior Lover 5

Alles Liebe,
Eure Inka

Glossar

Andrew Pearson alias Julius Petri
Ehemaliger Rebellenführer und zwei Jahre nach dem Sturz des Regimes Präsident der freien Stadt White City.

Huntress
Die weibliche Ausgabe der Warrior, von deren Existenz nur wenige wissen. Sie wurden auf der Nachbarinsel von New World City gezüchtet und ausgebildet.

White City
Eine vom Regime befreite Kuppelstadt in der Wüste von Nevada mit ca. 50 000 Einwohnern.

Resur
Die ehemalige Stadt der Outsider, früher Las Vegas.

New World City
Eine Kuppelstadt auf Kauai, einer der acht Hauptinseln von Hawaii. Auf der westlichen Nachbarinsel Ni'ihau (später von den Kriegern Mokupuni genannt) leben die Huntress, auf weiteren Inseln müssen Eingeborene, Sklaven und Warrior auf Plantagen arbeiten.

Paradisia
Eine Insel im Indischen Ozean, die vom Krieg und größerer Verstrahlung verschont geblieben ist. Ausgewählte und regimetreue Bürger, die ihrer Stadt einen besonderen Dienst erwiesen haben, erhalten eine Chance, für immer dort leben zu dürfen. Allerdings weiß niemand, ob diese Insel wirklich existiert.

Vasektomie
Im Alter von zwölf Jahren wurde jeder Junge (auch die Warrior) in White City einer Vasektomie unterzogen, d.h. die Samenstränge durchtrennt. Der Platz in der Stadt war begrenzt, fortpflanzen durfte sich nach Auffassung des alten Regimes nur, wer genetisch perfekten Nachwuchs garantieren konnte. Dann wurden nach einer testikulären Spermienextraktion Eizellen im Reagenzglas befruchtet und einer Frau mit Kinderwunsch eingepflanzt. Die Wartelisten waren lang.
Präsident Andrew Pearson hat dieses Gesetz abgeschafft.
In anderen Kuppelstädten wird das weiterhin ähnlich gehandhabt.

1. White City – Die Huntress kommen

Steel setzte das Fernglas ab und wischte sich mit dem Handrücken über die feuchte Stirn. Seit drei Stunden standen er und fünfzig Soldaten – fast alles Warrior aus Jax' Armee – in der prallen Wüstensonne und versteckten sich hinter Felsbrocken oder Mauerresten, die noch vom alten Ring der Todeszone herrührten. »Vermutlich sind nun alle aus dem Shuttle gestiegen. Ich zähle dreißig Frauen.«

Jax, der neben ihm über einen Stein lugte, nickte. »Gut, dass sie auf dieser Seite der Kuppel gelandet sind.«

»Hm«, brummte er. So würde niemand der Parkbesucher die Neuankömmlinge bemerken, da ihnen die riesige Kuppel die Sicht versperrte. Die Bürger sollten nichts mitbekommen, um Unruhen zu vermeiden. »Etwa zweihundert Meter weiter liegt der versteckte Eingang, über den wir sie in die Stadt bringen können.«

Steel erkannte den Felsen, unter dem die Öffnung lag, von seiner Position aus. Mittels Daumenscan hob sich der schwere Brocken automatisch an und enthüllte den Einstieg zum geheimen Tunnelsystem, das sich unter der ganzen Stadt erstreckte. Der Weg führte durch das Erdreich bis in die Kuppel, die sich wie eine gigantische, schillernde Kaugummiblase hinter ihnen erhob.

Steel konnte es kaum erwarten, die Huntress aus der Nähe zu sehen. Ms. Jones, die ehemalige Sekretärin des Präsidenten, hatte ihnen verraten, dass Senator Murano aus New World City heute eine Gruppe Kriegerinnen schicken würde, die in White City Asyl beantragen wollten. Sie würden erzählen, sie seien vom Regime gezüchtet und gefoltert worden, man hätte grausame Experimente an ihnen durchgeführt, und sie hätten es endlich geschafft, dem Martyrium zu entkommen.

Klang glaubhaft; tatsächlich gehörte diese Lügengeschichte zu Stephen Muranos Plan. Die Jägerinnen sollten die Warrior umgarnen, sich ihr Vertrauen erschleichen und sie dann töten, um ihre Anzahl zu dezimieren. Außerdem hatten sie bestimmt noch den einen oder anderen weiteren Auftrag erhalten.

Steel kniff die Lider hinter der Sonnenbrille zusammen und erspähte ihren Warrior-Vortrupp: die Krieger Ice und Crome, die in ihren tarnfarbenen Overalls beinahe mit der unwirtlichen Umgebung verschmolzen. Die beiden würden nun so tun, als hätten sie das gelandete Shuttle bei einem gewöhnlichen Rundgang bemerkt.

Die restlichen Soldaten würden sich erst blicken lassen, wenn Crome den Befehl dazu gab. Daraufhin würden sie das nette Begrüßungskommando spielen und die Huntress durch den geheimen Tunnel unter die Kuppel bringen – direkt ins Gefängnis. Dort wartete Präsident Andrew Pearson darauf, eine nach der anderen zu verhören.

Die Frauen taten Steel fast ein bisschen leid. Nichtsahnend liefen sie in eine Falle.

Erneut schaute er durch das Fernglas und fixierte eine Rothaarige mit großen Brüsten. »Ja, dreh dich für mich, Baby, zeig mir deinen Knackarsch.« Sie trug ein geschnürtes Lederkorsett, das den Bauch frei ließ und ihre Oberweite in Form hielt, eine Shorts, die sich eng über den festen Hintern spannte, und Stiefel, die bis zu den Knien reichten. Waffen erkannte er keine, was nicht hieß, dass sie nicht welche dabei hatte.

Er seufzte. »Gerade erfüllen sich meine erotischen Fantasien.« Dieses Weib sah so heiß aus, dass er allein von ihrem Anblick beinahe einen Ständer bekam – was ihm seit Jahren nicht mehr passiert war. Vor einem Jahrzehnt, als er mit unschuldigen achtzehn die Ausbildung beendet und seine Libido verrückt gespielt hatte, war er froh gewesen, dank der Shows ein Ventil zu haben, um sich abzureagieren. Doch er hatte immer Angst gehabt, den Frauen wehzutun. Er war schließlich kein Scheusal. Zum Glück hatte er sich auch zu Zeiten des Regimes seine Menschlichkeit bewahrt. Allerdings machte ihn diese Zurückhaltung verrückt, dann hatte er lieber gar keinen Sex. Da es ohnehin keine passende Partnerin für ihn gab, hatte er sich mit seiner Hand arrangiert. Sie lieferte die Stimulation, sein Gehirn die passenden Bilder.

»Sieh dir die Bräute mal genauer an, Jax.« Von solchen Frauen hatte er schon immer geträumt. Starke, selbstbewusste Kriegerinnen, die nicht so zerbrechlich waren wie die gewöhnlichen Menschen. Steel wollte ein richtiges Weib, eine wahre Kämpferin, die ihm auch kräftemäßig gleichgestellt war.

»Ja, sie sind heiß.« Schmunzelnd blickte Jax ihn an.

Steel schnaubte. Sein Bruder klang nicht gerade euphorisch. »Das sind Göttinnen!« Er wusste, für den Krieger gab es nur Dr. Samantha Walker, daher brauchte Steel mit ihm nicht weiter über diese Wahnsinnsbräute zu reden. »Schade, dass sie hinter Gittern sollen. Ich hätte zu gerne mit einem dieser Kätzchen gespielt.« Oder am besten mit allen.

Vielleicht wurden sie bei guter Führung oder wenn sie kooperierten eines Tages entlassen. Hoffentlich würde er das noch erleben.

Jax lachte. »Die krallen dir die Augen aus, Bruder. Das sind Kriegerinnen, die spielen nicht, die machen Hackfleisch aus dir.«

»Ich würde es auf einen Versuch ankommen lassen.«

Plötzlich griff sich Jax ans Ohr und auch Steel hörte den Befehl aus dem winzigen Ohrstecker. »Es geht los, zeigen wir den Ladys, wo der Hammer hängt.«

***

Himmel, er war im Paradies gelandet. Um ihn herum standen die Huntress und warfen mitleiderregende Blicke auf die Soldaten, während die Rothaarige – offenbar die Anführerin – mit Jax sprach.

»Mein Name ist Rhona, und das sind meine Schwestern. Wir kommen in Frieden und erbitten euren Schutz.«

Steel befand sich direkt neben Jax, hatte aber nur Augen für die wunderschöne Frau, deren Iriden eine Mischung aus Grün und Blau waren.

Rhona … der Name passte zu ihr. Er klang weiblich und einer Kriegerin würdig. An ihrem kühlen Blick erkannte er allerdings sofort, dass sie bluffte, während sie Jax ihre erfundene Leidensgeschichte erzählte. Rhona mochte eine Kriegerin sein – ihre gestählte Figur sprach Bände –, als Schauspielerin war sie eine Niete. Da stellten sich ihre Schwestern besser an. Eine Brünette schaute derart bejammernswert, dass sich sein Beschützerinstinkt regte, eine andere wirkte zutiefst erschüttert, als hätte man ihr eine schreckliche Nachricht überbracht.

Die Warrior gafften ungeniert auf die üppigen Kurven der großen Frauen, mehreren Soldaten lief beinahe der Sabber übers Kinn, und bei einem war er sich sogar sicher, dass er eine 1A-Erektion hatte.

Genau das wollen sie, ermahnte er sich und versuchte sich zu konzentrieren; daher musterte er kurz den kastenförmigen Transporter, mit dem die Huntress gelandet waren. Von außen sah er aus wie eines ihrer eigenen Schiffe, was nicht verwunderlich war, denn White City und New World waren einmal Partnerstädte gewesen und hatten viele Güter gemeinsam entwickelt.

Als er Rhona lachen hörte, wandte er ihr den Kopf zu. Flirtete sie mit Jax?

Sein Bruder grinste zurück, ansonsten hatte er sich gut im Griff – im Gegensatz zu ihm. Himmel, sein Blut kochte, und das lag nicht an der Wüstensonne, die ihm den Schweiß aus allen Poren trieb.

Er und seine Brüder waren hier, um die Teufelsbrut festzunehmen. Aber es war wirklich schwer, nicht auf ihre Rundungen zu starren. Niemals hatte Steel perfektere Körper gesehen.

Obwohl die Huntress durchtrainiert waren, hatten sie sich ihre Weiblichkeit bewahrt. Fast alle Frauen trugen ihr Haar lang, einige offen, wie Rhona, andere hatten es zu Zöpfen oder kunstvollen Gebilden geflochten.

»Unser Protokoll verlangt, dass wir euch nach Waffen durchsuchen«, sagte Jax.

»Tu, was du tun musst, Krieger.« Bereitwillig hob Rhona die Arme.

Ja, so will ich dich, Baby, dachte Steel und trat vor, bevor sein Bruder auf die Idee kam, dieses Prachtweib anzufassen. Irgendwie gefiel ihm Rhona von allen Huntress am besten.

Jax durchsuchte schmunzelnd eine andere Jägerin, während Steel ungeniert Rhonas Brüste drückte.

»Tut mir leid, Süße, ich muss überall nachsehen«, raunte er.

Sie lächelte weiterhin. »Das verstehe ich doch, Krieger.« Unaufgefordert drehte sie sich herum und bückte sich, sodass sie ihm ihr dralles Gesäß gegen die Lenden drückte.

Fuck! Sofort strömte sämtliches Blut in seinen Unterleib.

Tief atmete er durch und legte die Hände auf ihren knackigen Arsch, betastete auch ihn und fuhr zwischen ihre heißen Beine. Dort lag das Paradies.

Sie zuckte kurz, während er durch die Hose über ihre Scham strich, dann tastete er sich an ihren nackten Oberschenkeln entlang. Perfekte Haut, seidenweich, glatt, festes Fleisch …

Viel zu bald erreichte er ihre Stiefel, die so eng an den Unterschenkeln lagen, dass sie darin unmöglich eine Schusswaffe verstecken konnte. Eine Klinge allerdings schon, daher ließ er sich besonders viel Zeit mit ihren Beinen und schnüffelte unauffällig an der Stelle dazwischen. Sein außerordentlicher Geruchssinn nahm ihr weibliches Aroma sofort intensiv wahr und Speichel sammelte sich in seinem Mund. Erregten sie seine Berührungen etwa?

Als er hörte wie Jax »Okay, alle sauber« sagte, erwachte er aus seiner Trance und stand schnell auf. Die anderen Soldaten waren längst fertig mit der Durchsuchung, und er war nicht der einzige mit einer gewaltigen Latte. Unauffällig zupften einige Warrior an ihren Einsatzhosen.

Steel konnte es seinen Brüdern nachfühlen: Hier standen dreißig der heißesten Bräute, wie für sie gemacht, da konnte es einen Warrior schon mal überkommen. Er wollte Rhona, jetzt, auf der Stelle! Zwischen diese heißen Schenkel tauchen, von den sinnlichen Lippen kosten, sein Gesicht zwischen den üppigen Brüsten vergraben.

Obwohl ihm die Hitze der Sonne das Hirn weichkochte und er sich freute, bald die kühlen Tunnel zu betreten, hätte er einen Fick mit der Rothaarigen jederzeit vorgezogen, sogar auf dem Wüstenboden, wenn es sein musste.

Oh Mann, was war nur mit ihm los? Er musste sich zusammenreißen, verdammt!

Jax erklärte den Huntress, dass sie willkommen seien und sie ihnen nun in die Stadt folgen sollten, und der Trupp setzte sich in Bewegung. Dabei bildete Steel mit vier anderen Kriegern und einem glatzköpfigen Warrior namens Rock das Schlusslicht.

***

In dem engen Tunnel aus Beton konnten bloß zwei Personen nebeneinander gehen. Wenigstens war es angenehm kühl, denn Steels Körper glühte immer noch. Er lief mit Rock am Ende der Schlange, wobei Steel der rothaarigen Huntress ständig auf den Arsch sehen musste. Perfekt geformt, drall, einladend … und das Beste: Er hatte ihn schon in den Händen gehabt.

Rock, auf dessen kahlem Schädel sich das grelle Licht der Lampen spiegelte, stieß ihn an und deutete auf die Frauen vor ihnen. Einige stellten unentwegt Fragen, wo sie nun hingebracht würden und wie lange es noch dauerte, während sich Rhona aufmerksam umsah. Steel fühlte regelrecht, dass sie die Falle witterte.

Als sie ihrer Nebenfrau – einer kleineren Blonden – etwas zuflüstern wollte, klopfte er ihr auf den Rücken. Er durfte ihr keine Gelegenheit geben, Panik auszulösen. »Wir haben gar nicht gewusst, dass wir Schwestern haben.«

Sie schenkte ihm ein überhebliches Lächeln über die Schulter. »Man lernt nie aus, Krieger.«

Ihre Stimme! Leicht rauchig, verführerisch, geheimnisvoll … Er räusperte sich und versuchte sich in Charme zu hüllen, was nicht einfach war für jemanden, der normalerweise nie mit Frauen flirtete. »Frechen Mädchen versohle ich am liebsten den Hintern.« Zu gerne wollte er ihre knackigen Pobacken berühren. Ihre *nackten* knackigen Pobacken.

Ihr Lächeln verschwand, und sie wandte ihm wieder den Rücken zu, wobei sie irgendetwas murmelte, das sich nicht freundlich anhörte.

Fuck, er hatte wohl das Falsche gesagt.

Er unternahm einen neuen Versuch. »Dir wird es hier gefallen. Ich zeige dir gerne die Stadt und so …«

Als er neben sich ein Schnauben vernahm, schaute er auf Rock. Sein Bruder verkniff sich ein Grinsen und verdrehte die Augen.

Mann, er musste sich wirklich dämlich anstellen, aber er war nicht mehr Herr seiner Sinne. In dem engen Tunnel staute sich der Duft der Kriegerinnen, und Rhonas Geruch stieg ihm am stärksten in die Nase. Ja, er konnte ihn von allen anderen unterscheiden und herausriechen. Was benutzten diese Frauen für ein Parfüm? Niemals hatte er etwas Besseres gerochen, süß und verlockend.

»Was?«, zischte er. Rock sollte froh sein, dass er die Jägerinnen ablenkte.

Der Glatzkopf schüttelte den Kopf und versuchte, ernst zu bleiben. »Nichts.«

Steel atmete auf, als sie endlich das Gefängnis erreichten, oder besser gesagt: eine große Stahltür, die direkt in den Keller der Untersuchungsanstalt führte.

Die Krieger wurden langsam unruhig und flirteten ungeniert mit den Frauen. Konnten sich die Kerle keine halbe Stunde zusammenreißen? Wenn er es schaffte, dann die anderen doch au… Erneut stieg ihm Rhonas Aroma in die Nase und ihm wurde kurz schwindelig vor Lust, als pures Testosteron durch seine Adern rauschte. Plötzlich wollte er jeden Mann ausschalten, der Rhona auch nur anstarrte. Rock befand sich in seiner und daher auch in Rhonas unmittelbarer Nähe. Steel ballte die Hände zu Fäusten und atmete tief durch. Was passierte mit ihm? Warum drehte er gleich durch? Es wurde Zeit, dass sie endlich Abschied nahmen und sich sein Verstand klärte. Irgendetwas stimmte hier nicht.

Eine heiße Braut nach der anderen schritt durch die Tür in den Kellerraum, wobei Rhona immer nervöser wurde, doch sie konnte nicht wissen, dass sie direkt ins Gefängnis spazierten. Oder lag es an der sexuellen Spannung? Sie fuhr sich ständig durchs Haar oder wischte die Finger an den Oberschenkeln ab. Ihrer blonden Schwester flüsterte sie seltsame Worte zu: »Him mabakeb kabao«, und die andere nickte. Steel hatte diese Sprache niemals zuvor gehört. Daraufhin drehten sich die beiden Frauen um, wobei Rhona ihn zuckersüß anlächelte.

»Krieger«, säuselte sie, während Blondie etwas Ähnliches zu Rock sagte. »Ich will, dass du mir *alles* zeigst.«

Was du willst, dachte er und schluckte hart, als sie die Hände an seine Brust legte. Leider spürte er von ihrer Berührung nicht viel, da er unter dem Overall eine Schutzweste trug. Präsident Pearson hatte die höchste Sicherheitsstufe ausgerufen. Aber er fühlte sehr wohl, was in ihm vorging. Er wollte ihr nur noch diese enge Hose vom Leib reißen und sein Gesicht zwischen ihren prallen Brüsten vergraben.

Während er wie hypnotisiert in ihre blaugrünen Augen starrte, ging sie rückwärts weiter, wobei ihre Hüften einladend wiegten. Noch wenige Schritte, dann waren auch sie im Gefängnis.

Ihr Knie traf Steel völlig unerwartet – und der Tritt in seine Eier saß. Stöhnend sackte er zusammen und schnappte nach Luft; zeitgleich warf sich Rock auf die blonde Kriegerin und hielt sie fest. Zum Glück befanden sich die anderen Huntress bereits alle im Gefängniskeller. Die Stahltür wurde aus Sicherheitsgründen verriegelt, da nach der Attacke ein Tumult ausgebrochen war, während er, Rock, Blondie und Rhona im Tunnel zurückblieben.

Fuck, das Miststück hatte ihm die Hoden gequetscht! Der ziehende Schmerz drang bis tief in seinen Bauch, doch er presste die Kiefer aufeinander und rappelte sich auf.

Das wird sie mir büßen!, dachte er und ärgerte sich über sich selbst, schließlich waren sie vor den Huntress gewarnt worden. Wäre die Attacke von einem Mann gekommen, hätte er keine Hemmungen gehabt sich zu revanchieren, aber verflucht – er konnte keine Frau schlagen! Zumindest keine, die er perfekt fand.

Und von Rhona war weit und breit nichts zu sehen. Sie hatte sich aus dem Staub gemacht! Doppelfuck!

»Hilf mir mal, Steel!« Die blonde Kriegerin kämpfte mit Krallen und Zähnen gegen Rock, weshalb er sich schwertat, gegen sie anzukommen. »Heilige Scheiße, hast du ihre Beißerchen gesehen?«

»Ja«, knurrte er und warf sich ebenfalls auf Blondie. Gemeinsam schafften sie es, die Frau auf den Bauch zu drehen und ihr die Arme auf dem Rücken zu fixieren. Rock legte ihr zudem noch Fußfesseln an.

Ihre Zähne erinnerten ihn an Nitros Gebiss, der hatte auch solche Fänge, nur waren Blondies viel kürzer. »Na, Kätzchen, jetzt bist du nicht mehr so wild, was?«

Sie zischte ihn böse an, sagte jedoch nichts.

»Wo ist die Rote?« Rock drehte suchend den Kopf.

»Auf und davon. Aber die hol ich mir.« Steel sprang auf und lief den Weg zurück, den sie gekommen waren. Leider gab es an zahlreichen Stellen Abzweigungen, und Rhona könnte überall stecken.

Über Funk gab er Rock Bescheid, dass er Blondie ins Gefängnis bringen solle, er würde nachkommen.

Obwohl es in seinen Eiern immer noch zog und es ihn ärgerte, dass sie ihn ausgetrickst hatte, schmunzelte er. Diese Braut konnte es mit ihm aufnehmen – Respekt!

Kurz nachdem er mit Rock kommuniziert hatte, riss der Funkkontakt ab. Dicke Mauern und Stahl lagen nun zwischen ihm und seinem Bruder. Sofort suchte Steel die nächste Bedieneinheit und schaltete die Beleuchtung mittels Zahlencode und Daumenscan in allen Tunnels ab. Hier unten hatten bloß wenige Personen Zugriff auf das Sicherheitssystem, eigentlich nur er, sein Bruder Fire und Präsident Pearson. Fire und er waren die Leibwächter des Staatsmannes.

Geräuschlos folgte Steel der Duftspur der Kriegerin. Vermutlich konnte sie im Dunkeln ebenso gut sehen wie er, aber ohne ein Quäntchen Restlicht wäre auch sie blind. Daher aktivierte er sein Handycom. Der kleine Computer an seinem Handgelenk verbreitete ein gespenstisches grünes Licht und projizierte normalerweise ein dreidimensionales Bild des Kanalsystems, nicht der Tunnel. Diese waren so geheim, dass Steel und Fire die wichtigsten Wege auswendig lernen mussten. Präsident Pearson bewegte sich aus Sicherheitsgründen meist unterirdisch.

Steel hatte gehofft, die Huntress würde einen Sender tragen, den sein Computer erkannte, aber offenbar war das nicht der Fall. Die Jägerin konnte überall sein und ihn aus dem Hinterhalt angreifen. Also zog er seine Waffe und stellte sie auf »Betäuben«, danach hielt er die Luft an, wobei er in die Schwärze lauschte.

Nichts.

Doch seine Instinkte meldeten, dass sie in der Nähe lauerte. Er konnte sie riechen, ein feiner Duft nach Milch und Honig hing in der Luft.

»Du wirst hier unten sterben, Jägerin!«, rief er, und seine Stimme hallte durch die Gänge. »Selbst wenn du einen Ausgang findest – die Türen bestehen aus zwanzig Zentimeter dickem Stahl. Ohne den Sicherheitscode und meinen Daumenscan kommst du niemals raus.«

Er drehte sich um und schlug einen anderen Weg ein, nicht den zum Gefängnis. »Mach's gut, und nimm dich vor den Ratten in Acht!«

Während er sich dank des schwachen Lichtes seines Handcomputers hervorragend orientieren konnte, musste sich die Huntress blind vorantasten. Er hörte sie leise fluchen und schmunzelte. Sie folgte ihm!

Jetzt spielen wir nach meinen Regeln, Tigerlady. Er verdrängte den Gedanken, dass er sie im Gefängnis abliefern musste, denn zuerst wollte er seine süße Rache – und ein kurzes privates Verhör. Er war zu neugierig auf diese Frau.

Steel wusste, dass er ein enormes Risiko einging, weil er sich den Befehlen des Präsidenten widersetzte. Das könnte ihn den Job kosten, und er liebte seinen Posten. Dennoch trieb es ihn weiter vom Gefängnis weg. Erst als ein Aufzug in Sichtweite kam, wusste er, wo er hingegangen war.

Fuck, er ließ sich von seinen Fantasien leiten!

Über ihm lagen die ehemaligen Vergnügungseinheiten, die seit dem Sturz des Regimes vor zwei Jahren nicht mehr in Gebrauch waren. Dorthin waren damals die Sklaven gebracht worden. Die Warrior hatten sich nach den anstrengenden Einsätzen an ihnen austoben dürfen, während das Volk live zusehen konnte. Kameras hatten alles aufgezeichnet: den Sex, die Folter und Vergewaltigungen …

Doch die Show gab es nicht mehr, nur noch eine abgespeckte »brave« Variante, bei der alle Beteiligten freiwillig mitspielten. Steel hatte nach der Abschaffung aufgeatmet, denn die Zurückhaltung hätte ihn fast umgebracht. Er hatte sich immer gewünscht, ein Vollblutweib würde sich unter ihm winden, sich ihm hingeben oder auch mal den Spieß umdrehen und ihn lustvoll verwöhnen. Eine Kriegerin war robuster, sie könnte er hart ficken und sie würde sich wehren können, wenn die Libido mit ihm durchging. Eine normale Frau könnte sterben, er hätte sie allein mit seinem Gewicht erdrücken können.

Seit jeher fühlte Steel den Drang, dass er harten Sex brauchte, um vollkommen befriedigt zu werden. Ob ihn Rhona ranlassen würde?

Der Platz in seiner Hose wurde bereits wieder eng. Er musste endlich aufhören, mit seinem Schwanz zu denken, und seinen Job machen! Er würde die Jägerin nun in eine Falle locken, sie in eines der Spielzimmer bringen und dort fesseln. Danach würde er sich nur kurz mit ihr abgeben – zumindest wollte er sie ausgiebig betrachten, ohne dass sie ihm an die Gurgel gehen konnte – und dem Präsidenten melden, dass Rhona von dort abgeholt werden konnte.

Sein Magen verkrampfte sich. Ob er sie im Gefängnis besuchen durfte?

Als er sich am Aufzug befand, der sie nach oben in die Vergnügungseinheiten bringen würde, drückte er auf den Knopf, sodass sich die Tür öffnete, und rief: »Bye, bye, Süße!«, doch anstatt einzusteigen, schaltete er das Handycom ab und lehnte sich außen an die Wand. Dann konzentrierte er sich, fuhr den Puls herunter und hielt die Luft an. Rhona sollte denken, er wäre in den Aufzug gestiegen.

Als er das Quietschen der sich schließenden Tür und das leise Surren des aufsteigenden Liftes vernahm, hörte er die Jägerin atmen. Sie tastete sich näher, war gleich bei ihm!

Steel hatte bloß einen Schuss, und der musste treffen. Sollte er sie verfehlen, würde sie entweder erneut fliehen oder ihn angreifen.

Als er fühlte, dass sie in der Nähe stand, feuerte er einen Betäubungsschuss blind in ihre Richtung. Elektrizität blitzte auf, und für den Bruchteil einer Sekunde leuchtete ihre Schönheit im weißen Licht. Steel konnte Rhona gerade noch auffangen, bevor sie auf den Boden sackte.

Er kniete sich hin, ihren Oberkörper an seinen gedrückt, und aktivierte das Handycom.

Rhona starrte ihn an, die Augen blickten wach, während ihr Körper gelähmt war. Der Zustand würde nicht lange andauern, er musste sie nach oben bringen, dennoch konnte er nur in ihr wunderschönes Gesicht sehen. Las er Angst darin? Sie schaute ihn an, als wäre er ein Monster.

»Scht, Süße, dir wird nichts passieren.« Zärtlich streichelte er mit dem Daumen über ihren hohen Wangenknochen, genoss ihre Nähe, die samtige Beschaffenheit ihres langen Haares und diesen berauschenden Duft, den sie verströmte.

»Ich reiße dir die Eier ab, sobald ich mich bewegen kann«, sagte sie leise lallend.

Okay, offenbar hatte er sich getäuscht. Sie hatte keine Angst, sie hasste ihn.

***

Steel erfreute sich an Rhonas Gestalt in seinen Armen, während er durch die kahlen Korridore der Vergnügungseinheit schritt. Sie wog definitiv mehr als normale Frauen, was allein ihrer Größe und dem Mehr an Muskeln geschuldet war. Aber es machte ihm nichts aus, dass sie langsam zu schwer wurde, er hätte sie ewig tragen wollen. Leider ließ die Betäubung nach, Rhonas Muskeln spannten sich an.

Schnell betrat er eins der Zimmer und betätigte den Lichtschalter. Eine feine Staubschicht lag über den schwarzen Möbeln und Dingen, die sich darauf befanden: Peitschen, Dildos in allen Formen und Größen, Knebel, Handschellen und andere Toys. Sie waren einst für Liebesspiele oder Folter gedacht gewesen. Steel hatte immer Ersteres bevorzugt.

Rhona bekam beim Anblick des massiven Doppelbettes große Augen. Es handelte sich um eine Stahlkonstruktion, an der eine Menge Ösen und Ledergurte befestigt waren. Steel zog die angestaubte Überdecke ab und warf sie auf den Boden, dann legte er seine Gefangene auf dem dunkelroten Laken ab.

»Unterstehe dich, Krieger!« Sie versuchte, sich auf den Bauch zu drehen, aber ihre Reflexe waren noch zu langsam. Daher hatte Steel keine Mühe, sie ans Bett zu fesseln, sodass sie schließlich wie ein X darauf lag. Obwohl es ihm in der Seele wehtat, zurrte er die Ledermanschetten fest um ihre Gelenke. Er durfte diese Frau nicht länger unterschätzen.

Nachdem er alle Fesseln überprüft hatte, zog er seine Schutzweste aus und hockte sich zu Rhona ans Bett. »Ich bin neugierig, Kriegerin. Erzähl mir was von dir.«

»Warum sollte ich?« Als sie an den Riemen riss, wölbte sich ihr Bizeps leicht. Wie süß, und absolut sexy. Am liebsten wollte er sich auf sie legen, um sich an ihr zu reiben. Noch lieber würde er sie umdrehen, damit sie ihm ihr Hinterteil entgegenstreckte, und sie in dieser Position nehmen.

Verdammt, er verhielt sich wie ein rolliger Kater!

Hart räusperte er sich. »Wir wurden vor euch gewarnt und kennen eure Absichten. Wenn du nicht im Gefängnis landen willst, solltest du kooperieren.«

Sie hob den Kopf und schaute sich um. »Wo sind wir hier?«

Okay, sie hatte offenbar keine Lust, ihm auch nur ein winziges bisschen entgegenzukommen. Vielleicht musste er erst ihr Vertrauen gewinnen. »Gibt es in New World City keine Shows?« Er musste unbedingt Ice fragen, wie das in der anderen Stadt ablief. »Hier wurden früher die Sklavinnen bestiegen, um die Warrior und das Volk bei Laune zu halten.« Er nickte zu den Kameras – die jetzt alle abgeschaltet waren – und den Peitschen an der Wand. »Wir Krieger durften mit den Gefangenen machen, was wir wollten.«

Ein Schatten huschte über ihr Gesicht, als wäre sie selbst schon einmal in solch eine Lage geraten. »Willst du mich foltern, um Antworten zu bekommen?«

Er beugte sich dicht zu ihr. Verdammt, warum musste sie so himmlisch riechen? »Hängt davon ab, wie gut du kooperierst.«

Als ihr Kopf hochschnellte, zog er seinen schnell zurück und lachte. »Du bist eine Wildkatze. Hast du auch so scharfe Beißerchen wie deine Schwester?«

Sie fauchte und zeigte ihm ihre Eckzähne. Sie sahen von der Länge fast normal aus, schienen jedoch spitzer zu sein.

»Na gut, fangen wir noch mal von vorne an.« Er seufzte. »Mein Name ist Steel, und ich möchte nicht dein Feind sein.« Er würde gerne ihr Liebhaber sein, oh ja …

Sie hob ihre schmalen Brauen. »Steel? Weil du so kalt wie Stahl bist?«

»Nein, weil ich so hart bin«, antwortete er grinsend. »Ich kann es dir zeigen, Baby.«

Argwöhnisch kniff sie die Lider zusammen.

Okay, falsche Antwort. Er räusperte sich und versuchte es erneut. »Mein bürgerlicher Name ist Brandon Shelter, falls der dir besser gefällt, aber den habe ich schon ewig nicht mehr benutzt.« Jedem Warrior wurde nach der Geburt ein richtiger Name zugeteilt, erst während der Ausbildung hatten sich die Krieger einen anderen, cooleren Namen zugelegt. Steel hatte ihm deshalb gefallen, weil dieselben Buchstaben auch in seinem Nachnamen vorkamen.

Er ließ den Blick über ihren aufregenden Körper wandern. Ob er ihr diese Schnürstiefel ausziehen sollte? »Du heißt also Rhona, und wie noch?«

»Nummer 36«, spie sie ihm entgegen.

»Schön, Nummer 36, du …«

Kraftvoll zog sie an den Fesseln, sodass der Bettrahmen wackelte. »Nenn mich noch ein Mal so, und ich mach dich fertig, sobald ich mich befreit habe!« Ihr finsterer Blick traf ihn wie eine Faust ins Gesicht.

»Gut, dann bleibe ich bei Rhona …« Erneut beugte er sich nah zu ihr, weil er einfach nicht anders konnte. »… und Baby.«

Diesmal schlug sie nicht nach ihm. Stattdessen bemerkte er, dass sich ihre Atmung beschleunigt hatte. Offenbar reagierte sie genauso auf ihn wie er auf sie. Na ja, nicht haargenau so, aber ein bisschen. Das brachte sein Ego beinahe zum Platzen. Und als ihre Blicke über seinen Körper huschten, zuckte sein Schwanz.

Er schluckte trocken. »Ich muss dich jetzt nach einem Sender absuchen.

Dabei werde ich dir nicht wehtun, versprochen.« Das mit dem Sender war eine hervorragende Ausrede, denn er brauchte einen Grund, um sie zu berühren. Außerdem wollte er sie tatsächlich noch einmal gründlich abtasten.

Als er mit den Fingern in ihr seidenweiches Haar fuhr, drückte sich seine wachsende Erektion gegen die Hose. Verdammt, Rhona machte ihn scharf! Das konnte er gar nicht gebrauchen. Wie sollte er einen kühlen Kopf bewahren, wenn sein Körper lichterloh für dieses Weib brannte?

»Weißt du, dass du die Frau bist, von der ich immer geträumt habe?«, raunte er, während er ihren Nacken abtastete.

Dieser Satz war ihm gedankenverloren entwischt, aber er meinte ihn ernst.

Sie wandte ihm den Kopf zu, ihre sinnlichen Lippen teilten sich und sie fuhr mit der Zungenspitze darüber. Zuckersüß antwortete sie: »Wenn du glaubst, dass du mich mit dieser Tour zum Reden bewegst, hast du dich geschnitten, Krieger.«

Sein Herz dröhnte mittlerweile bis in den Kopf, und er fühlte sich schwindelig, berauscht von ihrem lieblichen Duft. Er würde einen Arm dafür geben, sie jetzt küssen zu dürfen, aber er wollte es sich nicht mit ihr verscherzen. Er spürte, wie sie auf ihn reagierte, und das musste er für sich nutzen.

Steel rutschte näher, sodass nicht viel fehlte und er würde auf ihr liegen. Möglichst unauffällig schnupperte er an ihrem Haar, während er weiterhin ihren Nacken absuchte. Durch ihre zarte Haut fühlte er nichts, dort verbarg sich keiner dieser winzigen Chips.

Steel hatte früher wie alle Warrior in White City einen Sender getragen, mit dem sie aufgespürt werden konnten. Außerdem hatte das Implantat dazu gedient, dass sich die Krieger in der dunklen Kanalisation nicht gegenseitig erschossen.

Diese Zeiten, als sie gegen die Outsider und Rebellen gekämpft hatten, schienen Jahrhunderte zurückzuliegen. Steel war froh, wie sich die Geschichte seither entwickelt hatte, und so glücklich wie jetzt hatte er sich nie gefühlt.

»Hat man dir einen Sender implantiert?«, wollte er wissen.

»Wieso sollte ich dir das verraten? Du hast mir bisher keinen Grund gegeben, dir zu vertrauen.«

Er schnupperte an ihrem Hals, während er eine Hand über ihr Dekolleté und die Brüste gleiten ließ. Die fülligen Hügel pressten sich heiß durch ihr Korsett, und er ließ den Daumen auf dem harten Nippel kreisen, der sich spitz durch das dünne Leder drückte.

Leise stöhnend schloss Rhona die Augen und bog sich ihm entgegen, aber sofort riss sie die Lider wieder auf. »Bilde dir nichts darauf ein, Krieger! Das ist nicht echt!«

»Für mich fühlt es sich verdammt echt an, Süße.« Er war wie im Rausch, konnte nicht aufhören, sie überall zu berühren. Seine Finger öffneten wie von selbst die Schüre an der Korsage, bis ihm ihre großen Brüste förmlich entgegenpurzelten.

Oh Gott, sie waren perfekt! Drall, rund und mit großen rosigen Warzenhöfen.

Speichel sammelte sich in seinem Mund, denn dieser honigsüße Duft stieg ihm nun noch intensiver in die Nase und wirkte wie ein Aphrodisiakum. Am liebsten wollte er das Gesicht zwischen ihren herrlichen Rundungen vergraben.

Während er je eine Brust in beide Hände nahm und gewissenhaft untersuchte, wunderte er sich, wie heiß und schwer sie sich anfühlte. Er blinzelte, als sich ein milchiger Tropfen auf dem Nippel bildete.

Leck mich auf, schien er zu rufen.

Himmel, was war das? Er war nicht mehr Herr seiner Sinne, hatte Halluzinationen!

Obwohl sich Rhona unter ihm räkelte, verschnürte er das Korsett hektisch und räusperte sich hart. »Bin gleich wieder da.« Dann ging er vor die Tür und lief ein Stück den verlassenen Flur entlang.

Schwer atmend lehnte er sich gegen die kühle Mauer und versuchte, seinen pochenden Schwanz zu ignorieren. Er hatte verdammt kurz davorgestanden, Rhona zu ficken. Dabei musste er eine Aufgabe erledigen!

Er griff zu seinem Sprechgerät am Gürtel und funkte den Präsidenten an.

»Steel! Alles in Ordnung bei Ihnen?«, drang es aus dem Lautsprecher.

»Alles bestens«, krächzte er. Seine Beine zitterten, daher ließ er sich an der Wand entlang in die Hocke gleiten. Jetzt, da er nicht mehr in Rhonas Nähe war, fing er sich langsam wieder. »Ich habe die entflohene Huntress eingefangen und in ein Zimmer der ehemaligen Vergnügungseinheit gesperrt.«

»Gut gemacht, Steel. Hier im Gefängnis geht alles drunter und drüber. Die Jägerinnen mischen die Wärter ganz schön auf. Es scheint, als würden einige Warrior den Verstand verlieren, nur weil die Frauen in der Nähe sind. Ein Verhör ist aktuell nicht möglich!«

Steel hatte bereits bei der Ankunft der Jägerinnen mitbekommen, wie er und andere Brüder auf die Frauen reagierten. Kein Wunder also, dass im Gefängnis Chaos herrschte, bei so viel weiblicher Sinnlichkeit auf einem Fleck. »Ja, sie haben etwas an sich …« Er würde dem Präsidenten lieber nicht sagen, dass es ihm kaum besser ging.

Ms. Jones Worte kamen ihm wieder in den Sinn: *Die Huntress sollen White City aufmischen und die Warrior beschäftigen, danach wird Stephen das Chaos für sich nutzen.*

Was genau hatte Stephen Murano geplant?

Der Präsident seufzte. »Ich musste zusätzliche Männer der Resurer Stadtwache aus Jax' Armee herbeordern, da gewöhnliche Menschen nicht so stark auf die Frauen zu reagieren scheinen. Doch denen erzählen sie erst recht nichts.«

»Ich habe bisher leider auch nicht viel herausgefunden, nur, dass meine Gefangene Rhona heißt, keinen Sender im Nacken trägt und ansonsten eher schlecht kooperiert. Aber wenn Sie mir etwas Zeit geben …«

»Ich gebe Ihnen einen Tag, sofern Sie die Frau anständig behandeln, doch da muss ich mir bei Ihnen ohnehin keine Sorgen machen.«

»Vielen Dank für Ihr Vertrauen, Mr. President.« Neue Bilder formten sich in seinen Gedanken, die er hektisch verdrängte. Er hatte vierundzwanzig Stunden mit Rhona bekommen, was bedeutete, sie würden die Nacht zusammen verbringen.

»Ich schicke Ihnen jemanden mit Verpflegung vorbei. Brauchen Sie sonst noch was?«

Eigentlich brauchte er nur dieses Hammerweib. »Nein, vielen Dank, Sir.«

»Schauen Sie, was Sie tun können, Steel. Ich fürchte, diese Frauen machen es uns nicht einfach.«

Er würde alles geben, ja, er konnte es kaum erwarten, zu ihr zurückzukehren.

Verflucht! Er musste stark bleiben. Wenn es seine Brüder schon nicht schafften, die Huntress weichzuklopfen, wollte er Präsident Pearson nicht enttäuschen.

Weichklopfen … Im Nu hatte er Rhonas Knackarsch vor Augen, der sich ihm lasziv entgegenstreckte. Er könnte es mit Schlägen versuchen … Zu gerne würde er Hand an diese drallen Formen legen.

Fuck, egal was er sagte oder dachte, er bezog alles auf sie!

Er verabschiedete sich bei Pearson und versprach, ihn auf dem Laufenden zu halten, dann kehrte er zurück in die Höhle der Tigerlady, die ihn noch mit Haut und Haar verspeisen würde, wenn er nicht aufpasste.

2. New World City / Yanas Schicksal

Schnaubend fuhr sich Stephen durch sein blondes Haar. Verdammt! Erneut waren seine Pläne nicht aufgegangen, und das machte ihn rasend.

Emma war tot! Seine einzige Hoffnung, seinen Bruder aus dem Gefängnis in White City zu holen, zerstört. Seine Spitzel hatten die Meldung bestätigt. Pearson lebte … Offenbar hatte diese Verräterin dem Präsidenten noch vor ihrem Tod mitgeteilt, dass Stephen die Huntress schicken würde. Das Shuttle war gelandet, das hatten ihm die Satellitenbilder gezeigt, doch von den Kriegerinnen gab es keine Spur! Keiner seiner Kontakte in White City hatte sie gesehen oder etwas von ihnen gehört. Stephen hoffte, dass es die Jägerinnen irgendwie in die Stadt geschafft hatten, um seine Pläne auszuführen oder zumindest größtmöglichen Schaden anzurichten.

Ununterbrochen zermarterte er sich den Kopf, wieso Emmas Anschlag misslungen war. Vielleicht hatte sie sich verraten, während sie für den Präsidenten die Beine breit gemacht hatte? Stephen hatte sehr wohl bemerkt, dass ihr dieser Schweinehund nicht gleichgültig war. Daher gab es nur eine Erklärung: Dieses feige Miststück hatte sich selbst das Leben genommen. Stephen traute ihr zu, dass sie das Gift geschluckt hatte, das für Pearson bestimmt gewesen war, um einer Verhaftung zu entgehen.

»Hoss, melden Sie sich!«, rief er in den Kommunikator, den er in der Hand hielt. »Hoss!« Das Gerät gab keinen Ton von sich. Gerade war der Kontakt zu seinem letzten Spitzel abgebrochen. Allem Anschein nach hatte Pearson nun auch ihn erwischt. Stephen erreichte niemanden mehr!

Wutgeladen marschierte er durch sein Arbeitszimmer, warf den Kommunikator in eine Ecke, riss den Computer zu Boden und trat ihn mit dem Fuß gegen die Wand. »Verflucht!«

»Sir?« Die Tür ging auf und Tarek schaute in den Raum. Dessen dunkelblonde und braune Strähnen schwangen ihm um die Schultern. »Alles in Ordnung bei Ihnen?«

»Nichts ist in Ordnung!«, brüllte er seinen Leibwächter an.

Tarek zuckte nicht einmal, er kannte solche Wutausbrüche bereits.

Sein Bodyguard nickte, dann zog er sich zurück. »Falls Sie mich brauchen, Sie wissen, wo Sie mich finden.«

Stephen wusste nur eines: Er musste jemanden töten, auf der Stelle! Er wollte Rache, musste seiner Wut Luft machen. Und er wusste verdammt gut, wer dafür büßen würde. Wer eignete sich besser dafür als Emmas nervige Zwillingsschwester Yana, für die er nun ohnehin keine Verwendung mehr hatte?

***

Yana warf ihre Sporttasche in die Zimmerecke und zog sich aus, um unter die Dusche zu springen. Heute musste sie keine Kurse mehr geben und hatte den Rest des Tages frei. Wie ärgerlich, dass Trixie nun einen Teil ihrer Body Balance Stunden übernommen hatte. All ihre Proteste hatten nicht geholfen, der Leiter des Zentrums hatte nicht mit sich reden lassen. Er hatte ihr aber auch nicht erklärt, warum er Yanas Stundenzahl reduziert hatte. Offenbar hatte Trixie ein Verhältnis mit diesem Schnösel, anders konnte sie sich das nicht erklären. Womit sollte sie sich denn jetzt ablenken? Ununterbrochen dachte sie an ihre Schwester Emma und die furchtbare Seuche, die immer noch in White City grassierte. Niemand durfte in die Partnerstadt reisen, da sie hermetisch von der ohnehin verstrahlten Außenwelt abgeschirmt war.

Yana stellte sich unter die Dusche und drehte das Wasser an. Das war einer der Vorteile, in New World zu leben, hier gab es keinen Wassermangel wie in White City. New World befand sich auf einer Insel mitten im Pazifischen Ozean, und gigantische Meerwasserentsalzungsanlagen sorgten für beste Trinkqualität.

Sie wusch sich ausgiebig, rubbelte sich anschließend mit einem weichen Handtuch trocken und zog ein weiteres Tuch aus dem Regal, das sie sich wie einen Turban um ihr kurzes braunes Haar wickelte. Sie hatte es sich vor zwei Jahren bis auf Kinnlänge abschneiden lassen, da dies bei ihrem Job praktischer war. Ihr gefiel die peppige Frisur, sie passte optimal zu ihrem Charakter.

Yana schenkte ihrem Spiegelbild ein freches Grinsen, um sich aufzuheitern, und marschierte ins Schlafzimmer, wo sie in frische Unterwäsche schlüpfte. Während Emmas Schicksal ungewiss war, ging es ihr gut. Sie hatte einen Beruf, der ihr Spaß machte, und eine schöne kleine Wohnung im besten Teil der Stadt mit Aussicht auf den New World Park. Es gab sogar einen See, auf dem Boote fuhren, sowie einen Streichelzoo. Die Kuppel besaß eine völlig andere Form als die gigantische Blase in White City. Diese hier glich einem dicken Schlauch, den man in der Mitte halbiert hatte. Er schlängelte sich über kleine Hügel und durch Täler und machte eine leichte Kurve. Der Platz unter der Schutzhülle war knapp bemessen, weshalb sich ein Hochhaus an das andere reihte. Aber Yana wollte nicht meckern. Es hätte sie schlimmer treffen können. Onkel Stephen hatte ihr von anderen Kuppelstädten erzählt, die nicht so geräumig waren und eher Slums glichen.

Einziger Nachteil: Ihr Apartment lag direkt neben Stephens Wohnung und der seines attraktiven, aber gefühlskalten Leibwächters Tarek, der ihr ständig hinterher schnüffelte. Vertraute ihr Stephen so wenig? Sie würde nie etwas tun, das nicht mit dem Regime konform ging. Schließlich wollte sie lange leben und nicht als Sklavin in einer dieser widerwärtigen Sex- oder Kampfshows landen. Obwohl sie zugeben musste, hin und wieder das Best-of der Gladiatorenkämpfe anzusehen, weil Tarek vor ein paar Jahren in der Arena aufgetreten war. Irgendetwas hatte dieser Hüne trotz Gefühlskälte und brutaler Vergangenheit an sich, dass es sie zu ihm hinzog. Vielleicht lag es an den warmen braunen Augen, die diesen wunderschönen goldenen Schimmer besaßen und immer ein bisschen traurig wirkten? Oder seinen prachtvollen Haaren, den dicken blonden und braunen Strähnen, die sie an die Mähne eines Löwen erinnerten?

Ach, sie hatte zu lange keine Beziehung mehr gehabt, jetzt verguckte sie sich schon in Stephens Handlanger! Die oberflächlichen Liebeleien mit anderen Trainern oder Kunden des Fitnessclubs zählten nicht wirklich. Das war flüchtiger Sex, kurzfristiger Spaß, reine Triebbefriedigung.

Wie Tarek wohl im Bett war? Ob er überhaupt noch einen hoch bekam? Seit er nicht mehr als Gladiator auftrat, schien er sämtliche Hitze verloren zu haben.

Als sie vor dem geöffneten Kleiderschrank stand, malte sie sich aus, wie er unter der schlichten Leibwächterkleidung gebaut war. Sein schwarzes Shirt lag eng an seinem muskulösen Körper und sogar der Waschbrettbauch ließ sich erahnen. Und die Hose spannte sich um seinen knackigen Po. Er war sicher eine Wucht, bestimmt noch genauso lecker wie in der Aufzeichnung, vielleicht weniger kräftig, weil er nicht mehr so oft zum Trainieren kam. Sie sah ihn nur zwei Mal in der Woche im Fitnesszentrum.

Als es an der Tür klopfte, zerrte Yana das nächstbeste T-Shirt aus dem

Schrank und zog es sich über, dann stand Tarek bereits in ihrem Schlafzimmer.

»Mann!« Sie riss sich das Handtuch vom Kopf und schleuderte es ihm entgegen. Ohne mit der Wimper zu zucken fing er es auf. »Lässt mir Stephen denn kein bisschen Privatsphäre?«

»Ich habe eine Nachricht von ihm.« Seine Stimme klang gleichgültig wie immer, aber seine Augen waren auf ihre nackten Beine gerichtet, während sich seine Finger ins Tuch krallten. Yana fühlte ein Kribbeln auf ihrer Haut.

Schnell schlüpfte sie in einen kurzen Stretchrock, wobei Tarek nie den Blick abwandte. »Was will er diesmal?« Stephen liebte es, sie herumzukommandieren. *Yana tu dies, Yana tu das. Spiel Vorzeigepatenkind in der Öffentlichkeit, benimm dich, halte dich an die Regeln, diene dem Regime treu …*

»Ich soll dich nach Paradisia bringen.«

Vor Überraschung fiel sie beinahe rückwärts in den Schrank. »Was?«

»Ich soll dich nach Paradisia bringen«, wiederholte er und löste den Blick von ihren Beinen.

»Zusammen mit … Emma?«, fragte sie kraftlos. Sie hatte erst vor Kurzem mit ihrer Schwester gesprochen, zwar nur ein paar Worte, aber seitdem konnte sie es gar nicht mehr erwarten, sie wiederzusehen. Ihre Knie zitterten so stark, dass sie sich am liebsten auf den Boden setzen wollte. Stephen hatte ihr erlaubt, mit Emma zu reden. Er war einer der wenigen Senatoren in dieser Stadt, die noch Kontakte in White City unterhielten. Schließlich lebte Stephens Bruder Robert dort. Dank dieser Beziehungen wusste Yana immer, dass es Emma gut ging.

»Ja, ich soll dich zu deiner Schwester nach Paradisia bringen.« Tarek band sich sein langes Haar mit einer Lederschnur im Nacken zusammen. Dadurch wölbten sich seine Oberarmmuskeln beträchtlich. »Wir müssen auch gleich los.«

»Jetzt?« Ihr Herz wummerte wild. Sie würde Emma wiedersehen, vielleicht in ein paar Stunden schon! »Ist meine Schwester bereits dort?«

Tarek nickte ohne sie anzublicken, während er seine Waffen überprüfte, die er in mehreren Holstern am Körper trug.

»Oh mein Gott!« Wie konnte dieser Mann nur so ruhig bleiben? Yana sprengte es beinahe das Herz aus der Brust und ihr Puls donnerte in den Ohren! Sie fühlte sich so glücklich, dass sie auf Tarek zulief und ihn ansprang.

Reflexartig fing er sie auf und hielt sie an ihrem Gesäß fest.

Sie umschlang seinen Nacken und genoss die Hitze seines Körpers, und sofort stieg ihr sein unwiderstehlich männlicher Duft in die Nase, eine Mischung aus aromatischem Rauch und Ingwer. Nur seine Waffen störten sie, denn sie drückten sich unangenehm in ihre Oberschenkel.

»Was wird das?«, fragte er mit rauer Stimme.

Hatte sie sich wirklich vorgestellt, er würde mit ihr durch den Raum wirbeln und sich mit ihr freuen? »Das ist überschwängliche Begeisterung. Wenn du spüren könntest, was gerade in mir vorgeht, würde dich das wohl umbringen.«

Zum ersten Mal erkannte sie eine Regung in diesen mystischen Augen, deren Iriden wie goldbrauner Whiskey schimmerten. Etwas von dem alten Feuer loderte darin auf. Ansonsten blieb er stocksteif stehen.

»Ts.« Er schnaubte und drückte die Hände fester an ihr Gesäß, als ob er sie noch mehr an seinen harten Oberkörper pressen wollte. »Du weißt nichts von mir.«

»Ich weiß, dass in dieser stählernen Hülle Gefühle stecken. Ich muss nur noch die Schwachstelle finden, um sie herauszulassen.« Mit dem Zeigefinger pikste sie in seine Brust. Mann, spannten sich Stahlseile unter seiner Haut?

»Das weißt du?« Seine Nasenflügel bebten, und sein Blick richtete sich auf ihre Brüste. Immer noch hielt er sie fest.

»Das spüre ich.« Mit dem Daumen strich sie über seine Unterlippe. Sie war ein wenig größer als die obere. Weich, männlich, sexy. Plötzlich befiel sie der Wunsch, ihn zu küssen.

Er keuchte, als sie ihn mit der anderen Hand fest am Nacken packte.

»Mache ich dir Angst?« Grinsend genoss sie das Spiel. Sie hatte ja nichts mehr zu verlieren, schließlich würden sie sich nie wieder sehen. Außerdem hatte sie noch nie etwas anbrennen lassen, und ein Warrior fehlte ihr noch auf der Eroberungs-Liste.

Normalerweise war sie nicht derart abgebrüht oder warf sich Männern einfach an den Hals, aber im Moment fühlte sie sich, als könnte sie die ganze Welt umarmen und war zu allen Schandtaten bereit. Außerdem übte Tarek eine unwiderstehliche Anziehungskraft auf sie aus, als würde er eine Sexdroge verströmen.

»Hast du denn keine Angst vor mir? Kein bisschen Respekt?« Ein Knurren löste sich aus seiner Kehle. »Wenn du wüsstest, wie es in mir aussieht, würdest du laufen. Du würdest rennen und dich vor mir verstecken.«

Wenn er so etwas sagte, wollte sie ihn nur noch mehr. Ihr Schoß pochte verräterisch.

Ihr Lächeln erlosch, und sie legte ihm sanft eine Hand an die Wange. »Vermisst du nichts in deinem Leben? Ein wenig Wärme? Jemanden, der dich lieb hat?«

Abrupt drehte er sich mit ihr herum und drückte sie gegen die Wand. Im Gegensatz zu seinem Körper war die Mauer eiskalt. Dabei kam sein Gesicht dem ihren so nah, dass sie sich fast berührten. Er öffnete den Mund, doch gerade als er etwas sagen wollte, klopfte es erneut an der Tür.

Hastig lösten sie sich voneinander und gingen auf Abstand. Himmel, was war nur in sie gefahren? Einen Warrior dermaßen zu provozieren!

Mit zitternden Händen zog sie einen Rucksack aus dem Schrank und stopfte wahllos Kleidungsstücke hinein. Da betrat Stephen ihr Schlafzimmer.

»Tarek, Yana, es wird Zeit.« Er trug wie alle Senatoren einen weißen Anzug. Die grelle Farbe tat ihr direkt in den Augen weh und ließ ihren Patenonkel mit seinen hellblonden Haaren noch bleicher aussehen. Der aufgenähte goldene Stern am Revers zeichnete ihn als Ratsoberen aus. Als Vorstand des Senats genoss er Privilegien, und davon durfte auch sie profitieren.

»Pack nur das Nötigste«, sagte er zu ihr. »Alles andere schicke ich dir nach.«

»Onkel, ich bin so glücklich!« Sie war ihm wirklich dankbar für viele Dinge und umarmte ihn kurz, obwohl sie nie wirklich warm mit ihm geworden war. Er schien ihr beinahe so kühl wie Tarek. Der stand etwas abseits und wirkte teilnahmslos wie immer.

Stephen drückte sie ebenfalls kurz, lächelte und entblößte seine makellosen Zähne. »Ja, ist gut. Ich wünsche dir eine angenehme Reise.«

»Danke! Ich weiß gar nicht, wie ich mich jemals revanchieren kann, dass du mir solch ein großes Geschenk machst!« Sie durfte mit Emma auf diese Trauminsel, Stephen hatte tatsächlich Wort gehalten.

Er winkte ab. »Beeil dich einfach, das Shuttle startet in zwei Stunden.« Mit diesen Worten drehte er sich um und verließ sie. Mehr durfte sie von ihrem Paten zum Abschied wohl auch nicht erwarten, doch das war ihr im Moment egal. Sie würde Emma endlich wiedersehen! Ein völlig neues Leben würde beginnen. Sie wäre nicht länger unter einer Kuppel gefangen, durfte den Himmel, die Sonne, Sterne und das Meer sehen, frische Luft atmen … Du liebe Güte, passierte das wirklich oder träumte sie? Würde es auf Paradisia tatsächlich so fantastisch sein? Sie hatte nur Geschichten gehört, denn niemand, den sie kannte, war je dort gewesen.

»Jippie!« Wie ein Kind hüpfte sie auf und ab, woraufhin Tarek den Kopf schüttelte und die Arme vor der Brust verschränkte.

Sie beachtete ihn nicht weiter und steckte mehr wichtige Sachen in ihren Rucksack, wie ihre Haarbürste, Deodorant und ein Foto von Emma, das auf ihrem Nachttisch stand.

Yana war nicht dumm, sie wusste sehr wohl, dass ihre Schwester eine streng geheime Regierungssache zu erledigen hatte und deswegen in White City zurückgeblieben war, während Stephen sie nach New World geholt hatte. Die Zeiten in White City vor zwei Jahren waren schwierig gewesen, es hatte Unruhen gegeben, und schließlich war dort diese grässliche Seuche ausgebrochen. Alle Reisen in die Partnerstadt waren seitdem untersagt, alle Verbindungen gekappt und White City auf sich allein gestellt. Dabei hätte Emma bald nachkommen sollen, damals, als das Regime Yanas Tod vorgetäuscht hatte, damit man Emma nicht verdächtigte … Ja, weswegen verdächtigte? Yana wusste es nicht einmal, sondern hoffte, dass sie ihre geliebte Schwester einfach nur bald in die Arme schließen konnte. Dann würden sie reden, lachen und noch mehr reden, am Strand liegen und die Zehen in den warmen Sand stecken. Hoffentlich war Emma gesund geblieben, denn unter den Kuppeln konnten sich ansteckende Krankheiten rasend schnell vermehren. Yana hatte gehört, dass zwei Kuppelstädte wegen einer Seuche vollständig ausgelöscht wurden. Vielleicht war das die Strafe einer höheren Macht, weil sich das Volk gegen die Herrschaft gestellt hatte?

3. White City / Kulinarische Folter

»Wenn du artig bist, löse ich die Fesseln an deinen Beinen«, sagte der schwarzhaarige Krieger, als er den Raum betrat.

Rhona atmete auf. Steel war zurückgekommen! Sie hatte fast geglaubt, er würde sie hier verrotten lassen. Mittlerweile wurde ihre gespreizte Position unbequem.

Am liebsten wollte sie ihm etwas Gehässiges an den Kopf werfen, stattdessen kamen ihr diese vermaledeiten Gefühle wieder in die Quere. Allein seine Anwesenheit reichte aus, damit ihr Herz heftig klopfte und es in ihrem Magen kribbelte. Steel sah fantastisch aus, keine Frage, er war ein Krieger wie aus dem Bilderbuch mit breiten Schultern, einem flachen Bauch, ordentlich Muskeln an den richtigen Stellen und bis an die Zähne bewaffnet. Hinzu kam dieses verruchte Grinsen … Aber deshalb reagierte sie nicht so auf ihn. Diese Bastarde aus New World City, diese so genannten *Ärzte und Wissenschaftler*, hatten einen Sexroboter aus ihr gemacht, der dazu erschaffen wurde, noch bessere Soldaten zu züchten und Krieger zu manipulieren – vermutete sie. Genaueres wusste sie leider nicht, nur dass chemische Vorgänge im Körper eine Rolle spielten, Hormone und die speziellen Katzengene, die sie beide besaßen.

Rhona durfte nicht auf die Reaktionen ihres Körpers hören, die waren nicht echt. Sie kannte diesen Zustand. Zwar hatte sie sich niemals so extrem stark zu einem Warrior hingezogen gefühlt und dieser Rauschzustand, den Steel bei ihr hervorrief, hatte gefehlt, aber es war ähnlich gewesen.

»Ich werde mich zusammenreißen«, presste sie zwischen zusammengebissenen Zähnen hervor. Sie hasste es, in einem fremden Zimmer mit einem fremden Mann in einer fremden Stadt zu sein. Sie wollte zurück, wollte zu Hope! Sie vermisste ihn sehr, seinen Duft, die weiche Haut und das süße Lächeln, sodass ihr Herz blutete. Verflucht, wenn sie bereits vor dem Herflug gewusst hätte, was sie hier tun sollte, wäre sie mit Hope weggelaufen.

Wenn sie schon nicht aus ihrer Haut konnte, sollte sie das Beste aus der Situation machen und ihre gottverfluchten »Fähigkeiten« einsetzen. Ein bisschen Schauspielern – und sie würde Hope vielleicht bald wieder in die Arme schließen können. Sofern sie Steel manipulieren, ein Shuttle stehlen und fliehen konnte. Und dann ungesehen … Nein, eins nach dem anderen. Zuerst hier entkommen, anschließend Hope zurückholen.

Steel stand vor dem Bett und wippte von einem Bein aufs andere. Ständig fuhr er sich durch sein schwarzes Haar. Es war schon ganz zerzaust. »Ich war vorhin noch nicht fertig mit der Untersuchung.«

»Bist du Arzt?« Sie biss sich auf die Unterlippe. Wenn sie hier rauskommen wollte, musste sie weniger schnippisch sein.

»Durchsuchung …«, verbesserte er sich, und Rhona freute es, dass sie ihn durcheinanderbrachte.

»Ich werde stillhalten, wenn du meine Beine losbindest, Brandon.« Das R rollte sie betont mit der Zunge, weil sie wusste, dass die meisten Krieger darauf reagierten. »Bei der Gelegenheit könntest du mir auch die Stiefel ausziehen. Sie sind furchtbar unbequem. *Brandon*.«

Eigentlich gefiel ihr sein Kriegername besser. Bloß im Moment wirkte Steel nicht so stahlhart, wie er vorgegeben hatte. *Brandon* klang mehr nach verschmustem Mann, und den wollte sie hervorlocken. Aber unterschätzen durfte sie ihn auf keinen Fall.

Sie wartete, bis er die zwei unteren Gurte gelöst hatte, dann streckte sie ihm lasziv ein Bein entgegen.

Rhona verkniff sich ein Grinsen, als sie das leichte Zittern seiner Hände bemerkte, während er die Verschnürungen lockerte. Mit Leichtigkeit zog er ihr den Stiefel ab und strich anschließend mit beiden Händen an ihrem Bein auf und ab.

Oh verdammt! Seine leicht rauen Hände fühlten sich fantastisch an.

Als seine Fingerspitzen unter den Saum ihrer Shorts glitten und an ihre Schamlippen stießen, durchzuckten elektrische Impulse ihren Kitzler. Sie wünschte, seine Hand würde sich tiefer unter die Hose schieben, stattdessen zog er sie zurück.

»Gefunden, was du suchst?«, gurrte sie und hielt ihm das andere Bein hin.

»Nein«, antwortete er rau. »Trägst du irgendwo ein Senderimplantat?«

»Vielleicht.«

Seine Augen weiteten sich, während er den Stiefel entfernte und auf den Boden warf.

»Vielleicht aber auch nicht.«

»Verdammt, Weib«, murmelte er und tastete hektisch ihr anderes Bein ab. »Wir können das Spiel die ganze Nacht spielen, wenn du willst.«

Eigentlich war es angenehm, von ihm berührt zu werden. »Ist es schon so spät?«

»Es geht auf Abend zu.«

Auf ihrer Insel gab es keine Kuppel, sie konnten sich in einem abgesperrten Areal draußen frei bewegen. Wie hielt es Steel unter dieser Haube bloß aus? Zum Glück hatte Rhona sie noch nicht zu Gesicht bekommen, sie hatte in dem fensterlosen Raum bereits das Gefühl zu ersticken.

Wie spät mochte es auf der Insel sein? Wahrscheinlich erst Nachmittag. Sie fühlte sich kein bisschen müde.

Rhona rutschte ein Stück nach oben, um die Spannung aus ihren Gelenken zu nehmen, und seufzte erleichtert. Dabei knurrte ihr Magen. Sie hatte solchen Hunger, aber sie würde Steel gewiss um nichts bitten.

Als er an ihre Schultern fasste, um sie zu massieren, breitete sich Wärme in ihrem Bauch aus.

»Ich will dich nicht fesseln müssen, doch du hast mir keine Wahl gelassen.«

Sie hatte seine Brust direkt vor Augen und roch seinen frischen Schweiß.

Sofort pochte es heftiger zwischen ihren Schenkeln, daher schloss sie schnell die Augen und drehte den Kopf weg, um seiner betörenden Nähe zu entkommen. Nur konnte sie ihr nicht entfliehen. Niemals würde sie es schaffen, die dicken Lederfesseln zu zerreißen.

Kurz hatte sie mit dem Gedanken gespielt, nach Steel zu treten, aber das würde ihr nicht weiterhelfen. Sie musste ihn dazu bringen, sie loszubinden!

»Ich hasse es, eingesperrt und gefesselt zu sein«, sagte sie leise und meinte es ernst.

Als Havoc sie gefesselt hatte, hatte es ihr erst nichts ausgemacht. Es war ein lustvolles Spiel gewesen, bis sie erfahren hatte, mit wem er es noch trieb. Er hatte sie so tief verletzt und ihre Liebe mit Füßen getreten, dass sie ihr Herz nur noch für Hope geöffnet hatte.

Mit einer Zärtlichkeit, die sie einem Warrior nicht zugetraut hätte, streichelte er ihre Wangen. Das hatte er in dem dunklen Tunnel auch getan. War er wirklich anders als die Männer, die über sie hergefallen waren, um sie zu besteigen, wild und ohne Rücksicht?

Die Chemie zwischen Steel und ihr war besonders stark, dennoch hatte er sich im Griff. Er hätte sie längst nehmen können.

Sie wagte es, die Augen zu öffnen, und schaute direkt in sein Gesicht. Beinahe berührten sich ihre Nasen. Sie erkannte jede zarte Falte, eine feine Narbe an seiner Unterlippe und eine dickere am Kinn, schön geschwungene Brauen … Er war schon ein leckerer Kerl, aber ihr Interesse blieb an den hellgrauen Iriden hängen. Sein Blick wirkte beinahe hypnotisierend, entspannend. Neugier lag darin, keine Aggressivität, jedoch auch Lust. Wie alt Steel wohl war? Sie schätzte ihn zwischen fünfundzwanzig und dreißig, auf jeden Fall ein wenig älter als sie.

Sein Gesicht kam näher, seine Lippen teilten sich. Sie würde es zulassen, dass er sie küsste. Sie würde brav sein … Nein, sie würde ihn mit ihrer Zunge verrückt machen! Und danach würde sie ihn bitten, sie loszubinden.

Leider kam es nicht dazu, denn ein Klopfen an der Tür zerstörte den innigen Moment. Steels Blick klärte sich, er wich zurück und öffnete.

Sie sah die Person im Flur nicht, Steel hatte die Tür nur einen Spaltweit aufgezogen, und als er zurückkam, hielt er eine große Sporttasche in der Hand.

Er stellte sie aufs Bett. »Mal schauen, was wir hier Leckeres haben.« Steel holte weiße Pappschachteln hervor, auf denen in schwarzen Lettern »Yin-Yang« aufgedruckt war. Er schnupperte daran und rümpfte die Nase. »Das Nudelzeug ist nicht so meins, ich steh eher auf Fleisch.« Kurz streifte sein Blick ihre nackten Beine. »Magst du?«

Oh mein Gott, das duftete köstlich! Nach ihr unbekannten Gewürzen und Gemüse und … Was war da alles drin? Sie kannte nur den Kantinenfraß der Inseleinrichtung, dazu die Vitaminpräparate, die Mineraldrinks und Pillen.

Vorsichtig nickte sie. »Ich würde gerne mal kosten.«

Steel öffnete eine Schachtel, kramte eine Gabel aus der Tasche und spießte damit lange dünne Nudeln auf. Sie waren überzogen mit einer rotbräunlichen Sauce.

Rhona lief das Wasser im Mund zusammen. Schnell hob sie den Kopf, um ihm entgegenzukommen, aber kurz vor ihren Lippen verharrte er. »Ist dein Name wirklich Rhona?«

Frustriert sank sie zurück. So lief das also. »Ja!«

Er führte die Gabel an ihren Mund, wobei er schon fast diabolisch lächelte. »Ein Häppchen für Rhona …« Erneut spießte er Nudeln auf. »Und eins für mich.«

Eine Geschmacksexplosion tobte auf ihrer Zunge. War das lecker! Die weichen Nudeln ließen sich einfach zerkauen, dazwischen befanden sich … geröstete Zwiebeln? Und ein leicht bitteres Gemüse, aber das passte dazu. Genau wie die süß-saure Soße. Himmlisch!

Ein weiterer Bissen schwebte vor ihrer Nase. »Wie alt bist du?«

Er könnte sie im Moment alles fragen, sie würde jedes Geheimnis preisgeben, nur um noch einmal etwas von den Nudeln abzubekommen! Stattdessen wollte er ihr Alter wissen? Überrascht antwortete sie: »Vierundzwanzig. Und du?«

»Achtundzwanzig.«

Sie hatte also mit ihrer Schätzung richtig gelegen.

Als Belohnung bekam sie einen weiteren Happen, den sie sich abermals genüsslich auf der Zunge zergehen ließ, während er die zweite Schachtel öffnete, um Fleischstücke herauszupicken.

Er hob die Brauen. »Dir schmeckt das?«

»Oh ja.« Diese Sauce … Yummie! »Ich bekomme gleich einen Zungenorgasmus.«

»Heb ihn dir auf, bis ich das feste Fleisch nachschiebe.« Er zwinkerte, und plötzlich musste sie grinsen. Der Kerl besaß Humor, auch wenn er in eine bestimmte Richtung driftete, was sie ihm nicht verübeln konnte. Er war eben auch nur ein Mann und ihren Reizen erlegen.

»Bist du die Anführerin der wilden Ladys?«, fragte er beim nächsten Bissen.

Aha, nun ging das Verhör richtig los. »Man hat mich kurz vor dem Herflug dazu gemacht.«

»Warum?«

»Weil ich die heißeste von allen *Ladys* bin?« Sie wusste es selbst nicht genau. Vielleicht hatten die Forscher mitbekommen, dass sich viele Mädchen bei ihr Rat holten, sie respektierten und zu ihr aufsahen. Möglicherweise hatte das aber auch etwas damit zu tun, wie sie Havoc vor allen Frauen bloßgestellt hatte? Schließlich hatte er nicht nur ihr die große Liebe versprochen.

Nachdem sie herausgefunden hatte, dass er sein falsches Spiel mit mehreren Frauen getrieben hatte, hatte sie seine Lügen beim Morgenappell auffliegen lassen. Allerdings erst, nachdem er sie dazu verdonnert hatte zu schweigen, damit er seine Arbeit nicht verlor und die anderen nicht eifersüchtig wurden. Doch das war genau das, was sie damals gewollt hatte.

Ihre Schwestern waren wie Löwinnen auf ihn losgegangen. Havoc hatte sich gerade noch retten können, danach war ihnen ein anderer Ausbilder zugeteilt worden, der vermutlich nicht auf das weibliche Geschlecht stand – zumindest war er völlig immun gegen sie gewesen.

Seitdem verglich sie alle Männer mit Havoc.

»Habt ihr Kontakt zu männlichen Kriegern?«, wollte Steel wissen. »Lebt ihr mit ihnen in New World City zusammen?«

Darauf antwortete sie nicht, zum Glück war ihr größter Hunger gestillt. Sie wusste nicht, ob sie sich die wertvollsten Informationen nicht lieber aufheben sollte. »Bist du hier der Anführer, oder warum verhörst du mich?«

»Nein, Süße, ich bin bloß der Leibwächter des Präsidenten.«

Interessant. Er hatte also einen ziemlich hohen Posten.

Er fütterte sie weiter, obwohl sie nicht kooperierte, bis die Packung leer war. Danach löffelte er Schokoladencreme in sie. Die war der pure Wahnsinn! Süß, sahnig … Besser als alles, was sie bisher gegessen hatte.

Er schmunzelte wissend. »Warum reagieren wir Warrior so stark auf euch?«, fragte er und leckte den Löffel ab.

Sie mochte es, dass er sie fütterte, irgendwie war das sexy. »Ihr seid eben Männer mit einer ausgeprägten Libido.«

Er seufzte. »Na gut, also keine Schokolade mehr für dich.« Den Rest des Puddings aß er allein, was sie ihm ein wenig übel nahm. Genussvoll schloss er die Augen und stöhnte bei jedem Bissen.

Mistkerl! »Glaubst du allen Ernstes, ich offenbare dir sämtliche Geheimnisse, bloß weil du mich mit Leckereien vollgestopft hast?«

Er lächelte verrucht. »Ich hab immerhin das herausgefunden, was mich am brennendsten interessiert hat.«

»Was da wäre? Meine Schuhgröße?« Verdammt, warum musste sie schon wieder so schnippisch sein? Sie sollte sich glücklich schätzen, dass er sie auf kulinarische Weise folterte und nicht mit einen von diesen grusligen Instrumenten, die im ganzen Raum verteilt waren.

Er beugte sich nah zu ihr. »Ich weiß jetzt, dass du alt genug bist, damit ich nicht wegen Verführung Minderjähriger belangt werden kann.«

Sie sah gewiss nicht mehr wie sechzehn aus! »Spar dir deine albernen Komplimente. Du benimmst dich wie ein Grünschnabel.«

Für den Bruchteil einer Sekunde verfinsterte sich sein Gesicht und er wich abrupt zurück.

Mist, sie fand auch immer die falschen Worte.

»Wir haben Pearl Citro und Wasser«, sagte er teilnahmslos und stellte Getränkeflaschen auf den Nachttisch. »Was möchtest du?«

»Ich probiere mal das Zitrusdings«, antwortete sie kleinlaut. »Und entschuldige, dass ich so ekelhaft bin, aber ich werde aggressiv, wenn man mich ans Bett bindet.« Boah, wie sie es hasste, anderen in den Arsch kriechen zu müssen, doch ihn schien das ein wenig zu versöhnen, denn er lächelte milde.

»Ich habe durchaus Verständnis für deine Situation. Wir werden uns schon noch anfreunden.«

Anfreunden? Im Sinne von: Erst reden wir ein bisschen und dann lege ich dich flach?

Sie biss sich auf die Zunge, um das nicht laut auszusprechen. Seine Blicke auf ihrem Körper sprachen schließlich Bände. »Du willst mich also kennenlernen?«

»Jeden Millimeter.« Er öffnete eine Flasche, auf der eine gelbe Frucht abgebildet war, und hielt sie ihr an die Lippen.

Bereits nach dem ersten Zug verschluckte sie sich und musste husten. Uh, war das sauer!

»Doch lieber Wasser?« Mit einer Serviette tupfte er ihr den Saft vom Kinn, als wäre sie ein Baby.

»Nein, ich ziehe das durch.« Das Zeug schmeckte gut, weil es wenigstens nach irgendwas schmeckte. Aber nicht nur deswegen trank sie die halbe Flasche aus. Falls sie auf die Toilette musste, würde er sie losbinden müssen.

Nachdem Steel alles weggeräumt hatte, legte er seine Waffen auf eine niedrige Kommode, zog sich die Einsatzstiefel aus und streckte sich neben ihr auf dem Bett aus.

Rhona kniff die Augen zusammen. »Was wird das, Krieger?«

Schmunzelnd drehte er sich zu ihr. »Ich weiß ja nicht, wie es dir geht, doch ich hatte einen anstrengenden Tag und will mich jetzt ausruhen.«

Sie zerrte an den Fesseln. »Dann mach mich los.«

»Damit du mir die Kehle durchschneidest, falls ich einschlafe?« Er schnaubte amüsiert. »Niemals.« Abrupt wandte er ihr den breiten Rücken zu, und sie hörte ihn gähnen.

»Und wenn ich mal muss?« Er konnte sie unmöglich gefesselt lassen! Ihre Arme waren schon halb taub.

»Ach, stimmt, tut mir leid.« Schwerfällig erhob er sich – und Rhona war sicher, dass er seine Müdigkeit bloß vortäuschte, denn sein Herz schlug immer noch viel zu schnell.

Anstatt sie zu befreien, ging er zur Kommode, auf der seine Waffen lagen.

Sie schluckte. Was hatte er vor?

Er zog die Schubladen auf und kam … mit einer *Windel* zurück? Einer Riesenwindel!

»Ich weiß, was das ist!«, rief sie. »Das kann nicht dein Ernst sein!« Was für kranke Spiele hatten hier früher stattgefunden?

Er zuckte mit den Schultern. »Ich weiß nicht, was du hast, die Dinger sind praktisch, damit kannst du es nachts einfach laufen lassen.«

»Du bist … unmöglich!«, schrie sie und unterdrückte den Drang, ihm die übelsten Verwünschungen an den Kopf zu werfen.

»Du kannst es dir ja noch überlegen«, sagte er todernst und legte die Windel auf den Nachttisch. Dann breitete er sich wieder neben ihr aus, ein zufriedenes Lächeln auf den Lippen.

Eine Weile kochte sie vor sich hin, sagte aber nichts und machte sich Gedanken, wie sie endlich aus diesem Loch kommen könnte. »Es ist zu hell zum Schlafen«, murmelte sie schließlich. Rhona bemerkte, dass er sie unentwegt anstarrte, doch sie beachtete ihn absichtlich nicht.

Seufzend drehte er sich von ihr weg. »Du bist wirklich anstrengend.« Im Nachttisch eingefasst befand sich ein Display. Steel schob eine Trinkflasche zur Seite und tippte auf den Monitor – schon wurde es dunkel. Lediglich eine Lampe über ihren Köpfen spendete ein dunkelviolettes Licht.

»Entschuldigung, Baby, das ist eigentlich die Beleuchtung für die Putzfrau. Aber es ist hübsch, oder?« Im ganzen Raum leuchteten vereinzelt Dildos in Neonpink, grellem Grün oder Orange auf.

»Den Witz mit der Putzfrau verstehe ich nicht«, sagte sie verschnupft.

»Kein Witz.« Er grinste. »Mit diesem Speziallicht kann man Spermaflecken sichtbar machen.«

»Du bist eklig!« Sofort setzte sie sich auf, rutschte umständlich an das Gestell zurück, bis sie mit angewinkelten Beinen dort kauerte, soweit das mit den gefesselten Armen möglich war, und begutachtete das Bettlaken. Nichts war zu sehen.

Steel lachte. »Und du bist ziemlich gelenkig.«

Sie trat mit einem Bein nach ihm, um sein bestialisches Grinsen auszulöschen, aber er reagierte schnell, und ihr Fuß stieß ins Leere.

Oh wie sie es hasste, wenn Männer mit ihr spielten! Das erinnerte sie an Havoc.

Sie wand sich in den Fesseln, nur rutschten sie lediglich ein kleines Stück an ihren Handgelenken auf und ab.

»Hey, was ist das?« Steel kam auf die andere Seite des Bettes und schob den Ledergurt an ihrem Arm ein wenig weg.

Verdammt! Daran hatte sie nicht gedacht! Unter Schwarzlicht leuchtete das Tattoo auf ihrer Arminnenseite auf. Es zeigte eine Zahlen-Buchstabenkombination und einen Barcode. Darüber prangte groß die Zahl 36.

Steel keuchte. »Scheiße, bist du eine Sklavin?«

»Was?«

»Ich bin nicht von gestern, Rhona. Unsere Sklaven hatten alle einen Barcode eintätowiert, bloß sichtbar. Dann hast du vorhin nicht gelogen, als du sagtest, du heißt Nummer 36.«

Sie schnaubte, während ihr Herz raste und sie gegen die aufsteigenden Tränen kämpfte. »Ich bin keine Sklavin!« Wenn man es genauer betrachtete schon, aber das musste sie ihm nicht auf die Nase binden.

Verdammt, jetzt würde er wieder Fragen stellen!

»Was bist du dann?« Er versuchte ruhig zu sprechen, aber sie hörte seine Aufregung heraus.

Hektisch tastete er an dem Barcode herum. »Darunter ist ja doch ein Implantat!«

»Das ist kein Sender!«, erwiderte sie schnell.

»Sondern?«

»Da stehen nur … persönliche Daten drauf.« Die Wissenschaftler und Ärzte hatten vor und nach jeder Untersuchung die aktuellen Forschungsergebnisse gespeichert.

Als er sie eindringlich anstarrte, schüttelte sie den Kopf. »Ich habe keine Ahnung, was darauf alles gespeichert ist. Größe, Gewicht, Haarfarbe?«

»Sehr witzig.«

»Ich meine das ernst!«

Er sprang vom Bett, lief zur Tür und schnappte sich im Vorbeigehen sein Funkgerät von der Kommode. »Bin gleich wieder da.«

Verdammt, nun machte er sicher Meldung. Wobei ... Was würden die Leute hier herausfinden, wenn sie die Chips ihrer Schwestern auslasen? Dass sie Versuchsobjekte gewesen waren? Bessere Laborratten?

Ihr Herzschlag setzte für einen Moment aus. Was, wenn auf ihrem Chip etwas über Hope stand? Und der Präsident herausfand, was das Regime von New World City vor ihm und allen weiteren Städten verbarg? Und wenn Murano davon erfuhr? Würde er Hope und den anderen etwas antun?

Nein, das sicher nicht, dazu waren ihre »Experimente« viel zu wichtig. Aber die Ärzte könnten ihr Hope wegnehmen!

Nein ... Nein! Sie musste endlich hier raus, oder sie würde noch durchdrehen!

4. New World City / Tareks Entscheidung

Tarek verließ mit Yana die Kuppel im Industrieviertel durch einen Nebenausgang, der nicht überwacht wurde und den nur wenige eingeweihte Regierungsmitglieder und deren Leibwächter kannten. Dann schnappte er sich eins der riesigen Buschmesser, die in einem Waffenraum bereitstanden, und trat mit ihr in den Dschungel. Schnell zog er sich die Sonnenbrille auf, denn das grelle Licht schmerzte in seinen Augen. Über ihren Köpfen zischte es, aus dicken Rohren strömten Dampf und Abgase der Fabriken in den blauen Himmel.

Als er die schwere Stahltür abschloss, klappte Yanas Mund auf. »Oh mein Gott!«

Feuchtwarme Luft sowie tausend Gerüche schwappten ihnen entgegen, süßlich und schwer.

»Ich fasse es nicht!«

Riesige Bäume und eine grüne Wand aus Blättern, Blüten und armdicken Lianen ragten vor ihnen auf. Lediglich ein schmaler, halb zugewachsener Trampelpfad teilte das Dickicht. Vögel zwitscherten und pfiffen, weiter entfernt rauschte ein Wasserfall. Regentropfen schillerten wie Perlen auf großen Blättern, denn hier regnete es oft, weshalb New World City auch kein Wasserproblem hatte. Es gab nicht nur Meerwasserentsalzungsanlagen, es wurde auch Regenwasser gesammelt.

»Folge mir und verhalte dich ruhig«, befahl er ihr und warf einen skeptischen Blick auf ihre Riemchensandalen und den kurzen Rock. Für einen Trip durch den Dschungel war sie nicht gerüstet, aber niemand hatte ihr gesagt, dass es durch den Urwald ging. Yana gehörte zu der Sorte Menschen, die gerne und viel redeten. Womöglich hätte sie noch jemanden auf ihrem Weg durch die Stadt erzählt, dass sie die Kuppel verlassen mussten.

Er schritt voran, um mit der Machete den Weg freizuschlagen, und versuchte, sich von Yana ein möglichst negatives Bild zu machen. Das würde seinen Auftrag erleichtern.

»Ich hatte ja keine Ahnung, wie schön es hier ist!«, sagte sie hinter ihm.

Mittlerweile wussten die Bürger, dass ihre Stadt auf einer Insel mitten im Pazifischen Ozean errichtet worden war, aber das war nicht immer so gewesen. Offenbar hatten Krieger geplaudert, und nun benutzte der Senat das Wissen, um noch mehr Ängste zu schüren. Doch nur die Warrior hatten das Meer schon in ihrer Kindheit erblickt, weil sie an den Klippen das Aufnahmeritual über sich ergehen lassen mussten. Ein normaler Bürger war niemals zuvor in den Urwald geschickt worden, soweit Tarek wusste.

Er war lange nicht draußen gewesen, seit dem letzten Einsatz vor ein paar Jahren nicht mehr. Eine unsichtbare Klammer schien sich um seine Brust zu legen, das Atmen fiel ihm schwer und sein Knie pochte. Der Absturz über die Klippen, seine schwere Beinverletzung … Plötzlich hatte er alles wieder vor Augen. Ohne Klick und Jazz wäre er nicht mehr am Leben.

»Oh mein Gott«, wiederholte Yana diesmal mit mehr Ehrfurcht und starrte auf einen Baum, an dem rosarote Orchideen blühten. In einem anderen Baum hingen Pflanzen, die wie Silbersterne aussahen.

»Wunderschön«, murmelte sie.

»Bleib dicht hinter mir.«

»Ist es hier gefährlich?«

»Nicht, wenn du bei mir bleibst. Fass einfach nichts an und sei leise.« Wie oft hatte er früher mit seinen Brüdern im Dschungel gejagt – Ziegen, Schafe und Schweine –, sie hatten eine Menge Spaß gehabt. Als sie in die Kuppel zurückgekehrt waren, hatten alle geglaubt, sie wären Helden, weil sie ihre Stadt vor Eindringlingen beschützten. Doch hier draußen lauerte keine Gefahr für die Kuppel. Außer ein paar eher harmlosen Tieren lebten nur die Pfeilmenschen im Dschungel – ein einfaches Buschvolk, das einem nichts tat, solange man es in Ruhe ließ. Jagte man sie, wehrten sie sich, und ihre Pfeile hatten es in sich, denn sie waren mit dem Giftstoff einer Anemone bestrichen, der selbst den kräftigsten Krieger innerhalb von Minuten töten konnte. Er führte zu Erbrechen, Schüttelfrost und Lähmung sämtlicher Muskeln. Palytoxin sollte eins der tödlichsten Gift der Welt sein, hatte ihm sein behandelnder Arzt einmal verraten, dessen Bekannter in der Forschungsabteilung bis heute an einem Gegengift arbeitete.

Töten … Genau aus dem Grund war er hier. Er musste Yana umbringen und Murano einen Videobeweis liefern. Wie sollte er es tun? Mit einer seiner Schusswaffen oder einem einzigen Schlag der Machete? Er könnte ihr hinterrücks den Kopf abtrennen, sie würde vielleicht nichts merken.

»Und die Strahlung macht mir wirklich nichts aus?«, erklang es skeptisch hinter ihm, während er einer Liane den Garaus machte.

»Den Weg bis zum Shuttle wirst du überleben.« Die Lüge kam ihm leicht über die Lippen, dennoch nahm der Druck auf seine Brust zu, je weiter sie voranschritten. Er wollte mit ihr zu den Klippen. Während sie die Aussicht genoss, würde er sie erschießen, ihr eine Kugel in den Hinterkopf jagen. Ja, so wäre es am besten. Sie würde in die Tiefe stürzen, ihr Körper an den scharfen Felsen zerschellen … Murano würde dieses grausame Szenario sicher gefallen.

Übelkeit krampfte seinen Magen zusammen. Yana war eine makellose Schönheit – nur ihr Geplapper ging ihm gelegentlich auf die Nerven. Was für eine Verschwendung.

»Und wie ist das bei euch?«, fragte sie. »Stimmt es, dass ihr Warrior immun gegen die Strahlung seid?«

»Immun nicht, aber unser Körper regeneriert sich sehr schnell.« Er kannte keinen seiner Brüder, der an der Strahlenkrankheit gestorben wäre. Ihr Ausbilder hatte ihnen erzählt, dass der Dschungel sie nicht krank, sondern stark machen würde.

Tarek wäre beinahe verreckt, doch er hatte überlebt. War er stärker geworden? Er wusste es nicht. Es frustrierte ihn, seit drei Jahren kein richtiger Warrior mehr zu sein, lediglich der Handlanger eines Senators. Zwar fiel sein Humpeln kaum auf, aber seine Beinverletzung machte es ihm unmöglich, weiterhin in der Einheit zu dienen. Dabei schränkte ihn die alte Verletzung nicht mehr wirklich ein. Doch bloß ein unversehrter Krieger war ein vollwertiger Krieger – und von denen gab es in New World City mehr als genug. So viele, dass seine Brüder sogar in andere Städte geschickt wurden.

Er sollte dankbar sein, dass man ihn nicht weggeschickt, sondern dass er einen Job in einer derart hohen Position bekommen hatte, immerhin war Mr. Murano ein ranghoher Senator. Dennoch füllten ihn seine Aufgaben nicht aus. Er langweilte sich, und jetzt musste er Yana, seine einzige Abwechslung, auch aufgeben. Sie zu beschatten hatte ihm gefallen.

Was hatte sie verbrochen? Warum musste er sie töten?

Niemals hatte er einen Auftrag in Frage gestellt, aber weshalb Mr. Murano ausgerechnet seine Patentochter aus dem Weg schaffen wollte, war ihm ein Rätsel. Er kannte zwar die Zornesausbrüche seines Chefs, doch dass sie gleich in Mord an einem Familienmitglied gipfeln mussten?

Yana seufzte. »Für deine Gene könnte ich dich glatt beneiden.« Sie stolperte über eine Wurzel, und Tarek fing sie reflexartig auf.

»Warum?«, raunte er und blickte ihr tief in die katzenhaften Augen. »Was stimmt mit deinen Genen nicht?«

Ihre Finger krallten sich in sein Shirt, mit aufgerissenen Lidern starrte sie ihn an. Die Farbe ihrer Iriden war wunderschön. Eine Mischung aus grün und gelb. Bisher hatte er nie auf ihre Augen geachtet, weil er immer das Gefühl hatte, Yana könne ihm bis in die Seele sehen. Jetzt nahm ihn ihr Blick gefangen. Sein Herzschlag beschleunigte sich, und plötzlich regte sich ein Organ in seiner Hose, das er nur noch benutzte, um zu pinkeln.

Er wünschte sich im Moment, er wäre kein Mensch mit Übersinnen, könnte sie nicht riechen. Ihr zarter weiblicher Duft vernebelte seinen Verstand, brachte ihn durcheinander. Ihre Nähe veränderte ihn, verwirrte ihn.

Töten … Er musste sie töten, verdammt!

»Was ist eigentlich mit dir los?«, fragte sie. »Irgendetwas ist heute an dir seltsam. Ich meine, du bist immer kühl, aber heute wirkst du … aufgebracht. Ich kann es fast fühlen. Ist es, weil ich weggehe?«

Hastig stellte er sie auf die Füße. Sie waren mit Schlamm bedeckt, ihre Schuhe sanken in den noch feuchten Boden. Doch sie beschwerte sich nicht, meckerte weder über ihr derangiertes Aussehen noch dass ihr Rucksack zu schwer war. Die Hitze hatte nicht nur ihm den Schweiß aus allen Poren getrieben, auch ihr Shirt klebte an der Haut und offenbarte die perfekten Formen.

Verdammt, sie machte es ihm nicht gerade leicht!

Er drehte sich wieder um und schlug sich weiter voran. »Ein bisschen werde ich dich vermissen.«

Er konnte ihr Lächeln förmlich auf seinem Rücken spüren.

Yana räusperte sich. »Wie weit ist es zu dieser geheimen Abflugrampe?«

»Etwa eine Stunde.« Natürlich gab es keine versteckte Shuttle-Basis, und Paradisia hielt er ohnehin für einen Mythos. Tarek begleitete Yana in den Dschungel, um sie nach der Exekution gleich entsorgen zu können, besser gesagt würden das das Meer und die zahlreichen Tiere übernehmen, die am und im Wasser lebten. Sie würden sich an ihrem Fleisch bedienen, es abnagen bis auf die Knochen … Diese Vorstellung erschreckte ihn zunehmend. Die Jahre als Bodyguard hatten ihn weich werden lassen.

Er würde seinen Job erledigen, in die Stadt zurückkehren und diese Frau vergessen. Er hatte ohnehin keine Verwendung für das weibliche Geschlecht, weil sein Schwanz seit Jahren keine Regung zeigte. Als hätte er von heute auf morgen den Dienst eingestellt. Tarek wusste nicht einmal, warum. Er hatte es geliebt, bei Frauen zu liegen, sich in ihren weichen, heißen Körpern zu verlieren und alles um sich herum für eine Weile zu vergessen.

»Wie lange wird der Flug nach Paradisia dauern? Und fliegst du mit?«

Er schüttelte bloß den Kopf und hieb auf die Pflanzen ein, die ihnen den Weg versperrten. Körperliche Anstrengung war eine willkommene Ablenkung.

Wie würde es ohne Yana werden? Wie würde sein Tag aussehen, wenn er sie nicht jeden Morgen ins Fitnesszentrum begleiten, ihr auf Schritt und Tritt folgen musste und in ihre Wohnung platzen konnte, wann er wollte, nur um sie zu ärgern?

Es gefiel ihm, wenn sie mit Dingen nach ihm warf, dann fühlte er sich lebendiger, spürte wenigstens etwas, und wenn es bloß ein Stofftier war, das ihn von hinten am Kopf traf.

Bei dieser Erinnerung schmunzelte er. Yana hatte eine ganze Sammlung von Plüschtieren in ihrem Bett. Was würde mit all ihren Sachen geschehen?

Murano würde eiskalt behaupten, er habe seine Patentochter nach Paradisia geschickt, weil sie New World City wertvolle Dienste erwiesen hatte. Der restliche Senat war sicher eingeweiht, anders konnte Murano dieses Geheimnis nicht verbergen. Was waren das für Männer, die eine unschuldige Frau zum Tode verurteilten? Oder war Yana nicht so unbedarft, wie sie wirkte? Eigentlich kannte Tarek sie nicht wirklich, und vorhin, als er ihr tief in die Augen gesehen hatte, hatte er geglaubt, er könne ein verborgenes Geheimnis entdecken.

»Aber wenn man kurz nach draußen darf«, plapperte sie weiter, »warum dürfen denn die Bürger nicht auch mal rausgehen? Der Dschungel ist wunderschön! Die Warrior könnten ihnen doch Geleitschutz geben?«

»Ihnen wird es sicher bald erlaubt werden, nur solange soll es keiner erfahren. Es soll eine Überraschung werden.« Wieder eine Lüge, um sie hinzuhalten. Verdammt, wie weit war es noch bis zu den Klippen? Er hatte den Weg nicht so lang in Erinnerung.

»Hat Stephen das gesagt? Ich muss mich über ihn wirklich wundern. Auf seine alten Tage wird er richtig nett.«

Er konnte ihr all diese Märchen erzählen, schließlich könnte sie ihm bald nichts mehr übelnehmen.

Hinter seinem Brustbein zog es. Verflucht, würde das Leben dann langweilig sein.

Wie ein Berserker drosch er auf die Pflanzen ein, um die Schneise zu verbreitern. Dabei überprüfte er ständig, ob ihnen keine Pfeilmenschen folgten. Tarek wusste nicht, ob sie ihm noch freundlich gesonnen waren. Zu viel Zeit war vergangen.

»Oh mein Gott!«

Als Yana hinter ihm aufkreischte, wirbelte er mit der Machete herum und zog gleichzeitig eine seiner zahlreichen Schusswaffen. »Was?!«

»Sieh nur!« Sie deutete durch das Dickicht auf einen Wasserfall, der in ein natürliches Becken mündete. »Können wir uns das schnell ansehen? Haben wir noch Zeit?«

Sie hatten alle Zeit der Welt. Sollte sie sich ruhig an den Schönheiten der Natur erfreuen. »Ja, aber …«

Schon drückte sie sich an ihm vorbei, warf den Rucksack auf den Boden, zog sich die Sandalen aus und kletterte auf einen großen Baum. Flink und geschickt wie ein Gecko krabbelte sie den leicht schrägen Stamm hinauf und hangelte sich über eine Liane auf einen dicken Ast, der über dem Wasser hing. Darauf balancierte sie ein Stück weiter, die Arme zur Seite gestreckt wie eine Seiltänzerin.

Diese Frau war ein Wirbelwind. Immer in Bewegung, quirlig, lebendig, impulsiv. Sie sollte das Gegenteil von ihrer vernünftigen, ruhigen Schwester sein. Hatte er zumindest aufgeschnappt.

Ob er ihr sagen sollte, dass Emma tot war?

Nein, sie sollte die letzten Minuten ihres Lebens glücklich verbringen. »Kommst du nun runter?«

Sehnsüchtig schaute sie auf den Wasserfall und das natürliche Becken, das in grünen Nuancen schillerte. Yana gab ein wunderschönes Bild ab, wie sie dort oben stand, die gigantische Kulisse der Natur im Hintergrund, die hohe Felswand, das schäumende Wasser, das im Sonnenlicht glitzernde Becken. Um ihren Kopf flogen drei große weiße Schmetterlinge, die sie staunend bewunderte. Würde sie nicht so große Augen machen, sähe sie aus wie ein Kind des Dschungels; als wäre sie hier aufgewachsen.

»Wird das Shuttle ohne mich abfliegen?«, rief sie vom Baum.

»Sicher nicht.«

»Wie viel Zeit haben wir noch?«

»Genug, doch …«

Sie streifte sich den kurzen Rock ab, danach flog ihm ihr Shirt entgegen, bis sie nur noch in Unterwäsche auf dem Ast stand, einem Hauch von Nichts in knalligem Pink. Dann machte sie drei weitere Schritte und stürzte sich kopfüber ins Wasser.

»Hey!« Yana wollte Baden gehen? Jetzt? Das war nicht ihr Ernst! Er dachte, sie könne es kaum erwarten, nach Paradisia zu kommen.

Tarek seufzte. Der Name dieser Frau müsste »Spontan« heißen. Oder Ms. Unvorhersehbar.

Wie paralysiert starrte er auf die Stelle, an der sie eingetaucht war. Yana war ein Wildfang, ihre Lebenslust sprühte beinahe Funken. Wie es sich wohl anfühlte, das Leben mit allen Sinnen genießen zu dürfen? Er wusste es fast nicht mehr, besaß nur noch Erinnerungen an dieses Kribbeln im Bauch und die wohlige Gänsehaut, wenn er etwas außergewöhnlich Gutes genossen hatte, wie den selbst gemachten Vanillepudding von seinem Lieblingsitaliener oder Sex. Doch nun war er abgestumpft. Tot. Und das frustrierte ihn zutiefst, er konnte es nicht oft genug betonen. Was war nur mit ihm geschehen? Er wollte so gerne wieder lauthals lachen, lieben, genießen.

Tarek kniff die Lider zusammen. Warum tauchte sie nicht auf?

Er sprang auf einen mannshohen Felsen, um von dort oben den Grund des Beckens abzusuchen. Leider spiegelte sich die Sonne auf der Wasseroberfläche, sodass er nichts erkennen konnte.

»Yana?«, rief er gegen das Tosen des Wasserfalls an.

Nichts.

Verdammt! Das hatte ihm gerade noch gefehlt. Was, wenn sie sich den Kopf angeschlagen hatte und ertrunken war?

Dann müsste er sich nicht die Hände schmutzig machen.

Nein, er musste wissen, ob sie tot war, musste es mit eigenen Augen sehen! Außerdem wollte Murano einen Beweis. Wenn er den nicht lieferte, ging es ihm selbst an den Kragen.

Kurz schaute er auf den Ablauf des Beckens, der in einen Fluss mündete, entdeckte jedoch keinen leblosen Körper.

Er riss sich die Waffen ab, warf den Trinkbeutel sowie seine Sonnenbrille daneben, zog die schweren Stiefel aus und sprang vom Felsen ins Wasser. Das kühle Nass umschloss ihn, Druck legte sich auf seine Ohren. Mit ausladenden Schwimmzügen suchte er den Grund nach ihr ab.

Nichts. Nur das tosende Geräusch des Wasserfalls, aufgewirbelte Blätter und Äste, Fische.

Wo war sie?

Sein dröhnender Herzschlag in den Ohren verursachte ihm Kopfschmerzen. Prustend tauchte er auf, holte tief Luft und tauchte erneut, ließ sich von der Strömung treiben, um herauszufinden, in welche Richtung sie abgedriftet war.

Wieder nichts.

Unter einem Wasserfall konnte sich ein Strudel bilden, eine Art Walze, die einen daran hinderte, aufzutauchen, weil man ständig nach unten gezogen wurde. Verdammt, warum war er nicht eher darauf gekommen? Keine normale Frau konnte so lange die Luft anhalten oder hatte genug Kraft, sich aus dem Sog zu befreien.

Urplötzlich befiel ihn Panik und sein Beschützerinstinkt überraschte ihn. Das Gefühl überwältigte ihn, ließ ihn spüren, dass er doch noch lebte, aber es machte ihm auch Angst.

Yana war sportlich, vielleicht lebte sie noch!

Er tauchte auf und kraulte los, hielt immer auf den Wasserfall zu. Das Tosen war so laut, dass er sich einbildete, ihre Stimme zu hören. Seine Sinne spielten ihm einen Streich. Oder die Wassernixen, die in dem Becken leben sollten. Sein Kriegerbruder Jazz hatte immer Witze darüber gemacht.

»Tarek!«

Als er ihre Stimme erneut vernahm, diesmal hinter sich, drehte er sich um und traute seinen Augen kaum. Dort stand sie am Ufer, nur in ihrer pinkfarbenen Unterwäsche, die Hände in die Hüften gestemmt, das kurze Haar tropfnass, und grinste ihn an.

»Hast du was verloren, Tarek? Oder willst du Fische fangen?«

Vor Erleichterung wäre er beinahe untergegangen, aber dann packte ihn die Wut. *Diese Göre!* Mit ausladenden Zügen schwamm er ans Ufer, und sie nahm kichernd vor ihm Reißaus, wollte zurück ins Becken springen. Er war jedoch schneller, riss sie zu Boden und beide kamen sie auf der Wiese zum Liegen.

»Wo warst du, verflucht!?« Er rollte sich auf sie und hielt ihre Arme über dem Kopf gefangen.

»Ich habe mich hinter dem Wasserfall versteckt, da war ein Hohlraum. Keine Sorge, wir können weitergehen.« In ihrem Gesicht glitzerten Wassertropfen, und ein paar davon hatten sich in ihren langen Wimpern verfangen. Tarek studierte ihre gerade Nase, die hohen Wangenknochen, den sinnlichen Schwung ihrer Lippen. Sein Körper entwickelte ein Eigenleben, schmiegte sich an sie und er spürte durch die nasse Kleidung die Hitze ihrer Haut.

Auf einmal erlosch ihr Grinsen. »Ich hab doch gewusst, dass du dir was aus mir machst.«

»Neue Holster für meine Waffen vielleicht«, knurrte er. »Tu das nie wieder!«

Sie kämpfte ihre Arme frei – Tarek wunderte sich über ihre Kraft –, zog sein nasses Shirt ein Stück hoch und kitzelte ihn an der Taille. »Sei bitte nicht böse. Du bist unheimlich, wenn du so finster schaust.«

Die zarten Berührungen ihrer Finger kribbelten. Glühende Impulse schossen durch seine Nervenbahnen und sammelten sich tief in seinem Unterleib. Während er auf ihr lag, wurde er hart.

Warum jetzt, warum sie? Was passierte hier?

Irgendetwas war anders an dieser Frau, seine Instinkte hatten ihm das schon vor Monaten verraten. Sie hatte etwas an sich, das ihn zu ihr hinzog. Zwischendurch schien sie einen unglaublich guten Duft zu verströmen, wie sein Lieblingsvanillepudding. Und als sie ihn im Schlafzimmer angesprungen hatte, war ein urplötzliches Verlangen in ihm aufgekommen. Seit Jahren hatte er nicht ein Mal selbst Hand an seinen Schwanz gelegt, weil er keinerlei Lust empfunden hatte, doch die Nähe dieser Frau weckte seine Lebensgeister und brachte ihn aus dem Konzept. Er hatte eine Aufgabe zu erledigen!

Sie ließ ihre Hand in seinen Nacken gleiten und löste den Knoten des Lederbandes, das sein langes Haar zusammenhielt. Sofort fielen die nassen Strähnen herab und schirmten ihre Gesichter von der Außenwelt ab.

»Du hast außergewöhnliche Haare.« Yana nahm eine dunkelblonde Strähne in die Hand, wickelte sie sich um den Finger und zog ihn daran näher.

Ihre Berührungen, der fast nackte, geschmeidige Frauenkörper unter ihm … Ihn hielt nichts mehr. Er presste die Lippen auf ihren Mund, drang mit der Zunge in ihre Hitze und stöhnte auf, als sie ihm entgegenkam.

Seine Eichel pulsierte, mehr Blut strömte in seine Lenden. Oh Gott, wie sehr hatte er das vermisst! Sein Herz pumpte seit langer Zeit nicht vor Anstrengung so wild, sondern vor Leidenschaft.

»Deine Angst um mich hat deine eiserne Hülle aufgebrochen«, murmelte sie zwischen ihren Küssen. »Ich wusste, dass du kein Stein bist.«

Er verstand kaum, was sie sagte, wollte nur spüren, wie das Leben von ihm Besitz ergriff. Tarek konnte riechen, dass Yana bereit für ihn war, bereit, von ihm genommen zu werden.

Wie im Rausch riss er ihr die Unterwäsche vom Leib, während sie sich räkelte, die Finger in sein Haar krallte oder ihn küsste.

Als sie nackt und schwer atmend unter ihm lag, hielt er ein paar Sekunden inne, um ihren perfekten Körper zu betrachten. Zu gerne wollte er jeden Millimeter erforschen, die kleinen rosa Nippel, die sich ihm einladend entgegenreckten, oder die verlockende, glitzernde Spalte, aber er wollte sich durch nichts aufhalten lassen. Wer wusste, wie lange dieser seltsame Zustand anhielt? Tarek wollte nur noch den Gipfel der Lust erleben, der ihm so lange verwehrt gewesen war.

Er verdrängte das Wissen, dass sie andere Männer vor ihm gehabt hatte, denn der Gedanke machte ihn rasend. Jeden Tag hatte er erlebt, wie sie auf sein Geschlecht wirkte. Alle drehten sich nach ihr um, flirteten mit ihr. Als ob sie ununterbrochen Hormone aussandte, die ihre Umwelt verrückt machten. Jetzt konnte er die Blicke der anderen verstehen, konnte Yanas Anziehungskraft fühlen.

»Nun mach schon«, flehte sie.

Sie wollte es genauso wie er! Und er fühlte! Verdammt, er FÜHLTE! *Nicht aufhören*, dachte er unentwegt. Er wollte spüren, wie das Leben durch seinen Körper raste.

Seine Hände zitterten stark, als er sich das Shirt auszog und anschließend die Hose öffnete. Der feuchte Stoff klebte an den Beinen und ließ sich nicht schnell genug abziehen, daher behielt er die Hose an.

Als Yana einladend ihre Schenkel spreizte, packte er seinen Schwanz und stieß zu, direkt in ihr heißes, enges Inneres. Ihre Hitze umschloss ihn fest, er badete in ihrer süßen Nässe.

Gott, das war das Paradies! Laut stöhnend sank er auf sie, küsste sie erneut wild und bewegte die Hüften in einem immer schneller werdenden Rhythmus. Er war nicht impotent, sondern er lebte, er fühlte! Ihre heiße Spalte schmiegte sich an ihn, massierte ihn.

Verdammt, war das geil!

Nicht aufhören, immer in sie stoßen, in diese enge, heiße, feuchte … Himmel, er spritzte gleich ab.

»Tarek …« Ununterbrochen stöhnte sie seinen Namen, was ihn noch geiler machte. Yana öffnete sich, ließ ihn tiefer in ihren Körper, dann legte sie die Beine um seinen Hintern.

Stöhnend bog sie den Rücken durch. »Ich wusste, dass du gut bist.«

Alles, was ihm als Antwort dazu einfiel, war: »Es wird das letzte Mal sein, dass dich ein Mann fickt, und ich will, dass es dein bestes Mal ist.«

Yana fasste in Tareks Haar und starrte in seine whiskeyfarbenen Augen. Wovon sprach er?

Ihr Herz klopfte wild. War er eifersüchtig und besitzergreifend? Wollte er sie für den Rest des Lebens für sich allein haben?

Ach, wenn er doch bloß mit ihr nach Paradisia kommen könnte! Sie würde ihn vermissen.

Tarek war wie ausgewechselt, in seinem sonst kühlen Blick loderten Flammen. Und er füllte sie aus, stieß tief in sie und brachte ihren Körper zum Summen.

Krass, sie trieb es tatsächlich mit einem Warrior, noch dazu im Dschungel! Die grünen Baumwipfel drehten sich und mischten sich mit der Farbe des graublauen Himmels.

Woher kommt seine plötzliche Glut?, fragte sie sich und genoss, wie er sie nahm: hart, leidenschaftlich und ohne Rücksicht. Doch er tat ihr nicht weh, sie spürte nur Lust, grenzenlose Lust.

Ihr war im Moment auch egal, was seinen Gemütswechsel bewirkt hatte, denn sie stand kurz vor einem gigantischen Höhepunkt. Sie wünschte, Tarek würde völlig nackt auf ihr liegen und sie könnte alles an ihm spüren, jeden Zentimeter Haut. So musste sie sich mit seinem Oberkörper und seinem Penis zufriedengeben, der ständig einen Punkt in ihr reizte, der sie rasch dem Ende entgegentrieb.

Er hatte eine Hand in ihrem Haar vergraben und schaute sie an, als wüsste er nicht, wie ihm geschah. Seine schönen Lippen waren leicht geöffnet, der Blick verklärt. In abgehackten Schüben traf sein Atem auf ihr Gesicht, während er mit den Hüften pumpte, um in sie zu stoßen.

Sie mochte das Gefühl, wie sich seine Brusthaare an ihr rieben. Er hatte sie nicht abrasiert wie viele andere Warrior – oder wuchsen ihnen keine? –, das fand sie sexy und männlich. Tarek war ein richtiges Tier.

Yana zerwühlte sein Haar, strich über den breiten Rücken und krallte schließlich die Finger in seinen muskulösen Hintern, als sich ihr Inneres um seinen Schaft krampfte. Lustwellen pulsierten durch ihren Körper, und sie musste diese köstliche Explosion herauslassen, oder sie würde zerspringen. Als sie schrie, hielt er ihr den Mund zu, dann zuckte er in ihr, über ihr, wobei er rau knurrte.

Der Druck seiner großen Hand gab ihr den Rest und riss sie in einen Strudel aus nie enden wollender Ekstase. Der Orgasmus wollte nicht aufhören, und ihr Inneres krampfte sich mehrmals hart um seinen Penis.

Irgendwann wurde ihr bewusst, dass sie schwer atmend auf der Wiese lag und den Himmel bewunderte, auf dem graue und weiße Wolken seltsame Fantasiegestalten bildeten. Rote Vögel flogen von einer Baumkrone zur nächsten, kleine Insekten brummten um sie herum. Das waren keine Illusionen, keine Projektionen. Das war alles echt, und trotzdem kam es ihr unwirklich vor.

Tarek hatte sich neben ihr auf den Rücken gerollt und starrte mit zusammengekniffenen Lidern ebenfalls in den Himmel. Er wirkte verkrampft, und seine altbekannte Kälte begann erneut von ihm abzustrahlen. Dieser Mann war ein einziges Rätsel, ein Paradoxon.

Sie schielte auf seinen Penis, der nun schlaff aus seine Hose ragte, und bemerkte die Narben an seinem Bauch, die hier jeder Warrior besaß: Ein N, ein W und ein C. Sie standen für New World City.

Schnell schloss er die Hose und setzte sich auf.

Yana hockte sich ebenfalls hin und legte die Arme um ihre angezogenen Knie. Die Stille zwischen ihnen wirkte bedrückend. Sie hatte so viele Fragen. »Warum hast du mir den Mund zugehalten?«

»Damit du keine unerwünschten Gäste anlockst.« Er stand auf, zog sich sein feuchtes Shirt über und legte die Waffen an, die er auf dem Felsen zurückgelassen hatte.

Sie schaute sich um. »Wer ist denn noch hier?«

»Pfeilmenschen.«

»Pfeilmenschen? Hier draußen leben tatsächlich Leute? Ich dachte, das wäre ein Gerücht und hier würde es nur Tiere geben?« Rasch sprang sie auf.

»Die Eingeborenen gibt es tatsächlich.«

»Sind sie gefährlich?«

»Ich weiß nicht, wie sie sich jetzt uns gegenüber verhalten; sie haben uns auch noch nicht entdeckt und so soll es bleiben.«

»Und warum hast du dann das Buschmesser in der Hand?« Er starrte sie an, als würde er ihr gleich den Kopf abschlagen wollen. »War ich so schlecht?« Sie lächelte unsicher, anschließend machte sie ein paar Schritte ins erfrischende Wasser, um sich zu reinigen.

Sie beeilte sich, denn sie wollte endlich zu Emma und schämte sich, dass sie ihre geliebte Schwester tatsächlich für ein paar Minuten vergessen hatte; aber Tarek würde ihr auch fehlen. Was war das zwischen ihnen gewesen? Es hatte nur noch ihn und sie gegeben.

Verwirrt schüttelte er den Kopf, bevor er die Spitze der Klinge in den weichen Boden rammte. »Warum will dein Onkel dich loswerden?«

»Was?« Sie rieb über ihre geschwollenen Schamlippen, die sich immer noch heiß anfühlten, und tauchte mit einem Finger dazwischen.

Abrupt wandte er den Blick ab, als könne er es nicht ertragen, sie weiterhin nackt zu sehen. Er war wirklich ein seltsamer Kerl. »Nun sag schon, wie meinst du das mit Stephen? Ich fliege zu Emma, er will mich nicht loswerden. Es ist die größte Ehre, nach Paradisia zu dürfen.«

Angestrengt schaute er zu einem Busch, als ob sich darin etwas oder jemand verbergen würde. »Was hat deine Schwester getan? Nur Auserwählte dürfen auf die Insel.«

Das hatte sie sich auch oft gefragt. »Ich weiß es nicht, er hat es mir nie erzählt, aber es muss etwas wirklich Wichtiges gewesen sein.«

Als sie aus dem Wasser trat und frische Unterwäsche aus dem Rucksack kramte, schielte er ab und zu in ihre Richtung. »Und was hast du getan?«

Kerl, rede endlich Klartext! Energisch zog sie sich an. »Ich verstehe nicht, was du meinst. Bist du eifersüchtig, weil ich nach Paradisia darf?«

»Ich bringe dich nun in Sicherheit.« Mit gesenktem Kopf trat er auf sie zu, als wäre es eine große Bürde, sie zum Shuttle zu begleiten.

»Sicherheit?« Hektisch sah sie sich um. Waren diese Eingeborenen in der Nähe? Nein, offenbar nicht, dann würde er wohl nicht wie ein Häuflein Elend vor ihr stehen. »Vor wem sollte ich mich denn fürchten müssen? Vor dir?« Oh Mann, der Sex hatte ihn völlig aus der Spur gebracht.

Plötzlich verkrampfte sich ihr Herz, danach flatterte es wild vor Aufregung. Moment, er hatte sich doch nicht etwa … Ach Quatsch, er konnte nicht lieben. Aber ficken konnte er ausgezeichnet. Allein dafür würde sie ihn gerne behalten.

Herrgott, Yana, er ist nicht dein Sexsklave!

Sie schlüpfte in ihren Rock, zog sich ihr Shirt über und trat auf ihn zu. »Empfindest du etwas für mich, Tarek?« Fest blickte sie ihm in die Augen. Die Glut darin war beinahe erloschen.

Er räusperte sich und sagte in seinem gewohnt harten Ton: »Ich kenne eine Höhle, da kannst du dich verstecken.«

»Höhle?« Am liebsten hätte sie ihm etwas an den Kopf geworfen! »Was ist denn los mit dir?«

Als er »Es gibt kein Shuttle nach Paradisia« murmelte und sich umdrehte, packte sie ihn an der Schulter.

»Bist du jetzt völlig übergeschnappt?« Mit einmal Mal war ihre gute Laune ruiniert.

»Es gibt keine Shuttle-Basis im Dschungel, Yana. Und es gibt kein Paradisia für dich oder deine Schwester. Wir sind nur hier draußen, weil …« Fluchend fuhr er sich durch sein langes Haar. »Murano wollte, dass ich dich umbringe.«

Tränen des Zorns bahnten sich einen Weg an die Oberfläche. Sie hatte lange nicht mehr geweint, aber Tarek stellte ihre Geduld hart auf die Probe. »Warum sagst du so etwas? Was ist plötzlich mit dir los? Bist du sauer, weil du nicht mitkommen darfst?«

Seufzend schüttelte er den Kopf und wirkte dabei ehrlich durcheinander und sogar ein bisschen verzweifelt. »Verstehst du nicht, was ich gesagt habe? Ich soll dich töten!«

Eiseskälte kroch in ihr Herz. »Bring mich zu Emma!« Mit beiden Fäusten schlug sie auf seine Brust ein, aber das schien ihn kaum zu beeindrucken. »Sofort!« Stattdessen ließ er es zu, dass sie sich an ihm abreagierte, bis er sie fest in die Arme zog, sodass ihre Hände zwischen ihren Körpern gefangen waren.

»Sie ist tot«, sagte er leise und strich über ihren Rücken. »Emma ist tot.«

Kraftlos ließ sie sich gegen ihn sinken, während sich eine undefinierbare Leere in ihr ausbreitete. Sie würde doch fühlen, wenn Emma nicht mehr lebte? Sie waren Zwillinge, waren immer wie eine Einheit gewesen, hatten oft dasselbe gedacht und gesagt. »Ich verstehe das alles nicht. Warum bist du so grausam?«

»Ich lüge dich nicht an, Yana. Diesmal nicht.«

Während sie an seiner Brust lag, hörte sie zu, was er ihr erzählte, konnte jedoch nichts davon begreifen. »Du weißt, dass Warrior ein Supergehör haben? Nur Murano scheint das regelmäßig zu vergessen, besonders wenn er seine Wutanfälle hat. Daher habe ich ein paar Gesprächsfetzen aufgeschnappt. Er hat sich regelmäßig mit deiner Schwester oder seinen Spitzeln unterhalten. Emma hatte wohl den Auftrag, jemanden in White City zu töten und starb bei dem Versuch.«

»Emma sollte jemanden ermorden?« Ihre Schwester … eine Mörderin? Nein, nein! »Niemals! Bring mich zu ihr! Wo ist das Shuttle?«

Als sie sich die Tränen aus den Wimpern zwinkerte und zu ihm aufblickte, wusste sie, dass er die Wahrheit sagte. Niemals hatte er sie verzweifelter angesehen.

»Es tut mir wirklich leid«, murmelte er und schloss die Augen.

Erst jetzt wurde ihr die volle Tragweite seiner Worte bewusst. Emma, ihre heißgeliebte Schwester und Seelengefährtin sollte nicht mehr am Leben sein? Sie glaubte das nicht ohne einen Beweis, aber wenn Tarek es persönlich gehört hatte …

Plötzlich wich sämtliche Kraft aus ihren Beinen und sie rutschte an ihm hinunter. *Tot, Emma ist tot, Paradisia eine Lüge, Stephen ein Bastard und Tarek sollte mein Mörder sein …* Übelkeit und Schwindel überwältigten sie, ihre Sicht verschwamm und sämtliche Geräusche verstummten. Dann ballte sich ihr Magen schmerzhaft zusammen und sie erbrach sich in die Wiese. Ihre letzte Mahlzeit mischte sich mit Rotz und Tränen, und sie wollte nur noch sterben, wollte zu ihrer geliebten Schwester, wo auch immer ihre Seele gerade war.

Wenn Emma nicht mehr lebte, wollte sie auch nicht mehr leben. Kalt, ihr war so kalt und schlecht und schwindelig, sie bekam kaum Luft … »Stephen ist also Schuld, dass …«

»Ja.« Tarek hielt ihr seinen Trinkbeutel vor die Nase. Dankbar nahm sie ein paar Schlucke, danach wusch sie sich im Becken das Gesicht.

In den letzten Stunden hatte sich so viel Neues ereignet, dass ihr jedes Wort aus Tareks Mund unwirklich vorkam. Dazu diese Umgebung … Vielleicht träumte sie alles bloß? Ja, das musste es sein: ein irrer Albtraum.

Schwankend stand sie auf, knickte sofort wieder ein, und ein spitzer Stein bohrte sich in ihr Knie. Der scharfe Schmerz klärte ihren Verstand. Alles hier war echt und Emma war tot wegen Stephen. Und sie wollte er auch umbringen lassen? Die Übelkeit wandelte sich in Wut.

Sie würde ihren Patenonkel dafür büßen lassen, oh ja, und wenn es das Letzte war, was sie tat. Erneut stand sie auf, wobei Tarek sie am Arm hielt.

»Bring mich zurück in die Kuppel!«

Er schüttelte den Kopf. »Das kann ich nicht.«

Natürlich, Stephen würde ihn wegen Befehlsverweigerung verurteilen. »Ich will, dass er für all das blutet, was er Emma angetan hat!«

Nun nickte er ernst. »Ich verstehe dich, aber du wirst tot sein, noch bevor du ihm in die Augen blicken kannst. Er trägt immer eine Waffe bei sich.«

Das hatte sie nicht gewusst.

Sie sank gegen einen Baum und Tarek kniete sich neben sie. Er wirkte gefasst, ihr Fels in der Brandung. Sie war so froh, dass er bei ihr war. Außer ihm hatte sie niemanden mehr. Ihre sogenannten »Freunde«, die sie in New World City zurückgelassen hatte, waren eher oberflächliche Bekanntschaften, genau wie ihre bisherigen Männerbeziehungen. Außer zu Emma hatte es nie engere Bindungen zu anderen Menschen gegeben. Ihre Schwester und sie waren immer ein Team gewesen, unzertrennlich. *Nicht über sie nachdenken …*

»Was ist mit deinen Augen?« Tarek starrte sie stirnrunzelnd an.

»Lenk nicht vom Thema ab«, antwortete sie kraftlos.

»Im Ernst, sie haben sich verändert.« Er nahm ihr Kinn in die Hand und zwang sie, ihn anzublicken. »Deine Pupillen sind ellipsenförmig, das habe ich schon bei Tieren gesehen. Und die Farbe deiner Iriden … Sie leuchten regelrecht!«

Sie krabbelte zum Ufer und schaute ins Wasser. Tatsächlich, ihre Pupillen hatten sich verformt!

Keuchend drehte sie sich zu Tarek um. »Was ist das? Was passiert mit mir?« Wollte Stephen sie deshalb los haben? Weil sie … anders war? Aber wieso bemerkte sie das erst jetzt?

Erneut fasste er an ihr Kinn. »Deine Augen sind beinahe wieder normal; es war wohl nur vorübergehend. Ich habe das auch noch nie gesehen.«

Yana verstand nichts mehr. Verzweifelt hoffte sie weiterhin, sich in einem verrückten Traum zu befinden. Emma sollte nicht mehr leben, mit ihr stimmte etwas nicht und ihr Onkel wollte sie umbringen lassen. *Das ist doch irre!*

»Wie wolltest du es tun?«, flüsterte sie kraftlos und schielte auf Tareks Waffen. Besonders die Machete jagte ihr Angst ein. Zum Glück steckte sie drei Schritte entfernt in der Wiese.

»Ich wollte nicht, ich musste! Und falls Murano erfährt, dass du lebst, wird er mich exekutieren lassen.«

»Wie, Tarek?«

Er erhob sich und schlug sich auf die Oberschenkel. »Ich dachte an Klippen, die steil ins Meer fallen. Es wäre schnell gegangen. Vielleicht hätte ich dir vorher eine Kugel in den Kopf gejagt, damit du nicht leiden musst, keine Angst hast.« Hektisch knotete er sich sein Haar im Nacken zusammen und vermied es, sie anzusehen.

Klippen, Kugel … Sie hatte vergessen, wer vor ihr stand. Warrior waren Krieger, die ausführende Gewalt des Senats.

Himmel, sie hatte mit ihm geschlafen! »Du wolltest mich erst noch schnell ficken und deinen Spaß haben und mich danach töten?« Oh Gott, jetzt ergab sein Satz einen Sinn! *Es wird das letzte Mal sein, dass dich ein Mann fickt …*

Resolut kämpfte sie sich auf die Beine. Sie wollte vor Tarek nicht länger das gebrechliche Frauchen spielen. »Du hättest also die Drecksarbeit für Stephen erledigen sollen oder war er zu feige, es selbst zu tun?«

»Das hätte wohl einige Fragen aufgeworfen und das Volk verstimmt. Schließlich warst du sein Vorzeigepatenkind.«

Natürlich, die durfte man nicht töten, stattdessen gab man vor, sie ins Paradies zu verfrachten, um den Bürgern zu zeigen, dass sie sich noch mehr anstrengen sollten.

Yana kochte und machte einen Schritt auf Tarek zu. »Und jetzt sagst du mir gleich noch, dass mir Stephen Gnade erwiesen hat, weil er dich auf mich angesetzt hat, denn er hätte mich genauso gut in einer der Shows verbraten lassen können.« Sie erschauderte. Wo wäre sie vielleicht sonst gelandet? In der Sexshow oder der Kampfarena? Und warum hatte Stephen sie nicht dem Volk zum Fraß vorgeworfen? Weil es sonst bemerkt hätte, dass etwas mit ihr nicht stimmte? Ihre Augen … Ob sie sich verändert hatten, weil sie so wütend wie noch nie gewesen war?

Er brachte ihr bloß Schweigen entgegen, wie immer, wenn dem Herrn die Antworten wohl zu unangenehm waren!

»Na toll, und jetzt?« Sie standen mitten in einem Dschungel! »Bring mich zur Kuppel!«

Erneut hätte sie am liebsten geheult, doch sie verdrängte den Gedanken an Emma und ihre eigene Misere so gut sie konnte, denn sie hatte ein neues Ziel: so lange zu überleben, bis sie ihre Chance auf Rache bekam.

Tarek kniff die Lider zusammen. »Vergiss es, Yana. Du wirst nie wieder einen Fuß unter die Kuppel setzen.«

»Du lässt mich also allein im Dschungel zurück?«

Er drehte ihr den Rücken zu und zog die Machete aus dem Boden. »Dafür wirst du leben.«

»Zu welchem Preis, Tarek?« Langsam stieg Panik in ihr auf und schnürte ihr die Kehle zu. »Bist du dann wenigstens so freundlich und zeigst mir den Weg zum nächsten Supermarkt? Oh, ich vergaß, hier gibt es keinen Supermarkt, ich muss mir mein Essen selbst fangen. Und so lebte sie verzweifelt und ohne Hoffnung auf Rettung in der grünen Hölle, bis die Strahlenkrankheit sie dahinraffte!«

»Mir gefällt das selbst nicht!« Er wirbelte zu ihr herum und drückte ihr eine kleine Pistole sowie eine Patronenschachtel in die Hand. »Kannst du damit umgehen?«

Sie nickte. Grundlegende Kenntnisse im Umgang mit Waffen hatte Stephen ihr beigebracht. Ein paar Mal hatte er sie mit zum Schießstand genommen.

Als sich wie aus dem Nichts der Himmel verdunkelte und ein Regenschauer über sie hereinbrach, trieb das ihre Beherrschung ans Limit. »Vermutlich gibt es hier auch kein nettes kleines Baumhaus mit Komforteinrichtung?«, rief sie durch den prasselnden Regen. Er schien nicht nur von oben zu kommen, nein, er spritzte auch von unten herauf. Im Nu waren sie beide klitschnass.

»Nein, aber ich weiß, wo du Unterschlupf finden kannst. Folge mir.«

Sie schnappte sich den Rucksack sowie ihre Sandalen und lief barfuß hinter ihm her. »Gehen wir zu deinen Freunden den Pfeilmenschen?« Die hatten doch bestimmt eine Hütte oder zumindest irgendeine Art von Dach über dem Kopf? Der Regen klatschte ihr in den Nacken und lief ihr den Rücken hinunter, aber immerhin war er warm.

»Sie sind nicht meine Freunde. Nicht alle.« Tarek schlug sich mit dem Buschmesser quer durch den Dschungel. Dabei spannten sich seine Muskeln an, jede Sehne zeichnete sich durch sein nasses Shirt ab. Sie konnte heilfroh sein, dass er auf ihrer Seite stand.

»Dann kennst du sie?«

»Einer von ihnen hat mir mal das Leben gerettet.«

Also bestand Hoffnung, dass sie eine mögliche Begegnung mit den Wilden überleben würde.

»Hast du dir im Dschungel dein Bein verletzt?« Sie hatte gesehen, wie er im Fittnesszentrum Übungen gemacht hatte, um die Muskeln rund um sein Knie zu stärken.

»Hm«, brummte er.

Sie hatte ihn schon ein paar Mal darauf angesprochen, weil ihr das minimale Humpeln an manchen Tagen aufgefallen war, doch er hatte ihr nie eine Antwort gegeben. Offensichtlich war sein Stolz verletzt, weil er nicht mehr als Warrior dienen durfte.

Yana wusste nicht, was sie im Moment mit der Pistole anfangen sollte, daher steckte sie diese mit den Patronen in den Rucksack.

Tarek konnte Yana nicht töten. Er hätte es nicht übers Herz gebracht und erst recht nicht, nachdem sie es geschafft hatte, den abgestorbenen Teil in ihm zum Leben zu erwecken – auch wenn es nur von kurzer Dauer gewesen war. Er fühlte sich innerlich zerrissen. Soeben verstieß er gegen sämtliche Vorschriften und die Befehle seines Vorgesetzten. Sollte Murano jemals erfahren, dass seine Patentochter munter im Dschungel herumspazierte … Fuck, wie konnte er es anstellen, dass er nicht aufflog? Und vor allem, dass Yana nichts geschah? Er musste doch einen Beweis liefern!

In die Kuppel könnte sie nicht kommen, sie hatte keinerlei Zugriff auf das Sicherheitssystem und würde die massiven Stahltüren niemals überwinden können. Aber was, wenn seine ehemaligen Waffenbrüder immer noch im Dschungel patrouillierten? Murano hatte ihm versichert, dass heute keine Truppe draußen war. Tarek hatte keine Ahnung, inwieweit sie im Urwald noch eingesetzt wurden, schließlich gab es hier keine wirklichen Gefahren. Tatsächlich schien der Großteil des Daseins der Warrior nur noch darin zu bestehen, das Volk bei Laune zu halten, indem sie in den Shows auftraten oder Verbrecher hinrichteten. Tarek kannte beides, war zuerst in der Show aufgetreten und danach kurz ein »Gladiator« gewesen, den es mit Stolz erfüllt hatte, den Abschaum der Republik zu eliminieren. Wie sehr ihn all das jetzt anwiderte, diese Lust am Töten, das Funkeln in den Augen seiner Brüder, wenn sie einem Mann, der sich nicht einmal richtig wehren konnte, mit dem Schwert den Kopf abschlugen. Oder die anderen Warrior, die weiterhin in den Sexshows die Sklaven quälten, sie vergewaltigten und sich an ihrem Leid ergötzten. Sie waren doch keine Barbaren! Sollten keine sein … Auch wenn der Senat nichts anderes in ihnen sah als Schlachter.

Tarek ekelte sich vor sich selbst, weil er früher das Bad in der Menge genauso genossen und es geliebt hatte, zwischen die heißen Schenkel einer Hure oder Sklavin zu tauchen, auch wenn er diese nie verletzt hatte, zumindest nicht körperlich. Er hatte sie immer schonend behandelt.

Jetzt war er ein anderer; zwar abgestumpft, doch ohne jegliches Interesse, Unschuldige hinzurichten. Unschuldige wie Yana.

Daher hatte er sich auch von seinem alten Freund Jazz distanziert, der nun persönlich für den Senat arbeitete, um Informationen aus Bürgern herauszufoltern, die sich offenbar gegen das Regime auflehnten. Na ja, ein Freund war dieser Bruder nie wirklich gewesen, niemand hatte jemals Zugang zu Jazz gefunden, aber Tarek verdankte ihm sein Leben. Er war es gewesen, der ihn damals vor der Höhle aufgespürt und nach Hause gebracht hatte.

Er wischte sich unter seinem zusammengebundenen Haar über den Nacken, sich bewusst, dass dort der Sender-Chip implantiert war, der jedem verraten konnte, wo er sich aufhielt. Sollten Warrior im Dschungel patrouillieren, würden sie ihn zumindest außerhalb der Höhle auf ihrem Radar ausmachen können. Er musste Yana schnell in Sicherheit bringen und dann verschwinden.

Als die Felswand, nach der er Ausschau gehalten hatte, endlich in Sichtweite kam, ging er schneller voran und drosch härter mit dem Buschmesser auf das Grünzeug ein.

»Warte doch mal!«, rief Yana hinter ihm, aber er wollte nur noch in den Berg. Höher als die Kuppel ragte er vor ihm auf, teilweise bewachsen mit allen Arten von Pflanzen, sodass der Eingang gut verborgen hinter einem natürlichen Vorhang aus herabhängenden Zweigen lag. Er schob sie zur Seite, um Yana hindurchzulassen, dann schloss Dunkelheit sie ein.

»Wohnen hier die Eingeborenen?«, fragte sie leise.

»Nein, und ich hoffe, dass hier auch niemand ist.« Er zog eine kleine Magnesiumfackel aus einer seiner unzähligen Hosentaschen und entzündete sie, indem er ein Ende an der Höhlenwand rieb. Sofort zischte ein grelles Licht auf.

Auf dem trockenen Boden entdeckte er Spuren, die vielleicht von einem Wildschwein stammten. Es mochte sich einmal in die Höhle gerettet haben, aber es lebte hier nicht. Nichts und niemand war in dem etwa zwanzig Quadratmeter großen Hohlraum zu Hause. Tarek konnte leicht gebückt darin stehen, während sich Yana nicht den Kopf anstieß.

Er durchmaß den Unterschlupf mit wenigen Schritten und mied es, genauer in den hintersten Winkel zu sehen. Dort lagen halb zu Staub zerfallene Blätter, denn einst hatte er auf einem Bett aus Blättern und Gras gelegen, während Klick ihn versorgt hatte.

Hastig schüttelte er die Erinnerungen ab und durchsuchte seine Hosentaschen. Er rammte die Magensiumfackel in den staubigen Boden, dann breitete er daneben alles aus, was Yana nützlich sein könnte. »Mit dem Wundlaser kannst du kleinere Verletzungen selbst verschweißen.« Vorsichtig legte er das stiftförmige Gerät ab. »Jede noch so winzige Wunde kann im Dschungel dein Todesurteil bedeuten. Infektionen haben bei diesem Klima leichtes Spiel.« Streng sah er sie an. »Außerdem kannst du damit Feuer machen. Aber das vermeidest du wenn möglich, um niemanden hierher zu locken. Benutze in der Höhle besser die Taschenlampe.« Er drückte ihr den fingergroßen Stab in die Hand. Danach holte er sämtliche Energieriegel hervor, damit sie fürs Erste etwas zu essen hatte. »Die sind sehr kohlenhydratreich«, erklärte er ihr. »Teile sie dir sorgsam ein.« Er machte auch seinen Trinkbeutel ab und reichte ihn ebenfalls Yana. »Es fällt oft Regen im Dschungel. Er sammelt sich in großen Blättern. Von dort füllst du ihn einfach in den Schlauch.«

»Kann man das Regenwasser denn trinken? Ich meine, wie sieht es mit der Verstrahlung aus?«

Er zuckte mit den Achseln und verdrängte neue grausame Bilder. Yana, die mit blutenden Schwären überzogen war und sich im Todeskampf wand. »Wenn du nichts trinkst, bist du in drei Tagen tot.«

»Ich könnte doch auch zum Wasserfall gehen.«

Er bewunderte, wie ruhig sie blieb. Jede andere Frau hätte einen Nervenzusammenbruch erlitten. »Ich will, dass du so viel wie möglich in der Höhle bleibst und dich nicht zu weit von ihr wegbewegst. Falls du dich verteidigen musst, gegen wen oder was auch immer, benutzt du die Waffe.«

»Und wenn ich nichts mehr zum Essen habe?«

Tarek konnte Yana kaum ansehen. Im bleichen Licht der Fackel wirkte sie mit den tropfnassen Haaren wie ein Häuflein Elend.

»Ich versuche so schnell wie möglich zurückzukommen. Aber zuerst … muss ich deinen Tod vortäuschen.«

Er hörte, wie sie schluckte. »Und wie willst du das tun?«

»Warte kurz hier.« Er verließ die Höhle und hielt im strömenden Regen nach einem Tier Ausschau. Das erste, das er sah, war ein graubrauner Mungo, der über ihm in einer Baumkrone hockte und an einer Frucht knabberte. Tarek zog seine Pistole, zielte und schoss dem Pelztier in den Schädel.

Wie ein Stein plumpste der Mungo herab.

»Tarek! Was …« Yana lief aus der Höhle und stellte sich zu ihm. Schweigend beobachtete sie, wie er dem Mungo den Bauch aufschnitt und ihn ausweidete. Er holte ein Stück vom Darm heraus und drückte ihn aus, damit er dort Blut hineinfüllen konnte, das er direkt aus dem Herzen des Tieres presste. Anschließend verknotete er den Darm und übergab Yana die Blutblase.

Sie verzog das Gesicht und warf einen angeekelten Blick auf seine blutigen Hände, nahm die warme Blase jedoch an. »Was mache ich nun damit?«

»Stecke sie vorsichtig in deinen BH, nah zu deinem Herzen. Wenn ich dich erschieße, schlägst du die Hand darauf, dann sieht es so aus, als hätte ich dich getroffen.«

Sie blinzelte. »Wenn du mich … erschießt?«

»Ich werde vorbeischießen. Daher musst du deine Hand dort lassen, weil es kein Einschussloch geben wird.«

»O-okay.« Mit zitternden Händen versuchte sie, den mit Blut gefüllten Darm unter ihrem Shirt zu befestigen.

»Warte, lass mich das machen.« Er ging zu einem großen Blatt, in dem sich Regen gesammelt hatte, um provisorisch seine Hände zu waschen, danach nahm er ihr die Blase ab, bevor sie platzte. »Heb dein Shirt hoch.«

Sie gehorchte.

Als er erneut ihre festen Brüste sah, schluckte er. Hatte er vor Kurzem tatsächlich seine Hände darauf gehabt? Er konnte sich an das Gefühl schon fast nicht mehr erinnern.

Er zog an dem Gummisaum in der Mitte des BHs und klemmte das Darmstück vorsichtig ein. »Okay, jetzt bleibst du einfach so stehen und spielst mit, es muss alles natürlich aussehen.« Er positionierte sie so, dass sie ihm den Rücken zuwandte. »Murano will, dass ich deinen Tod filme.«

»Das ist doch krank«, wisperte sie.

Er widersprach ihr nicht. Das war auch nicht abartiger als die Gladiatorenshows. »Er hat sogar eine Liveübertragung verlangt, aber das konnte ich ihm ausreden. Das wäre zu riskant, die Übertragung könnte abgefangen werden. Zum Glück gibt er sich mit einer Aufzeichnung zufrieden.« Er holte seinen Kommunikator aus der Hosentasche und sagte: »Okay, es geht los. Ich tu so, als würde ich hinter dir gehen, und sobald ich dich anspreche, drehst du dich um und ich schieße. Bereit?«

»Nein, aber bringen wir es hinter uns.«

»Ich starte jetzt die Aufzeichnung.« In der einen Hand hielt er das Gerät, in der anderen die Waffe. Hoffentlich lief alles glatt. »Yana?«

Sie drehte sich zu ihm um.

»Ich bringe dich jetzt zu deiner Schwester.« Er zielte knapp an ihrem Kopf vorbei, drückte ab, und sofort schlug sie sich die Hand auf die Stelle zwischen ihren Brüsten, an der ihr Herz saß. Während sie ihn mit aufgerissenen Augen anstarrte und ihr Atem stockte, lief Blut zwischen ihren Fingern hervor. Beinahe glaubte er, sie wirklich getroffen zu haben. Sie schwankte, schloss die Lider und sackte zusammen.

Schnell schaltete Tarek die Übertragung ab und lief zu ihr. »Yana?« Sie lag im nassen Gras und rührte sich nicht. »Yana!«

Schluchzend öffnete sie die Augen und schaute erst auf ihre blutige Hand, dann auf ihr beflecktes Shirt. »War das okay?«

»Perfekt.« Er hob sie hoch, drückte ihren bebenden Körper an sich und trug sie zurück in die Höhle. Dort setzte er sie ab.

»Du bist unglaublich tapfer.« Mit diesen Worten drehte er ihr den Rücken zu und wollte sie verlassen, aber sie reagierte schnell und hielt ihn am Arm fest.

»Tarek, warte!«

Stocksteif blieb er vor der Blätterwand stehen.

»Bitte komm bald wieder.« Sie warf sich an seinen Hals und vergrub das Gesicht an seiner Brust.

Er schluckte. Sie würde ihn mit Blut beschmieren, aber das ließ die Sache vielleicht sogar authentischer wirken. Was sollte er Murano sagen? Dass er sie zu den Klippen getragen hatte? »Ich werde tun, was ich kann.« Langsam legte er die Arme um ihren zitternden Körper und spürte die Wärme ihrer Haut durch den feuchten Stoff. »Ist dir kalt?«

»Nein«, hauchte sie an seinen Hals.

»Du musst trotzdem aus den nassen Sachen raus.« Er löste sich von ihr, obwohl es ihm unglaublich schwer fiel, sie allein zurückzulassen, und trat hinaus in den dampfenden Dschungel. Der Regen hatte aufgehört und die Sonne schickte ihre trocknenden Strahlen herab. Erneut bereitete ihm das Atmen in der schwülen Luft Mühe.

Da er das Buschmesser bei Yana in der Höhle gelassen hatte, nahm er denselben Weg zurück, den sie gekommen waren. Er schaute sich nicht um, wollte nicht wissen, ob sie ihm nachstarrte. Er wusste, dass sie es tat, er fühlte ihre verzweifelten Blicke in seinem Rücken. Es kostete ihn all seine Beherrschung und Kraft, nicht zu ihr zurückzulaufen. Er musste wieder in die Kuppel, musste Murano Bericht erstatten und ihm das Video zeigen, oder der Senator würde noch einen Trupp losschicken, um sie zu suchen.

Die feuchten Blätter schnalzten ihm ins Gesicht, als er immer schneller ging und schließlich rannte, als ob die grüne Hölle ihn verschlingen wollte. Das hatte sie bereits einmal getan, und er war nur knapp dem Tod entronnen. Damals hatte es tagelang geregnet, und ihre Gruppe hatte kaum die Hand vor Augen gesehen, als sie völlig durchgeweicht nach dem Einsatz zurück in die Kuppel marschiert waren. Sie waren der letzte Trupp des Tages, die Dunkelheit brach bereits herein …

Verflucht, dachte Tarek, als er beinahe über eine Wurzel gestolpert wäre. Knöcheltief sanken er und seine Brüder in den Schlamm, der das Laufen zu einer Tortur machte. Seine Beine waren schwer wie Blei, seine Kleidung wog wegen Nässe und Dreck mindestens fünf Kilo mehr, und er konnte kaum noch den Weg erkennen. Der Regen war so stark, dass er von allen Seiten zu kommen schien.

Das Unwetter hatte sie während der Jagd überrascht. Da sich die Pfeilmenschen mittlerweile in ihre Hütten zurückzogen, sobald Warrior durch den Dschungel streiften, waren sie dazu übergegangen, die Tiere zu jagen. Während ihrer Ausbildung hatten sie gelernt, hier draußen zu überleben, wie man Wildschweine oder andere Tiere ausnahm und über dem Feuer zubereitete. Manchmal schossen sie so viel, dass es für eine Armee reichen würde, und ließen die Kadaver einfach liegen. Auf irgendeine Art mussten sie schließlich ihre Munition loswerden. So viele Pfeilmenschen gab es gar nicht, wie sie Kugeln hatten, und wenn erst einmal keine Eingeborenen mehr da waren, würde der Rat sie vielleicht nicht mehr nach draußen schicken. Aber er und seine Brüder liebten es, unter freiem Himmel zu jagen und der Enge der Kuppel und ihren Regeln zu entfliehen. Der Drill der Ausbildung lastete noch schwer auf den meisten, und das bisschen Freiheit war das größte Geschenk, das sie sich kurzerhand selbst machten.

Nur heute wollte Tarek endlich zurück, schnell den Kampf in der Arena hinter sich bringen und dann unter die Dusche steigen. Als Letzter lief er hinter seinem Bruder Jazz her, dessen langes hellbraunes Haar zu vielen Zöpfen geflochten war. Jazz war der verschlossenste Krieger, den er jemals kennengelernt hatte, aber der beste Mann in ihrer Einheit. Auch in der Arena machte ihm keiner so schnell etwas vor. Trotz des eher schlanken, fast ausgezehrten Körpers führte Jazz sein Schwert präzise und mit einer Leichtigkeit, als würde es nichts wiegen. Jeder Treffer saß, und die Sklaven mussten nicht lange leiden, außer, der Senat wollte es so. Dann wusste Jazz am besten, wie er sein Gegenüber verletzen und ihm größtmöglichen Schmerz zufügen konnte, ohne ihn sofort zu töten. Er war eine grausame Kampfmaschine, eiskalt und ohne Gnade.

Plötzlich blieb Tareks Fuß in einem Matschloch stecken, sodass er der Länge nach in den Schlamm fiel. Abrupt drehte sich Jazz um.

Scheiße, heute war echt nicht sein Tag. So sehr er die Einsätze im Dschungel liebte … Aber diesen Regen hasste er wie die Pest. Außerdem fühlte er sich nicht gut. Er hatte vor der letzten Show seine Aufbauinjektion nicht genommen, bestimmt lag es daran. Jeder Krieger musste sich das Vitaminpräparat nach jedem Einsatz zuführen, damit sich der Körper von den Strapazen erholen konnte und man in der Arena Höchstleistungen brachte. Die Spritze wirkte bei ihnen wie ein Dopingmittel. Leider hatte er die Glasampulle fallen gelassen, und da die Einheiten abgezählt waren und er keinen Ärger hatte bekommen wollen, hatte er den Vorfall nicht gemeldet.

»Ich komm schon klar!«, rief er seinem Bruder angesäuert zu. Was starrte der denn so?

Jazz nickte und verschwand im Regenschleier. Besser so, Tarek musste ein erbärmliches Bild abgeben.

Er rappelte sich auf und wischte sich den Dreck aus dem Gesicht. Anschließend versuchte er zu erkennen, wo seine Brüder steckten. Obwohl seine Sinne besser funktionierten als die jedes Menschen, vernahm er bloß den prasselnden Regen. Der überdeckte einfach alles. Zum Glück fand er sich mittlerweile blind im Urwald zurecht. Er wusste genau, wo die Kuppel lag. Tarek könnte ein gutes Stück abkürzen, wenn er links um die Senke herumlief, die vor ihm lag. Vielleicht kam er dann sogar vor seinen Brüdern dort an und könnte den peinlichen Vorfall wettmachen. Daher sammelte er all seine Energiereserven und nahm die Beine in die Hand. Doch weit kam er nicht; urplötzlich gab der Boden unter ihm nach. Eine Kante war weggebrochen, und schon schlitterte er einen Abhang hinunter, überschlug sich mehrmals und knallte mit dem Kopf gegen etwas Hartes. Seine Sicht verschwamm und er wusste nicht mehr, wo oben oder unten war, versuchte krampfhaft, irgendetwas zu fassen zu bekommen, einen Strauch, eine Liane, egal was.

Die Schlammlawine, auf der er trieb, schwemmte ihn gegen einen Baumstamm. Er hörte ein Knacksen, danach folgten rasende Schmerzen in seinem Bein, ein weiterer Schlag traf seine Stirn … Schwärze.

Als er die Augen das nächste Mal aufschlug, pochte sein Schädel und er hatte das Gefühl, jemand traktierte sein Knie mit Messern. Der Regen hatte aufgehört, doch er brauchte im Dunkeln ein wenig, bis er die Orientierung wiedergefunden hatte. Kopfüber baumelte er an einer Klippe, nur gehalten von Lianen und Wurzeln, die sich um seinen Körper geschlungen hatten. Er roch Blut. Es lief über sein Gesicht, und auch an seinem Bein fühlte er die Wärme seines Lebenssaftes. Verfluchte Scheiße!

Tarek versuchte, an eines seiner Messer zu kommen, aber seine Hände waren in den Lianen gefangen, seine Kräfte schwanden zunehmend und sein Licht wollte erneut ausgehen.

»Jazz!«, rief er, obwohl sein Kopf gleich explodierte und er kaum Luft bekam. Eine Liane hatte sich um seinen Brustkorb gewickelt. »Hey, ich bin hier!«

Sie würden ihn finden, schließlich trug er einen Sender-Chip implantiert im Nacken, doch bis ihn jemand aufspürte, wäre er vielleicht verblutet. Um die Platzwunden an seinem Kopf machte er sich weniger Sorgen, aber sein Bein sah merkwürdig verdreht aus. Schaute da ein Knochen durch die Hose?

Sein Mageninhalt wollte Frischluft schnuppern. *Ich werde jetzt nicht kotzen!*, befahl er sich und versuchte weiterhin, die Arme freizubekommen. Unter ihm knallten die Wellen gegen die Felsen, die Gischt zischte fast bis zu ihm herauf. Wenn die Lianen rissen, würde er gute dreißig Meter kopfüber in die Tiefe stürzen.

»Männer! Ich bin hier!«, schrie er und verlor fast das Bewusstsein. Sein Schädel hämmerte, als würde ihn jemand mit dem Schlagbohrer bearbeiten.

Tarek wusste nicht, wie lange er dort an den Klippen gehangen hatte, da er zwischendurch wegdriftete, aber plötzlich seilte sich ein älterer kleiner Mann im Lendenschurz neben ihm ab. Der Vollmond beleuchtete die schmächtige Gestalt, deren Augenweiß unheimlich im Dunkeln leuchtete.

Verdammt, er fühlte sich wie die Beute einer Spinne, eingewickelt im Netz. »Ich werde nicht dein Abendessen sein, Pfeilmann«, knurrte er.

Der hagere Mann grinste und entblößte sein Lückengebiss, dann zog er eine Klinge hervor. »Krieger zu zäh für mich.«

Tarek stutzte. Der Alte konnte seine Sprache?

Geschickt zerschnitt er die Lianen bis auf eine, damit sich Tarek an ihr hochziehen konnte. Irgendwie schaffte er es mit Hilfe des Mannes nach oben zu gelangen, bis er auf der Kante lag und ihn der Buschmann auf die Beine zerrte. So viel Kraft hatte er dem Kerlchen nicht zugetraut.

»Kommen mit«, sagte der und stützte ihn.

Tarek versuchte voranzukommen, ohne das verletzte Bein zu belasten, was kaum zu bewerkstelligen war. Immer wieder trat er falsch auf, woraufhin glühende Nadeln in sein Knie gerammt wurden. Er hoffte, der Mann würde ihn zur Kuppel bringen, stattdessen befand er sich irgendwann in einer Höhle. Dort bereitete ihm der Alte auf dem Boden ein Lager und versorgte seine Wunden, stoppte die Blutung mit Blättern und einem Verband aus Pflanzenfasern. Sein Bein sah beschissen aus. Es hatte sich tatsächlich ein Knochen durch die Haut gebohrt. Wenn er nicht bald professionelle Hilfe bekäme, würde er an einer Infektion sterben. Zwar besaßen alle Warrior ein hervorragendes Immunsystem, aber er hatte zu viel Blut verloren und war bereits vorher geschwächt gewesen, weil er diese verfluchte Glasampulle zerschlagen hatte.

Was würden seine Brüder sagen, wenn sie ihn so vorfanden? Heiß wütete die Schmach in ihm, denn er hatte sich nicht einmal im Kampf verletzt, sondern wegen einer Unachtsamkeit.

»Warum hilfst du mir?«, fragte er den Alten, obwohl er keine Hoffnung auf Antwort hegte.

Der Eingeborene hatte ein kleines Feuer in der Höhle entzündet, sodass

Tarek die dunklen Tattoos auf der gebräunten Haut sehen konnte, Linien, Schnörkel und seltsame Symbole, die über Brust und Arme liefen. Außerdem hatte der Mann einen kleinen Ring in der Nase und einen größeren im Ohr.

»Böse Menschen aus Kokon«, sagte er zu Tareks Überraschung. Er sprach in einem seltsamen Dialekt und schnalzte zwischendurch mit der Zunge, dennoch verstand Tarek ihn. »Töten zum Spaß, du, schätzen nicht Leben. Ich schätze Leben. Du magst großer Krieger sein, weil du deinen Kokon verteidigst, aber ihr kommen in unsere Welt zum Spiel, stehlen uns Nahrung. Wir töten Tiere nur, wenn Hunger.«

Der Alte redete ruhig, doch in seinen dunklen Augen blitzte es auf.

»Ich danke dir sehr für deine Hilfe«, sagte Tarek schnell, um den Mann nicht zu verärgern. Er spürte, wie er erneut kurz davor stand, das Bewusstsein zu verlieren, und der Buschmann war im Moment seine einzige Rettung. In der Höhle würden ihn seine Brüder vielleicht nicht orten können, die Felsen blockierten das Signal des Chips.

»Du musst mich hier rausbringen. Hilfst du mir?« Tarek lief der Schweiß in Strömen über das Gesicht und die Schmerzen in seinem Bein waren kaum auszuhalten. Als der Buschmann auf seine Aufforderung nicht reagierte, stellte er eine neue Frage: »Wie heißt du?«

»Akamu«, antwortete er.

»Mein Name ist …«

»Tarek.«

Er keuchte auf. »Du kennst ihn?«

»Euch lange und oft beobachtet. Kenne alle.«

Als ihm Schweiß ins Auge lief, tupfte Akamu ihn mit einem Stofffetzen von seiner Einsatzhose ab. Bis zum Oberschenkel hatte der Buschmann den Stoff aufgeschlitzt.

»Woher kannst du unsere Sprache?«

»Großvater mir alte Sprache beigebracht.« Erneut schnalzte er, weshalb Tarek beschloss, den Mann Klick zu nennen. Seinen richtigen Namen hatte er bereits vergessen, er konnte kaum klar denken. Er musste endlich ins Krankenhaus!

»Was weißt du über uns?«

»Ihr Kinder von Götter. Vor langer Zeit böser Krieg, ihr habt euch gestritten, fast alles ausgelöscht. Als Strafe müsst ihr in Kokon leben.«

Klick sprach vom »Großen Krieg aller Nationen«, der vor fast neunzig Jahren die Erde verstrahlt hatte. Nach dem Fall der letzten Cäsium-Bombe hatten die Überlebenden auf der ganzen Welt autarke Schutzstädte errichtet.

»Wir sind keine Götter«, flüsterte Tarek. Seine Zunge lag schwer wie ein Fels im Mund. »Nur fast normale Menschen.«

»Fast?« Klick hob die weißen Brauen.

Wie sollte ihm Tarek erklären, dass seine Gene verändert wurden und er deshalb Supersinne besaß? »Ihr habt hier draußen überlebt«, sagte er stattdessen. »Wie?«

»Mana durchdringt alles.« Klick machte ausladende Handbewegungen. »Und auch wir große Götter. Sie uns stark gemacht.«

Mana, Götter … Er konnte Klick kaum noch folgen. »Muss in die Kuppel.« Er war müde, hatte Durst, vor seinen Augen drehte sich die Höhlenwand …

Tarek schreckte aus seinen Gedanken an die Vergangenheit, als er Stimmen hörte. Kam ihm eine Patrouille entgegen? Was, wenn sie Yana fanden?

Sein Herz raste immer noch wegen der Erinnerung an seinen Unfall, der sein Leben schlagartig verändert hatte; hinzu kam die Sorge um Yanas Wohl. Würde sie hier draußen klarkommen? Ihr hatte niemand beigebracht, wie man im Dschungel überlebte, und er war voller Gefahren. Pfeilmenschen, Warrior, Tiere, Krankheiten, Strahlung … Er musste zurück zu ihr, brauchte einen triftigen Grund, aber was sollte er Murano sagen?

Die Stimmen der Männer wurden lauter, auch wenn sie leise sprachen. Sollte er sich zu erkennen geben?

Tarek schlich weiter und hielt sich im Verborgenen. Von seinem Posten hinter einem Busch erkannte er den Nebenausgang der Kuppel. Zwei Warrior standen vor der Stahltür, voll bewaffnet und in Kampfmontur. Fuck, suchten die bereits nach ihm?

»Es ist besser, ich gehe allein«, sagte der Schwarzhaarige. Tarek verstand jedes Wort, da die Abgasrohre gerade nur wenig Rauch ausstießen und nicht zischten. »Ich kenne jeden Winkel der Stadt. Du hältst hier Wache, aber halte dich versteckt.«

Der Rothaarige nickte. Er kam Tarek nicht bekannt vor, dafür der andere mit den auffälligen hellgrauen Augen … Den hatte er schon einmal gesehen. Moment, war das nicht der ehemalige Leibwächter von Murano? Quasi Tareks Vorgänger? Wie hieß er noch gleich … Ice, genau! Was machte der Mann hier? Er hatte damals Veronica Murano, Stephens Nichte, nach White City begleitet und war nie mehr zurückgekommen. Tarek hatte geglaubt, die Seuche hätte ihn daran gehindert, aber offenbar erfreute sich der Kerl bester Gesundheit.

Tarek griff nach seiner Waffe. Er sollte die beiden ausschalten, dennoch zögerte er.

»Ich spiele das Video ein und nutze den Tumult, um sie rauszuholen.« Ice zog ein kleines Gerät aus einem Rucksack und schloss es über ein Kabel an der Scannereinheit des Eingangs an. Kurze Zeit später öffnete sich die massive Tür. Dann drückte er dem Rothaarigen den Rucksack in die Hand. »Wenn ich in einer Stunde nicht bei dir bin, gehst du zum abgemachten Treffpunkt, wo das Shuttle dich abholen wird, Fire.«

Fire … So hieß keiner seiner Brüder, zumindest hatte Tarek den Namen niemals zuvor gehört.

Fire und Ice, was für ein Gespann. Fires Haare leuchteten so grell wie das Gefieder des Rothaubenvogels – wie Tarek den kleinen Sänger für sich nannte, weil er die korrekte Bezeichnung nicht wusste. Der Kerl würde unter der Kuppel für Aufsehen sorgen, kein Zweifel.

Noch hatte Tarek Zeit, beide festzunehmen, aber er zögerte weiterhin. Er bekam Yana einfach nicht aus dem Kopf. Ihretwegen machte er wahrscheinlich gerade einen Riesenfehler, verdammt.

Kühlen Kopf bewahren, ermahnte er sich. Welche Gefahr ging von den beiden aus? Wen wollte Ice aus der Stadt holen?

Tarek tippte auf einen Gefangenen. Das würde ein bisschen Trouble bedeuten, die Sicherheit von New World City schien nicht gefährdet zu sein. Ice war einer von ihnen, ein Warrior, der dieselben Initialen auf seinem Bauch trug wie alle Krieger hier. Sie unterstanden einem Ehrenkodex, hatten geschworen, diese Stadt und alle regimetreuen Bürger mit ihrem Leben zu verteidigen. Ice würde nichts Unrechtes unternehmen. Oder doch?

Fuck, eigentlich war ihm das Motiv der beiden total egal. Dieses Rettungskommando schickte der Himmel. Tarek hatte einen Grund gebraucht, um Yana wiederzusehen, und offenbar lag der direkt vor ihm. Er musste nur zugreifen.

Daher wartete er, bis Ice verschwunden war, stellte seine Pistole auf »Betäuben« und geduldete sich, bis der Warrior sich umdrehte. Er wollte dem Kerl nicht feige in den Rücken schießen.

Fire schulterte den Rucksack und ging mit gezogener Waffe in den Dschungel zurück. Dabei schaute er sich ständig um. Fühlte er die Gefahr?

Tareks Fingerspitzen kribbelten. Sein alter Jagdinstinkt brach durch, und er wünschte sich, der rote Schönling würde es ihm nicht so leicht machen.

Fire tippte auf seinem Computer am Handgelenk herum, dann wurden seine Augen groß. Sofort schaute er in seine Richtung und zielte auf das Versteck – zu spät, Tarek hatte bereits abgedrückt. Offenbar hatte Fire sein Senderchip-Signal orten können.

Der Warrior fiel zu Boden und Tarek eilte zu ihm. Nachdem er sich vergewissert hatte, dass der Kerl tatsächlich selig schlief, nahm er den Rucksack an sich. Darin befanden sich allerlei technischer Kram sowie Nahrungsrationen und Getränke. Tarek wollte die Tasche bereits mitnehmen, entschloss sich dann aber, alles im Gestrüpp zu verstecken. Somit hatte er einen Grund, ein weiteres Mal die Kuppel zu verlassen. Er müsste Murano bloß davon überzeugen, dass er gehen durfte und kein Suchtrupp. *Wir sollten Aufsehen vermeiden, Sir*, hörte er sich bereits sagen. *Sie waren nur zu zweit. Ich kann die Angelegenheit schnell und spurlos erledigen …*

5. White City / Rhonas Geschichte

»Jetzt schlaf schön, Tigerlady, ab morgen liegst du nicht mehr so bequem, da darfst du dir eine Zelle mit deinen Schwestern teilen.« Erneut tippte Steel auf dem Display herum, und Dunkelheit hüllte sie ein. Nur das kleine Bedienteil an der Tür gab ein schwaches Leuchten ab. Das reichte aus, um diesen Krieger immer noch zu erkennen. Er drehte ihr wieder den Rücken zu, und sie versuchte, ihn mit den Füßen vom Bett zu drücken. Vergebens, er lag dort wie hingegossen! Sie war wütend auf ihn, weil er sie nicht komplett losband.

»Hattest du heute nicht genug Auslauf?« Als er erneut gähnte, hörte es sich nicht gespielt an. »Falls du mich nicht zufällig mit Informationen versorgen willst, möchte ich jetzt schlafen. Gute Nacht.«

Frustriert zog Rhona an den Fesseln. Sie musste mit aller Macht verhindern, ins Gefängnis zu kommen! Von dort wäre eine Flucht unmöglich, aber hier, mit Steel … Sie lauschte angestrengt. Noch schlief er nicht. Unruhig wälzte er sich hin und her. Die Anziehungskraft zwischen ihnen hatte sich nicht gelegt, nur wusste er offenbar langsam besser damit umzugehen. Dafür verdiente er glatt ihre Bewunderung. Doch bestimmt war er genau so leicht zu manipulieren wie alle Männer, sie würde bald hier herausspazieren.

Nein, verdammt, war er eben nicht! Steel erwies sich als harter Brocken.

»Wieso fickst du mich nicht einfach?«, fragte sie in die Dunkelheit. »Ich könnte fast glauben, du machst dir nichts aus Frauen.«

»Schlaf jetzt.« Seine Stimme klang rau und tiefer als zuvor. Er kämpfte mit seinem Verlangen. Sehr gut!

»Ich könnte dich mit Händen und Mund verwöhnen. Ich würde mich nackt zwischen deine Schenkel knien und ihn bis zum Anschlag aufnehmen, über deine Eichel lecken, deinen Schaft auf und ab …«

Innerhalb einer Sekunde lag er auf ihr. »Provozier mich nicht, Weib!« Sie spürte sein hartes Geschlecht an ihrer heftig pochenden Mitte. »Ich werde dich nicht losbinden, auch wenn du mich schier in den Wahnsinn treibst!« Er keuchte an ihrer Wange und schnupperte an ihrem Hals. »Sprich nur weiter, dann nehme ich dich gleich hier und jetzt, aber vorher binde ich dich wieder komplett fest, damit du gespreizt unter mir liegst und ich mich an dir bedienen kann, so wie ich es will. Ich würde dich die ganze Nacht ficken und mehrmals in dir kommen. In dir und auf dir.«

Sie erbebte unter ihm. Verdammt, sie wollte ihn, wollte, dass er sie nahm, jedoch nicht, während sie gefesselt war.

Sie drehte den Kopf und leckte langsam über seine Oberlippe. Wie er wohl küsste? »Warum tust du es dann nicht?«

Er knurrte, anschließend griff er in ihr Haar und drückte ihren Kopf zur Seite. Als seine Zunge über ihren Hals glitt und er mit einer Hand ihre Brust knetete, schlang sie die Beine um ihn. Ihr Körper glühte und zitterte vor Begehren. Der Kerl roch so gut, nach Mann und Moschus und wildem Krieger. Sein fester Griff schmerzte ein wenig an ihrer angeschwollenen Brust, trotzdem drückte sie sich ihm entgegen und zappelte hilflos. Ihr Schoß war heiß und feucht für diesen Warrior, er bräuchte nur noch in sie zu stoßen. Seit der Selektion hatte sie keinen Mann mehr in sich gehabt und vermisste das Gefühl. Wie lange war das her? Zwei Jahre?

»Steel«, sagte sie heiser. »Warum gibst du nicht endlich deinen Gelüsten nach? Ich weiß, dass du mich willst.«

»Weil ich dem Präsidenten versprochen habe, dich anständig zu behandeln!« Er rollte sich von ihr herunter und verschränkte die Arme.

Frustriert keuchte sie auf. »So loyal, Krieger?«

Er antwortete nicht, aber er lag ebenso aufgewühlt im Bett wie sie. Es dauerte ewig, bis sich ihr Puls beruhigte und das Verlangen auf ein erträgliches Level heruntergefahren war.

Mist, sie kam bei Steel nicht weiter! Zwar bewunderte sie ihn für seine Beherrschung, dennoch war sie zutiefst frustriert. Was, wenn sie Hope nie wieder im Arm halten durfte?

Sobald sie die Augen schloss, sah sie nur seine großen blauen Kulleraugen und hörte das niedliche Lachen. Sie vermisste ihn so sehr, dass die schlimmste Folter diese Schmerzen in ihrem Herzen nicht überdecken könnte.

***

Ihr war so heiß! Und das nicht nur wegen der Dschungelhitze.

Havoc verfolgte sie durch das Dickicht. Das war ihr Spiel. Er testete ihre Fähigkeiten als Kriegerin, während sie vor ihm floh und sich versteckte, doch er schaffte es immer, sie aufzuspüren.

»Du wirst jeden Tag besser, Rhona.« Grübchen bildeten sich in seinen Wangen, als er sich auf sie warf und versuchte, sie mit einem dünnen Seil zu fesseln. »Jetzt kommt meine Belohnung!«

Rhona kreischte auf, weil er sie kitzelte, aber sie kannte mittlerweile genug Tricks, um ihn von sich zu stoßen und ihm zu entwischen.

»Fang mich, du lahmer Krieger!« Lachend lief sie weiter, atmete feuchte Luft und den Duft von Erde ein. Sie fühlte sich wie im Paradies; es gab nur sie und Havoc. Obwohl er zehn Jahre älter war als sie – Rhona war kaum zwanzig – oder vielleicht gerade deshalb, liebte sie ihn, bewunderte ihn. Seine harte männliche Schönheit, die zahlreichen Narben, seine Stärke, die Fähigkeiten als ihr Ausbilder … und weil er allein sie begehrte. Er gab ihr das Gefühl, etwas Besonderes zu sein. Nicht nur die beste Huntress, sondern auch sein »bestes Stück«, wie er sie oft nannte.

Rhona schaffte es bis zu einem großen Baum, an dem sie emporklettern wollte. Ihre Brüste schmerzen bereits vor Verlangen, als wüssten sie, was ihnen bevorstand. Rhona tat so, als würde sie es nicht schaffen, den Stamm zu erklimmen. Havoc packte sie an den Hüften, und in seinen dunkelblauen Augen spiegelte sich nichts als pures Verlangen.

»Hab ich dich!« Sein langes Haar fiel in ihr Gesicht, als er sie erneut zu Boden warf und sie aus der Kleidung schälte.

Rhona wehrte sich bloß noch halbherzig, genoss die schwieligen Hände auf ihrer nackten Haut, die Kraft in ihnen, die festen Berührungen.

Als sie völlig entblößt unter ihm lag, befahl er: »Stell dich an den Baumstamm.«

Sie gehorchte willig und ließ sich von ihm an den Stamm fesseln. Da er ihre großen Brüste liebte, widmete er sich ihnen regelmäßig mit größter Sorgfalt. Er verschnürte sie, wickelte das Seil herum, bis sie zwei pralle Kugeln waren und dumpf pochten. Oh, es tat weh, wenn er das machte und anschließend an ihren Brustwarzen knabberte, aber sie liebte ihn so sehr, dass sie alles für ihn ertragen würde. Er gab ihr auf dieser Insel Halt und Zuversicht, dass man sie einmal irgendwo einsetzen würde und sie für eine gute Sache kämpfen durfte.

Unter all ihren Schwestern wurde sie langsam verrückt. Sie liebte viele von ihnen innig, aber in letzter Zeit wurde der Drang stärker, etwas Neues zu erleben. Wenigstens Havoc bot ihr Abwechslung.

Plötzlich verschwamm seine Gestalt, und sie befand sich mit fünf jungen Kriegern in einem kleinen runden Raum. Die Männer waren ebenso nackt wie sie. Außer einer Matratze gab es keinerlei Gegenstände in dem seltsamen Zimmer, dessen Wand zur Hälfte aus verspiegelten Scheiben bestand. Dahinter saßen die Ärzte und Wissenschaftler.

Rhona spielte dieses Spiel nun zum dritten Mal. Immer wieder sperrten die Forscher vier neue Warrior mit ihr in den kahlen Raum plus den einen, der es beim letzten Mal geschafft hatte, sie zu nehmen. Die Männer knurrten sich an und kämpften mit bloßen Händen um sie, während sie sich mit dem Rücken gegen die kühle Glasscheibe drückte und zusah, wie sie sich halb zerfleischten, rasend und aggressiv vor Lust. Nur der Beste von ihnen würde die Belohnung bekommen.

Sie.

Wenn Rhona gewusst hätte, was auf sie zukam, hätte sie dem Programm nie zugestimmt, zumindest nicht diesem barbarischen Teil, aber sie hatte nur noch von Havoc weg gewollt. Sie hatte seine Anwesenheit nicht mehr ertragen. Doch das hier ertrug sie noch viel weniger, auch wenn sie selbst rasend vor Lust war. Ihre harten Nippel schmerzten, ihre Schamlippen waren geschwollen und glitzerten von ihrem Saft. Sie musste sich ständig zwischen den Beinen berühren, weil sie das Warten kaum aushielt. Sobald einer dieser Kerle in ihrer Nähe war, war sie nicht mehr sie selbst, nur noch ein triebgesteuertes Wesen, dem es nichts ausmachte, von anderen beim Sex beobachtet zu werden.

Bis es vorbei war. Dann kam die Schmach.

Ein blonder Hüne, der alle anderen Krieger ausgeknockt hatte, packte sie an den Schultern und warf sie auf die Matratze. Er stürzte sich auf sie, raubte ihr mit seinem Gewicht fast den Atem und drückte mit einem Knie ihre Schenkel auseinander. Schnell und ohne Rücksicht drang er in sie ein, nahm sie hart und tief. Seine riesige Erektion schien sie zu durchbohren, doch der Kerl schaffte es, dieses unerträgliche Pochen zu beenden. Während er heftig in ihr kam, erlebte auch sie den erlösenden Orgasmus. Trotzdem fühlte sie sich nicht befriedigt, sondern leer. Als hätte man ihr einen Teil genommen und keinen zurückgegeben.

Er rollte sich von ihr herunter, und plötzlich lag kein blonder Hüne neben ihr, sondern ein Krieger mit schwarzem Haar und grauen Augen. Traurig schaute er sie an.

»Hol mich hier raus«, wisperte sie und starrte entsetzt auf ihre Brust. Ihr Oberkörper war voller Blut, ihre Brüste spannten und schmerzten. Der Raum drehte sich, wirbelte um sie herum … bis alles in Schwärze versank.

***

Steel schreckte immer wieder aus seinen unruhigen Träumen, vergewisserte sich, dass Rhona noch neben ihm lag und tauchte erneut ab ins Reich seiner Fantasien. Dort gehörte diese wunderschöne Frau ihm, sie war seine Gefährtin, seine Sparringspartnerin und Liebhaberin.

Zwischenzeitlich hatte er sich sein Shirt ausgezogen, weil ihn dieses innere Glühen beinahe verbrannte, und er hätte sich auch gerne der Hose entledigt, aber er hatte sich bloß getraut, die schweren Stiefel abzustreifen. Rhona sollte keinen falschen Eindruck bekommen.

Als sie neben ihm stöhnte, wurden seine Fantasien erotischer. Er stellte sich vor, wie sie ihm ihren nackten Po entgegenstreckte, dann drückte er sie am Nacken nieder und nahm sie von hinten.

Die Enge ihres Körpers ließ ihn fast augenblicklich kommen. Sie roch wie Milch und Honig, süß und verlockend, und ihr heißer Schoß verströmte einen spezifischen Duft, der jeden Mann um den Verstand bringen musste. Sein Schwanz pochte, ein köstlicher Druck baute sich in seinem Unterleib auf.

Shit! Steel riss die Augen auf und fand sich fast völlig an sie gepresst. Was war nur los mit ihm? Hatte er sie im Schlaf nehmen wollen?

Rasch hockte er sich hin. Er schaffte es gerade noch, die Hose zu öffnen und ein Papiertuch aus der Nachttischschublade zu reißen, bevor er sich die Shorts versaute. Seine Erektion spannte schmerzhaft und dicke Tropfen quollen aus der Eichel, obwohl er keinen Orgasmus gehabt hatte. So etwas war ihm noch nie passiert.

Er hatte sich bisher perfekt unter Kontrolle gehabt, aber im Schlaf raubte ihm diese Kriegerin die Beherrschung!

Erneut stöhnte sie neben ihm, doch diesmal klang es fast wie ein Weinen. »Hope«, rief sie. »Nein!«

Mit einem Schrei erwachte sie und atmete hektisch, riss an den Fesseln. »Ich muss zu Hope, mach mich los!«

Schnell verstaute er seinen steifen Schwanz. »Scht, ganz ruhig.« Er beugte sich über sie, um ihr über das Gesicht zu streicheln – es war tränennass.

Als hätte er einen Stromschlag abbekommen, riss er die Hand zurück, und aufsteigende Panik befiel ihn.

Nein, sie durfte nicht solche Angst haben, das würde er nicht zulassen!

»Hey, Baby, was ist los? Wer ist Hope?« Als er sie erneut streichelte, streifte er ihr Oberteil. Das Material war feucht und roch intensiv nach diesem spezifischen Duft, der ihr eigen war.

Er tastete ihre Brüste ab, sie fühlten sich heiß und hart an. Irgendetwas stimmte hier nicht!

Sofort aktivierte er das Licht.

Rhona kniff die Lider zusammen und wandte den Kopf ab, aber er hatte ihre geröteten Augen gesehen. Leise schluchzte sie, ihr ganzer Körper zitterte.

Er hatte erlebt, was für eine miserable Schauspielerin sie war, das hier war echt!

»Was ist los mit dir?« Abermals drückte er ihre Brüste, und ihr entwich ein »Au, hör auf damit!«.

Sofort öffnete er die Verschnürungen ihres Korsetts.

Als sie »Nicht!« rief, traf ihn die Duftwand mit voller Wucht. Steel hielt die Luft an, weil ihm schwindelig wurde. Nicht nur von dem süßen Duft, sondern auch vom Anblick ihrer prallen Brüste. Milch floss aus den Nippeln und perlte über ihre Haut.

»Du hast ein Baby! Hope ist dein Kind!« Oh Gott, warum fühlte er sich plötzlich so schlecht?

»Bitte, mach mich los«, sagte sie unter Tränen. »Bitte!«

Er wusste nicht, wie er ihr helfen und den Schmerz nehmen sollte. Daher sprang er aus dem Bett und eilte zur Kommode, auf der seine Waffen lagen. »Gleich.« Er schnappte sich alle, lief aus dem Zimmer und verstaute sie sicher in einem anderen Raum.

Sekunden später kam er zu ihr zurück und band sie los. Langsam zog sie die Arme an den Körper, wobei sie kurz die Lider zusammenkniff, und rollte sich seitlich vom Bett. Ihre Gelenke und Muskeln taten offenbar weh.

Fuck, die Frau erregte sein verdammtes Mitleid, dabei sollte er sich vor ihr in Acht nehmen.

»Dort ist das Badezimmer.« Er deutete auf die angrenzende Tür, aber sie war längst dahin unterwegs. Er folgte ihr, und als sie die Tür schließen wollte, stellte er einen Fuß dazwischen. »Ich bleibe hier.«

Sie warf ihm einen düsteren Blick zu und ließ ihn über seinen nackten Oberkörper wandern, protestierte jedoch nicht. Dann schaute sie sich kurz in dem dunkelrot gefliesten Raum mit dem Jacuzzi und der riesigen Duschkabine um und begab sich zum Waschbecken. Dort zog sie das Oberteil ab und massierte ihre Brüste.

Heilige Scheiße, allein davon bekam er wieder einen Ständer.

Mit der flachen Hand begann sie in Richtung der Brustwarzen zu streichen, sodass reichlich Milch aus ihnen lief.

Speichel sammelte sich in seinem Mund. Er könnte die Sache vereinfachen, indem er einfach an ihren herrlich rosigen Nippeln saugte. Er würde sie lecken und sanft massieren, bis Rhona von dem Druck befreit wäre.

Erschrocken über seine Gedanken lehnte er sich an den Türrahmen und wandte den Blick ab. Die Brüste einer Frau dienten nicht nur der Triebbefriedigung eines Mannes, sondern … sie hatten Rhonas Kind versorgt.

Oh mein Gott, was war mit dem Baby geschehen?

»Wie alt ist es?«, fragte er vorsichtig.

»Er wird bald ein Jahr alt«, sagte sie kaum hörbar und hielt zwei kleine Handtücher unter den Wasserstrahl. Anschließend drückte sie die überschüssige Feuchtigkeit heraus und legte sich den kühlenden Stoff auf die Brüste.

Seufzend schloss sie die Augen.

»Ist Hope nicht ein Mädchenname?«, wollte er wissen und erntete einen weiteren finsteren Blick.

»Hope ist der schönste Jungenname auf der ganzen Welt!«

Eigensinnige Kriegerin! »Haben deine Schwestern auch Kinder?«, fragte er schnell, um das Thema zu wechseln, sie schwieg jedoch.

Plötzlich wurde ihm so vieles klar. »Alle Huntress im Gefängnis haben Kinder, nicht wahr? Damit erpresst euch Murano!«

Rhona atmete zitternd ein. »Wir mussten sie zurücklassen, weil wir einen Auftrag ausführen sollten, den wir erst auf der Herreise im Shuttle erfahren haben. Sonst wäre ich nie gegangen! Murano hat uns eine Botschaft geschickt, dass wir unsere Kinder erst wieder sehen, wenn die Mission erfolgreich ist. Sollten wir versagen, wird er sie uns wegnehmen …« Ihre Stimme brach.

Es tat ihm weh, diese Kriegerin derart hilflos und verzweifelt zu erleben. Sein Hass auf diesen Senator schoss in unerreichbare Höhen. »Wieso hast du mir nichts gesagt?«

»Hättest du mir geglaubt?« Sie warf einen Blick auf die Toilette. »Darf ich wenigstens mal *eine* Minute für mich haben?«

Er zog sich zurück, schloss die Tür jedoch nicht ganz.

Erst nachdem er die Spülung gehört hatte, lugte er wieder hinein.

Rhona schleuderte die Handtücher ins Waschbecken und drückte sich mit entblößtem Oberkörper an ihm vorbei, wobei sich ihre nackten Arme berührten.

Himmel, ihre Haut erschien ihm so zart, er wollte Rhona am liebsten an sich ziehen, um sich an ihr zu reiben.

Plötzlich lief sie zur Tür.

Steel blieb, wo er war, auch wenn es ihn sämtliche Beherrschung kostete, und sah zu, wie sie fluchend am Griff zerrte und auf die Scannereinheit schlug. Ohne seinen Daumenabdruck sowie den passenden Code würde sie niemals hier herauskommen.

Langsam ging er auf sie zu. »Beruhige dich, Rhona.«

»Wie soll ich mich beruhigen, wenn ich nicht weiß, wie es meinem Baby geht?« Mit den Fäusten trommelte sie gegen die Tür, ihr Gesicht war tränenüberströmt.

Er wollte sie in den Arm nehmen, sie trösten, aber sie sah nicht aus, als würde sie das zulassen. »Überlegen wir lieber, was wir jetzt tun.«

Sie wirbelte herum und hielt ihm die Faust vor die Nase. »Wir? Hier gibt es kein Wir!« Zornig schritt sie auf ihn zu, während er vor ihr zurückwich. Er wollte sie nicht noch mehr reizen und ihr keine zusätzliche Angst machen. Offenbar stand sie kurz vor einer Panikattacke.

Sie schnaubte, und ihre blaugrünen Augen funkelten. »Was kannst du mir anbieten?«

»Ich könnte den Präsidenten einweihen.«

»Murano darf nicht wissen, dass du das mit den Kindern herausgefunden hast!« Ihre Fäuste trafen auf seinen Oberkörper, und obwohl sie ordentlich zuschlagen konnte, spürte er nur einen Schmerz tief in seiner Brust. Ihr Gesicht war ein Wechselbad der Gefühle, Trauer gab Wut die Klinke in die Hand, Verzweiflung tauschte mit Hoffnungslosigkeit.

Er wollte sie das alles bloß noch vergessen lassen.

»Ich muss hier raus!« Während sie ihn schlug, schnappte sie sich im Vorbeigehen ein Paar Handschellen, drängte Steel aufs Bett und setzte sich auf ihn, genau auf seinen Schwanz. »Warum wehrst du dich nicht?«, rief sie. »Traust du dich nicht, gegen eine Frau zu kämpfen? Hat man euch das nicht beigebracht?«

Er genoss ihr Gewicht und besonders die Sicht auf ihre nackten Brüste. »Lass deine Wut an mir aus, dann geht es dir vielleicht besser.«

»Oh, das werde ich, verlass dich drauf!« Kraftvoll packte sie seine Arme, führte die Handschellen um eine Strebe des Bettgestells und kettete ihn daran fest.

Himmel, er hätte niemals gedacht, dass es so erregend war, von einer Frau ans Bett gefesselt zu werden. Nur noch in ihren knappen Ledershorts saß sie auf ihm. Ihre Blicke trafen sich, und für einen Moment wirkte es, als würde sie ihm die Hose vom Leib reißen wollen, da sie ihn von oben bis unten musterte. Leider sprang sie auf, um nach Gegenständen zu suchen, mit denen sie die Tür einschlagen konnte.

Als sie im Zimmer nichts fand, ging sie einen Raum weiter – Steel hörte sie im Badezimmer hantieren –, und kam kurz darauf mit einer Eisenstange zurück. Offenbar war das einmal der Handtuchhalter gewesen. Sie wollte ihn damit doch nicht … Nein, sie schlug auf die Tür ein.

Als sie nicht einen Millimeter nachgab, hackte sie das Bedienteil von der Wand.

»Süße, jetzt kommen wir beide nicht mehr raus.« Er würde jemanden anfunken müssen, der die Tür von außen öffnete.

Sie ließ die Stange fallen und marschierte auf ihn zu, wobei ihr die roten Haare um die Schultern schwangen und ihre Brustspitzen kitzelten. Selbst zornig war sie wunderschön. Ihre Augen leuchteten regelrecht und es schien, als würden ihre Iriden die Farbe verändern, dunkler werden. »Ich muss raus, ich muss zu meinem Baby! Und ich muss dich töten!«

Die Mutterinstinkte schien diese Amazonen besonders aggressiv zu machen. Steel bekam direkt ein wenig Angst vor ihr. »Ich würde dich wie eine Göttin behandeln, nicht wie eine Sklavin.«

»Hohle Phrasen. Warum solltest du anders sein?«

Anders als wer? Sie schien verdammt schlechte Erfahrungen mit Männern gemacht zu haben. »Wir hatten vielleicht einen schlechten Start, schließlich bist du unsere Feindin. Aber das muss nicht länger sein. Verbündet euch mit uns.« Sie suchten schon länger nach einer Möglichkeit, New World einzunehmen, damit auch das Strippenziehen endlich aufhörte. Stephen Murano wollte seinen Bruder aus dem Gefängnis holen und White City vernichten.

Erneut hockte sie sich auf seinen Schoß, dann legte sie die Hände an seinen Hals und drückte zu. Nicht fest, doch sie schaute ihn warnend an. »Du wirst jetzt tun, was ich sage, oder ich mach dich kalt.«

Während sein Herz raste, presste sich seine Erektion an ihren Schoß.

Ihre Brauen zogen sich zusammen, ihr Griff ebenfalls. »Macht dich das auch noch an?«

»Süße, was hast du nur erlebt, dass du so voller Wut steckst?«, krächzte er. Seine Augen pulsierten bereits, ebenso sein Schwanz. Verdammt, er wollte nicht, dass die Situation ihn erregte, aber von einer Frau dominiert zu werden, war geiler, als er gedacht hatte.

»Willst du wissen, was ich erlebt habe?«, rief sie.

»Ja.« Er ertrug es besser, wenn sie zornig war, denn ihre Traurigkeit schredderte sein Herz.

Nachdem sie ihre Hände weggenommen hatte, atmete er auf, doch als sie sich an seiner Hose zu schaffen machte, glaubte er vollends zu träumen.

Rhona hatte keine Kontrolle mehr über sich. Sie wollte Steel für all das büßen lassen, was ihr widerfahren war, aber er konnte ja nichts dafür. Außerdem hatte er sie bisher nicht wirklich schlecht behandelt und sie sogar losgebunden, als ihre Brüste geschmerzt hatten. Sie schmerzten immer noch, allerdings vor Verlangen. Sie wollte Steel, wollte diesen Krieger!

Da sie ohnehin mit ihm eingesperrt war … Warum sollte sie sich nicht ein Mal nehmen, worauf sie Lust hatte? Stets waren es die Männer gewesen, die sich an ihr abreagiert hatten, jetzt wollte sie dasselbe tun. Daher öffnete sie Steels Einsatzhose, die sich im Schritt beachtlich wölbte, und zerrte sie mitsamt den Shorts von den Beinen.

Nackt, wunderschön und verletzbar lag dieser große, starke Mann unter ihr. Sie verschlang seinen Körper mit Blicken, wollte jedes Detail aufsaugen; die Muskeln, den breiten Oberkörper, die schmalen Hüften und diesen perfekten Schwanz. Er zuckte, als sie ihn anstarrte. Der Schaft besaß einen stolzen Umfang und war mit kräftigen Adern überzogen, die dunkelrote Spitze glänzte wie eine überreife Frucht, und schwer hingen die Hoden zwischen seinen leicht geöffneten Schenkeln. Genau wie bei ihr störte kein Haar den Anblick.

Als sie aus ihrer Shorts schlüpfte, knurrte Steel leise und ein durchsichtiger Tropfen perlte aus dem Schlitz seiner Eichel.

Ihr Schoß lechzte nach seiner Männlichkeit, daher setzte sie sich auf ihn und rieb sich an ihm, bis sie so nass war, dass sein Schaft glänzte. Dabei krallte sie die Finger in seine Brust.

Steel bog sich ihr stöhnend entgegen. »Ja, Baby, lass deine Wut an mir aus.«

»Halt die Klappe!« Aus einem Reflex heraus schlug sie ihm mit der flachen Hand ins Gesicht.

Hastig riss sie den Arm zurück. Das hatte sie nicht tun wollen, es fühlte sich falsch an.

Anstatt dass Steel böse auf sie war, stöhnte er lauter und schaute sie verträumt an.

Was war mit diesem Kerl los? »Gefällt es dir, wenn eine Frau dich schlägt?«

»Keine Frau, sondern eine Kriegerin«, antwortete er atemlos.

»Ich bin keine Kriegerin!« Sie fühlte sich als Versagerin und schlug erneut zu.

Ein roter Abdruck leuchtete auf seiner Wange, aber er lächelte selig. »Dann gefällt es mir, weil du es bist, die mich schlägt.« Sein Schwanz drängte sich zwischen ihre Schamlippen. »Wenn es dir dabei besser geht, mach weiter.«

Dieser Mann verwirrte sie, es fehlte gerade noch, dass er sagte: *Ich bin dein ergebener Sklave*, doch sie fühlte sich zu ihm hingezogen, und wie! Daher griff sie nach seiner Erektion und führte sie sich ein.

Den Mund zu einem stummen Schrei geöffnet, schloss er die Augen, zerrte an den Handschellen und legte den Kopf in den Nacken, als kostete es ihm alle Beherrschung der Welt, nicht sofort zu kommen.

Langsam ließ sie die pralle Kuppe in sich gleiten, genoss das pochende Gefühl in ihrer Klitoris und nahm ihn tiefer auf.

»Shit, Baby, du machst mich fertig!« Er hechelte fast, Schweißtropfen bildeten sich auf seiner Stirn.

»Du wirst jetzt nicht schlapp machen, hörst du!« Sie war noch nicht so weit und wollte einmal die ekstatischen Köstlichkeiten einer Vereinigung voll und ganz genießen.

»Dann schlag mich noch mal, Baby«, bat er – und sie tat es.

Seine Hüften zuckten ihr entgegen, er drang noch tiefer in sie. »Oh Gott, das ist so geil!«

Wir sind beide nicht ganz knusprig, dachte sie flüchtig und blendete alles um sich herum aus. Sie wollte mit diesem fremden Krieger nur noch eins sein, ihn reiten, ihre angestaute Lust an ihm abbauen. Seine bloße Anwesenheit hatte sie ununterbrochen gereizt, endlich durfte sie auf Erlösung hoffen. Sie streichelte über seine Arme und die Brust, während sie sich an ihm rieb. Ihre Nippel pochten ebenso sehr wie ihr Inneres, das fest nach ihm griff.

Sein dicker Schaft sorgte für eine angenehme Dehnung und steigerte das köstliche Pochen.

»Küss mich, Rhona«, befahl er rau. »Bitte.«

Seinen Worten konnte sie nicht widerstehen. Sie fasste in sein kurzes Haar, hielt seinen Kopf fest und presste die Lippen auf seinen Mund. Er war herrlich weich und doch unnachgiebig, und er küsste sie gierig und verschlingend. Ihre Zungen vollführten einen wilden Tanz, fochten miteinander, und eine süße Trägheit strömte durch sie. All das zusammen rüttelte an ihrem Herzen.

Nach Havoc hatte sie keinen Mann mehr geküsst, und obwohl sie Steel erst kurz kannte und kaum etwas von ihm wusste, fühlte es sich richtig an.

Wenn es doch wirklich so wäre …

Sie packte seinen Kopf mit beiden Händen und küsste ihn gieriger. Ihre Zähne schlugen aneinander, sie schnappten gegenseitig nach ihren Lippen, bissen zu, hielten sich fest. Als ob sie wilde Tiere wären, die sich zerfleischen wollten. Rhona war wie in einem Rausch gefangen, sie befiel das urplötzliche Verlangen, diesen Krieger tatsächlich zu beißen, sein Blut zu kosten. Sie wollte ihn schmecken mit Haut und Haar! Daher trieb sie einen ihrer spitzen Eckzähne in seine Unterlippe, bis ein metallischer Geschmack auf ihrer Zunge explodierte.

Oh Gott, war das gut! Während sie an seiner Lippe saugte, knurrte er auf und stieß sich tief und heftig in sie.

»Du beißt mich, Weib?«, grollte er, kaum dass sie ihn losgelassen hatte. »Das wirst du büßen.« Als ob er ebenfalls nicht wüsste, was er tat, biss er zu. Ein kurzer, scharfer Schmerz schnitt in ihre Oberlippe, und ihr Blut mischte sich mit seinem.

Steel hob den Kopf und saugte hart an ihrem Mund, woraufhin ihr schwindelig wurde und ein federleichtes Kribbeln von ihrem Magen bis tief in den Unterleib strömte.

Sie ritt Steel schneller, genoss die Reibung seines Geschlechts in ihr. Seine dicke Eichel traf immer wieder einen Punkt, der das Pochen und Ziehen zu einer süßen Qual machte.

»Rhona …«, stieß er hervor, »Baby … Ich kann nicht mehr.« Er warf den Kopf zurück, seine Hüften zuckten, jeder seiner Muskeln spannte sich an.

Sie hatte ihn geschafft, genau zur rechten Zeit. Denn als er sich in ihr verströmte, zog sich ihr Schoß eng um ihn zusammen, pulsierte, griff nach ihm. Währenddessen küsste sie Steel, leckte den letzten Bluttropfen von seiner Lippe und versuchte die plötzlich aufkeimenden Erinnerungen an die anderen Krieger zu verdrängen, die sich in sie ergossen hatten, ohne Rücksicht auf sie zu nehmen.

Jetzt gab sie den Ton an, sie ritt diesen Warrior, und er kam, weil sie ihn fickte.

Der Höhepunkt explodierte in ihrem Unterleib, elektrisierte ihre Klit und Hitze durchströmte ihre Blutbahnen.

»Wie fühlt sich das an, Krieger?«, rief sie, bewegte sich weiterhin auf ihm, weil er immer noch hart war, und ritt einer zweiten Welle entgegen. »Wie fühlt es sich an, benutzt zu werden?«

»Baby, ich schwöre dir, ich bringe jeden um, der dir wehgetan hat.«

Sie glaubte seinen knurrenden Worten, woraufhin ein weiterer Orgasmus wie ein Tornado durch sie fegte. Auch wenn das zwischen ihr und Steel nicht echt war, kam es ihr zumindest in dieser Sekunde echt vor. Und das allein reichte aus, damit sie sich glücklich fühlte und nicht leer, wie früher.

Wenn es doch echt sein könnte!

Tief blickten sie sich an, wobei er immer noch in ihr war, und irgendwie wirkte er ebenso überrascht wie sie, dass es dazu gekommen war. Danach musste sie den Kopf abwenden, damit er nicht bemerkte, wie sich ihre Augen mit Tränen füllten. Sie schmiegte sich an seine Schulter und tat so, als müsse sie zu Atem kommen, während sie heimlich seine Nähe genoss. Bei ihm fühlte sie sich wohl.

Warum zitterte sie dann so?

Sie dachte an ihren Kleinen und wie sehr sie ihn vermisste, sein süßes Lächeln, die ersten tapsigen Schritte, die er gemacht hatte, kurz bevor sie ihn verlassen musste. Noch nie war ihr etwas so schwergefallen, wie ihr Kind zurückzulassen, niemals zuvor war sie länger als einen halben Tag von ihm getrennt gewesen. Ihre Freundin Tammy passte nun auf Hope auf, bei ihr war er in guten Händen. Tammy hatte selbst ein Kind gehabt, bevor man es ihr im Alter von drei Jahren weggenommen und nach New World City gebracht hatte. Würde man ihr Hope auch stehlen, um mit ihm Tests zu machen? Was, wenn sie ihn nie wieder sah? Was, wenn Murano erfuhr, dass sie hier gefangen waren?

Die Angst um Hope schnürte ihr das Herz ein, und sie glaubte, in einem eiskalten Strudel zu ertrinken.

Als sich plötzlich Arme um sie legten, zuckte sie zusammen.

»Pst, Süße, alles wird gut.«

Überrascht hob sie den Kopf und zog die Nase hoch. Sie hatte nicht bemerkt, wie sehr sie weinte. »Wie hast du dich befreit?«

Steel lächelte sanft, wobei er zärtlich ihren Rücken streichelte und ihr eine Strähne aus dem Gesicht strich. »Die Handschellen haben kleine Hebel zum Öffnen.«

Nun wurde ihr klar, warum er zugelassen hatte, dass sie ihn fesselte. Er hätte sich jederzeit befreien können, doch das hatte er nicht. »Du wolltest mein Vertrauen erschleichen.«

»Ich will dir helfen, Rhona.«

Seine Zärtlichkeiten verwirrten sie. Niemals war einer dieser Krieger derart liebevoll zu ihr gewesen, nicht einmal Havoc und schon gar nicht nach dem Sex. Havoc hatte sie immer fesseln und hart rannehmen wollen und hatte sie danach nicht einmal in den Arm genommen.

»Außerdem …« Er senkte den Blick und … wurde er tatsächlich rot? »Es hatte was, wie du mit mir umgesprungen bist. Ich habe so etwas bisher nie erlebt, aber irgendwie hat es mir gefallen.«

»Dass eine Frau dich schlägt, gefällt dir?« Sie wurde aus dem Kerl nicht schlau.

»Nein, dass sie den Ton angibt. Ich konnte mich einfach fallen lassen und genießen, ohne Angst zu haben, der Frau wehzutun. Außerdem tut es gut, einmal alles abzugeben, besonders wenn man so einen verantwortungsvollen Job hat wie ich.« Er grinste breit. »Wieso lachst du jetzt?«

»So einer bist du also, ein ganz fauler Kerl, der sich von einer Frau bedienen lässt.«

Kurz verschränkte er die Arme hinter dem Kopf. »Ja, das könnte mir gefallen.«

Jetzt, nach dem Ende des Aktes, fühlte sie sich immer noch zu ihm hingezogen. Ihr sexuelles Begehren hatte zwar ein wenig nachgelassen, da ihr größtes Verlangen gestillt worden war, aber bei den anderen Kriegern hatte sie sich lediglich leer gefühlt. Nicht bei Steel. Und das hatte nichts damit zu tun, dass er immer noch in ihr steckte und offenbar wieder hart wurde.

Sie wollte weiterhin auf ihm liegen, in der Geborgenheit seiner Umarmung, ihre Sorgen vergessen. Und in ihr reifte die Hoffnung, Steel könne ihr tatsächlich helfen.

Was hatte er gesagt, er wolle keiner Frau wehtun? Vielleicht war er wirklich anders als Havoc.

»Wenn du mit und nicht gegen uns arbeitest, musst du keine Gefangene sein, Rhona.«

»Ich wünschte, das zwischen uns wäre echt«, entwich es ihr unbedarft.

Er hob die Brauen. »Was meinst du damit?«

»Die Anziehungskraft, die Leidenschaft, die … Gefühle.«

Mit dem Daumen strich er über ihre Unterlippe. »Für mich hat es sich echt angefühlt.«

»Aber das ist es nicht, das ist nur Chemie!« Sie wollte weg von ihm, doch sein Griff um ihre Taille zog sich so fest zu, dass sie auf ihm liegen bleiben musste.

Wollte!

Nachdem sie sich nicht mehr gegen ihn stemmte, umschloss er mit beiden Händen ihre Wangen und zwang sie, ihn anzusehen. »Es heißt doch: wenn die Chemie stimmt … Oder was meinst du damit?«

»*Sie* haben das aus uns gemacht! Sexgeile Kampfmaschinen, die sich vermehren müssen, um noch stärkere Krieger hervorzubringen. Sie nannten das natürliche Auswahl oder sexuelle Selektion.«

Seine Mimik erstarrte, er wurde käseweiß. »Um unser Mitleid zu erregen solltet ihr uns sagen, dass ihr vom Regime gezüchtet und gefoltert worden seid und man grausame Experimente an euch durchgeführt hätte.« Er schluckte. »Ist das etwa alles wahr?«

»Zum Teil«, antwortete sie zögerlich und geriet zum ersten Mal ins Grübeln. Eigentlich stimmte alles. Es war in gewisser Weise Folter oder zumindest ein grausiges Experiment gewesen, als die Wissenschaftler und Ärzte die Krieger auf sie und ihre Schwestern losgelassen hatten. Die Männer hatten sich bis aufs Blut um sie geprügelt und sie anschließend …

Steel setzte sich auf. »Welcher Teil davon stimmt?« Plötzlich sah er so zornig aus, dass sie Angst vor ihm bekommen würde, wenn sie ihn nicht eben derart sanft erlebt hätte.

»Du musst mir alles erzählen, Rhona!«

Und das wollte sie auch. »Ich …« Aber wie? Wo sollte sie anfangen? Und konnte sie ihm wirklich vertrauen?

»Du kommst jetzt mit.« Kurzerhand hob er sie am Po hoch und drückte sie an seinen Körper. Sein halb erigierter Penis glitt aus ihr und Feuchtigkeit ergoss sich.

Oh Gott, sie hatten miteinander geschlafen, ohne sich zu schützen! Was, wenn sie nun … »Wie ist das hier in White City?«, fragte sie vorsichtig, während er sie neben dem Jacuzzi im Badezimmer absetzte. »Bei uns sind alle Männer unfruchtbar.«

»Bei uns auch, Süße, du kannst beruhigt sein.«

Sie wusste nicht, ob sie das tatsächlich beruhigte, denn eigentlich wäre es schön, noch ein zweites Kind zu bekommen. Auf natürlichem Weg. Nur diesmal von einem Mann, den *sie* sich aussuchte. *Ich glaube, ich würde Steel wählen*, dachte sie und beobachtete ihn, wie er Wasser in die Wanne ließ.

6. New World City / In der Hölle

Fuck, sein Schädel dröhnte, Dunkelheit hüllte ihn ein. Fire wollte die Augen aufschlagen, aber das gelang ihm nicht. Auch seine Arme und Beine konnte er nicht bewegen. Außerdem rauschte es in seinen Ohren, als ob die Funkübertragung Probleme machte.

Was war passiert?

Lage checken, den Körper unter Kontrolle bringen … Was war das Letzte, an das er sich erinnern konnte? Ice hatte New World City durch einen Nebeneingang betreten. Danach fehlten Fire sämtliche Erinnerungen.

»Er kommt zu sich, Sir«, vernahm er eine kühle Männerstimme.

»Ich habe noch ein älteres Backup von White City«, sagte ein anderer. »Die Überprüfung seiner biometrischen Daten hat ergeben, dass er Fire heißt.«

»Er hat kein Implantat im Nacken, Sir. Es wurde entfernt.«

»Damit wir ihn nicht aufspüren können. Haben Sie an irgendeiner Stelle etwas Ungewöhnliches entdeckt, Jazz?«

»Nein, Sir. Er ist sauber.«

Mist, das hörte sich nicht gut an. Offenbar steckte er ziemlich in der Klemme. Wenigstens hatten sie den neuartigen Sender nicht gefunden, den der Arzt Mark Lamont entwickelt hatte. Der Chip versteckte sich in seinem Hodensack, genau wie bei Ice, und war ihnen beiden für die Dauer der Rettungsmission implantiert worden. Anscheinend konnten die Geräte der Feinde ihn tatsächlich nicht orten.

Er legte die Hände flach auf den harten Untergrund und fühlte kühles Metall. Fesseln an sämtlichen Gelenken … Worauf hatte er sich bei diesem Auftrag eingelassen?

Sein Job als Präsident Pearsons Bodyguard hatte ihn nicht ausgefüllt. Er wollte kämpfen, etwas erleben, zeigen, was er während der harten Ausbildung gelernt hatte! Und weil seine Computerspiele auf Dauer kein befriedigender Ersatz waren, hatte er sich freiwillig gemeldet, gemeinsam mit Ice Ms. Jones' Schwester zu befreien.

Seine Ausbildung half ihm im Moment jedoch nichts. Als er es schaffte, die Lider zu öffnen, überrollten ihn eisige Schauder. Er befand sich in einem gefliesten Raum ohne Fenster, mit kahlen Wänden und allerhand Monitoren und anderen Geräten, die ihn an ein Krankenhaus erinnerten. Lag er im OP? War er verletzt worden?

Er konnte den Kopf kaum heben, da ein Gurt seinen Hals umspannte. Man hatte ihn auf einen Metalltisch geschnallt, und er war nackt bis auf seine Shorts. Er kam sich vor wie auf der Schlachtbank.

Verfluchte Scheiße!

»Willkommen in New World City«, sagte der blonde Mann im weißen Anzug süffisant grinsend.

Fire identifizierte ihn als Stephen Murano. Er war der Senator, bei dem Yana Jones lebte. Der Kerl neben ihm, der über einen Kopf größer war, musste ein Warrior sein. Er trug ein schwarzes T-Shirt und eine Lederhose in derselben Farbe. Seine Frisur hob sich deutlich von seinem eintönigen Outfit ab, denn der grellblau gefärbte Irokese war nicht zu übersehen. Narben zierten das harte Gesicht, das nicht das geringste Lächeln zeigte. Bei diesem geselligen Zeitgenossen musste es sich wohl um Jazz handeln.

»Was führt dich in unsere Stadt, Fire?«, fragte Murano.

»Ich habe gehört, hier gibt es einen Streichelzoo.« Er räusperte sich, denn seine Stimme ähnelte einem Reibeisen. Zu Jazz gewandt sagte er: »Coole Haarfarbe, Alter, ist das Gothic Blue? Hatte ich mir auch schon mal überlegt, aber Rot passt besser zu meinem Namen.«

Der Senator nickte dem Warrior zu, und sofort klebte der Elektroden an Fires Körper.

Fuck, das gefiel ihm nicht. Jazz drückte ihm zwei Pads an die Schläfen, mehrere auf den Oberkörper und noch ein paar an weitere Körperstellen. Danach befestigte er Kabel daran, die zu einem Apparat mit Monitor führten. Sofort erschienen Kurven und Ausschläge darauf, offenbar waren das seine Herztöne und andere Vitalzeichen.

Okay, könnte sich um eine Routineuntersuchung handeln. »Ich bin kerngesund«, erklärte er. »Die Seuche ist eine Lüge, es hat nie eine in White City gegeben.«

Zum ersten Mal blickte ihn Jazz direkt an. Seine Pupillen waren riesig, dadurch wirkten die Augen beinahe pechschwarz und undurchdringlich. Trotzdem fiel Fire deren außergewöhnliche Farbe auf. Eine Iris zeigte ein blasses Blau, die andere ein helles Grün. Wow, zwei verschiedene Augenfarben waren selten und eigentlich wunderschön.

Fire hatte beinahe vergessen, was er noch sagen wollte. »Ja, das überrascht dich Kumpel, was? Fühlt sich beschissen an, wenn man angelogen …«

Muranos Faust traf ihn am Kinn. Sein Kopf wurde durch den Aufprall zur Seite gedreht, und er spürte einen dumpfen Schmerz am Knochen. Mehr nicht. Der Schlag des Senators war ein Streicheln gewesen im Gegenzug zu manch anderen Treffern, die er während des Trainings eingesteckt hatte.

»Du sprichst nur, wenn du dazu aufgefordert wirst!« Murano beugte sich über ihn und kniff die Lider zusammen. »Was hast du hier zu suchen, Warrior? Und was hat Ice vor?«

Fuck, sie wussten, dass sein Waffenbruder in der Stadt war?

Der Senator grinste. »Mit der Nachricht hast du wohl nicht gerechnet? Aber ein Vögelchen hat mir gezwitschert, dass Ice zurückgekehrt ist. Dasselbe Vögelchen, das dich hergebracht hat und nun auch meinen verräterischen Ex-Bodyguard zur Strecke bringen wird.«

Plötzlich wurde Fire bewusst, dass er bis zum Hals in der Scheiße steckte. Falls Ice erwischt wurde, bevor er das Video eingespielt hatte, wäre ihre Mission völlig umsonst gewesen.

»Du wirst jetzt ebenfalls zwitschern, Krieger, oder mein Mitarbeiter wird dich ordentlich durchgrillen.«

Mitarbeiter? »Sie machen sich wohl nie selbst die Hände schmutzig, was?« Obwohl ihn langsam Panik befiel, konnte er nicht aufhören, den Mann zu verspotten.

Eine Lautsprecherdurchsage hallte durch den Raum: »Senator Murano, bitte kommen Sie unverzüglich in den Ratssaal!«

»Jazz, Sie wissen, was Sie ihn fragen müssen«, sagte er seinem »Mitarbeiter«. »Ich lasse die Kamera laufen und sehe später wieder vorbei. Ich muss wissen, ob Tarek neue Informationen für mich hat.« Murano stiefelte davon, und Fire blieb mit Jazz zurück. Fuck, hoffentlich hatten sie Ice nicht erwischt.

Sein Herz raste, während er Jazz beobachtete, wie er Einstellungen am Gerät vornahm. Da sie ihm nicht die Augen verbunden hatten, konnte das nur eines bedeuten: Er würde diesen Raum nicht lebendig verlassen.

7. White City / Wahrheiten

Zehn Minuten später hockten sie zusammen im Jacuzzi, bis zum Hals im Schaum versunken. Während Steel das Bad gerichtet hatte, hatte Rhona ihn angesehen, als hätte nie jemand etwas Gutes für sie getan. Kein Wunder, dass sie widerborstig war.

Das zwischen ihnen sollte nicht echt sein? Steel konnte kaum erwarten, ihre Geschichte zu hören. Er zog Rhona zu sich in die Arme, sodass sie gegen seine Brust gelehnt dasaß, und strich mit einem Schwamm über ihren Körper. Als er vorsichtig ihre Brüste wusch, schloss sie seufzend die Augen.

Er fühlte sich ausgeglichen und wohlig träge, rundum zufrieden. Eben hatte er den geilsten Sex seines Lebens gehabt. Ihre Lippen waren immer noch geschwollen, und ein Bluterguss hatte sich darauf gebildet, als hätten sie miteinander gekämpft. Er wusste nicht was in ihn gefahren war, als er sie gebissen hatte. Aber sie hatte angefangen … und es hatte ihm gefallen. Ihr Blut hatte so köstlich geschmeckt, dass er beinahe zu früh abgespritzt hätte. Normal war das definitiv nicht. Doch sie waren beide nicht normal, sondern im Labor gezüchtete Wesen, genetisch veränderte Supersoldaten. Steel stand dazu, anders zu sein, und jetzt, da er eine passende Frau für sich gefunden hatte, war es ihm reichlich egal, wie verrückt ihr Sex ausfiel. Er wollte nur noch genießen.

Wie lange war es her, seit er das letzte Mal gebadet hatte? Meist hatte er schnell geduscht, sich kaum Entspannung gegönnt und in jeder freien Minute Sport gemacht, um seine sexuelle Frustration in den Griff zu bekommen. Und nun lag er mit der schönsten Frau auf Erden im Jacuzzi … Er wünschte, diese Nacht würde nie enden. Leider gab es einen Haken: Rhonas Vergangenheit stand zwischen ihnen. Sie hatte ein Kind, und ihr wurden schlimme Dinge angetan. Er würde alles tun, um sie jegliches Gräuel vergessen zu lassen, sofern sie ihn ließ.

Sexuelle Selektion … Diese Wörter geisterten ununterbrochen durch seinen Kopf und verursachten ihm trotz des warmen Wassers eine Gänsehaut.

»Ich bin neugierig, Rhona.« Er strich ihr eine lange Strähne hinters Ohr, dann küsste er ihre Schläfe. Dort hatte sie einen süßen kleinen Leberfleck, der beinahe wie eine Träne aussah. »Wieso gibt es in New World City weibliche Warrior?«

Zitternd atmete sie ein. »Gab. Wir wurden auf eine Nachbarinsel gebracht, als wir in die Pubertät kamen. Die setzte bei uns schon mit acht Jahren ein. Wir haben bereits als Mädchen die Warrior verrückt gemacht, die uns bewachten. Deshalb hielten die Wissenschaftler und Ärzte eine Einrichtung fernab der Kuppel für sinnvoll.« Sie kuschelte sich enger an ihn, als würde sie Schutz suchen. »Wir waren froh, als wir ausgeflogen wurden, denn wir hatten niemals das Gebäude verlassen dürfen. Auf der Insel, zwischen all den Pflanzen und unter dem blauen Himmel, fühlten wir uns zum ersten Mal frei.«

»Wie heißt diese Insel?«

»Die Ärzte nennen sie *Futura Eins*, wir Schwestern einfach nur *Insel*.«

»Und dort gibt es keine Kuppel?«

Sie schüttelte den Kopf und streichelte abwesend sein Bein. Diese zarte Berührung weckte seine Begierde, aber er würde ihr nicht nachgeben.

»Was haben sie euch über die Strahlung erzählt?«, fragte er.

»Sie würde uns nichts ausmachen. Wir hatten trotzdem nur fünf Stunden täglich im Freien, was besser war als nichts. Ansonsten mussten wir ständig irgendwelche Tests über uns ergehen lassen, später absolvierten wir eine Ausbildung zur Kriegerin.«

»Und die Ärzte?«

»Die ließen sich eher selten draußen blicken und schützten sich weitgehend vor der Sonne.«

Steel konnte sich ihr Aussehen vorstellen, mit breitkrempigen Hüten, langer Kleidung und das Gesicht dick mit Sunblocker eingeschmiert. »Und wie haben sie euch daran gehindert, die Insel zu verlassen?«

Sie drehte den Kopf und riss die Augen auf. »Niemand wollte die Insel verlassen, dazu gab es keinen Grund. Wir haben geglaubt, einer höheren Sache zu dienen und waren sehr stolz, Auserwählte zu sein, trotz der zahlreichen Prozeduren.«

Steel vermutete, dass die Huntress den ganzen Propagandascheiß und die Gehirnwäsche über sich ergehen lassen mussten wie die Warrior damals in White City. Er selbst hatte sich auch immer als Teil einer wichtigen Sache gesehen, stolz darauf, dem Regime zu dienen und alle Widersacher zu eliminieren.

»Außerdem …« Leise seufzend sank sie tiefer ins Wasser. »Wo hätten wir auch hingehen können? Man hat uns ständig gesagt, dass die beiden Inseln in allen Richtungen meilenweit nur von Wasser umgeben sind, wir hätten also ein Shuttle gebraucht. Aber die blieben nie lange auf der Insel.«

Warum nur, dachte Steel sarkastisch.

»Und auf den Kontinenten soll Leben bloß unter den Kuppeln möglich sein, doch keine von uns wollte unter einer Blase hausen. Wir wollen den Himmel und die frische Luft nie mehr missen.«

Für Steel klang es wie das Paradies. »Es muss wunderschön sein auf eurer Insel.«

»Das ist es.« Sie drehte sich und schaute ihn an. »Ich habe ja gesehen, dass nur Wüste um White City liegt. Es ist heiß, trocken und es gibt kein Leben. Gefällt mir nicht.«

»Es gibt Leben. Giftige Schlangen und gefährliche Raubkatzen.«

Sie lächelte. »Noch zwei Minuspunkte.«

Schade, dass sie sich hier nicht wohlfühlte, er würde sie gerne fragen, ob … Ihr Kind kam ihm wieder in den Sinn. »Hope …« Er räusperte sich. »Er war vermutlich kein Wunschkind?«

»Teils teils.«

Sein Magen verkrampfte sich. »Magst du mir das erklären?«

Sie wandte ihr Gesicht ab und begann leise zu erzählen. »Ich hatte ein Verhältnis mit meinem Ausbilder. Havoc.«

Wieso hasste er es, das zu hören?

»Er gab mir das Gefühl, etwas Besonderes zu sein, bis ich erfuhr, dass er sein Spiel auch mit anderen trieb.«

Steel räusperte sich. »Hast du ihn geliebt?«

»Habe ich. Glaube ich.«

Er sah Rhona an, wie verletzt sie deswegen noch war. Schmerz verzerrte ihr wunderschönes Gesicht. »Sollte ich ihm jemals begegnen, werde ich ihm zeigen, was ich mit Brüdern mache, die ihre Frauen nicht anständig behandeln.«

Lächelnd blickte sie ihn an, und sein Herz flatterte. »Das ist lieb von dir. Aber er ist nicht mehr auf der Insel, schon länger nicht mehr.«

»Wo dann?«

Sie zuckte mit den Schultern. »Vermutlich wieder unter der Kuppel. Unsere Ausbildung war beendet, wir sind alle fast im gleichen Alter und andere Frauen kamen nie nach.«

Alles sehr seltsam. Als ob die Huntress nur ein Experiment waren.

»Ich habe immer gedacht, Havoc wäre meine große Liebe. Wahrscheinlich habe ich mich deshalb so an ihn geklammert und weil er der einzige richtige Mann auf der Insel war, neben all den Ärzten.« Leiser setzte sie hinzu: »Zumindest außerhalb des Zuchtprogrammes.«

»Und Hope?« Es fiel ihm schwer, es auszusprechen. »Ist er von ihm?«

»Nein. Nachdem ich die Schnauze von Havoc voll hatte, wechselte ich freiwillig ins Zuchtprogramm. Vermutlich wäre ich dort ohnehin gelandet, andere Frauen hatten die Wahl nicht, aber sie haben erzählt, dass es nicht so schlimm sei und sie sich auf die Kinder freuen.« Sie seufzte leise. »Die Ärzte sperrten mich ein paar Mal mit mehreren Kriegern in einen Raum. Der stärkste von ihnen durfte …« Ihre Stimme brach.

Sie musste nicht weiter reden, er wusste genau, was sie mit ihr machen durften. Schwarze Flecken zuckten vor seinen Augen, und die Hitze des Wassers schien in jeden Winkel seines Körpers vorzudringen. Er fühlte sich wie kurz vor einer Explosion.

»Hey, Krieger …« Steel hatte nicht bemerkt, dass er die Hände zu Fäusten geballt hatte, erst als Rhona ihre Hand auf seine legte und ihn erneut anlächelte, entkrampfte er sich. »Es klingt jetzt vielleicht schlimm, was ich alles erlebt habe, aber ich bin darüber hinweg. Wirklich.«

»Wenn mir einer von diesen Ärzten jemals begegnet, bringe ich ihn um.« Das war sein voller Ernst. Er würde sie für all das büßen lassen, was sie Rhona angetan hatten.

Ihre Augen funkelten. »Das weiß ich zu schätzen.« Sie hauchte ihm einen Kuss auf die Lippen, und die zarte Berührung schoss direkt in sein Herz. Beinahe erschrocken sah sie ihn daraufhin an und lehnte sich rasch wieder zurück.

»Also ich kenne Hopes Vater nicht, es war eine künstliche Befruchtung. Vermutlich haben sie den Samen des stärksten Warrior genommen, der sich durchsetzen konnte und auf den auch ich am meisten reagiert habe. Chemie eben. Es war alles nicht echt.«

Er schluckte. Für ihn fühlte sich alles zwischen ihnen echt an, besonders die Eifersucht, die in ihm wühlte. »Hast du … Lust empfunden?«

Rhona schnippte Seifenblasen von der Wasseroberfläche. »Ja, es war wie ein Rausch. Ich wollte nur noch, dass es passiert, aber als es dann vorbei war …« Erneut drehte sie sich zu ihm. »Ich fühlte mich leer, mehr nicht.«

Er stellte sich vor, wie die Krieger um sie gestritten hatten und der Gewinner über sie hergefallen war. Er hasste diesen Gedanken, hasste ihn so sehr.

Er musste sich ablenken, das Bild aus dem Kopf bekommen. Daher konzentrierte er sich auf Rhonas Nippel, die knapp vom Schaum bedeckt wurden. »Wer passt jetzt auf dein Kind auf?«

»Hoffentlich immer noch meine Freundin Tammy.«

Gut, er war also nicht bei Murano, das erleichterte ihn. »Und was ist das für eine Sprache, die ihr sprecht? Ich habe im Tunnel gehört, wie du etwas zu deiner blonden Schwester gesagt hast.«

»Die haben wir in all den Jahren selbst erfunden und sie uns vor anderen bloß zugeflüstert.«

Sehr schlau.

Andere Männer. Auf ihr. In ihr … Verdammt, er musste immerzu daran denken! »Wenn man euch zu Jägerinnen ausgebildet hat, hatte der Senat doch sicher etwas mit euch vor? Wozu solltet ihr eingesetzt werden?«

»Man schnappt manches auf«, murmelte sie. »In New World City gibt es einen Überschuss an Warrior, sodass sie oft in andere Städte verkauft werden. Wir dachten, das würde uns auch bevorstehen, aber vieles passte nicht zusammen, zumal es Chaos geben würde, wenn man uns mit Kriegern zusammenbringt, du hast es ja erlebt. Huntress und Warrior sind eine explosive Mischung.«

Da hatte sie vollkommen recht.

»Wir denken, dass wir gezüchtet wurden, um eine neue Generation von Kriegern zu gebären. Wir sind bloß ein Zwischenprodukt, und die Ausbildung diente nur unserer Ablenkung. Was haben wir auch schon großartig gelernt? Wir können jagen und mit dem Bogen schießen, eine Feuerwaffe hat man uns nie in die Hand gegeben.«

Ihre Worte schnitten durch seine Brust. »Du bist kein Produkt, Rhona. Du bist etwas ganz Besonderes.« Er zog sie eng an sich, um ihren Scheitel zu küssen, aber sie machte sich schnaubend von ihm los.

»Es sind Frauen verschwunden, Steel. Man hat uns gesagt, sie wurden in andere Städte gebracht, doch ich glaube, man hat sie entsorgt oder für irgendwelche Tests missbraucht. Ich habe immer daran gezweifelt, wir alle haben das, uns ging es ja gut, wir hatten fast alles … bis Murano uns zu euch geschickt hat. Er hat uns verheizt.«

»Er schickt doch keine so wertvollen Wesen wie euch in den Krieg? Irgendetwas hakt hier.«

Sie senkte den Kopf. »Offenbar nur die Mangelware. Ich wurde für das Zuchtprogramm nicht mehr gebraucht. Hope entspricht nicht ihren Vorstellungen, zumindest habe ich so etwas aufgeschnappt.«

»Was heißt das?« War ihr Kind krank?

Sie gab ihm darauf keine Antwort, und er wollte nicht in der Wunde bohren.

Rhona erhob sich und stieg aus dem Becken, um sich abzutrocknen. »Es ist mein Fehler, dass alles ans Licht gekommen ist, und ich habe Angst, dass Hope dafür büßen muss oder sie ihn mir wegnehmen, wenn du es deinem Präsidenten erzählst.«

Steel folgte ihr, schnappte sich ebenfalls ein Handtuch und stellte sich neben sie. »Präsident Pearson ist ein gerechter und schlauer Mann, er würde solch eine brisante Information niemals weitergeben.« Er schaute ihr zu, wie sie in ihr knappes Höschen schlüpfte, und seufzte frustriert auf. Offenbar war es das mit dem Kuscheln. »Und wieso ist es dein Fehler?«

Ihre Unterlippe bebte. »Ich hätte Hope nicht so lange stillen dürfen. Murano hatte es verboten, aber einige von uns haben es trotzdem getan. Jetzt weiß ich, warum, er wollte, falls er uns brauchte, dass niemand erfährt …«

»Was, Rhona?«

»Na, dass wir Kinder haben!«

Steel beschlich eine Vermutung. »Sind sie etwas Besonderes?«

»Jedes Kind ist das!« Während sie sich weiter anzog, drehte sie ihm den Rücken zu.

»Du weißt, was ich meine, schließlich sind *wir* auch anders.«

Sie legte eine Hand an den Türgriff und senkte den Kopf. »Ich muss mit meinen Schwestern sprechen. Ich will wissen, ob sie genauso denken wie ich, dass Murano uns nur für seine Pläne missbraucht hat.«

Steel umarmte sie von hinten. »Ich werde dich zu ihnen bringen.« Er hoffte inständig, dass sie nicht vorhatte zu entwischen. »Aber ich werde dir Handschellen anlegen müssen.«

»Tu, was du tun musst, Krieger«, sagte sie kühl und machte sich von ihm los.

Er wollte ihr vertrauen, doch er wusste auch, dass Rhona bereit war alles für ihr Kind zu tun, außerdem hatte er mitbekommen, welche Macht sie über ihn hatte. In erster Linie musste er an seinen Job denken, erst danach durfte er sich sein privates Vergnügen erlauben. Und er hoffte, dass er noch viel davon mit dieser wunderbaren Frau erleben durfte.

8. New World City / Tareks Rückkehr

Als Yana ein Rascheln vor der Höhle hörte, griff sie nach der Waffe und zielte auf den Eingang; in der anderen Hand hielt sie Tareks winzige Taschenlampe. Draußen war es bereits stockdunkel, und die unheimlichen Dschungelgeräusche jagten ihr eine Riesenangst ein. Zitternd presste sie den Rücken gegen den rauen Stein, wobei ihr Herzschlag in den Ohren donnerte. Was, wenn ein wildes Tier sie fressen wollte? Oder ein Pfeilmensch sie aufgespürt hatte?

Seit Stunden hockte sie in dieser staubigen Unterkunft und drehte bald durch, alleingelassen mit ihren Gedanken. Emma war tot! Sie konnte es immer noch nicht begreifen. Ihre geliebte Schwester sollte nicht mehr leben, und ihre Zukunft war ungewiss. Yana hatte viel geweint und Stephen verflucht, gegen die Felswand getreten und mit Steinbrocken geworfen. Nur ein Mal hatte sie sich getraut, kurz die Höhle zu verlassen, um sich zu erleichtern und hastig das Blut abzuwaschen.

Sollte das jetzt ihr Leben sein? Sich eine Rache ausmalen, die sie nie ausführen konnte, weil sie nicht mehr in diese verfluchte Kuppel kam?

Erneut raschelte es vor dem Eingang.

»Wer immer da ist, ich werde schießen!« Ihre Stimme klang zwischen den Felsen viel zu laut und schrill, sodass weitere Schauder über ihren Rücken krochen.

»Leg die Pistole weg, ich bin's«, hörte sie, dann trat eine ganz in Schwarz gekleidete Person gebückt in die Höhle. Über dem Kopf trug sie eine schwarze Maske, die lediglich die Augen frei ließ. In mehreren Holstern am Körper verteilt steckten Waffen.

»Tarek!« Sie ließ den Arm sinken, lief zu ihm und warf sich an seine Brust. »Du bist zurückgekommen.« Oh, wie hatte sie seine Wärme, seinen Geruch und seine Nähe vermisst, dabei war er nur ein paar Stunden weg gewesen. Aber er war der Einzige, der wusste, was wirklich mit ihr geschehen war, der Einzige, auf den sie zählen konnte und musste. Ihr Leben lag in seiner Hand.

»Ich hab dir was mitgebracht.« Er drückte sie kurz, dann machte er sich von ihr los und stellte einen großen Rucksack vor ihre Füße. Anschließend ging er noch einmal hinaus und kam mit einem Wasserkanister zurück.

»Wie konntest du herkommen? Was hast du Stephen gesagt?«

Er holte eine dünne Matte aus dem Rucksack, die sich automatisch aufblies, sobald er sie auseinanderrollte. »Murano hat mich in ein paar Angelegenheiten eingeweiht, weil ich mich als loyal erwiesen habe.«

Sie wusste, er sprach von ihrem vorgetäuschten Tod, woraufhin sie sich wieder schlecht fühlte. »Was hat er zu dem Video gesagt?«

»Er hat nur milde gelächelt und mir auf den Rücken geklopft.«

Ihr Magen verkrampfte sich. Ihr Onkel … ihr eigener Onkel! Wie konnte ein Mensch so grausam, so kühl sein? Sie hatte viele Monate neben diesem Mann gewohnt, er hatte sie mit zu öffentlichen Reden genommen, ab und an mit ihr zu Abend gegessen, über seinen Alltag geplaudert … Ja, er war schon immer kühl und unnahbar gewesen, aber dass er sie gleich töten ließ … Sie verstand das nicht! »Hat er noch etwas zu mir gesagt? Hast du das mit meinen Augen angesprochen?«

Er schüttelte den Kopf. »Er hat sich nicht dazu geäußert und ich habe lieber den Mund gehalten. Zu viel steht auf dem Spiel.«

»Was musst du nun für ihn erledigen? Noch mehr Drecksarbeit?«

»Ich habe den Auftrag, im Dschungel nach einem Krieger zu suchen. Vermutlich gibt es hier auch ein fremdes Shuttle, das soll ich zerstören. Außerdem soll ich im Urwald patrouillieren und melden, falls weitere Krieger nachkommen.«

Yana hob die Hand. »Wow, halt, nicht so schnell … Nach welchem Krieger sollst du suchen?« Sie sah nach, was sich noch alles in der Tasche befand, und entdeckte eine Flasche Fruchtsaft, die sie gleich öffnete und in einem Zug austrank. Die Dschungelhitze machte sie unglaublich durstig.

»Zwei Warrior aus White City sind gekommen, einen konnte ich fangen und an Murano ausliefern, der andere läuft vielleicht noch im Urwald herum.«

»Aus White City?« Beinahe ließ sie die Flasche fallen. »Was wollen sie hier?«

»Ich weiß es nicht. Murano hat mir keine Details erzählt, ich soll ihn bloß finden.«

»Was, wenn sie die Seuche einschleppen?«

»Die beiden machten einen sehr gesunden Eindruck.« Er zog die Maske ab, und sofort ergoss sich sein langes Haar über die Schultern.

Yana wollte am liebsten ihre Hände in seiner Mähne vergraben. »Wirst du heute Nacht hier bleiben?«

»Ja, heute Nacht kann ich bleiben.« Er klang kühl und drehte ihr den Rücken zu, während er ein Schlaflager richtete. Ein sehr schmales Lager, das offenbar nur für eine Person gedacht war.

Ihr Herz sank. Zu gerne hätte sie sich an ihn gekuschelt, um von seinen starken Armen gehalten zu werden. Sie fühlte sich verloren und unendlich einsam.

Vorsichtig legte sie eine Hand auf seinen Rücken. Durch sein Shirt spürte sie die fließenden Bewegungen seiner Muskeln. »Was wird nun aus mir? Aus … uns?«

Ohne sich umzudrehen, sagte er: »Ich kann dir nicht das geben, was du willst. Auch wenn es für uns eine Möglichkeit geben würde, zusammen zu sein, werde ich niemals der Mann sein können, den du verdienst.«

»Woher willst du das wissen?«

»In mir ist vor langer Zeit etwas gestorben, Yana. Ich weiß nicht, was heute mit mir passiert ist, aber das war eine Ausnahme. Ich fühle nichts.«

Sie schluckte. »Du fühlst nichts? Belüg dich nicht selbst, Tarek!«

Er wirbelte herum, sein Gesicht wutverzerrt. »Ja, ich habe etwas gefühlt und zwar pure Lust. Ich war scharf auf dich, ich wollte dich einfach nur ficken, nachdem ich dieses Bedürfnis ewig nicht mehr gespürt habe. Es ist plötzlich über mich gekommen, keine Ahnung, wieso. Ich habe diesen Rausch genossen, so lang wie er anhielt, danach war ich wieder wie tot! Ich bin gefühlskalt, Yana. So einen Mann hast du nicht verdient.«

»Dein Herz rast.« Sie hatte die Hände an seine Brust gedrückt, um ihn auf Abstand zu halten. Sein grimmiges Gesicht jagte ihr Angst ein. Doch nun erkannte sie in seinen Augen, dass er sich fürchtete. »Du fühlst gerade sehr viel, Tarek.«

Hastig trat er zurück und fuhr sich durchs Haar. »Du kannst dich schlafen legen. Ich werde vor der Höhle Wache halten.«

»Was ist denn wirklich mit dir los? Du verhältst dich seltsam.« Sie wünschte, sie könnte in seinen Kopf blicken.

»Weil ich seltsam bin!«, rief er, senkte jedoch sofort die Stimme. »Du kannst nichts dafür, dass ich so bin, und du wirst daran auch nichts ändern können.« Erneut drehte er ihr den Rücken zu. »Das alles macht mich krank.«

Seine scharfen Worte verletzten sie. »Ich mache dich krank?«

»Nicht du. Ich hasse diese Höhle und ich hasse den Dschungel!«

Yana atmete auf. »Hat es etwas mit deiner Beinverletzung zu tun?«

Er schnaubte und krallte die Finger in die Felswand, sodass Steinchen herabrieselten. »Alles hat sich seitdem verändert. *Ich* habe mich verändert. Und nun falle ich auch noch dem Senat in den Rücken, weil ich dich am Leben lasse, und fange an zu zweifeln.« Er wirbelte zu ihr herum, seine Nasenflügel bebten. »Ich habe einst geschworen, dieser Stadt zu dienen. Das habe ich mit allem getan, was ich war. Als Krieger und als Gladiator. Und jetzt? Bin ich nur noch der Handlanger von Murano, und selbst dafür bin ich nicht geeignet. Ich habe ihn hintergangen.«

»Du hast mich gerettet«, sagte sie leise und streckte den Arm nach ihm aus, doch er wich zurück.

»Ich weiß nicht mehr, was richtig ist und was falsch.« Seufzend legte er den Kopf in den Nacken. »Als ich den fremden Warrior in die Stadt brachte, wurde über alle Kanäle ein Video eingespielt. Es zeigte White City, lachende Menschen, spielende Kinder unter freiem Himmel. Ein Mann, der sich als Präsident ausgab, hat gesagt, dass der Senat uns alle belügt. Dass ein Leben außerhalb der Kuppel für alle möglich ist. Leider wurde die Übertragung abgebrochen, aber die Bürger sind seitdem in Aufruhr. Genau wie ich.«

Hatte sie einen Beweis, dass Tarek die Wahrheit erzählte? Vielleicht war Emma gar nicht tot? Womöglich trieb er ein fieses Spiel mit ihr und hielt sie hier gefangen, um irgendwelche Perversionen auszuleben?

In ihrem Kopf purzelte alles durcheinander, sie wusste selbst nicht mehr, was richtig und was falsch war.

Sie hatte sich vorgenommen, in seiner Anwesenheit stark zu bleiben, aber der heutige Tag war einfach zu viel für sie. Zu viele Informationen, zu viele schlechte Neuigkeiten. Sie hockte sich auf die weiche Matte, zog die Knie an, stützte den Kopf darauf und begann hemmungslos zu schluchzen.

»Verflucht«, murmelte er und setzte sich zu ihr.

Als sie spürte, dass sich sein Arm um ihre Schultern legte, schmiegte sie sich an ihn.

Er ließ sie weinen, ohne etwas zu sagen.

Irgendwann nahm er die Waffen ab und deponierte sie mitsamt der Holster neben dem Lager. Würde er sich zu ihr kuscheln?

Stattdessen flüsterte er: »Ich habe getötet, Yana, eiskalt und ohne Gnade.«

Ständig versuchte er ihr weiszumachen, dass er ein gefühlloses Untier war, doch das war er nicht.

Sie wischte sich die Tränen aus dem Gesicht und sah ihn an. »Du hast getötet, weil es der Senat wollte. Meine Schwester und ich sind in einer Pflegefamilie aufgewachsen und wurden regimetreu erzogen. Ich kann ansatzweise erahnen, unter welchem Druck ihr Krieger steht.«

»Was ist mit deinen Eltern passiert?«

Wollte er das tatsächlich wissen oder bloß vom Thema ablenken? »Sie sind mit einem Shuttle abgestürzt, als wir noch ganz klein waren. Ich kann mich nicht an sie erinnern.« Sie seufzte und kam nicht umhin, eine seiner seidigen Strähnen zwischen die Finger zu nehmen. »Wir sind uns ähnlich, Tarek. Du hast auch keine Eltern.« Die Warrior wurden von Ammen aufgezogen. Kein Krieger kannte seine wirkliche Abstammung, soweit sie wusste.

»Hat deine Pflegemutter dich gut behandelt?«

Yana nickte. »Emma und ich haben uns ab und zu eine Ohrfeige eingefangen, weil wir nicht immer das Richtige taten und zu viele freie Gedanken hegten, aber die meiste Zeit war sie lieb und nett. Ich glaube, sie hatte nur Angst zu versagen, dass wir nicht so werden, wie Stephen uns haben wollte. Er hatte stets ein Auge auf unsere Familie.«

Es freute sie, dass er sich mit ihr unterhielt. Sie wurde wagemutiger und drehte sich in seinen Armen. Tareks Lippen lagen nah.

Er starrte auf ihren Mund, als ob er überlegen würde, sie zu küssen.

Langsam ließ sie eine Hand in seinen Nacken wandern und stieß auf etwas Hartes in Form einer Münze. »Was hast du da?«

Er zog ihre Hand weg. »Das ist ein Störmagnet, der den Sender in meinem Implantat blockiert, damit mich der andere Warrior nicht aufspüren kann. Doch in der Höhle sind wir ohnehin sicher, hier findet uns niemand.«

Sanft fuhr sie ihm über das Kinn. »Aber dich hat jemand gefunden.«

Er drehte den Kopf weg, sodass sie seine Augen nicht mehr sehen konnte. »Es war Jazz«, sagte er zu ihrer Überraschung. »Als ich an den Klippen abgestürzt bin und mich nicht befreien konnte, hat ein Pfeilmensch mich gerettet und in diese Höhle gebracht, um meine Wunden zu versorgen. Mein Bein war allerdings zu schwer verletzt, ich musste ins Krankenhaus. Daher hatte ich mich zum Ausgang geschleppt und dort konnte Jazz mein Signal orten.«

Sie hatte den Warrior mit der auffälligen Frisur schon mal gesehen, er arbeitete ebenfalls für ihren Onkel. »Ich bin froh, dass er dich gefunden und der Pfeilmensch dir geholfen hat.« Und sie freute sich, dass er sich ihr anvertraute.

»Ja, ich schulde ihm was. Ihnen beiden.«

»Du hast ein gutes Herz, Tarek.« Erneut legte sie die Hand auf seine Brust.

Da schloss er seufzend die Augen, lehnte sich gegen den Felsen und nahm ihre Hand in seine. »Ich wünschte, ich wäre wie früher und hätte mein altes Feuer wieder. Dann würde ich dich glücklich machen.«

Sie hielt die Luft an. Er klang so traurig; seine Worte berührten sie zutiefst.

»Jetzt kann ich nur dafür sorgen, dass du überlebst. Wenn es im Dschungel noch ein Shuttle gibt, werde ich es finden. Falls es stimmt, was in dem Video gezeigt wurde, solltest du nach White City fliegen. Murano verstärkt die Wachen an den Toren. Es ist bloß eine Frage der Zeit, bis es im Urwald vor Trupps wimmelt …«

Yana hörte kaum zu, weil immer noch der eine Satz in ihrem Kopf widerhallte, den er zuvor ausgesprochen hatte. *Ich wünschte, ich wäre wie früher, dann würde ich dich glücklich machen.*

»Du machst mich glücklich, weil du zu mir zurückgekommen bist und weil du alles tun willst, damit es mir gut geht.« Sie hätte ihn am liebsten mit Küssen überhäuft, aber dann würde er vermutlich davonlaufen. Auch jetzt zuckte er, als wären ihre Worte Peitschenhiebe, daher zog sie die Hand zurück.

»Warum denkst du, hast du dich verändert, Tarek?«

»Ich weiß es nicht, ich kann es mir selbst nicht erklären. Von einem Tag auf den anderen bin ich abgestumpft. Es war, als ich den Gladiatorenshows zugeteilt wurde.«

»Vielleicht hat sich deine Seele verschlossen, um die Morde nicht zu nah an dich heranzulassen. Du musstest Menschen töten, ob du wolltest oder nicht.« Und womöglich waren es sogar Unschuldige.

»Ja, das kann sein.«

Vorsichtig legte Yana den Kopf an seine Brust, weil sie ihm nahe sein wollte, und lauschte dem kräftigen Schlag seines Herzens. »Ich mach lieber die Taschenlampe aus, um Energie zu sparen.«

»Hm«, brummte er, als es um sie herum dunkel wurde. »Du kannst sie jederzeit aufladen, wenn du sie eine Stunde lang der Sonne aussetzt.«

Das waren gute Neuigkeiten. Sie wollte nicht allein im Dunkeln sein, aber mit Tarek machten ihr die Finsternis und all die fremden Geräusche, die in die Höhle drangen, nichts mehr aus.

Sie rutschte tiefer, bis sie mit dem Kopf auf seinem Oberschenkel lag. In dieser Position könnte sie es die ganze Nacht aushalten, auch wenn sein Bein hart war, jeder Muskel darin angespannt.

Eine Weile herrschte Schweigen, bis Tarek plötzlich begann, durch ihr Haar zu streichen. Diese Geste ging ihr durch und durch, und als sein rauer

Finger an ihrer Ohrmuschel entlangglitt, entwich ihr ein Seufzer.

»Vielleicht kann ich durch dich lernen, wieder etwas Schönes zu fühlen«, sagte er. »Deine Nähe löst etwas in mir aus. Ich kann es schlecht beschreiben, es ist, als ob sich mein Inneres erwärmt, wenn du bei mir bist.«

Seine Offenheit freute sie und erwärmte ihr Inneres ebenfalls. »Ich helfe dir gerne dabei.«

»Warum? Ich habe dich am See … mit so viel Gewalt genommen, nur an mich gedacht.«

Yana drehte den Kopf und schaute zu ihm auf. Sie konnte ihn nicht sehen, aber er womöglich sie. Ob er sie gerade anstarrte? »Du hast mir nicht wehgetan, und ich wollte es auch.« Sie räusperte sich. »Ich habe schon länger ein Auge auf dich geworfen.«

»Tatsächlich?« Seine Stimme klang immer noch viel zu kühl und sachlich, doch sie wollte sich dadurch nicht mehr verletzen lassen. Nun wusste sie, dass er nichts dafür konnte. Wenn sie nur wüsste, wie sie sein Feuer hervorkitzeln könnte. Was war am See geschehen? Hatte es ihn erregt, sie nackt zu sehen?

»Soll ich mich ausziehen?« Sie tastete nach der Taschenlampe und schaltete sie an.

Tarek zuckte mit den Schultern.

Oh, diese Begeisterung!

Eigentlich hatte sie keine große Lust, ihre Kleidung abzulegen. Yana fühlte sich unsauber und sehnte sich nach einer Dusche. Trotzdem zog sie ihr Shirt über den Kopf und warf es auf den Rucksack.

Tarek musterte ihren BH, als würde er eine wissenschaftliche Abhandlung lesen. »Was findest du an mir, Yana?«

Sie hockte sich neben ihn und griff nach einer seiner langen Strähnen. »Du hast tolles Haar.«

Seine linke Braue schnellte nach oben. »Ach.«

»Na ja, deine ganzen Muskeln finde ich natürlich auch toll.« Ihr Herz geriet ins Stolpern. Musste sie ihm tatsächlich Honig um den Mund schmieren?

»Weiter«, forderte er.

Okay, offenbar sollte sie es mit Reden versuchen, denn ihr halbnackter Körper schien ihn kaum zu reizen. »Der Sex mit dir war ziemlich gut.«

Er legte den Kopf schief und sah ihr fest in die Augen. »Definiere gut.«

Oh komm schon! »Der beste bisher«, presste sie hervor.

»Na, dann hab ich es wenigstens noch nicht verlernt«, antwortete er sarkastisch.

So kamen sie auch nicht weiter. »Vielleicht hilft es, wenn ich dich berühre?«

»Am See … da hast du nach Vanille gerochen. Das hat mich angezogen und mein Verlangen entfacht. Jetzt rieche ich nichts.«

Vanille? »Du willst nur höflich sein und nicht sagen, dass ich stinke.« Himmel, langsam wurde es richtig peinlich und sie machte sich regelrecht zum Affen. *Yana, lass es einfach! Das zwischen euch war eine einmalige Sache. Offenbar will er nichts von dir und deine Gefühle nicht verletzen.*

Er kniff die Augen zusammen. »Nein, wirklich, ich kann deinen besonderen Duft nicht mehr wahrnehmen. Hattest du ein Parfüm aufgelegt?«

»Ich benutze kein Parfüm, das kann ich nicht ausstehen, davon bekomme ich Niesanfälle.«

Sollte sie noch einen letzten Versuch wagen? Sie ließ ihre Hand erneut in sein Haar gleiten und streichelte seinen Hals entlang. Plötzlich ertastete sie unterhalb seines Ohrs eine seltsame Schwellung. »Was hast du da?«

Tarek zog ihre Hand weg. »Das kommt von der Aufbauinjektion. Ich habe mir noch einen Schuss verpasst, bevor ich aufgebrochen bin, um bei bester körperlicher Verfassung zu sein, falls ich dem Warrior begegne.« Kopfschüttelnd stand er auf und legte seine Waffen an. »Das bringt alles nichts. Ich werde mich lieber vor dem Eingang positionieren und du solltest schlafen.« Mit diesen Worten trat er aus der Höhle.

Frustriert seufzte sie auf, zog sich ihr Shirt wieder an und kuschelte sich in ihr Lager, in dem Tareks Wärme hing. Sie fühlte sich erschöpft und sollte sich tatsächlich ausruhen. Immerhin war Tarek hier, bei ihr und das gab ihr Sicherheit. Wer wusste schon, wie die nächste Nacht aussehen würde?

9. New World City / Jazz' Dämonen

»Er hat mit keinem Wort erwähnt, was er oder Ice hier suchen«, sagte Jazz, während Senator Murano die Kamera abschaltete. »Haben Sie Ice gefunden, Sir?«

»Tarek hat seine Spur aufgenommen. Offenbar versteckt sich der Dreckskerl im Dschungel.« Murano warf einen finsteren Blick auf Fire, der reglos auf dem Metalltisch lag. »Sorgen Sie dafür, dass der Mann morgen wieder ansprechbar ist. Dann wenden wir speziellere Methoden an.«

Jazz hatte bei den bisherigen Gefangenen nur die Elektrofolter einsetzen müssen. Schon nach den ersten Stromschlägen hatten die Bürger alles erzählt, was Murano hören wollte. Aber dieser Krieger war anders. Jazz bewunderte seine Härte. Würde er die Torturen morgen überstehen? Fires Herz hatte einmal aufgehört zu schlagen, sodass Jazz ihn defibrillieren musste. Zum Glück machte das die Maschine vollautomatisch.

»Sie bleiben bei ihm, Jazz, bis wir Informationen haben. Zeichnen Sie weiterhin alles auf, ich muss mich um wichtige Angelegenheiten kümmern.« Murano klang nervös, er schwitzte und sein Herz schlug zu schnell. Außerdem sah er immer zur Decke, als könnte er durch die Mauern hindurch nach oben sehen.

Irgendetwas stimmte nicht.

Nachdem er den Keller verlassen hatte und Jazz mit dem Feind allein war, überprüfte er dessen Vitalfunktionen. Sein Zustand war stabil, er würde überleben. Warrior waren zäh und regenerierten sich schnell. Wer wusste das besser als er selbst …

Jazz zögerte. Er sollte im Keller bleiben, aber irgendetwas Bedeutsames ging da oben vor sich. Leider gab es hier unten keine Screener; er war von der Stadt abgeschottet, damit nichts und niemand seine Arbeit störte. Doch dieser fremde Krieger und was er hier suchte machten ihn neugierig. Daher schlich er aus dem Raum und lief über die Notfalltreppe nach oben. Im Treppenhaus gab es einen Lüftungsschacht, der auch die Konferenzräume des Regierungssitzes miteinander verband. Jazz presste sein Ohr gegen die Schlitze und lauschte.

»Das Volk ist in Aufruhr, sie haben genug gesehen, obwohl wir die Übertragung des Videos nach einer Minute stoppen konnten. Sie stellen Fragen und warten auf Antworten. Was sollen wir ihnen erzählen, Senator Murano?«, fragte jemand, der Stimme nach Senator Algiri.

»Wir brauchen bloß ihre Ängste zu schüren«, antwortete Murano. »Der angeblich neue Präsident von White City sagt, das Leben außerhalb sei wieder möglich? Dann werde ich ihnen erzählen, wer dieser Präsident Pearson ist, nämlich ein ehemaliger Rebell, der sich gegen seinen eigenen Vater aufgelehnt hat. Pearson will die Vernichtung aller regimetreuen Bürger, aus Rache, weil sein Vater seine Mutter hinrichten ließ. Die Geschichte kennen hier schließlich auch einige. Pearson will einen Krieg, er will, dass die Leute die Kuppel verlassen, um der Strahlenkrankheit zum Opfer zu fallen.« Er machte eine kurze Pause. »Wir müssen ihnen weiterhin eintrichtern, dass unsere Kuppel auf einer gottverdammten Insel steht und sie dort draußen eine Menge Gefahren erwarten. Undurchdringlicher Dschungel, Krankheiten und mutierte Tiere.«

Mutierte Tiere … Jazz schnaubte. Natürlich gab es die. Frösche mit sechs Beinen oder Mungos mit zwei Schwänzen. Doch die konnten niemandem wirklich gefährlich werden.

»Das tun wir ohnehin ständig.« Algiri klang wenig überzeugt.

»Wir veranstalten eine Hetzjagd, nehmen ein paar Aufständische und lassen sie von unseren Kriegern durch den Urwald treiben. Das alles sollen die Warrior filmen. Danach mischen wir den Sklaven ein Gift in ihre Henkersmahlzeit, das sie qualvoll verenden lässt, und schieben es auf die Strahlenkrankheit.«

»Und wie erklären wir die Aufnahmen der spielenden Kinder unter freiem Himmel? Oder die Naturreservate, den Freedom Park vor der Kuppel von White City und …«

»Das sind billige Tricks, der Film ist am Computer entstanden!«, rief Murano erzürnt. »Niemand überlebt da draußen, außer unseren Kriegern. Sie allein haben die körperlichen Voraussetzungen. Das werden wir fortan mit noch mehr Nachdruck predigen.«

»Dann müssten wir offenbaren, was für Fähigkeiten die Warrior wirklich haben und welche Gene sie in sich tragen.«

»Das hat sich doch längst herumgesprochen! Seit den Unruhen in White City ist das Volk verunsichert, zu viele Informationen sind durchgesickert, aber all das müssen wir für uns nutzen. Die Warrior sind nichts anderes als intelligente Bestien, und ihre tierische DNA macht sie nur noch furchteinflößender. Wir müssen den Druck erhöhen, mehr Bürger verhaften lassen. Sie werden mir zu rebellisch. Genau so hat es in anderen Städten auch angefangen! Und wenn wir unsere eigene Seuche erschaffen müssen, um sie einzuschüchtern! Wie gesagt, wir müssen mit ihren Ängsten spielen und …«

Jazz hatte genug gehört. Er eilte zurück in den Keller, den Kopf nun selbst voller Fragen. Sein Leben lang hatte man ihnen weisgemacht, sie würden die Strahlung aushalten, da sie robustere Gene hatten, doch die normalen Menschen würden krank werden und sterben.

Was versprachen sich die Senatoren von ihren Lügengeschichten?

Eingeschüchterte Bürger verliehen ihnen Macht, sorgten für Wohlstand, ließen sich leichter manipulieren … und die Kuppel hielt sie an Ort und Stelle. Auf diese Weise hatte das Regime sie besser unter Kontrolle.

Was würde sich für ihn ändern, wenn die Kuppel fiel?

Er wusste es nicht. Im Moment wusste er nichts mehr.

Zurück bei Fire, der immer noch reglos auf dem Tisch lag, löste er dessen Gurte. Sie hatten tiefe Abdrücke hinterlassen. Sein Körper und das feuerrote Haar waren klitschnass geschwitzt, die Haut unter den Elektroden verbrannt. Jazz entfernte jede einzelne und bewunderte die restliche makellose Haut. So glatt, kaum Narben, während er selbst entstellt war. Doch die Narben störten ihn nicht, vielmehr störte ihn, dass eine bestimmte Narbe fehlte. Aber dieses Geheimnis kannte nur er.

Als Fire stöhnend die Augen öffnete, zog er die Pistole aus dem Hüftholster und legte sie außer Reichweite. Besser, er trug keine Waffen bei sich, solange er den Warrior transportierte. Jazz traute dem Kerl mittlerweile alles zu, er war zäher als das Steak, das es im Underground zu essen gab. Jazz musste dafür sorgen, dass der Mann in wenigen Stunden erneut »verhörbar« war, wie es Senator Murano oft auszudrücken pflegte.

»Auf die Beine mit dir, oder soll ich dich tragen wie ein Baby?« Er zerrte an Fires Händen, und der Krieger setzte sich tatsächlich auf. Als er sich drehte und die Beine über den Tisch schwang, stellte sich Jazz dazwischen. Sofort fiel der rote Schopf an seine Brust.

Fire krallte die Finger in sein Shirt und flüsterte: »Macht es dich an, Muranos Foltermeister zu sein?«

Wenn der Typ schon wieder sprechen konnte, hatte Jazz nicht viel zu tun. Er hob ihn an den Achseln nach oben und zog ihn auf die Beine. Fire konnte nicht stehen, daher drückte Jazz ihn fest an sich. Die wenigen Meter bis in die Arrestzelle würde er ihn wohl tatsächlich wie ein Kind tragen müssen.

Fire war vom Körperbau eher schlank, genau wie er, und daher kein Schwergewicht. Als er ihn am Gesäß hochhob, berührten dessen Lippen seinen Hals. »Du hast dir den Job nicht ausgesucht, was?«

Plötzlich jagte ein glühender Impuls durch ihn, sodass er den Mann beinahe fallen ließ. Da wurde ihm bewusst, wie er ihn hielt, dass er ihn an sich drückte wie einen Liebhaber.

Heilige Scheiße, dieses Gefühl machte ihm Angst.

»Hey, ich rede mit dir«, wisperte Fire. Das Kitzeln der Lippen an seiner Haut verstärkte das seltsame Kribbeln in seinem Bauch.

»Dann lass uns reden.« Plötzlich wollte Jazz so viel wissen. »Stimmt es, dass ihr einen Präsidenten habt, der Pearson heißt?«

Fires Körper spannte sich minimal an. »Du weißt von ihm?«

»Ich frage, du antwortest.«

»Ja.«

Jazz schleppte ihn in den Nebenraum, in dem er sich um ihn kümmern würde. »Und es leben normale Menschen außerhalb der Kuppel, ohne krank zu werden?«

»Ja«, hauchte Fire an seinen Hals.

Er hielt ihn weiterhin fest, um seine körperlichen Reaktionen zu überprüfen. Der Mann log nicht. »Ice hat ein Video eingespielt?«

»Ja, Mann, aber warum fragst du mich das, wenn du eh schon alles weißt? Ich will bloß noch schlafen.«

Jazz' Mundwinkel zuckten, denn er bewunderte diesen Kerl. Nicht nur, dass er der Erste war, der unter seiner Folter nicht nachgegeben hatte, nein, Fire hatte etwas an sich, das ihn interessant machte. War es sein Wissen? Was verschwiegen ihnen die Senatoren alles?

Behutsam legte er ihn auf die einfache Pritsche. »Warum hasst du mich nicht?«

Fire öffnete ein Lid. »Du tust bloß deinen Job. Das habe ich früher auch mal, daher weiß ich, wie das hier läuft. Ich hasse nur das, was du mir antust. Wir sind doch Brüder, Mann.«

Jazz schluckte. »Morgen wird es noch schlimmer, wenn du nicht redest.«

»Ich weiß«, flüsterte Fire, sein Auge fiel zu und er entspannte sich.

Jazz ging zum Waschbecken, das neben einem Spind, einem Kühlschrank und der Pritsche die einzigen Gegenstände im Raum waren, und befeuchtete einen Lappen. Damit wischte er den geschundenen Körper ab.

Du hast dir den Job nicht ausgesucht, was?, hallten Fires Worte durch seinen Kopf.

Nein, das hatte er nicht, wie so vieles in seinem Leben. Er funktionierte und tat das, was man ihm auftrug. So lief das unter der Kuppel, und Jazz kannte es nicht anders.

Vorsichtig wusch er Fires Gesicht. Dessen Lippen öffneten sich leicht, und ein kaum hörbarer Seufzer entwich.

Der zarte Laut rüttelte und zerrte an ihm. Verdammt, was machte der Kerl mit ihm?

Ablenken, weitermachen … Jazz zog die feuchte Hose von Fires Beinen und schleuderte sie unters Waschbecken. Sein Gefangener hatte nirgendwo

Haare, außer am Kopf. Er war ein schöner Mann.

Jazz hatte sich seit seiner Ausbildung nicht mehr erlaubt, einen Mann derart ausgiebig zu betrachten. Damals, beim gemeinsamen Training, hatte er intensive Blicke riskiert. Schon bald hatte er bemerkt, dass ihn andere Jungen anzogen. Da war er selbst erst zehn Jahre alt gewesen. Doch sein Ausbilder hatte dafür gesorgt, dass er fortan nie wieder auch nur einen Gedanken an Männer oder überhaupt einen Menschen verschwendete. Bis jetzt.

Übelkeit erfasste ihn. Fire zerrte seine pechschwarze Vergangenheit ans Licht, die er eigentlich für immer begraben hatte.

Nachdem er den gröbsten Schweiß entfernt hatte, breitete er eine dünne Decke über Fire aus. Beinahe schien es, als würde er friedlich schlafen, aber dazu atmete er zu unregelmäßig.

»Wart ihr wegen des Videos hier, um das Volk zu informieren?« Er fühlte eine innere Unruhe und wachsende Verwirrung. Wenn man sie tatsächlich belogen hatte … Sollte er dann weiterhin auf Muranos Befehle hören? Falls er es nicht tat, würde der Senat ihn hinrichten lassen.

Es dauerte bestimmt eine Minute, bis eine kaum verständliche Antwort kam: »Ich werde dir nichts sagen, Bruder. Leider stehst du auf der falschen Seite.«

Fire würde den morgigen Tag nicht überleben, wenn er sich weiterhin stur stellte. Aber falls er redete, würde er auch sterben oder für den Rest seiner Tage hinter Gittern landen.

Verdammt, er wollte nicht, dass dieser Krieger starb, nicht so, nicht hier. Ihm gebührte ein ehrenvoller Tod, zum Beispiel in der Arena. Jazz würde sich sofort zum Dienst zurückmelden, um gegen Fire antreten zu dürfen.

Vielleicht konnte er Murano dazu überreden, falls Fire weiterhin schwieg.

Er ging zum Kühlschrank, öffnete ihn per Daumenscan und holte eine Ampulle heraus, danach taute er den Inhalt in einem kleinen Gerät auf. Den Glaskolben setzte er anschließend in die Injektionspistole und drückte den Lauf an Fires Hals. Die Aufbaupräparate würden ihm gut tun.

Nachdem er das Mittel injiziert hatte, riss Fire die Lider auf und fasste sich an den Hals. Plötzlich schienen seine Lebensgeister zurückgekehrt zu sein. »Was hast du mir gespritzt?«

»Keine Sorge, das waren nur die üblichen Warrior-Aufbaupräparate. Mineralien, Vitamine und so was. Habt ihr das nicht in White City?«

»Scheiße, ja, hatten wir!« In Fires grünen Augen lag plötzlich mehr Furcht als während der Folter.

Jazz stutzte.

»Sie enthalten Drogen, die abhängig machen, und andere … Mittel.« Seine Hand sank zurück, aber der Schreck stand ihm weiterhin ins Gesicht geschrieben. »Hast du mal ausprobiert was passiert, wenn du dir das Zeug nicht spritzt?«

Er schüttelte den Kopf. Sie waren verpflichtet, die Präparate zu nehmen, außerdem fühlte er sich danach gut. Zufrieden. Und er hatte seine Emotionen besser im Griff.

Fires Reaktionen machten ihm Sorgen. Die waren nicht gespielt.

»Du bekommst heftige Entzugserscheinungen«, fuhr er mühsam fort. »Wenn ich jetzt wieder abhängig bin, falte ich dich zusammen!« Er warf den Kopf hin und her, seine Lider flatterten. »Scheiße, Mann, das war auch noch das Zeug, das geil macht.«

Jazz wich unwillkürlich einen Schritt zurück, als er sah, dass sich das Laken an einer gewissen Stelle wie ein Zelt aufspannte. »Was sollen deine Worte bedeuten?«, fragte er so kühl wie möglich.

»Na, es gibt zwei verschiedene Mittel. Eins für die Warrior, die in den Shows ihren Mann stehen müssen, und eins für solche, deren Libido bei der Arbeit eher hinderlich wäre. Zum Beispiel Bodyguards, die Senatoren bewachen sollen, oder …« Er schaute ihm direkt in die Augen. »Folterknechte.«

Jazz setzte sich neben Fires Beine auf die schmale Liege und ließ sich dessen Erklärungen durch den Kopf gehen. Er hatte von einigen seiner Brüder gehört, dass sie nach den Injektionen ganz scharf wurden und alle Hemmungen verloren, vor den Kameras Sex zu haben, während bei ihm alle Gefühle gedämpft wurden. Er hatte das immer begrüßt und auf die Erlebnisse in seiner Vergangenheit geschoben, dass er anders reagierte.

In seinem Kopf rotierte es. Welche Brüder hatten ihm davon berichtet? Waren sie alle den Shows zugeteilt?

Er versuchte sich an die wenigen Gespräche mit Tarek zu erinnern. Mit ihm hatte er kurze Zeit in der Arena gekämpft. Dieser Bruder war beinahe so verschlossen wie er, vor allem, seit er Muranos Leibwächter war. Während der Schwertkämpfe hatte lediglich der Kampf sie erregt, aber auf andere Art, da waren keinerlei sexuellen Gefühle im Spiel gewesen.

Davor hatte Tarek auch an den Kopulations-Shows teilgenommen und sich mit Sklavinnen vergnügt. Zu dieser Zeit war er anders gewesen. Fröhlicher, leichtlebiger.

Die Warrior bekamen die Injektionen, wenn sie ihre ersten Einsätze antraten und danach in den Shows oder der Arena auftraten. Schwach konnte er sich erinnern, dass vor ein paar Jahren die Injektionen modifiziert wurden, erst danach hatte seine Gefühlskälte so richtig eingesetzt.

Scheiße, ob an der Sache wirklich etwas dran war? Falls ja, begrüßte er die Leere in sich. Wenn er nur wenig spürte, lief er nicht Gefahr, durchzudrehen.

»Du hast nichts gefühlt, als du mich gefoltert hast, stimmt's?« Mühsam richtete sich Fire auf. »Ich hab es in deinem Blick gesehen. Du bist kälter als Eis.«

»Das liegt nicht an den Injektionen.« Totgeglaubte Ängste schnürten seine Kehle zu, sodass er sich hart räuspern musste. Er hatte etwas gespürt. Bewunderung für diesen harten Krieger. »Ich lass dich nun allein. In ein paar Stunden fahren wir fort.«

»Jazz …« Als sich Fires Hand auf seine Schulter legte, unterdrückte er den Reflex, sie wegzuschlagen. »Probier es aus, nimm das nächste Mal eine von den anderen Ampullen.«

Als einer von wenigen hatte er Zugriff auf diese Extra-Injektionen, die ausschließlich für die Gefangenen waren. Er könnte Murano erzählen, er hätte Fire zwei verpasst … Die Verlockung, es auszuprobieren, war groß, aber er würde es nicht tun.

»Du hast ja Angst, Foltermeister«, sagte Fire. Nicht spöttisch, sondern eher überrascht. »Du müsstest dein Gesicht sehen.«

Jazz packte ihn an den Schultern und drückte ihn zurück. »Ich habe vor nichts Angst!« Je ängstlicher er als Kind wurde, desto grausamer hatte sein Ausbilder reagiert.

Ein ehrliches Lächeln huschte über Fires Gesicht. »Dann beweise es, Bruder. Lass mich dir zeigen, dass ich Recht habe.« Er schaute zwischen ihre Körper, und erst jetzt bemerkte Jazz, dass sich Fires Erektion durch das Laken gegen ihn drückte.

Fire kniff die Lider zusammen und stöhnte. »Falls du mich einen Moment allein lassen oder mir zur Hand gehen könntest …«

Als hätte er sich an ihm verbrannt, sprang Jazz von der Pritsche, verließ den Raum und versperrte die Zelle. Danach erst bemerkte er die Ampulle in seiner Faust. Wann hatte er sie eingesteckt?

Sein Gefangener bekam ihm nicht sonderlich. Irgendwie hatte er das Gefühl, dass der Kerl sein Untergang war.

***

Verdammt, Fire hat Recht, waren Jazz' erste Gedanken, nachdem er sich geduscht und in seinem Badezimmer den Schuss gesetzt hatte. Diese Injektion wirkte völlig anders, strömte wie Lava durch seine Blutbahnen, bis tief in den Unterleib. Er spürte, wie sich dort etwas regte, etwas, das er sonst nur benutzte, um aufs Klo zu gehen.

Seine Pulsfrequenz stieg, Panik befiel ihn.

Er warf die Injektionspistole auf den Boden, taumelte ins angrenzende Schlafzimmer und ließ sich ins Bett fallen. Es war eins der wenigen Möbelstücke in seinem spartanisch eingerichteten Apartment. Er brauchte nichts und niemanden, kehrte nach getaner Arbeit bloß nach Hause zurück, um zu schlafen. Aber das würde jetzt nichts werden.

Stöhnend drehte er sich auf den Bauch, was seiner beginnenden Erektion offenbar gefiel. Die Bettlaken glitten über seine vernarbte Haut, während er sich auf der Matratze wand. Er fühlte jede Falte ihm Stoff, einfach alles! Und diese Reibung machte es schlimmer, trieb mehr Hitze zwischen seine Beine.

Shit! Er sprang auf, zog sich seine Arbeitskleidung an und verfluchte die enge Hose. Sie spannte am Schritt. Jeder würde erkennen können, was mit ihm los war!

Nein, niemand würde ihn sehen, er war allein, wie immer.

»Ich wollte dich zu meinem besten Mann machen! Und was tust du? Schaust anderen

Jungs hinterher!« Die Stimme seines Ausbilders donnerte durch seinen Kopf. So lange hatte sie geschwiegen, und nun kam alles wieder hoch.

Fire hatte recht gehabt, Gottverdammt! Diese Injektion hatte verheerende Auswirkungen auf seinen Körper. All die Erinnerungen und Emotionen, vor allem der Hass auf seinen Ausbilder Kane, strömten ungehindert auf ihn ein.

»Die Haare müssen ab, du bist viel zu hübsch für einen Krieger.« Er hatte nicht geweint, als Kane ihm das lange Haar mit dem Messer abgeschnitten und dabei seine Kopfhaut geritzt hatte. *Sollte es nötig sein, um mir den letzten Buchstaben zu verdienen, werde ich alles tun*, hatte er gedacht.

Ob die Warrior-Ausbildung in anderen Städten auch so ablief wie hier? Er musste Fire fragen. In New World City wurde man nur zum Warrior ausgebildet, wenn man ein bestimmtes Ritual überstand. Jedes Jahr wurden etwa zehn Jungen im Alter von acht Jahren drei Tage lang im Dschungel an einen Pfahl gefesselt, direkt an den Klippen. Drei Tage Sonne, höllischen Durst, Hunger und die brechenden Wellen, die drohten, einen ins Meer zu reißen. Drei Tage Angst und Pein galt es zu überstehen. Jeden Abend kam Kane vorbei, um ihnen ein glühendes Eisen in den Bauch zu drücken, als Kennzeichen, aus welcher Stadt sie stammten. Das N bekamen sie am ersten Tag, das W am zweiten, und alle, die die Tortur überstanden hatten, bekamen auch das C.

Nur Jazz nicht.

»Mit dir habe ich etwas Besonderes vor«, hatte Kane gesagt. *»Aus dir werde ich einen der härtesten Krieger machen, die ich jemals erschaffen habe.«*

Damals hatten ihn die Worte mit Stolz erfüllt und er hatte alles geben wollen. Heute wusste er, dass Kane jemanden gebraucht hatte, an dem er seine sadistische Ader ausleben konnte.

»Du bekommst den letzten Buchstaben erst, wenn du ein vollkommenes Produkt bist, wenn du gelernt hast, deine Gefühle zu kontrollieren und Hass dir die nötige Kraft gibt, besser zu sein als sie alle.« Kanes Worte waren plötzlich alle wieder da. Jazz rammte den Kopf gegen die Wand, um die grausamen Erinnerungen zu vertreiben.

»Du bist hübsch, das bemerken auch deine Brüder. Sie werden dich ablenken, das muss ich unterbinden.« Kane hatte ihn an den Händen gefesselt und wie ein totes Tier an einen Baum gehängt. Dazu hatten sie sich jedes Mal allein in den Dschungel begeben, damit niemand ihnen zusehen konnte. Dann hatte Jazz die Peitsche zu spüren bekommen, Tag für Tag, bis er nicht mehr zusammengezuckt war. Zuerst hatte Kane nur leicht zugeschlagen, aber am Ende des ersten Monats war seine Haut aufgeplatzt.

»Sehe ich da Tränen?«, hallten Kanes Worte durch seine Erinnerungen. Sein Ausbilder war erzürnt gewesen, weil Jazz' Wunden nicht schnell genug verheilten. Daraufhin hatte er ihn mit in seine Unterkunft genommen und ihm eine Injektion verpasst.

Oh Gott, das hatte er völlig verdrängt!

Kane hatte ihn geknebelt und ans Bett gefesselt, danach hatte er ihm seine Pistole … Jazz sank an der Wand zusammen.

»Du kommst geil zu mir, Junge? Ich werde dir deine Perversionen austreiben, ein für alle Mal!« Und er hatte ihn geschlagen, während er ihn mit seiner Waffe …

Jazz erbrach sich auf den Boden seiner Wohnung. Er wollte bloß noch, dass die Wirkung der Injektion nachließ, damit er vergessen konnte, schlafen, alles verdrängen.

Kane hatte nicht aufgehört, obwohl er Todesängste ausgestanden und höllische Schmerzen gelitten hatte. Aber je mehr Furcht er gezeigt hatte, desto grausamer war Kane geworden.

Und eines Tages hatte Jazz wirklich nur noch Hass empfunden.

Die körperlichen Übergriffe waren weniger geworden, je älter er geworden war. Kane ließ ihn nun kämpfen. Und Jazz hatte unermüdlich trainiert, bis er besser, schneller und stärker war als alle in seiner Gruppe.

Bei der letzten Übung hatte er seinem Ausbilder den Kopf abgeschlagen. Es war ein Kampf auf Leben und Tod gewesen, eine Vorführung für alle, die die neuen Warrior begrüßten. Kane hatte ihn zuvor bis aufs Blut gereizt und ihm immer wieder gesagt, dass er sich den letzten Buchstaben nur verdienen würde, wenn er allen zeigte, dass er der Beste war.

Und das hatte er.

Jazz wusste bis heute nicht, ob Kane von Todessehnsucht getrieben gewesen war oder Strafe für seine Vergehen eingefordert hatte. Vielleicht hatte sein Ausbilder tief im Inneren sein Handeln bereut?

Egal – es war vorbei. Man hatte Jazz nicht für den Mord verurteilt, schließlich hatten alle bemerkt, dass Kane sonst ihn umgebracht hätte. Der Senat hatte den Warrior für verrückt erklärt.

Das C hatte Jazz auch nicht bekommen, keiner wusste, dass ihm ein Buchstabe fehlte. Er hatte immer allein geduscht, um Kanes Strafen zu entgehen, oder einen breiten Gürtel getragen. Das war auch sein Markenzeichen in der Arena gewesen, ein Ledergurt um seiner Taille. Diese Schmach hatte er sich ersparen wollen, daher kannte bis heute niemand sein Geheimnis.

Das war seine verfluchte Geschichte. Auch wenn er seinen Ausbilder bis über den Tod hinaus hasste, hatte er es ihm zu verdanken, dass er diese Stelle bei Murano bekommen hatte. Es war eine Ehre und etwas Besonderes, den Senatoren persönlich zu dienen. Jazz hatte sich vom besten Schwertkämpfer der Arena bis in den Senat hochgearbeitet, seine Gefühlskälte hatte Murano imponiert und der hatte ihn zum Foltermeister gemacht.

Aber dann war Fire gekommen, und plötzlich stellte Jazz alles in Frage.

Er joggte durch seine kleine Wohnung und machte Liegestützen, bis er außer Atem war und sich sein Zustand einigermaßen normalisiert hatte. Die Erektion war so gut wie verschwunden und er konnte unter Leute. Er musste zu Fire, wollte mit ihm über so vieles sprechen, wollte sich ablenken. Ja, Fire wäre eine gute Ablenkung, denn er allein kannte die Antworten.

***

Als Jazz in die Zelle trat, schaltete er zuerst das Licht ein, danach sperrte er hinter sich ab. Sicherheit ging vor, auch wenn Fire in seinem Zustand keine wirkliche Gefahr für ihn darstellte. Sollte ihn der Warrior trotzdem überrumpeln, würde er nicht das Gefängnis verlassen können. Dazu brauchte er schließlich den passenden Daumenscan und den Sicherheitscode.

Brummend legte Fire einen Arm über die Augen. »Komm später wieder, ich bin noch nicht bereit für Folterrunde zwei.«

»Deshalb bin ich nicht hier.«

Als Fire ihn anblinzelte und dessen Blick auf die Platzwunde an seiner Stirn fiel, riss er die Lider auf. »Was ist passiert?« Aber dann bemerkte er offenbar die Beule in seinem Schritt. »Du hast dich ja doch getraut. Scheint dich ziemlich … mitgenommen zu haben.«

»Schnauze.« Unruhig tigerte Jazz in der kleinen Zelle umher. »Du wirst mir jetzt ein paar Fragen beantworten.«

»Was nun? Schnauze halten oder reden?«

Jazz schenkte ihm einen warnenden Blick.

»Okay, tu ich gern, wenn du lieb zu mir bist.« Grinsend deutete er auf das Zelt im Laken. »Mein Problem ist immer noch da, ich war vorhin zu müde, um mich selbst drum zu kümmern.«

Als Fire am Laken ziehen wollte, schlug Jazz seinen Arm weg. »Ich werde dich garantiert nicht anfassen!«

»Darf ich dann dich anfassen?«

»Nein, verflucht!«

»Stehst du nicht auf Männer? Ich mag beide, also Männer und Frau…«

»Ich stehe auf niemanden!«

»Dein großer Kumpel offenbar schon.« Fire zeigte auf Jazz' Erektion.

Jetzt reichte es. Er war nicht hergekommen, um mit diesem Typen Spielchen zu spielen! Mit einem Schrei warf er sich auf ihn, sodass die Pritsche zusammenklappte und Fire ein hartes Keuchen entkam. Jazz wollte den Kerl schlagen, aber Murano brauchte ihn morgen im bestmöglichen Zustand.

»Warum so aggressiv, Jazz?«

Als er seinen Namen aus dem Mund des Gefangenen hörte, der keinen Zentimeter von seinem entfernt war, und sich seine Erektion an Fires Bein presste, stieg erneut Panik in ihm auf. Falsch, alles falsch, er durfte nichts empfinden, das lag nur an dieser Injektion!

Hastig rollte er sich auf den Rücken und landete am Boden.

»Mann, was ist los mit dir?« Fire beugte sich über ihn. »Bist du krank?« Er legte eine Hand auf seine Stirn.

Kraftlos schlug Jazz sie weg. »Fass mich nicht an.«

»Ach, aber du darfst mich anfassen? Darfst mich foltern? Mich ausziehen und waschen?« Als Jazz plötzlich ein zartes Streicheln am Bauch fühlte, riss er die Augen auf. Fire hatte sein Shirt nach oben gezogen und begutachtete die Brandwunden.

»Fehlt da nicht noch ein Buchstabe?«, fragte er. »Ich hab das mal bei Ice gesehen. Diese Narben sind euer Markenzeichen, nicht wahr?«

Scheiße, was geschah mit ihm? Er war nicht fähig, sich zu bewegen, er versuchte bloß, Luft zu bekommen.

»Scht, du hast einen Panikanfall. Entspanne dich.«

»Nicht … anfassen«, flüsterte er völlig geschwächt, während sich Fire neben ihn hockte und ihm übers Gesicht streichelte. »Nicht!« Irgendwie schaffte er es, den Kerl am Nacken zu packen, herumzudrehen und unter sich zu bringen. Doch Fire hatte sich bereits gut erholt. Er kämpfte sich frei und rollte sich auf ihn.

»Egal, was dich quält«, flüsterte er an seinen Lippen, »lass nicht zu, dass es die Oberhand gewinnt.« Dann küsste er ihn.

Jazz' Herz setzte einen Schlag aus und donnerte danach in Höchstgeschwindigkeit weiter. Fires Lippen glitten zart über seinen Mund, die Zunge kitzelte ihn. »Lass mich rein, Jazz.«

Wie auf Befehl öffnete er sich, kam ihm vorsichtig entgegen.

Sein erster Kuss … und auch noch von einem Mann. Einem Warrior!

Es erschreckte ihn nicht, geküsst zu werden, sondern die Sanftheit, mit der es geschah. Die setzte ihn vollends außer Gefecht.

Seine Zungenspitze prickelte, sein ganzer Körper stand unter Strom. Scheiße, immer wenn Fire über seine Lippen leckte, spritzte er fast ab. Dabei war er noch nie durch Zärtlichkeiten gekommen. Bisher hatte es in seinem Leben keine gegeben, und selbst Hand an sich gelegt hatte er nie. Ein paar nächtliche Samenergüsse, hauptsächlich in seiner Jugend, waren dabei gewesen, begleitet von grausamen Träumen von Kane, der ihn mit einer Pistole vergewaltigt hatte.

Fire schmunzelte. »Ich habe tatsächlich eine Waffe gefunden, mit der ich den Foltermeister besiegen kann.«

»Niemand hat mich jemals besiegt«, sagte Jazz leise und schaute ihm in die Augen, damit ihn die Erinnerungen nicht übermannten. Kane hatte ihn besiegt, immer und immer wieder. Er hatte ihm die schlimmsten Dinge angetan.

Und jetzt war es Fire, der sich an ihm vergriff. Zwar hatte ihn Kane nie zärtlich berührt, hatte keine sexuelle Stimulation bei dem empfunden, was er ihm angetan hatte, sondern eher Faszination.

Fire hingegen war erregt.

Jazz fühlte seine Hände überall. Sie schoben sich unter sein Shirt und strichen über die Ausbuchtung seiner Hose.

Nein, er war kein Schwächling mehr, er könnte sich wehren.

Aber das tat er nicht. Stattdessen spürte er den Reaktionen seines Körpers nach. Fire stellte etwas mit ihm an, was bisher keiner geschafft hatte. Er erregte ihn ebenfalls. Jede Berührung schoss bis tief in seinen Bauch.

»Lass los«, sagte Fire. »Ich bin nicht dein Feind. Was es auch ist, vergiss deinen Hass.«

Sein Feind … Verflucht, wozu ließ er sich hinreißen? Diese verdammte Injektion!

»Niemals!« Er stieß den Rotschopf von sich, zerrte ihn auf die Matratze und warf sich auf ihn. »Soll ich dir zeigen, was er mir angetan hat?« In seiner Wut, Verzweiflung und Verwirrung fand seine Hand den Weg zu Fires Hoden. Jazz nahm sie zwischen die Finger und drückte zu.

Fire lag unter ihm, ganz ruhig, schaute ihn jedoch gequält an. »Tu das nicht, Jazz. Damit vertreibst du keine Dämonen.« Er streichelte sein Gesicht, und Jazz lockerte den Griff.

Fire stöhnte leise. »Ja, so ist es schon viel besser.«

Seine Hand entspannte sich weiter, fand wie von allein den Weg zum harten Schaft, erspürte die zarte Haut und den Kern darunter.

Ein lustvolles Knurren entfloh Fires Kehle. »Das machst du gut. Ich mag es etwas fester.« Er drehte sich, sodass sie beide nebeneinander lagen, Fire auf der zusammengefallenen Pritsche und er daneben auf dem Boden. Ihn störte das nicht, denn er fühlte nur noch diese unendlich sanften Hände auf sich, die sein Shirt nach oben schoben und die Hose öffneten. Sein Geschlecht wurde befreit, und als Fire über die empfindliche Kuppe strich, zuckten lustvolle Impulse durch seinen Schwanz bis in sein Rückenmark.

Auf diese Weise lagen sie nebeneinander und streichelten sich gegenseitig. Jazz ließ es einfach geschehen, ließ sich fallen, erlaubte sich zu genießen. Kane war tot, er würde ihm nie wieder etwas verbieten können.

»Warum machst du das?«, fragte er rau. »Schon in wenigen Stunden werde ich dir erneut Gewalt antun.« Es war sicher eine List, um hier herauszukommen.

Fire beugte sich über ihn und strich ihm durchs Haar. »Dann lass uns diesen Moment besonders genießen. Jetzt gibt es nur uns. Keiner schreibt uns vor, was wir tun müssen und wie wir uns zu verhalten haben.« Fires Daumen glitt über seine Wange. Weinte er? Er hatte seit seiner Kindheit keine Träne mehr verschwendet. »Weißt du, dass du wunderschöne Augen hast?«

Meinte Fire das ernst? Er war doch ein Monster, voller Narben …

Verdammt, er würde jetzt nur noch an das denken, was dieser Kerl mit ihm machte. Jazz wollte vergessen, endlich vergessen. Er ließ sich in die Arme des Feindes fallen, gab sich ihm hin, ließ sich von ihm verwöhnen. Und als sich feuchte Lippen über sein Geschlecht stülpten, schrie er. Er schrie und weinte, bis der Höhepunkt vorüber war und nichts mehr übrig ließ als Schwärze.

»Schlaf nun, großer Krieger«, flüsterte Fire, danach wusste er nichts mehr.

Jazz' große raue Hände auf seinem Schwanz hatten sich gut angefühlt. Nicht mehr viel und er wäre gekommen, aber Jazz war einfach eingeschlafen. Daher nahm Fire seinen Penis selbst in die Hand und brauchte nur fünf Striche, bis die Erlösung eintraf. Er onanierte ins Laken und wischte anschließend Jazz die Spuren vom Bauch. Er zuckte nur ein wenig, ansonsten lag er da wie tot, völlig entspannt. Die Härte war aus seinem Gesicht gewichen und es zeigte sich zum ersten Mal dessen wahre Schönheit.

Wenn er Jazz töten wollte, musste er es jetzt tun, aber sein Körper schien eine Tonne zu wiegen. Er konnte sich kaum noch bewegen und seine Lider fielen ständig zu. Er war völlig erschöpft und einer Ohnmacht nah, ausgebrannt durch die Folter, das Gerangel und den anschließenden Sex. Trotzdem konnte er den Blick nicht von Jazz abwenden.

Erst hatte er mit dem Krieger spielen wollen, um irgendwie hier rauszukommen, aber dann hatte er bemerkt, dass die Seele des Mannes von grausamen Dämonen besetzt war. Irgendetwas quälte ihn furchtbar, seine Härte und die Abneigung vor Zärtlichkeiten kamen nicht von ungefähr. Offenbar war Jazz zutiefst enttäuscht und allem Anschein nach auch gefoltert, ja, wahrscheinlich missbraucht worden. Seine zahlreichen Narben an Seele und Körper sprachen Bände, selbst nach der Ausbildung sah keiner seiner Brüder so aus, zumindest nicht in White City. Oder stimmte es tatsächlich, dass die Krieger hier viel härter rangenommen wurden?

Fire musste verrückt sein, für seinen Foltermeister etwas zu empfinden und ihm außerdem am liebsten noch von seinen Dämonen befreien zu wollen.

Nein, er konnte diesen Mann nicht töten. Es würde Fire auch nicht rausbringen. Er brauchte nicht nur Jazz' Daumen, sondern auch den Zahlencode.

Mit letzter Kraft legte er einen Arm um Jazz, in der Hoffnung, dass sein Bruder erkennen würde, dass sie etwas Besonderes verband. Fire wünschte sich, jetzt einen Verbündeten zu haben, der ihm hier raus half. Dann schlief auch er ein …

10. White City / Verhandlungsgespräche

Steel lief mit Rhona über den unterirdischen Tunnel zum Gefängnis. Das war sicherer für sie alle. Er wollte sie nicht gefesselt durch die Stadt führen und auch nicht auf andere Brüder treffen. Ein ehemaliger Mitarbeiter des Überwachungssystems der Vergnügungseinheit hatte die Tür automatisch über die computergesteuerte Schließanlage öffnen können, sodass niemand Rhona zu Gesicht bekommen hatte.

Zum Glück waren die kleinen Bisswunden an ihren Lippen dank ihrer außergewöhnlichen Selbstheilungskräfte kaum noch zu erkennen. Präsident Pearson sollte nicht denken, sie hätten sich geschlagen.

Hektisch schaute sich Rhona in den grauen Gängen um.

»Hier ist sonst keiner«, versprach er. »Nur wir beide.«

»Ich hasse diese engen Wege und den Beton.« Sie warf einen finsteren Blick auf die Handschellen, die er ihr angelegt hatte. »Sieht White City auch so öde aus?«

»Nicht ganz. Wir haben sehr viele Hochhäuser, denn der Platz ist begrenzt, aber es gibt auch grüne Flecken.«

»Habt ihr einen Wald?«

Er schnaubte amüsiert. »Leider nein.«

»Dann hasse ich deine Stadt.«

Ihre Worte sollten sich bestimmt nicht gegen ihn richten, dennoch taten sie ihm weh. Rhona schien alles in White City zu verachten, was er ihr nicht verübeln konnte. Womöglich reagierte sie auch nur so trotzig, weil er sie gefesselt hatte. Trotzdem wünschte er, sie würde sich hier eines Tages wohlfühlen können. Noch hatte sie die Stadt nicht wirklich gesehen, vielleicht würde sie sich ja umentscheiden.

Verdammt, er malte sich schon wieder eine Zukunft mit ihr aus. Das sollte er unterlassen, denn er wusste nicht, ob es überhaupt die geringste Chance für sie beide geben könnte.

Zum Glück erreichten sie die Haftanstalt; das ständige Nachdenken machte ihn noch verrückt. Allerdings konnte er zum ersten Mal die Brüder verstehen, die in einer festen Partnerschaft lebten und wirklich alles für ihre Gefährtinnen tun würden. Ihm kam es vor, als würde es ein unsichtbares Band zwischen ihm und Rhona geben, als würden sie füreinander bestimmt sein.

»Bitte reiß dich zusammen«, flüsterte er ihr zu, nachdem ein Wärter hinter ihnen die Stahltür geschlossen hatte und sie im Keller standen. »Eine Unachtsamkeit, und du bleibst mit deinen Schwestern auf Ewig hier drin.« Das wollte er auf keinen Fall. Sie würde eingehen, nie wieder den Himmel sehen … oder ihren Sohn.

Rhona warf ihm lediglich einen weiteren finsteren Blick zu, da sie immer noch die Handschellen trug, und schritt erhobenen Hauptes neben ihm her. Was für eine stolze Schönheit.

Er würde sie später beschwichtigen, zuerst mussten sie mit dem Präsidenten reden. Obwohl es mitten in der Nacht war, hatte sich Mr. Pearson sofort bereiterklärt, sich mit Steel im Gefängnis zu treffen, und das, obwohl ihm Steel nicht einmal gesagt hatte, worum es ging. Über Funk war ihm das zu riskant erschienen. Sie könnten abgehört werden. Murano hatte seine Spitzel überall, und sie wussten nicht, ob sie alle erwischt hatten.

Gemeinsam mit dem Wärter passierten sie zahlreiche Schleusen und marschierten durch kahle Gänge, bis er sie in einen Verhörraum brachte. Dort saß Präsident Pearson bereits mit dem glatzköpfigen Warrior namens Rock an einem Tisch. Der Krieger trug eine kleine schwarze Gasmaske vor Mund und Nase.

Pearson fuhr sich durch sein blondes Haar und nickte ihm zu. Heute hatte er keinen Anzug an, sondern eine schwarze Stoffhose und ein grünes T-Shirt, als ob er direkt aus dem Bett ins Gefängnis gefallen wäre. Er sah müde aus, Schatten hingen unter seinen Augen.

»Steel, was gibt es?« Pearson stand auf und schritt auf ihn zu, wobei er Rhona skeptisch studierte.

Steel wartete, bis der Wärter den Raum verlassen und sie eingeschlossen hatte, dann musterte er Rock. Der breitschultrige Muskelprotz in Kampfmontur hatte mit ihm das Schlusslicht gebildet, als sie die Huntress durch den Tunnel gebracht hatten. Steel kannte ihn, aber nicht besonders gut. »Vertrauen Sie ihm, Mr. President?«, fragte er deshalb und erntete von Rock einen düsteren Blick.

»Jax hat ihn mir als Leibwächter zugeteilt, daher vertraue ich ihm.«

Jax besaß eine hervorragende Menschenkenntnis, auf sein Wort gaben alle viel.

Rhona sah hektisch zwischen ihm und Rock hin und her, doch der Hüne verhielt sich ruhig und zeigte keinerlei Anzeichen, dass er sich zu Rhona hingezogen fühlte.

»Was soll die Gasmaske, Mr. President?«, wollte Steel wissen.

»Mark hat erklärt, dass die Anziehungskraft zwischen Warrior und Huntress offenbar über Hormone und Duftstoffe gesteuert wird. Die Maske sorgt dafür, dass die Krieger nicht durchdrehen. Aber wie ich sehe, haben Sie sich auch so gut im Griff.« Pearson schenkte Steel ein Lächeln. »Also, was gibt es Wichtiges?«

Er legte einen Arm um Rhona und führte sie zu einem Stuhl. »Kann ich ihr die Handschellen abnehmen? Sie ist unbewaffnet und wird sich benehmen.«

Pearson nickte und deutete auf einen Automaten in der Ecke. »Noch jemand Kaffee? Ich brauche einen großen Schluck, um richtig wach zu werden, und dann will ich endlich wissen, warum wir hier sind.«

***

Zwei Minuten später saßen sie alle mit dampfenden Bechern am Tisch. Selbst Rhona hielt einen in der Hand und schnüffelte argwöhnisch daran. Als alle davon tranken, probierte sie ebenfalls und hob die Brauen.

Steel beobachtete ihre Reaktionen. »Besser als bei euch?«

»Viel besser«, murmelte sie.

Der Präsident schmunzelte. »Geerntet von freiwilligen Arbeitern unter humanen Bedingungen.«

Rhona legte auf diesen Kommentar hin lediglich die Stirn in Falten. Sicher hatte sie genauso wenig Ahnung wie die meisten früher in White City, dass Sklaven und »ausrangierte« Warrior auch in New World City auf abgelegenen Plantagen schuften mussten.

»Ich will mit meinen Schwestern sprechen«, sagte sie plötzlich und zauberte damit einen überraschten Ausdruck auf Pearsons Gesicht.

Steel legte ihr unter dem Tisch eine Hand auf den Oberschenkel. Sie sollte ihm das Sprechen überlassen. »Ich habe in den letzten Stunden viel herausgefunden, Mr. President, und Rhona ist bereit zu reden. Allerdings möchte sie Ihr Ehrenwort, dass alle Informationen vertraulich behandelt werden.«

Pearson nickte ernst. »Mein Ehrenwort.«

Sie reckte das Kinn und schaute zu Rock. »Ich werde nichts sagen, so lange der da mit im Raum ist.«

Rock kniff die Lider zusammen, erwiderte jedoch nichts.

Steel wunderte sich, wo sein Kumpel steckte. »Warum passt Fire nicht auf Sie auf, Sir?« Ihm könnte Rhona hundert Prozent vertrauen, da Steel das ebenfalls tat. Sie beide waren ein Klasseteam, wenn es darum ging, den Präsidenten zu beschützen und Geheimnisse zu bewahren.

»Er ist mit Ice nach New World City geflogen und zwar mit dem Shuttle, in dem die Huntress ankamen. Es hatte sich herausgestellt, dass eine automatische Rückflugroute einprogrammiert war, die wir nicht rechtzeitig deaktivieren konnten. Offenbar gönnt uns Murano nicht mal ein zusätzliches Schiff. Also haben wir nicht lange gezögert und die Chance genutzt. Fire hat sich sofort freiwillig gemeldet. Er und Ice sind als blinde Passagiere mitgeflogen und über der Insel mit dem Fallschirm abgesprungen. Auf diese Weise dürfte kein Radar sie erfasst haben, und Murano vermutet niemals, dass wir zwei Männer in den Dschungel geschmuggelt haben.«

Steels Puls beschleunigte sich. Fire war auf einer Mission? »Sie holen Ms. Jones Schwester?«

Der Präsident nickte. »Außerdem konnte Ice das Video einspielen. In New World City werden demnächst sicher einige Änderungen anstehen.«

Steel hatte gewusst, dass sein Bruder bei der Rettungsmission unbedingt dabei sein wollte. Den Präsidenten zu beschützen hatte ihm nie ausgereicht. Aber dass es jetzt so schnell ging … »Hat alles geklappt?«

Pearson senkte den Blick. »Ich hoffe es, wir haben keine Ahnung, welche Sicherheitsvorkehrungen Murano getroffen hat. Ice kommt zwar aus New World, doch es hat sich bestimmt eine Menge verändert in den letzten Monaten. Ich warte noch auf eine zweite Rückmeldung von Ice, daher werde ich Ihnen später erzählen, was ich weiß.«

Der Präsident wirkte unglücklich. Ms. Jones' Schwester war doch nichts geschehen?

»Rock, würden Sie vor der Tür warten?«, bat Pearson.

»Ich weiß nicht, ob das eine gute Idee ist«, murmelte der Hüne, stand aber auf.

»Wo bekomme ich so ein Ding her?« Steel deutete auf seine Gasmaske.

Der Präsident zeigte auf eine Kiste neben dem Kaffeeautomaten. »Ich habe sie im Gefängnis verteilen lassen. Jeder Warrior muss eine tragen. Seitdem ist endlich Ruhe eingekehrt.«

»Dann mach ich das auch.« Er holte sich eine dieser kleinen Masken aus dem Karton, und als er sie angelegt hatte, verließ Rock den Raum, blieb jedoch vor der Tür stehen und spähte durch das Sichtfenster.

Augenblicklich nahm Steel Rhonas unvergleichlichen Duft nach Milch, Honig und Weiblichkeit nicht mehr wahr. Seine sexuelle Erregung, die er in ihrer Nähe ständig verspürte, nahm sofort ab, aber die Anziehungskraft blieb. Sie war weiterhin die schönste und begehrenswerteste Frau, die er jemals getroffen hatte.

Mit leicht zusammengekniffenen Augen schaute sie ihn an, und als er wieder neben ihr saß, legte er erneut die Hand auf ihren Oberschenkel. Rhona bedeckte seine Finger mit ihren, als ob sie erleichtert wäre, dass er immer noch auf ihrer Seite stand. Und dann fing sie an zu erzählen. Über die Insel, die Ausbildung und das Zuchtprogramm. Einige Details ließ sie weg, wie zum Beispiel ihr Verhältnis mit Havoc, und auch was zwischen ihnen in der Vergnügungseinheit vorgefallen war, erwähnte sie nicht.

Als sie geendet hatte – Pearson hatte sie kein einziges Mal unterbrochen –, herrschte eine Minute Schweigen. Danach sagte der Präsident: »Also erpresst Murano euch. Wenn ihr seinem Befehl nicht folgt, seht ihr eure Kinder nie wieder.«

Rhona schnaubte. »Er hat uns in den Tod geschickt, wir sind ihm völlig egal. Da wir hier nicht wegkommen, sehen wir unsere Babys ohnehin nie mehr.« Sie biss sich auf die Unterlippe und schwieg.

»Keiner Huntress wird ein Leid geschehen«, versprach Pearson. »Und wir werden dafür sorgen, dass ihr eure Kinder zurückbekommt.«

Zitternd holte sie Luft. »Wirklich?« Dann beugte sie sich leicht über den Tisch und kniff erneut die Augen zusammen. »Das ist eine Lüge.«

»Rhona«, zischte Steel. »Hab Vertrauen.«

Rasch entzog sie ihm die Hand. »Ich vertraue niemandem. Nie mehr. Und warum solltet ihr uns helfen wollen? Was habt ihr davon?«

Steel kochte. Sie würde mit ihrem Temperament noch alles verderben! Er konnte sich vorstellen, wie es in ihr aussah, aber wenn sie sich nicht zusammenriss, würde sie ihr Kind tatsächlich nie wieder sehen!

Der Präsident holte tief Luft. »Du hast recht, Kriegerin, ich verspreche mir etwas davon.«

Rasch erhob sie sich und ballte die Hände zu Fäusten. »Also doch!«

Steel drückte sie an der Schulter nach unten, sodass sie sich wieder setzte. »Hör dir erst mal an, was der Präsident zu sagen hat.«

Pearson drehte den leeren Becher in seinen Händen. »Wenn wir euch Freiheit versprechen, für alle Frauen und ihren Kindern, würdet ihr für unsere Sache kämpfen?«

»Was ist eure Sache?«, fragte sie und legte den Kopf schief.

»Freiheit, Gerechtigkeit, Wahrheit. Kein Regime der Welt sollte seine Bürger länger belügen und ausnutzen. Außerdem plant Murano einen Angriff, um seinen Bruder zu retten, der hier im Gefängnis sitzt. Wir wären dankbar um jeden weiteren Mitstreiter.«

»Und wo sollen wir leben?«

»Es gibt in White City ein leerstehendes Hotel, das Paxton. Es ist groß genug, um alle Huntress mit ihren Kindern unterzubringen.«

»Dein Angebot ehrt uns, aber wir wollen nicht unter der Kuppel leben, wir sind an ein solches Leben nicht gewöhnt.«

»Ihr könntet auch in Resur wohnen.«

»In der Wüste?« Vehement schüttelte sie den Kopf. »Du musst uns etwas

Besseres bieten.«

»Rhona!« Steel konnte ihre frechen Forderungen kaum mit anhören. »Der Präsident schenkt euch allen die Freiheit! Vielleicht besprichst du das erst mal mit den anderen?«

Sie erhob sich. »Ich kann sie fragen, aber sie denken wie ich. Außerdem …« Sie warf einen skeptischen Blick auf Steels Maske. »Wie sollen wir in dieser Stadt zwischen den männlichen Kriegern leben? Das würde Mord und Totschlag bedeuten. Wir Frauen wären nicht sicher vor euch und ihr nicht vor uns. Oder wollt ihr immer diese Masken tragen?«

Verdammt, sie hatte recht. Und es stank ihm, dass sie von ihm sprach als wäre er *irgendeiner*. Er hatte sich das Gespräch zu einfach ausgemalt. Rhona war eine hitzköpfige Wildkatze!

»Kann ich nun mit den anderen reden?«, fragte sie überheblich.

»Natürlich.« Pearson zog einen Kommunikator aus der Hosentasche und holte Rock sowie einen weiteren Warrior namens Kian hinein, der ebenfalls eine Maske trug.

Steel kannte Kian, sie waren zusammen in einer Einheit gewesen. Der große schlanke Krieger mit dem langen blonden Haar glich beinahe einem Märchenwesen, denn er hatte etwas Elfenhaftes an sich. Es fehlten nur noch die spitzen Ohren. Aber von seiner filigranen Schönheit und den außergewöhnlich hellblauen, fast weißen Augen durfte man sich nicht blenden lassen. Er war ein hervorragender Kämpfer, äußerst geschickt, flink und loyal. Rhona betrachtete ihn interessiert und viel zu eingehend für Steels Geschmack.

»Darf der Gefängnisarzt dir vorher noch Blut abnehmen?«, fragte Pearson. »Das gehört zu unserem Sicherheitsprotokoll.«

»Na gut«, antwortete sie zu Steels Überraschung.

Rasch erhob er sich. »Ich begleite dich.«

Beim Anblick der beiden Brüder befiel ihn der Wunsch, gegen sie anzutreten, sollten sie Rhona auch nur zu lange anschauen.

»Hier entlang.« Pearson ging voran, und drei Minuten später befanden sie sich auf einer kleinen Krankenstation. Der Arzt sah ebenso müde aus wie der Präsident zuvor, nahm ihr aber rasch und routiniert Blut ab. Ohne mit der Wimper zu zucken ließ Rhona alles über sich ergehen, als hätte sie das schon tausend Mal machen müssen.

Kurz darauf standen sie bereits vor einer massiven Stahltür mit Sichtfenster, die zu einem Gemeinschaftsraum führte. Dort hielten sich alle restlichen Huntress auf. Ein paar schliefen auf Pritschen, andere unterhielten sich, soweit er das erkennen konnte.

Kurz bevor Kian die Tür öffnete, drehte sich Rhona zu Steel um. Ihre großen Augen schienen zu fragen: Ist das auch keine Falle?

Er nickte ihr aufmunternd zu und hätte sie am liebsten geküsst, dann entließ er sie zu ihren Schwestern. Er hörte, wie sie aufgeregt empfangen wurde, bevor sich die Tür schloss und alle Geräusche abschnitt.

»Geben wir ihr eine halbe Stunde«, sagte Pearson und zog sich mit ihm in den Raum zurück, aus dem sie gekommen waren. Rock und Kian warteten vor der Tür.

Der Präsident genehmigte sich einen weiteren Kaffee und schloss seufzend die Augen, während sich Steel über Rhonas Verhalten ärgerte. Da bekam dieses Weib ein faires Angebot vom Staatsobersten persönlich, und ihr passte das nicht! Was war nur in sie gefahren? »Tut mir leid, Sir. Sie ist stur ohne Ende, aber ich bekomme das hin.«

Pearson lächelte. »Ja, das glaube ich Ihnen.«

»Tatsächlich?«

»Ich habe bemerkt, wie Rhona Sie angesehen hat. Sie vertraut Ihnen.«

Wenn sich der Präsident mal nicht täuschte. In erster Linie wollte sie ihr Kind zurück, danach ihre Freiheit und dann kamen wohl immer noch ihre Schwestern weit vor ihm. Er würde nie ihren Gesichtsausdruck vergessen, als sie sich vorgestellt hatte, unter der Kuppel leben zu müssen. Rhona war direkt angewidert von dieser Idee und ehrlich entsetzt. Sie war eine Jägerin, ein Naturkind. Die Stadt würde sie zerstören.

Steel räusperte sich. »Rhona hat mir erklärt, dass die Warrior so fixiert auf die Huntress sind, also diese Hormonsache …« Seufzend fuhr er sich durchs Haar. »Die Wissenschaftler haben das verbrochen, ob bewusst oder unbewusst, davon hat sie keine Ahnung. Fakt ist, dass wir auf diese Frauen heftig reagieren. Sie wären tatsächlich eine gefährliche Waffe gewesen, wenn Ms. Jones uns nicht gewarnt hätte. Wie geht es ihr, Sir?«

»Emma ist immer noch verzweifelt wegen Yana. Ich hoffe, Fire und Ice können sie nach Hause bringen.« Pearson warf einen nachdenklichen Blick in seinen Kaffeebecher. »Und ich hoffe, Fire ist wieder aufgetaucht.«

»Was ist passiert?«

»Ice konnte mir eine verschlüsselte Nachricht übermitteln. Fire sollte im Dschungel auf ihn warten, während er in der Stadt das Video einspielt und versucht, Yana aufzuspüren. Als er zurückkam, war Fire verschwunden, aber Ice hat Fußspuren entdeckt. Jemand hat Fire offenbar überwältigt und in die Stadt verschleppt. Yana hat er auch nicht gefunden.«

Fuck! Das waren verdammt schlechte Neuigkeiten.

Als Pearsons Kommunikator piepte, zuckten sie beide zusammen.

»Das ist Ice!«, rief der Präsident und las die Nachricht auf dem kleinen Gerät ab. Dabei huschten seine Augen hin und her. Steel hielt es kaum noch aus vor Neugierde und Nervosität.

Pearsons hoffnungsvolle Miene wich Entsetzen. »Verflucht!«

Steel sprang fast vom Stuhl auf, seine Finger krampften sich um die Armlehnen. »Was ist passiert?«

»Ice ist noch mal unter die Kuppel gegangen, konnte aber das Signal von Fires Sender nicht orten. Er ist wie vom Erdboden verschluckt.«

»Fuck!« Steel machte sich riesige Sorgen um seinen Kumpel. In den letzten Monaten hatte sein Dasein nur aus der Bewachung des Präsidenten, Schlafen und Videospielen bestanden. Der Rotschopf war zwar nicht völlig aus der Übung, da sie regelmäßig trainiert hatten, doch er war niemals zuvor auf einer Rettungsmission gewesen. Wieso hatte er solch einem schwierigen Auftrag zugestimmt? »Und Ms. Jones Schwester?«

Pearson schüttelte den Kopf. »Ice hat versucht sie zu finden, um sie heimlich aus der Stadt zu holen. Als er das Video einspielte, wurde er fast erwischt, also hat er sich von außen ins Datensystem eingeloggt. Sie kamen ein paar Stunden zu spät, Murano hat Yana nach Paradisia geschickt.«

»Paradisia? Gibt es diese ominöse Insel wirklich?«

Pearson seufzte schwerfällig. »Es gibt keinerlei Aufzeichnungen oder Koordinaten, wo diese Insel liegen soll. Entweder sind diese Informationen so geheim, dass sie nur mündlich überliefert werden, oder der Senat hat es geschafft, alle Spuren aus dem System zu löschen. Natürlich habe ich die ehemaligen Regierungsmitglieder, die hier im Gefängnis sitzen, immer wieder über alles Mögliche ausfragen lassen, auch über Paradisia, aber sie reden nicht. Aber wenn Sie mich persönlich fragen: Ich glaube nicht daran. Denn was soll man auf diesem paradiesischen Eiland den ganzen Tag machen? Irgendwann hat doch jeder vom Faulsein genug, und dann? Und wer versorgt die Menschen dort mit Essen und anderen Annehmlichkeiten?«

Steel brummte zustimmend. Offenbar hinterfragten die Bürger das alles nicht, da sie nur das Ziel sahen, der Unterdrückung entfliehen zu können. »Mal angenommen, es gäbe Paradisia … Warum sollte Murano seine Patentochter wegschicken?«

»Yana war das einzige Druckmittel, das er hatte, damit Emma machte, was er verlangte. Als er dachte, Emma sei tot, hatte er offenbar keine Verwendung mehr für Yana.«

Steel wusste, dass die ehemaligen Reinigungskräfte des Regierungsgebäudes Muranos Spitzel gewesen waren. Sie hatten ihm sofort von Emmas Tod – der in Wahrheit nur vorgetäuscht gewesen war – berichtet. »Also glauben Sie, Murano hat Yana umbringen lassen?«

»Ich denke, Paradisia dient als Ausrede, jemanden zu entsorgen … also ja.«

Verfluchte Scheiße. »Was werden Sie Ms. Jones erzählen?«

»Vorerst nur die Version mit Paradisia. Solange noch ein Funken Hoffnung besteht, Yana lebend zu finden, werde ich sie nicht dieser Ungewissheit aussetzen. Sie hat schon zu viel durchgemacht.«

Es herrschte einige Sekunden Schweigen, und Steel erkannte, wie sehr diese Neuigkeiten den Präsidenten mitnahmen. Er vergötterte Emma, er würde alles tun, um ihr die geliebte Zwillingsschwester zurückzugeben. Und auch die Schuld, wegen dieser persönlichen Mission einen Mann verloren zu haben, stand ihm ins Gesicht geschrieben. »Ich wäre selbst gegangen, wenn ich gekonnt hätte, Steel.«

»Das weiß ich, Mr. President.« Er räusperte sich und fragte vorsichtig: »Wie kommt Ice zurück? Wenn die beiden mit Fallschirmen abgesprungen sind, hängen sie auf der Insel fest.«

»Ich habe sofort ein Shuttle nachgeschickt, allerdings fliegt es nicht über den Ozean, sondern fährt mit Autopilot unter der Wasseroberfläche wie ein U-Boot, damit es kein Satellit erfassen kann. Jedoch braucht es mehr als die doppelte Reisezeit, um die knapp dreitausend Meilen zurückzulegen. Fire und Ice hätten mit Yana den Dschungel durchqueren und hinter einem Berg auf das Schiff warten sollen. Jetzt ist es zwar da und parkt unterhalb des Meeresspiegels, aber solange Ice nicht weiß, was mit Fire passiert ist, hält er im Dschungel die Stellung. Vielleicht kann er uns noch nützliche Informationen liefern.«

»Ich würde auch sofort hinfliegen, wenn ich könnte.« Steel war hin und her gerissen, entweder Rhonas Kind zu retten oder seinen Kumpel Fire. Am liebsten wäre ihm, er könnte beides zur selben Zeit erledigen.

»Wir sind uns ähnlich, Steel, deshalb schätze ich Sie sehr. Aber je weniger Aufmerksamkeit wir erregen, desto besser. Ice kennt New World und den Dschungel wie seine Westentasche. Allein kommt er im Moment am besten klar. Außerdem will ich nicht noch einen Mann verlieren.«

Pearson sprach, als wäre Fire längst tot. Steel wollte das nicht glauben. Sein Bruder war zäh und ein pfiffiges Kerlchen. Irgendwie würde er es schaffen. Musste! Doch tief in seinem Herzen wusste Steel, dass Fire, sollte Murano ihn in den Klauen haben, nie wieder zurückkehren würde.

11. New World City / Zweifel

Wenn Fire vor Murano oder laufender Kamera auch nur mit einem Wort erwähnte, was sich vor wenigen Stunden zwischen ihnen abgespielt hatte, würde Jazz ihm die Kehle durchschneiden! Er war immer noch durcheinander deswegen und definitiv nicht er selbst. Jazz war in Fires Armen aufgewacht, aus der Zelle geflohen und hatte sich ewig geduscht, bevor er seinen Dienst angetreten hatte. Er hätte diese verdammte Ampulle niemals mitnehmen dürfen! Hoffentlich schöpfte Murano keinen Verdacht.

Der Senator stand neben ihm, während er Fire an den Metalltisch fesselte und verkabelte. Dabei bebten seine Hände. Die zitterten sonst nie, aber diese unsagbare Wut auf Fire und sich selbst nagte an ihm. Er hatte sich niemals das Zeug spritzen dürfen, dann wären all die alten Wunden nicht aufgerissen, und schon gar nicht hätte er zugelassen, dass Fire ihn berührte. Dort berührte, wo nur Kane ihn grob und gefühllos angefasst hatte, um ihn zu quälen. *Er, Jazz,* war gefühllos gewesen, aber nicht letzte Nacht, nicht mit Fire.

Verdammt, der Kerl hätte ihn töten können! Doch das hatte er nicht. *Hättest du mich nur umgebracht, du Narr, dann müsste ich dich jetzt nicht wieder quälen …* Was hatte Fire dazu bewogen, ihn am Leben zu lassen? Ob er dieselben Ansichten vertrat wie er? Dass man einen Krieger, einen … Bruder … nicht feige im Schlaf tötete?

»Heute etwas einsichtiger, Gefangener?«, fragte Murano überheblich.

»Fick dich«, gab Fire zurück und fletschte die Zähne.

Allein dafür hätte Jazz ihn schlagen wollen. Der Kerl sollte endlich reden!

Fires Muskeln spannten sich an, als er sich in den Fesseln wand. Jazz hatte ihm heute Morgen eine weitere Spritze verpasst, die ihn für kurze Zeit lähmte, damit er ihn zurück in den Verhörraum bringen konnte. Langsam ließ die Wirkung nach.

»Gut, legen Sie los, Jazz. Beginnen wir damit.« Murano überreichte ihm eine kleine Peitsche, die aus drei feinen Drähten bestand. Diese würden tief ins Fleisch schneiden, sollte er richtig ausholen.

»Also, weshalb seid ihr in meine Stadt gekommen, Ice und du?«, wollte Murano wissen.

Fire grinste. »Dann haben Sie meinen Bruder wohl nicht erwischt? Oder ist er auch so ein zäher Bursche wie ich?«

Seufzend verdrehte Murano die Augen. »Wie du willst.«

Jazz zögerte für den Bruchteil einer Sekunde und erinnerte sich an Fires Zärtlichkeiten. Diese makellose Haut, die perfekte Gestalt … das wollte er ungern zerstören. Trotzdem holte er aus und zog die Metallstriemen über Fires Bauch.

Der spannte erneut alle Muskeln an, presste die Kiefer aufeinander und fluchte. »Fick dich! Fickt euch beide! Wie wäre es, wenn ihr vor mir fickt, damit ich ein bisschen Unterhaltung habe?«

Drei feine Schnitte waren wie Linien auf der Haut zurückgeblieben, die sich langsam mit Blut füllten. Als wäre Jazz in Trance versetzt worden, blickte er sie verträumt an. Das hier war alles so falsch …

»Na, wer wird denn gleich ordinär werden?« Murano schnaubte. »Also, weshalb bist du hergekommen? Ice hat das Video eingespielt, und was passiert jetzt? Seid ihr die Vorhut? Werden andere kommen?«

»So viele Fragen, Murano?« Überheblich hob Fire die Brauen. »Und ich werde keine davon beantworten.«

Abermals holte Jazz aus, obwohl sich sein Arm anfühlte, als wäre er mit Blei gefüllt. Dieser Kerl war ein Riesenidiot! Er unterschrieb gerade sein Todesurteil.

Neues Blut quoll hervor, diesmal an Fires Oberschenkel.

Scheiße, warum hörte er nicht auf, Murano zu provozieren?

Tränen liefen aus den wunderschönen Augen, ansonsten gab sein Gefangener keinen Laut von sich, zeigte keine Regung, bis auf kurze Blicke, die sich wie Nadeln in Jazz' Herz bohrten. Verfluchter Kerl! Er hatte ihn total verweichlicht, ihm einen großen Teil seiner Stärke genommen. Er fühlte sich schwach und konnte kaum den Arm heben, zumindest kostete es ihn alle Mühe und Kraft.

Erneut befielen ihn Zweifel. Es war falsch, einen derart willensstarken Mann auf diese Weise zu behandeln. »Senator«, sagte Jazz deshalb, »wäre dieser Krieger nicht ein hervorragender Kandidat für eine Show? Ich hätte große Lust, gegen ihn zu kämpfen, die Schwerter klirren zu lassen.«

Murano kam zu ihm und klopfte ihm auf die Schulter. »Ich weiß, dass Sie die Arena vermissen, aber ich brauche Sie an meiner Seite. Niemals habe ich einen besseren Foltermeister gekannt. Außerdem möchte ich nicht, dass ihn ein Bürger zu sehen bekommt. Ich will die Leute nicht unnötig aufregen. Offensichtlich planen die Rebellen von White City einen Krieg gegen uns.«

Fire lachte trocken auf. »White City ist eine freie Stadt, wir wollen keinen Krieg, wir wollen nur jedem Bürger auf dieser Welt zeigen, wie sie verarscht werden. Dann können sie selbst für ihre Freiheit sorgen.«

Jazz bemerkte Muranos Nervosität. Fire sprach die Wahrheit, auch wenn er nicht alles sagte, irgendein Geheimnis besaß er, oder wollte er lediglich diesen Ice beschützen?

Der Senator lächelte milde, schritt zu dem kleinen Wagen, auf dem der Monitor stand mit dem Fire verkabelt war, und zog aus einer Schublade feine Nägel und einen Hammer. Damit begab er sich zu einer von Fires Händen. »Dann eben auf die altmodische Tour.«

Fire riss die Augen auf, schaute Jazz angsterfüllt an und machte eine Faust.

Nicht die Hand, die so zärtlich zu mir war!, dachte Jazz und wünschte sich insgeheim, noch einmal diese Berührungen zu spüren. *Nein, Fire hat mich verhext, und das wollte er, das war sein Plan!* Er wusste nichts mehr, seine Gedanken waren ein einziges Durcheinander.

»Also wolltet ihr hier eine Revolution anzetteln?« Murano nickte zu Jazz. »Helfen Sie mir bitte mal?« Er schlug mit dem Hammer kräftig auf Fires Handrücken, und man hörte ein knirschendes Geräusch, gefolgt von Fires Schrei. Murano hatte ihm die Knochen zertrümmert. »Sie verfluchtes Arschloch!«

Die Hand zuckte und öffnete sich, woraufhin Jazz seine Hand darauf presste, sodass Fire sie nicht mehr schließen konnte. *Murano darf nichts merken, meine Schwäche könnte mich selbst den Hals kosten.*

Der Senator drückte einen Metalldorn unter Fires Fingernagel und holte erneut mit dem Hammer aus.

Der grelle Schrei traf Jazz bis ins Mark. Er wollte Murano stoppen, wollte ihm den Hammer entreißen, stattdessen stand er nur daneben und schaute zu, wie er einen weiteren Nagel in Fires Finger trieb.

»Ihr seid alle krank!«, schrie dieser und warf ihm einen hasserfüllten Blick zu, der seine Seele erschütterte.

Verfluchte Scheiße!

Falsch … alles hier war falsch. Murano und die anderen Senatoren trieben ein verlogenes Spiel, und er half mit, dass man das Leben dieses ehrenwerten Kriegers zerstörte.

Angewidert schaute Murano auf seine Finger. Fires Blut glänzte darauf. »Du willst immer noch keine Details herausgeben?«

Noch mehr Tränen perlten über Fires Gesicht und Schleim lief ihm aus der Nase. »Fick dich«, flüsterte er, dann spuckte er Murano ins Gesicht.

Der Senator blieb ungerührt. »Großer Fehler.« Zu Jazz gewandt sagte er: »Ziehen Sie ihn ganz aus. Mal sehen, ob es sich unser Gefangener nicht doch noch anders überlegt, wenn ich die Nägel in eine Stelle treibe, an der es wirklich weh tut.« Mit diesen Worten ging er aus dem Raum, und Jazz hörte, wie er sich am Waschbecken wusch.

Neue Bilder tauchten auf, diesmal grausame Erinnerungen an Kane, der ihn misshandelt hatte, der seine Hoden gequetscht und ihm zwischen die Beine geboxt hatte. Und jetzt sollte er Schlimmeres bei Fire tun? Diese Nägel dort …

Verdammte Injektion! Jazz glaubte, sich jeden Moment übergeben zu müssen. Die Schmerzen würden Fire umbringen!

»Bist du total bescheuert?«, zischte Jazz ihm zu, während er sich über ihn beugte, um ihn mit einem Messer die Shorts vom Leib zu schälen. Dabei achtete er darauf, dass die Kamera seine Mundbewegungen nicht aufzeichnete. »Du stellst dich auf der Stelle tot, oder wir werden beide sterben.« Er wusste nicht, was genau ihn dazu veranlasste, aber nachdem er die Stofffetzen von Fires Körper gezogen hatte, drückte er hinter seinem Rücken am Gerät einen Schalter, und sofort erklang ein Warnton.

»Was ist los?« Murano kam zu ihm zurückgelaufen, in der Hand ein Tuch, mit dem er sich über das Gesicht wischte.

»Wieder ein Herzstillstand, Sir!« Er betätigte einige Schalter am Gerät, doch nichts geschah. »Verdammt, wir haben ihn wohl verloren.« Er tat so, als würde er sich einige Minuten mit dem Apparat abmühen und rüttelte zwischendurch an Fires Körper.

Zum Glück hatte Murano offenbar keine Ahnung, dass das Gerät eine Fehlermeldung anzeigte. Die gerade Linie hatte nichts mit Fires Herztönen zu tun. Jazz konnte dessen Herz schlagen hören. Er betete, dass Murano nicht seinen Puls fühlte.

»Tun Sie was!« Unwirsch fuhr sich der Senator durch das blonde Haar.

Abermals betätigte er einen Knopf. »Nichts, Sir. Offenbar sind die Warrior aus White City doch nicht so robust, wie ich dachte.«

»Verdammt!« Ungehalten stiefelte Murano durch den Raum, während Jazz betete, dass Fire nicht zuckte. Zwei Metalldorne steckten tief in seinen Fingern, die Hand schien zertrümmert und die Striemen an seinem Körper bluteten immer noch.

»Was soll ich mit ihm machen?«, fragte er möglichst kühl.

»Entsorgen Sie ihn im Dschungel! Niemand darf etwas hiervon erfahren, hören Sie. Niemand!«

Jazz nickte. »Natürlich, Sir. Ich werde diskret sein, wie immer.« Im Dschungel entsorgen? Das ergab Sinn, die Angestellten im Krematorium könnten Fragen stellen, wenn dort ein misshandelter Warrior auftauchte.

Es könnte nicht besser laufen. Er würde Fire die Freiheit schenken können und somit die Chance, dass er einmal einen heldenhaften Tod sterben durfte.

Murano schaltete im Nebenraum die Kamera ab, der blinkende Punkt neben der Linse erlosch. Dann war Jazz mit Fire allein.

»Danke, Bruder«, flüsterte der geschundene Krieger, während eine neue

Träne aus seinem Augenwinkel perlte. »Du bist ja doch nicht aus Eis.«

»Noch ist nicht alles überstanden.« Er schloss die Tür und drehte einen Lappen zu einer dicken Kordel. »Beiß da drauf.«

Fire gehorchte. Anschließend holte Jazz eine Zange. Nach einem kurzen Blick in Fires Gesicht riss er die Nägel heraus. Fire schwitzte und stöhnte in das Tuch, schrie jedoch nicht.

Was für ein Krieger.

12. Pazifik / Shuttleflug zur Insel

Rhona konnte kaum glauben, dass sie tatsächlich auf ihre Insel zurückfliegen würden, und zwar alle! Hoffentlich war Hope noch bei Tammy und Murano nicht gewarnt worden.

Eingekesselt von zwanzig Kriegern standen sie und die restlichen neunundzwanzig Schwestern auf der Plattform eines hohen Turmes, der eine gigantische Aussicht über White City bot. Tatsächlich reihte sich ein Hochhaus an das andere, genau wie Steel gesagt hatte. Auf vielen Dächern wuchsen Lebensmittel wie Getreide, Obst oder Gemüse, jeder freie Platz wurde sinnvoll genutzt. Eine kleine Parkanlage erspähte sie auch, aber dieser grüne Klecks bot ein lächerliches Bild und war nichts im Vergleich zu ihrer Insel.

Auch wenn man hier oben den Eindruck von Freiheit vermittelt bekam, befand sich immer noch die Kuppel über ihren Köpfen. Rhona schaute nach oben und erkannte eine Schleuse. Offenbar würden sie durch dieses Tor die Stadt verlassen. Zum Glück, denn sie hielt es keine Sekunde länger in diesem Treibhaus aus. Wie Steel hier leben konnte, war ihr ein Rätsel.

Er stand mit dem Präsidenten und den Leibwächtern Kian und Rock neben einem Shuttle, während die Krieger mit ihren Schwestern in das Schiff stiegen. Die Warrior trugen alle Gasmasken und waren unbewaffnet; zumindest ihre Gewehre befanden sich aus Sicherheitsgründen im Laderaum. Ihre Messer trugen sie wohl noch, soweit Rhona das erkennen konnte.

Hoffentlich klappte alles wie besprochen! Rhona hatte sich im Gefängnis mit ihren Schwestern in ihrer Geheimsprache unterhalten und Pläne geschmiedet. Offiziell würden sie den Bedingungen des Präsidenten zustimmten. Er wollte, dass die Huntress für seine Sache kämpften und auf der Insel ein Vorposten errichtet wurde. Steel und seine Männer würden erst ihre Kinder befreien, dann die Insel unter Kontrolle bringen. Laut der Informationen des Warrior, der sich im Dschungel von New World versteckt hielt, sollte es unter der Kuppel drunter und drüber gehen. Murano war heillos überfordert, die aufständischen Bürger zu beruhigen, und er konnte nicht auf mehreren Hochzeiten tanzen. Das wäre die beste Gelegenheit, die Forschungsinsel einzunehmen. Soweit hatten Rhona und ihre Schwestern nichts dagegen, aber sie wollten ihre Insel für sich haben, nur für sich. Das war ihr Land, und sie wollten darauf regieren, allein und ohne diese Krieger. Sobald die Männer von ihren Gasmasken befreit waren, würden sie ihnen zu Füßen liegen und alles machen, was sie wollten. Und das war? Dass sich die Männer gegenseitig umbrachten?

Rhona zitterte. Nein, das fühlte sich falsch an, das waren Muranos Wünsche gewesen, nicht ihre. Außerdem würden garantiert welche überleben und Funkkontakt nach Hause suchen, und der Präsident würde auch wissen wollen, wie es seinen Kriegern ging …

Steels Maske hing um seinen Hals, er hatte sie nicht aufgesetzt. Er nahm letzte Anweisungen von Pearson entgegen und ließ sich kein bisschen von den Huntress ablenken, die hüftwiegend an ihm vorbeischwänzelten. Diese Miststücke! Sollte sich eine von ihnen an Steel vergreifen, würde Rhona ihr die Kehle durchschneiden!

Sie erschrak über ihren Gedanken. Diese Männer durften sie nicht auseinanderbringen, sie mussten zusammenhalten und stark sein! Es ging um ihre Kinder, um ihre Heimat, ihre Zukunft!

Trotzdem wollte sie Steel für sich allein, so lange es ging. Er schenkte ihr ab und zu einen sanften Blick, der ihr Herz sofort schneller schlagen ließ. Verdammte Chemie! Steel würde nicht treu sein können, auch wenn er es wollte. Havoc hatte es auch nicht geschafft und war geil auf fast alle Huntress gewesen.

Nachdem sich Steel vom Präsidenten verabschiedet hatte, trat er mit Rhona als Letzte ins Shuttle. Drinnen hatten es sich die anderen Krieger zwischen den Huntress auf den Sitzen bequem gemacht, und Rhona warf ihren Schwestern warnende Blicke zu. Diese Weiber schnurrten geradezu und schmiegten sich an die Krieger! Rhona wusste, wie schwer es war dieser männlichen Übermacht zu widerstehen, auch wenn sie selbst auf wundersame Weise nur noch für Steel diese Anziehung empfand; trotzdem mussten sich die Mädels die nächsten Stunden zusammenreißen!

Sie begab sich mit Steel ins separate Cockpit und schloss die automatische Schiebetür.

»Wenn du dich mit deinen Schwestern austauschen möchtest, kannst du das auch über die Sprechanlage machen«, erklärte er und deutete auf einen Knopf.

Rhona nickte und spähte durch das kleine Sichtfenster der Verbindungstür, dann setzte sich sie neben Steel ans Steuer.

»Ihr habt Fenster?«, fragte sie verwundert und starrte gebannt auf die Panoramascheibe, durch die sie die Landeplattform und ein Stück der Kuppel erkannte.

»Seit dem Fall des Regimes, ja«, erklärte er ihr, während er auf einem Display herumdrückte.

Natürlich, niemand der Reisenden sollte sehen, dass sich die Natur erholt hatte und ein Leben außerhalb der Kuppel wieder möglich war. Nicht nur für Warrior und Huntress, nein, für alle Menschen. Daher hatte man die Fenster verbarrikadiert und behauptete, das würde die Strahlung zusätzlich abschirmen.

Überall blinkten Lämpchen auf und leuchteten Schalter. »Kannst du das Schiff fliegen?«

»Jeder Warrior hat das Fliegen auf einem Flugsimulator gelernt, ja, aber nun übernimmt der Autopilot. Mark, unser IT-Experte, hat eine feste Route eingegeben. Ihr habt das nicht gelernt?«

Sie schüttelte den Kopf. Man hatte ihnen nichts beigebracht, was ihnen bei einer Flucht nützlich gewesen wäre, das hatte sie früher nie so deutlich bemerkt wie jetzt. »Meinst du, New World wird auch fallen?« Sie schnallte sich an, und kurz darauf vibrierte das Shuttle, als die Motoren starteten.

»Ich hoffe es. New World ist eine Kriegerschmiede, und Murano will offenbar die Weltherrschaft, zumindest tut er so. Wir können nur beten, dass es so etwas wie einen Widerstand in New World gibt oder sich gerade einer bildet und sich auch Warrior gegen den Senat stellen. Soweit ich gehört habe, geht es dort noch viel strenger und brutaler zu.«

»Vielleicht wollen die Menschen aber auch gerade deshalb, dass die Unterdrückung endlich ein Ende hat?«

»Möglich. Doch sie werden zurückhaltend sein und Angst haben. Die Krieger sind bereits die ausführende Gewalt, die Exekutive des Senats. Was passiert, wenn sie zusätzlich Recht und Gesetz an sich reißen? Zwar bewundern uns viele Bürger, aber sie fürchten sich auch vor unseren Kräften.«

»Ich fühle mich an deiner Seite sehr wohl«, sagte Rhona und starrte gebannt durch die Scheibe. Die Schleuse hatte sich geöffnet, das Shuttle war abgehoben, und nun verließen sie die Kuppel. Die Morgensonne ergoss sich über eine karge Wüstenlandschaft und erhellte die Dächer der Ruinen und einer gigantischen schwarzen Pyramide, die sie wenige Meilen entfernt erkannte. »Ist das Resur?«

»Hm?« Steel hatte lediglich Blicke für sie übrig. »Ja, da hinten liegt Resur.«

»Warum grinst du?« Er sah sie an, als hätte sie ihm eben ein Geschenk überreicht.

»Nur so.«

Hatte sie etwas gesagt oder getan, was ihn glücklich machte? Sie konnte sich nicht erinnern, denn die Aussicht nahm sie gefangen. Wahrscheinlich war das bei ihm wieder diese Chemiesache.

Rhona konzentrierte sich lieber auf die Landschaft, denn sie wollte diesem Krieger nicht zu nahe kommen. Ein Mal auf so einen Mann hereinzufallen reichte ihr.

»Wow, wir sind ganz schön hoch.« Die Miniaturlandschaft schoss unter ihnen dahin, das Shuttle gewann weiterhin an Höhe.

Steel studierte die zahlreichen blinkenden Anzeigen. »Gerade mal 8000 Fuß.«

»Und das sind?«

»Eins Komma fünf Meilen.«

»Das reicht, um bei einem Absturz geplättet zu werden.« Ihr war es besser gegangen, als sie nicht heraussehen konnte.

Sie verkrampfte sich und atmete erst auf, als es in den Sinkflug ging. »Und was passiert jetzt?« Unter ihr lag ein Küstenstreifen. Wellen brachen sich weiß schäumend am Ufer, danach erkannte sie nur noch dunkelblaues Wasser.«

»Wir tauchen gleich ab.«

»Tauchen?!«

Das Shuttle landete sanft auf der Wasseroberfläche, wo es leicht hin und her schwankte. Sie hörte ein Zischen, dann blubberte es. »Und jetzt saufen wir ab!«

»Nein, die Ballasttanks füllen sich mit Wasser, damit wir sinken können.«

Als es plötzlich rumpelte und Wellen gegen die Scheibe schwappten, fasste Rhona hinüber zu Steel und krallte die Finger in seinen Unterarm. »Ich kann nicht schwimmen!« Wieder etwas, das man ihnen nicht beigebracht hatte, damit sie nicht von der Insel fliehen konnten.

Sanft legte er seine Hand auf ihre. »Ich bring es dir bei, wenn du willst.«

»Dafür ist es nun zu spät«, murmelte sie und zog hastig den Arm zurück. Sie wollte vor Steel keine Schwäche zeigen, doch der Ozean jagte ihr einen Mordsrespekt ein. Würde das Schiff dem Druck der Wassermassen standhalten?

Er tippte auf den Monitor und legte einen Schalter um. »Keine Sorge, wir bleiben dicht unter der Oberfläche und können jederzeit auftauchen. Was wir aber nicht tun sollten, damit wir nicht vom feindlichen Radar erfasst werden.«

Rhona atmete tief ein und aus. Sie hasste es, eingesperrt zu sein. Mittlerweile war das Shuttle weiter gesunken, die untere Hälfte der Scheibe lag bereits im Wasser. »Mit was für Treibstoff fliegen eure Shuttles eigentlich?«

»Entweder mit einem Ethanolgemisch oder Solarenergie. Ist kein Treibstoff zur Hand, kann das Schiff dank Sonnenkraft in ein paar Stunden die Batterien auffüllen. Sogar während des Fluges. Aber da die Strahlung unter Wasser zu schwach ist, müssen wir allein aufs Ethanol setzen.«

Mit zitternden Händen löste sie den Gurt und stand auf.

»Willst du etwa aussteigen?«, fragte Steel und drehte sich mit dem schwenkbaren Sitz zu ihr um.

»Quatsch, ich will nur sehen, wie es den anderen geht.« Sie lugte durch das kleine Fenster in der Tür. Während die Warrior einen eher gelassenen Eindruck machten, krampften sich die Finger ihrer Schwestern in die Armstützen oder einen Körperteil eines Kriegers.

Haltet durch, Mädels, bald sind wir zu Hause, dachte sie und hockte sich wieder hin. Jetzt waren sie völlig vom Wasser eingeschlossen, das Blubbern ließ nach und schaurige Stille stellte sich ein. Die währte nur kurz, denn Steel warf die Turbinen an und das Schiff setzte sich in Bewegung.

»So, nun haben wir gute acht Stunden Fahrt vor uns. Wir sollten die Zeit zum Ausruhen nutzen. Letzte Nacht habe ich nicht viel Schlaf abbekommen.« Er legte die Maske, die bis jetzt um seinen Hals gebaumelt hatte, auf die Konsole und dimmte das Licht in der Kabine, sodass ihre Gestalten nur noch schwach durch die zahlreichen Lämpchen an der Konsole beleuchtet wurden. Dann streckte er die Beine auf dem Cockpit aus und schloss die Augen. »Solltest du auch tun.«

»Hm«, brummte sie. Wie sollte sie in diesem kalten, nassen Grab zur Ruhe kommen?

»Du kannst dich auf meinen Schoß hocken, Baby.« Er öffnete ein Auge und streckte die Hand nach ihr aus. »Ich passe auf dich auf.«

Schnaubend lehnte sie sich zurück, wobei sie die Arme vor der Brust verschränkte. »Ich komme schon klar.«

»Stolzes Weib«, murmelte er und gähnte.

Rhona beugte sich über die blinkenden Anzeigen und versuchte, im bläulichen Wasser etwas zu erkennen, aber außer aufsteigenden Luftblasen gab es nichts zu sehen. »Was, wenn ein Hindernis auftaucht?«

»Umschifft das Shuttle automatisch, du brauchst dir wirklich keine Sorgen zu machen.«

»Mach ich nicht«, antwortete sie schnippisch. »Ich wollte es nur wissen.«

Wie konnte er jetzt bloß schlafen? Sie wollte am liebsten reden, das würde sie wenigstens davon ablenken, dass eine Stahlhülle und unzählige Liter Wasser sie einschlossen.

»Steel!« Als plötzlich zahlreiche silbrig schillernde Ovale draußen auftauchten, bekam sie fast einen Herzinfarkt. So schnell wie sie gekommen waren, waren sie auch wieder verschwunden. Das Shuttle fuhr einfach zu schnell. »Da waren Fische!«

Er grinste. »Könnte sein. Mark hat gesagt, die Meere hätten sich trotz Verschmutzung und gigantischer Müllinseln regeneriert.«

»Natürlich kenne ich Fische, aber da waren nicht ein paar, sondern hunderte!«

»Es gibt wieder viele Fischschwärme und sogar Wale. Das ist doch schön, erfreue dich an ihrem Anblick.«

Oh Gott … Wale?! An die hatte sie gar nicht gedacht. Was, wenn sie so ein Vieh rammten? Rhona war nicht dumm, sie hatte von ihrer Insel aus Wale beobachten können. Die waren riesig!

Nein, sie musste der Technik vertrauen. Reden würde sie ablenken. »Dieser Mark scheint ja ein richtiger Wunderknabe zu sein.«

»Ja, das ist er. Ich möchte mal gerne wissen, wann der schläft, er hat zahlreiche Projekte und Forschungen gleichzeitig laufen.«

»Erzähl mir, was da draußen passiert, Steel. Als Leibwächter des Präsidenten bist du bestimmt gut informiert.«

»Okay, verschieben wir das Nickerchen«, murmelte er und setzte sich ordentlich hin. Irgendwie sah er so müde und zerknautscht total süß aus. »Was willst du genau wissen?«

»Wie viele Kuppelstädte existieren?«

»Sehr viele, auf der ganzen Welt verteilt.«

Rhona zog sich die engen Stiefel aus und knetete ihre Füße. Auf der Insel lief sie am liebsten barfuß. Oh, wie sie sich darauf freute über den weichen und vom Regen feuchten Boden zu rennen, die Natur zu riechen und die Vögel zwitschern zu hören.

Steel hob die Brauen. »Soll ich dir helfen, Baby? Ich kann gut massieren.«

Seine leicht raue und unglaublich sexy Stimme schien in all ihre Poren zu dringen und ihren Körper in Schwingungen zu versetzen. Wie sollte sie es mehrere Stunden mit ihm in dieser kleinen Kabine aushalten?

Sie ging nicht auf seine Frage ein; allein seine Nähe wirkte viel zu verlockend auf sie. Rhona musste ihm widerstehen, ihr Herz bekam langsam Risse und wollte diesen Gentleman-Krieger hinein lassen. Das durfte nicht passieren! »Gibt es weitere freie Städte?«

Er nickte. »Nicht viele, zum Beispiel unsere ehemalige Partnerstadt Royal City, sie liegt an der Ostküste. Vor etwa zwei Jahren, fast zeitgleich mit White City, wurde sie von den Outsidern eingenommen. Oder High End im ehemaligen England, das ist auch frei. Jedoch wollen sie keinerlei Kontakt, zu niemandem. Wir konnten allerdings mit Ville Libre, einer Stadt im früheren Frankreich, und Aetherpolis in Deutschland kommunizieren. Leider liegen sie auf anderen Kontinenten, und nicht alle Städte besitzen Shuttles.«

»Die Namen sagen mir alle nichts.« Sie fühlte sich ziemlich dumm und ließ betrübt den Kopf hängen. In ihr brodelte es. Die Senatoren hatten dafür gesorgt, dass sie und ihre Schwestern möglichst wenig wussten und konnten, um bloß nicht auf blöde Ideen zu kommen. Man hatte sie mit Training und später mit Kindern beschäftigt. Rhona kam sich neben Steel wertlos vor. Wenn die Chemiesache nicht wäre, würde er sie bestimmt nicht einmal mit dem Hintern ansehen, geschweige denn, ihre Füße massieren wollen. Hach, so eine Fußmassage wäre wirklich etwas Feines.

»Und unter allen Kuppeln geht es so zu wie bei euch früher oder in New World?«

Er schüttelte den Kopf. »Nein, nicht überall gab es von Beginn an Diktaturen. In Kapstadt zum Beispiel herrschte schon immer Demokratie.«

»Aha.« Am liebsten hätte sie jetzt ein Lexikon zur Hand, in dem sie alles nachschlagen konnte, was sie nicht wusste.

»Hier sind wir.« Steel tippte auf das Display, und eine Weltkarte erschien. »Und dort befand sich früher Frankreich.« Er deutete auf einen Kontinent, der über dem riesigen Ozean lag.

»Ist das weit weg?«

»Zum Vergleich …« Sofort drückte er den Finger auf einen anderen Kontinent. »Hier ist White City, neben dem ehemaligen Las Vegas – heute Resur –, und …« Er zeigte ihr fünf Inseln in westlicher Richtung. » … dort eure Heimat. Die Inselkette nannte sich Hawaii und hat früher zum selben Land gehört wie meine Stadt: die Vereinigten Staaten von Amerika.«

»Wow, dann ist Frankreich wirklich weit weg.«

»Ist es. Präsident Pearson versucht mit unseren besten Technikern weitere gefallene Städte aufzuspüren, um ihre Staatsmänner zu fragen, ob sie sich mit uns verbünden. Aber die meisten halten sich aus allem raus. Sie sind froh, endlich frei zu sein, und wollen nur ihre Ruhe. Sie haben Angst vor Angriffen, Unterdrückung und einem neuen Krieg. Immerhin sind sie an Handelsbeziehungen interessiert, das ist ein erster großer Schritt. Unser Präsident akzeptiert jedoch ihre Entscheidungen, also kämpfen wir allein, und unser Ziel lautet aktuell New World. Zu dieser Stadt haben wir ohnehin einen direkteren Draht, da die Murano-Brüder Stephen und Robert beide im Senat sitzen … oder saßen. Der eine in New World, der andere in White City. Robert ist seit zwei Jahren im Gefängnis.«

»Was Stephen Murano sicher nicht freut.«

»Er will seinen Bruder befreien und White City dem Erdboden gleichmachen.« Steel lehnte sich zurück und verschränkte die Arme hinter dem Kopf, wodurch sich sein Bizeps wölbte. Wieso musste er so teuflisch attraktiv sein?

Ungeniert musterte er ihre nackten Beine, die sie auf die Konsole gelegt hatte. »Immerhin scheinen sie jetzt nicht mehr miteinander kommunizieren zu können, nachdem unsere Stadt ein neues Sicherheits- und Computersystem bekommen hat. Außerdem wurde im Regierungsgebäude das Reinigungspersonal ausgetauscht, die Leute waren allesamt Spitzel.«

»Wir haben auf unserer Insel nichts davon mitbekommen.«

»Niemand hat das, auch nicht das Volk, weil es mit blutrünstigen oder perversen Spielen beschäftigt wurde. Das lenkt ab und hält sie bei Laune.« Seine Worte klangen hart und sarkastisch.

»Warst du auch bei solchen Shows eingesetzt?«, fragte sie vorsichtig.

Ein Schatten huschte über sein Gesicht und er verschränkte nun die Arme vor der Brust. »Ja, nach den Einsätzen an der Stadtmauer durften wir uns Sklaven aussuchen, mit denen wir machen konnten, was wir wollten.«

»Hast du in den Shows jemanden getötet?«

Ernst schaute er sie an. »Nein, Baby. Ich habe versucht, keiner Frau wehzutun.«

»Du warst bestimmt der Liebling des Publikums.« Ihr Magen verkrampfte sich, als sie daran dachte, wie er mit anderen geschlafen hatte.

»Eher der Antiheld, die Masse gierte nach Folter und Vergewaltigung. Wir Krieger waren vollgepumpt mit Aufputschmitteln und anderen Drogen, damit wir vor den Kameras alle Hemmungen verloren und einen hoch bekamen. Es war einfach nicht echt und kein wirklicher Genuss. Den habe ich erst bei dir erfahren.« Seine Stimme wurde sanfter; er warf ihr einen verträumten Blick zu und streckte die Hand nach ihr aus. »Baby, willst du nicht zu mir kommen?«

Als ob er ein unsichtbares Lasso über sie geworfen hätte und daran zog, stand sie auf und stellte sich hinter seinen Stuhl. Dann legte sie die Hände auf seine Schultern und das Kinn auf seinen Kopf. Sein Haar duftete gut. Leicht rauchig und würzig. Rhona atmete tief ein und ließ ihre Finger über Steels ausgeprägte Brustmuskeln wandern. »Es tut mir leid, was du durchmachen musstest.«

Er nahm ihre Hände und knabberte mit den Lippen daran. »Wir fanden die Shows damals toll. Diese verdammten Drogen haben unser Gehirn vernebelt und uns angetörnt. Ich versuche einfach nicht mehr an diese Zeiten zu denken.«

Sie wünschte, sie könnte Havoc und was er ihr angetan hatte ebenfalls vergessen.

»Müsst ihr euch auch solche Aufbaupräparate spritzen?«, wollte er wissen.

»Zum Glück nicht. Wir haben unsere Extradosis Vitamine immer mit dem Essen bekommen. Ich schätze mal, Drogen wären auch nicht gut für die Babys gewesen.« Rhona schloss die Augen und schmiegte sich von hinten an seinen Hals, legte den Kopf auf eine breite Schulter und kraulte mit einer Hand seinen Nacken. »Jetzt versuch zu schlafen. Wir müssen fit sein, wenn wir die Insel erobern wollen.«

Grinsend drehte er ihr den Kopf zu, wobei seine Lider träge über den Augen hingen. »Bist du hier die Chefin?«

»Darauf stehst du doch«, raunte sie und hätte sich am liebsten auf ihn gestürzt.

»Ich will einen Kuss«, sagte er fordernd. »Sofort.«

Als er den Kopf zurücklegte, drückte sie die Lippen auf seinen Mund. Steel küsste sie langsam und behutsam, und die softe Berührung verwandelte sich hinter ihrem Brustbein in eine Achterbahn der Gefühle. Ihr wurde schwindelig und die Knie gaben nach, sodass sie sich mit einer Hand an der Lehne festhalten musste. Jetzt wollte sie sich am liebsten doch auf seinen Schoß setzen.

Während sie sich zärtlich küssten, kraulte sie weiterhin sein weiches Haar und nahm ihre Zunge hinzu. Ihre Spitzen stupsten sich scheu an, und in Rhonas Magen kribbelte es. Dieser große starke Krieger war zärtlich, humorvoll und wahnsinnig attraktiv, ein Traummann ohnegleichen. Aber sie hatte auch Havoc für perfekt gehalten.

Niemand war perfekt, jeder hatte seine Macken. Sicherlich besaß Steel eine Menge davon. Würden sie sich bloß länger kennen … Ja, sie würde ihn gerne näher kennenlernen wollen.

Als sich sein Mund plötzlich nicht mehr bewegte, zog sie den Kopf zurück. Steels Atmung hatte sich verlangsamt, seine Augen zuckten hinter den geschlossenen Lidern. Er war tatsächlich eingeschlafen!

Rhona musterte sein entspanntes Gesicht, die beinahe aristokratische Nase, die feine Narbe an der Unterlippe und die größere Verletzung am Kinn. Ob er sie sich beim Kampf oder im Training zugezogen hatte? Sie wusste so wenig von ihm.

Leise setzte sie sich auf ihren Platz und versuchte ebenfalls, zur Ruhe zu kommen. Durch die Panoramascheibe den Ozean zu betrachten, half ihr sich zu entspannen, und bald wurden ihre Lider ebenfalls schwer.

13. New World City / Dschungeltreff

In einer Hover-Box hatte Jazz Fire bis zum Nebenausgang der Kuppel gebracht. Das Luftkissen unter der Kiste verursachte ordentlich Wind und wirbelte Staub auf, aber neugierige Bürger würden denken, er brächte eine Waffenlieferung zum Ausgang. Zum Glück waren an diesem frühen Morgen kaum Menschen unterwegs. Murano liebte es zeitig aufzustehen und noch vor Dienstantritt bei den Folterungen dabei zu sein.

Im Zwischenraum der Mauer angekommen, stellte Jazz die Transportbox ab und öffnete den Deckel. Fire lag zusammengekauert darin, nackt und blutig. Die Schnitte an Brust und Oberschenkel nässten teilweise immer noch. Bei diesem Anblick verkrampfte sich sein Herz. Offenbar wirkte die Injektion nach, denn bisher hatte er nie Mitleid für die Gefangenen empfunden. Wahrscheinlich machte er gerade den größten Fehler seines Lebens.

»Ich werde deine Wunden versorgen müssen«, sagte Jazz, als er ihm aus der Kiste half. »Ansonsten ist die Gefahr einer Infektion zu groß. Da draußen haust viel Ungeziefer.«

Stöhnend lehnte sich Fire an ihn. Um seine malträtierte Hand hatte Jazz ein Kühlpad gewickelt. Das würde die Schwellung lindern, trotzdem musste Fire dringend in ein Krankenhaus. Stattdessen brachte er ihn in den Dschungel.

»Wird Ice dort sein?«, wollte Jazz wissen. Der fremde Bruder wäre im Moment Fires einzige Chance, von der Insel zu kommen.

»Ich weiß es nicht.« Fire stieg in alte Einsatzstiefel, die Jazz in der dortigen Waffenkammer gefunden hatte, und er nahm eine Machete an sich. Danach gab er Fire eine Ersatzsonnenbrille aus dem Fundus und setzte sich seine ebenfalls auf. Anschließend schritten sie durch die zweite dicke Stahltür in den Urwald. Schwüle Hitze, süßliche Düfte und Vogelgezwitscher schlugen ihnen entgegen. Es war noch düster, die aufsteigende Morgensonne versteckte sich hinter dicken Nebelschwaden.

Fire verschränkte die Arme vor der Brust und wirkte wegen seiner Nacktheit verletzlich und verloren. Leider hatte Jazz keine Zeit mehr gehabt, ihm ein Laken um den Körper zu wickeln oder seine Hand anständig zu verbinden, da Murano bereits nach dem Reinigungspersonal gerufen hatte, das die Zelle und den Folterkeller desinfizierte.

»Murano hat mir mein Handycom abgenommen, ich kann Ice nicht orten.«

»Ihr tragt doch keine Sender?«

Fires Mundwinkel zuckten. »Schon, nur haben eure Geräte sie zum Glück nicht aufgespürt.« Er schnaubte amüsiert. »Du hättest ihn fast zerquetscht.«

Jazz warf einen kurzen Blick auf das nackte Geschlecht. »Ernsthaft?«

»Scheiße, ja. Aber was tut man nicht alles für so einen wichtigen Einsatz.«

»Du bist eben ein waschechter Krieger.«

Fire lief tatsächlich rot an und schnaubte erneut, diesmal frustriert. »Wenn ich das wäre, hätte ich zuerst geschossen, doch der andere war schneller.«

Jazz schaute auf seinen eigenen Handcomputer, den er mitgenommen hatte, damit er niemandem über den Weg lief. »Ich muss dich erst verstecken, bevor ich mich um deine Wunden kümmern kann. Hier draußen wimmelt es normalerweise vor Soldaten.« Zumindest früher. Sein Computer zeigte keinen Krieger an. Aber er erkannte Fußspuren und abgeschnittene Äste. Hier war vor Kurzem jemand entlang gegangen.

»Komisch, als wir ankamen, hatten wir kein Signal geortet, und plötzlich tauchte dieser langhaarige Krieger auf.«

»Das war Tarek. Er ist Muranos Leibwächter.«

Fire runzelte die Stirn. »Was hat er hier draußen gesucht?«

»Ich habe keine Ahnung.«

Fire humpelte, als er neben ihm herlief, während Jazz abwechselnd den Computer und die Umgebung im Auge behielt. »Ich kenne einen Unterschlupf, eine halbe Stunde Fußmarsch von hier.« Die nackte Gestalt neben ihm lenkte ihn ab. Ständig musste er diesen sehnigen, schlanken Körper anstarren. Er war trotz der zahlreichen Verletzungen wunderschön.

Jazz rieb sich über das Brustbein. Dieses Ziehen dahinter fühlte sich ungewohnt an. Er hatte es auch gespürt, als Fire ihn geküsst hatte. »Warte mal«, sagte er und hielt an, um sich sein T-Shirt auszuziehen. Dann überreichte er es Fire.

Der streifte es sich über, schwankte leicht, und plötzlich drückte Jazz ihn fest an sich.

»Warum tust du das?«, fragte Fire und legte beide Arme um seinen nackten Oberkörper. »Das alles?«

Jazz schluckte, wobei er sich bewusst wurde, dass seine Hände auf strammen Pobacken lagen. Verdammt, dieser Mann in seinen Armen fühlte sich gut an. »Offenbar habe ich den Verstand verloren.«

Fire lächelte. »Meinetwegen?«

Jazz räusperte sich. »Du besitzt deinen Humor noch. Hervorragend.«

»Und du riechst so interessant.« Als Fire an seinem Hals schnupperte, regte sich etwas in seiner Hose.

»Quatsch«, antwortete er bloß, die Stimme rau vor Lust. »Geht es wieder?«

»Mir ist nur schwindlig.« Fire machte sich von ihm los. »Ich glaube, das liegt an der Injektion. Ich bin einfach nicht mehr an das Zeug gewöhnt.«

»Ich hätte es dir nicht geben sollen.« Jazz stiefelte weiter und hieb auf die Pflanzen ein, obwohl der Weg einigermaßen begehbar war. »Und ich hätte nicht auf dich hören und es ausprobieren sollen.«

»Wenn du noch was von dem anderen Präparat im Körper hattest, haben sich die gegensätzlichen Wirkungen vielleicht aufgehoben, und das, was du nun fühlst, ist echt.«

»Was weiß du schon, was ich fühle?«, fuhr er ihn an. Sein Herz raste plötzlich und ihm wurde noch heißer.

»War nur so eine Idee, Mann«, murmelte Fire.

Schweigend liefen sie weiter. Wenigstens bedeckte das T-Shirt knapp Fires Unterleib. Der Kerl verwirrte ihn. Verführte ihn. Machte ihn noch wahnsinnig mit seiner Plapperei.

Verflucht, sie hatten sich gegenseitig gestreichelt!

Und es hatte ihm gefallen.

Aber hier und jetzt würde alles enden. Er würde Fire zur Höhle bringen, die er einst entdeckt hatte, als er Tarek aufgespürt hatte, sich um die Wunden kümmern und danach …

Was, wenn Ice nicht mehr hier war, um Fire zurück nach White City zu bringen?

Falls der fremde Bruder nicht auftauchte, würde er Fire doch noch töten müssen. Er sollte ihn ohnehin töten. Fire könnte mit einer Armee zurückkehren, New World City könnte fallen und dann?

Verdammt, zu viele Fragen, keine Antworten. Jazz hasste diese Unsicherheit. Bisher hatte er immer gewusst, was er tun sollte, aber nun stellte er alles in Frage. Kurz dachte er sogar darüber nach, überzulaufen, falls Ice doch noch erschien. Würden sie ihn überhaupt mitnehmen?

Garantiert würden die anderen dasselbe Spiel treiben wie Murano. Sie würden ihn einsperren, um Informationen aus ihm herauszufoltern. Jazz traute niemandem.

Nein, da blieb er besser hier.

»Hast du Durst?«, fragte er Fire, um das drückende Schweigen zu durchbrechen. Lieber sollte der Kerl in einer Tour reden, sonst machten ihn seine Gedanken noch verrückt.

Fire nickte, und Jazz überreichte ihm einen Schlauch, den er an seinem Gürtel trug.

Als Fire sich schwertat, ihn mit der gesunden Hand zu öffnen, nahm er ihn wieder an sich, entfernte den Stöpsel und hielt die Öffnung an Fires Lippen.

Genussvoll schloss er die Augen und nahm große Schlucke.

Jazz musste ihn anstarren, das männliche und doch ein wenig jugendlich wirkende Gesicht, die langen Wimpern, die verstrubbelten roten Haare und den vollkommenen Mund, der sich bereits um seine Erektion geschlossen hatte.

Daran sollte er nicht denken. Überhaupt sollte er Fire vergessen, aber nach letzter Nacht wusste er nicht, wie er das konnte. Zum ersten Mal fühlte er etwas für einen anderen Menschen, das über Gleichgültigkeit oder Hass hinausging.

Nachdem Fire getrunken hatte, schaute dieser auf Jazz' nackten Bauch. Fuck, er hatte überhaupt nicht daran gedacht, seine Brandzeichen zu bedecken! Jeder konnte nun erkennen, dass er kein richtiger Warrior war. Doch spielte das überhaupt noch eine Rolle? Er kämpfte ohnehin nicht mehr in der Arena, sondern erledigte die Drecksarbeit für Murano. Und auch das fühlte sich nicht mehr richtig an.

»Warum hast du so viele Narben?«, wollte Fire wissen.

»Geht dich nichts an«, murmelte er.

»Erzählst du es mir eines Tages? Auch, warum dir ein Buchstabe fehlt?« Er lächelte sanft, obwohl seine Hand höllisch schmerzen musste. Vorsichtig hielt er sie an die Brust gedrückt. »Ich bin wirklich gut im Geheimnisse bewahren.«

Jazz schmunzelte. »Ja, das bist du.« Vielleicht würde er es ihm tatsächlich erzählen, aber dann musste er es bald tun.

Eine andere Frage lag ihm selbst die längste Zeit auf der Zunge. »Warum hast du mich nicht …« Er räusperte sich, als er im Geiste Fires Hand auf seinem Geschlecht sah und sich an die Küsse erinnerte. »Du hättest mich töten können, als ich eingeschlafen bin.«

»Ja, das hätte ich«, antwortete Fire. »Aber es hätte mich nicht rausgebracht, ich wusste schließlich den Code nicht.«

Ein Stich zuckte durch Jazz' Brust. »Und wenn du den Code gekannt hättest?«

Fire senkte den Kopf. »Ich weiß nicht, was ich dann getan hätte. Dich einfach im Schlaf zu töten, wäre mir allerdings nicht richtig erschienen.«

Jazz atmete auf. Fire dachte wie er. Der Kerl würde ihm noch ans Herz wachsen, wenn er eins hätte.

***

Als sie die Höhle erreichten, bemerkte Jazz sofort, dass etwas nicht stimmte. Grashalme waren umgeknickt, und neben dem Eingang fand er eine erloschene Magnesiumfackel.

»Offenbar war hier vor Kurzem jemand«, flüsterte Fire hinter ihm. »Gib mir eine Waffe, Bruder.«

»Bleib draußen«, befahl ihm Jazz und ging tiefer in den Berg. Dank seines ausgezeichneten Sehvermögens entdeckte er ein Schlaflager, bestehend aus einer Matte und einer dünnen Decke. Daneben standen ein Rucksack sowie ein Wasserkanister. Diese Sachen stammten aus New World City, er erkannte das Logo der Wassergesellschaft und des Sportartikelherstellers. Also war das nicht die Ausrüstung von Ice.

Hastig durchsuchte er den Inhalt der Tasche und fand einen Wundlaser, den er an sich nahm. Keine Waffen.

»Ist da drin auch irgendwas zum Anziehen für mich?« Fire stand hinter ihm. Der Kerl tat auch immer bloß das, was er wollte.

»Nur Weiberkram.« Hier lebte weder ein Pfeilmensch noch ein Warrior. Zu seltsam.

Fire kratzte sich an der Schläfe und lächelte schief. »Ich gebe mich auch mit einem Rock zufrieden.«

Jazz' Grinsen fühlte sich fremd in seinem Gesicht an, aber er konnte nicht anders, denn er stellte sich Fire tatsächlich in einem geblümten Rock vor. »Ich befürchte, die Kleider sind alle zu klein. Du musst mit der Decke

Vorlieb nehmen.« Er reichte sie ihm, und Fire wickelte sie sich um die Hüften. Dann drehte er sich im Kreis. »Und, wie seh ich aus?«

Zum Anbeißen ... Jazz erschrak über diesen Gedanken. »Leg dich hin, ich habe einen Wundlaser.«

Diesmal gehorchte Fire und streckte sich auf dem Lager aus. Jazz war froh, dessen Unterleib nicht zu erblicken, denn dieser nackte Mann weckte immer mehr Gefühle in ihm.

»Du weißt, dass du hier verschwinden musst?« Jazz zog den Laser über die Schnitte am Oberkörper. Rauch stieg auf und es roch nach verbrannter Haut, aber Fire zuckte nur ein bisschen. »Unsere Krieger werden dich sonst früher oder später aufspüren.«

»Sobald du mich zusammengeflickt hast, werde ich nachsehen, ob ein Shuttle da ist. Es hätte eins kommen sollen, um uns abzuholen. Vielleicht ist Ice auch schon ohne mich ...«

»Wo steht es?«, unterbrach ihn Jazz. Mittlerweile war er beim Oberschenkel angekommen. Er zog das Laken zur Seite, um auch hier die Striemen zu veröden, doch am liebsten hätte er die Hände über das Bein gleiten lassen.

Fire starrte zur Höhlendecke. »Ich würde es dir gerne sagen, wenn ich dir vollkommen vertrauen könnte.«

»Du tust recht daran, mir nicht zu vertrauen. Ich überlege tatsächlich, dich nicht laufen zu lassen.«

Fire setzte sich auf. »Flieh mit mir, Jazz. Ich bin sicher, dass mich Präsident Pearson nicht aufgibt. Er wird bestimmt Rettung schicken und mich suchen.«

Seinen Worten nach wusste Fire vielleicht gar nicht, wo das Shuttle parkte. Verdammt, wo war nur dieser Ice?

»Du könntest mit mir kommen.« Er deutete auf seine zertrümmerte Hand. »Wenn ich in Stimmung wäre, würde ich dir zeigen, was du sonst alles verpasst. Das gestern ... war bloß eine Kostprobe.«

Jazz schaltete den Laser ab, seine Arbeit war getan. Fires Worte lockten ihn, ach, alles an ihm! Aber ... Er hatte Angst. »Ich gehöre nicht in deine Welt.«

»Dieses Zwischenmenschliche ist echt schwer für dich, hm?« Tief blickte ihm Fire in die Augen, woraufhin er hastig den Kopf abwandte. Dabei entdeckte er ein Foto, das neben dem Rucksack lag. Es musste herausgefallen sein, als er darin herumgewühlt hatte. Er nahm es an sich, erkannte die Frau auf dem Bild jedoch nicht. Sie hatte langes brünettes Haar und sah irgendjemandem ähnlich, der in New World lebte, aber er kam nicht drauf.

Fire nahm es ihm ab. »Das ist Emma Jones! Dann müssen das Yanas Sachen sein!«

Jazz kannte die Geschichte. Emma war kurz vor den Unruhen in White City in dieser Stadt zurückgeblieben. Danach war dort eine Seuche ausgebrochen.

Oder auch nicht.

Fires Augen glänzten. »Sie war hier! Vielleicht hat Ice sie hergebracht, um …« Er biss sich auf die Unterlippe.

Nun wurde Jazz alles klar. »Deswegen seid ihr gekommen, um sie nach White City zu holen!«

Fire seufzte. »Ja, denn ihre Schwester glaubt, Murano könnte sie töten.«

»Ich habe gehört, sie wurde nach Paradisia geschickt.« Der Senator hatte mit ihr in der Öffentlichkeit oft angegeben. Er würde doch seine Patentochter nicht umbringen?

Fire wirkte erleichtert. »Offensichtlich hat Ice sie vorher gefunden.«

Plötzlich spürte Jazz, dass sie nicht mehr allein waren, zog seine Pistole und sprang auf. »Tarek!« Sein Bruder stand am Eingang und richtete ebenfalls eine Waffe auf ihn. Er hatte seine Sonnenbrille in das mehrfarbige Haar geschoben, an seiner Schulter hing ein Rucksack und er war ganz in Schwarz gekleidet. Erschrocken starrte Tarek ihn an, dann wanderte sein Blick über die Höhlenwände. Jazz hatte ihn einst vor dem Eingang gefunden, schwer verletzt und halb verblutet. Sein Bruder hatte sich bei ihm bedankt, ansonsten hatten sie kein Wort über den Vorfall verloren. Niemand hatte je erfahren, wie es zu dem schweren Unfall gekommen war. Tarek hatte behauptet, er könne sich nicht erinnern, was ihm passiert war, doch Jazz wusste es besser. Er hatte Scham im Blick seines Bruders gelesen. Offenbar hatte er sich die schwere Verletzung durch eine Unachtsamkeit zugezogen, vielleicht war er ausgerutscht, denn er war über und über mit getrocknetem Schlamm bedeckt gewesen.

»Ich bin diesem Ice nie begegnet«, sagte eine brünette Frau, die hinter Tarek auftauchte. Sie blinzelte und versuchte offenbar, die Düsternis zu durchdringen, hatte aber nicht so gute Augen. »Wer ist denn alles hier?«

»Jazz und der Warrior, den ich gefangen hatte«, erklärte ihr Tarek.

»Yana«, flüsterte Fire.

»Sie ist bei dir, Tarek? Nicht in Paradisia?« Nun verstand Jazz nichts mehr.

Der Bodyguard schaute ihn finster an. »Murano hatte nie vor, sie nach Paradisia bringen zu lassen.«

Jazz ließ die Waffe sinken. »Ich glaube, da hätte noch jemand entsorgt werden sollen.«

»Scheint so.« Tarek tat es ihm gleich, hielt aber Yana weiterhin in seinem Rücken. »Du hättest diesen Warrior also töten sollen?«

Fire, der nun neben ihm stand, ließ ein Knurren hören. »Du! Tu nicht so, als hättest du nicht gewusst, was mit mir geschieht. Und was willst du von Yana? Lass diese Frau sofort frei!«

Mit erhobenem Haupt trat sie neben Tarek. »Ich bin nicht seine Gefangene, er hat mich gerettet.« Neugierig musterte sie ihn oder versuchte es zumindest. Offenbar hatten sich ihre Augen noch nicht ganz an die Dunkelheit gewöhnt. »Woher kennst du meinen Namen?«

»Ich bin mit Ice hergeschickt worden, damit wir dich nach White City holen.«

»Emma«, wisperte sie und sackte gegen Tarek, der schnell einen Arm um sie legte. »Hast du sie gekannt?«

»Ja, ich kenne sie.«

Yana drückte sich eine Hand an die Brust. »Wie ist sie gestorben? Was ist passiert?«

Fire verlagerte das Gewicht von einem Bein aufs andere und schwieg, aber als Yanas Schluchzen durch die Höhle hallte, sagte er: »Sie lebt. Ihr Tod war nur vorgetäuscht, damit dir nichts geschieht.«

»Oh, Gott sei Dank!« Sie sank in die Knie, doch Tarek hielt sie fest. »Und die Seuche?«

»Es gab nie eine Seuche in White City.«

»Was?« Tarek, der Yana weiterhin an sich drückte, kam näher. »Ich glaube, du musst uns eine Menge erklären, Fremder.«

»Ach!« Fire schnaubte. »Auf einmal willst du reden? Das hättest du auch gleich machen können, anstatt mich auszuliefern!«

Tarek betrachtete die verödeten Wunden auf Fires Bauch. »Es tut mir leid. Ich war blind. Nun sehe ich alles klar vor mir.«

Sie ließen sich auf den Boden nieder – Jazz und Fire auf dem Schlaflager, während sich Yana auf Tareks Rucksack setzte und er neben ihr in die Hocke ging. Dort entzündete er für Yana eine Magnesiumfackel.

Sofort schlug sie sich die Hand auf den Mund und starrte Fire entsetzt an. »Oh Gott, was ist mit dir passiert?«

Tarek nickte zu Jazz. »Hast du ihn so übel zugerichtet?«

Er fuhr sich über seinen Irokesenschnitt. »Wer sonst.«

»Auf Befehl von Murano«, warf Fire ein.

Der Kerl war unglaublich. Jazz hatte ihn gefoltert, und er verteidigte ihn auch noch. Und zu seiner Überraschung redete Fire. Er informierte Tarek über die verschiedenen Injektionen und was sie bewirkten.

Daraufhin schien sein Bruder wie erstarrt. »Das erklärt einfach alles.«

»Was?«, fragte Jazz.

»Ich habe mich wie tot gefühlt in den letzten Jahren.«

Yana riss die Augen auf. »Dann … bist du vielleicht nicht …« Sie räusperte sich. »Gestern, bevor du zu mir gekommen bist, hattest du dir einen Schuss gesetzt.« Zitternd atmete sie ein. »Du darfst die Injektionen nicht mehr nehmen! Wer weiß, was sie sonst noch alles für Schaden anrichten!«

»Wenn man sie absetzt, geht man für mindestens zwei Tage durch die Hölle. Der Entzug ist heftig«, erklärte Fire. »Bei uns ist sogar ein Warrior daran gestorben.«

»Ich kann die Injektionen nicht absetzen, nicht jetzt«, sagte Tarek, »das wäre zu auffällig. Ich kann unmöglich zwei Tage krank machen. Warrior sind niemals krank.«

Jazz stimmte ihm zu.

»Du könntest einfach zwei Tage im Dschungel bleiben.« Aus großen Augen blickte Yana ihn an.

»Ich muss Murano hin und wieder persönlich Bericht erstatten. Ich bin ohnehin schon zu lange weg und muss bald zurück.«

Yana schüttelte den Kopf. »Willst du weiterhin der Handlanger des Mannes sein, der für dein Leid verantwortlich ist?« Ihre Stimme wurde immer lauter, doch Tarek schwieg. Seine Kiefer mahlten, und Jazz wusste, was in ihm vorging, denn er dachte dasselbe. Auch wenn er froh war, dass die Injektionen sein Gefühlsleben in Schach hielten, hatte niemand das Recht, ihnen diesen bedeutenden Teil zu stehlen. Dank Fire hatte er erfahren, dass nicht alles schlecht war, was zwei Menschen miteinander teilen konnten. Wenn er mehr Mut hätte, würde er diese verdammten Spritzen sofort absetzen und bei Fire im Dschungel bleiben.

»Wir sitzen jetzt in einem Boot, Jazz«, sagte Tarek und durchbrach das Schweigen.

Er brummte zustimmend. Er würde seinen Bruder niemals verpfeifen. »Hast du das Video gesehen? Ich hab leider in diesem verdammten Keller festgesteckt.«

»Ja, der Film lief über alle Kanäle auf sämtlichen Screenern in der Stadt, bevor die Übertragung blockiert wurde. Nach allem, was ich bisher weiß, halte ich es für echt. Besonders der Ausschnitt mit den Plantagen hat mich zum Nachdenken angeregt. In White City wurden Sklaven und ausrangierte Warrior auf Feldern eingesetzt. Was, wenn das hier auch der Fall ist? Ist dir bisher auch kein einziger Pfeilmensch begegnet?«

»Ja, und das finde ich sehr seltsam.« Normalerweise waren sie bei den Einsätzen im Dschungel immer von den Eingeborenen beobachtet und auf Schritt und Tritt verfolgt worden. »Als ob sie nicht mehr existieren.«

»Vielleicht sind deswegen keine mehr hier, weil der Senat sie auf den Feldern arbeiten lässt? Von irgendwoher müssen auch unsere Nahrungsmittel und Treibstoffe kommen. Unter der Kuppel können solche gigantischen Massen nicht produziert werden, und an Sklaven mangelt es uns, seitdem die Gladiatoren jede Woche welche hinrichten müssen.«

Fire hob die unversehrte Hand. »Bevor Ice und ich mit dem Fallschirm abgesprungen sind, haben wir auf dieser und einer Nachbarinsel Plantagen ausmachen können, aber wir waren zu weit oben, um zu erkennen, wer dort arbeitet.«

Tarek kniff die Lider zusammen. »Und vielleicht gibt es aus genau diesen Gründen hier draußen keine Patrouillen mehr. Einheiten sind mir nämlich auch keine begegnet.«

Jazz bemerkte Tareks Wut. Vermutlich war es ein Pfeilmensch gewesen, der sich um ihn gekümmert hatte. Jazz hatte nämlich Fußspuren entdeckt, außerdem war die Wunde mit Moos und Blättern versorgt worden. Vielleicht hatte sein Bruder deshalb über die genauen Umstände seines Unfalls geschwiegen, weil ihm ein Pfeilmensch – ihr Feind – das Leben gerettet hatte?

Tarek kratzte sich am Kinn. »Unter uns Brüdern hätte es sich doch herumgesprochen, wenn sie die Pfeilmenschen eingefangen und abtransportiert hätten.«

»Es sei denn, sie sind nicht von den Feldern zurückgekehrt, schließlich müssen die Arbeiter auch bewacht werden«, warf Fire ein. »So war es zumindest bei uns.«

»Hier stimmt so einiges nicht, das wissen wir jetzt«, sagte Tarek. »Aber wem können wir vertrauen?«

»Ihr könnt mir vertrauen«, drang plötzlich eine fremde Männerstimme in die Höhle.

»Ice!« Fire sprang zeitgleich mit Jazz und Tarek auf, während sie ihre Waffen auf den Eingang richteten. Ein großer dunkelhaariger Krieger betrat gebückt ihren Unterschlupf und hielt ebenfalls eine Pistole in der Hand.

»Waffen runter«, befahl Fire, »und zwar alle!«

Keiner reagierte.

»Alles in Ordnung bei dir?«, wollte Ice wissen und musterte jeden scharf.

Fire hob die Hand mit dem Kühlpad. »Könnte besser gehen. Hey, Mann, ich bin echt froh, dich zu sehen.« Er schritt auf Ice zu, der ihn mit finsterem Blick abscannte. »Du siehst echt scheiße aus. Wen darf ich umlegen?«

»Das geht auf Muranos Konto«, antwortete Fire schnell. »Wie hast du mich gefunden?«

»Ich hatte plötzlich dein Signal auf dem Schirm und auf einmal war es wieder weg. Ich bin einfach deinem letzten Aufenthaltsort gefolgt.« Ice schaute über Fires Schulter. »Und wer sind diese Vögel?« Als ihm Yana das Gesicht zuwandte, stieß er einen Fluch aus.

»Ja, das ist Emmas Schwester. Murano wollte sie töten lassen, aber Tarek hat sie gerettet.« Fire klopfte Ice auf den Oberarm. »Du kannst die Waffe wegstecken. Wir stehen alle auf derselben Seite.«

Zögerlich schob Ice die Pistole ins Holster, daraufhin ließen auch Jazz und Tarek die Arme sinken.

»Er muss ins Krankenhaus«, sagte Jazz. »Murano hat ihm die Hand zertrümmert, außerdem hat er Schnittwunden und andere Verletzungen.«

Ice nickte. »Wir fliegen sofort ab. Noch ist es still im Dschungel, ich habe kein verdächtiges Signal ausgemacht.«

»Trotzdem müsst ihr aufpassen.« Tarek schob sein Haar im Nacken zur Seite und zeigte ihm den münzgroßen Magneten. »Murano hat mir diesen Störsender verpasst, damit du mein Signal nicht orten kannst. Wer weiß, wen er noch damit ausgestattet hat.«

Ice nickte. »Danke, Bruder, ich werde Augen und Ohren offenhalten.«

»Heißt das, wir fliegen nach White City? Zu Emma?« Yana lächelte ihn an.

»Ja«, antwortete Ice. »Wir sollten auch gleich los. Deine Schwester stirbt vor Sorge.«

Sie hüpfte zu ihrem Rucksack und schloss ihn. »Ich bin bereit.« Danach sah sie Tarek an und ihr Lächeln erlosch. »Wirst du … mitkommen?«

Tarek senkte den Kopf. »Ich hab hier noch was zu erledigen.«

»Aber …« Bevor sie auf ihn einreden konnte, packte Ice ihren Arm und zog sie mit sich. »Wir sollten wirklich los, solange wir sicher durch den Dschungel kommen. Wir müssen erst um diesen Berg wandern, dahinter wartet das Shuttle in der Nähe des Ufers unter Wasser. Es wird nur kurz auftauchen, damit wir einsteigen können, danach werden wir zurückfliegen, die Reise unter Wasser dauert zu lang. Fire muss dringend versorgt werden.«

»Ich begleite euch noch ein Stück«, hörte Jazz sich sagen. Plötzlich wollte er nicht, dass sich seine und Fires Wege schon trennten. Er hätte diesen tapferen Bruder gerne näher kennengelernt.

»Ich ebenfalls.« Tarek schloss sich ihnen an.

Sie brachen auf und ließen Ice voranschreiten. Tarek und Yana folgten ihm, während Jazz und Fire das Schlusslicht bildeten.

Möglichst oft schielte Jazz zu ihm, um sich jedes Detail einzuprägen. Die große schlanke Gestalt, das feuerrote Haar und das verschmitzte Grinsen, das er ihm öfter zuwarf und seinen Magen erhitzte.

Er ließ sich etwas zurückfallen, um ungestört mit Fire reden zu können. Er wollte sich entschuldigen. »Es tut mir leid. Ich wünschte, wir hätten uns unter anderen Umständen kennengelernt.«

Fire schenkte ihm ein überraschtes Lächeln. Mittlerweile dürfte er wissen, wie schwer es ihm fiel, über seine Gefühle zu sprechen. »Ich nehme dir nichts übel.« Kurz streifte Fire seine Hand. »Du kannst mit uns kommen, Jazz. Ich würde mich wirklich freuen.«

Er wollte Fires Hand am liebsten ergreifen, ihn zum Halten zwingen und küssen, noch einmal erleben, was er dabei gespürt hatte, sich fallen lassen und von einer Zukunft träumen, in der er nicht allein war.

Jazz erschrak über diesen Gedanken. Sie waren hier nicht ungestört, niemals würde er seine Emotionen öffentlich zeigen. Sie machten ihm Angst, und all das zwischen Fire und ihm fühlte sich falsch an … und doch wieder richtig.

Nein, das waren keine Gefühle, sondern Wünsche, wie sein Leben aussehen könnte, wenn Kane ihm nicht alles genommen hätte. Doch er trauerte nichts und niemandem hinterher, denn er fühlte nichts … Außer Fire befand sich in seiner Nähe, dann ging alles in seinem Körper drunter und drüber, sein Herz schlug zu schnell, seine Atmung beschleunigte sich und er spürte einen andauernden Schwindel. War das Vertrauen? Sehnsucht? Erregung?

Es war besser, sich wie tot zu fühlen, als mit seiner Vergangenheit konfrontiert zu werden. Sie erinnerte ihn nur ständig daran, was er war: unvollkommen, kein echter Krieger.

Jazz räusperte sich und konzentrierte sich auf den Weg. Der schmale Bergpfad, den Ice und Tarek in den Dschungel schlugen, war schwer zu erklimmen, da der Boden aufgeweicht war. In letzter Zeit hatte es oft geregnet. »Ich kann meine Vergangenheit nicht einfach abschütteln, Fire. Ich wünschte, ich könnte sie vergessen, aber sie wird immer mein Leben beherrschen.«

»Ich könnte dir helfen, zu vergessen. Niemand verdient ein Leben ohne Liebe.«

Liebe? Jazz stolperte fast über eine Wurzel. Schwarze Flecken tanzten vor seinen Augen und eine plötzliche Übelkeit machte ihm zu schaffen. Hatte sich sein Bruder in ihn verguckt? Verdammt, der Kerl sollte ihn schleunigst abschreiben!

»Blue Desaster«, entfuhr es ihm, da er dringend das Thema wechseln wollte.

»Was?« Fire legte den Kopf schräg und runzelte die Stirn.

»Na, das ist meine Haarfarbe. Du wolltest sie doch wissen.«

»Ich meine …«, sagte Fire schnell, »du weißt schon. Jeder braucht jemanden. Zum Reden, beisammen sein, Spaß haben … unverbindlich.«

Verflucht, er ließ sich nicht vom Thema abbringen. Aber unverbindlicher Spaß mit Fire hörte sich interessant an. Keine Verpflichtungen, keine Enttäuschungen. Doch das würde er ihm nicht antun, er verdiente jemanden, der ihn liebte und gut zu ihm war. Jazz wusste nicht einmal, ob er jemals lieben konnte und imstande war, zärtlich zu sein.

»Hast du schon mal geliebt?«, wollte Jazz wissen.

Fire grinste. »Ach, ich war unzählige Male verliebt, aber das waren nur Schwärmereien. Mal für eine junge Frau aus einer Bar, dann für diesen oder jenen Bruder.«

»Welchen Bruder?« Die Frage überraschte Jazz. Er kannte schließlich keinen Krieger in White City.

»Mein letzter Schwarm heißt Steel, aber sag es ihm nicht, solltest du ihn mal treffen. Wir arbeiten zusammen, und er hat absolut keine Ahnung. Da war nichts, wirklich. Ich hab wohl nur ein Auge auf ihn geworfen, weil wir ständig aufeinander hocken und uns eine Wohnung teilen.«

»Ich bin nicht eifersüchtig.«

Fires Lächeln schwand.

»Du bist ohne mich besser dran, Bruder. Ich könnte dir nie das geben, was du verdienst.« Jazz beschleunigte seine Schritte, um aufzuholen. Der Gedanke, dass Fire mit einem anderen Warrior zusammenlebte, gefiel ihm nicht. Es wurde Zeit, dass er seine nächste Injektion nahm, dann könnte er Fire vergessen und alles wäre ihm egal. Hoffentlich waren sie bald um diesen verfluchten Berg herum, damit er diese halbnackte Versuchung endlich vom Hals hatte.

***

Yana hielt sich verbissen an Tareks Hand fest, während er sie durch den Dschungel zog. In wenigen Stunden würde sie mit Emma vereint sein, doch Tarek würde sie vielleicht nie wieder sehen.

Vorsichtig streichelte sie mit dem Daumen seinen Handrücken und beobachtete seine Reaktionen, während er sie gnadenlos mitzerrte, als könne er es kaum erwarten, von ihr loszukommen. Er machte ein fast schon grimmiges Gesicht und schenkte ihr keinen Blick. Die langen Haare fielen ihm wild über die Stirn, und er band sie sich nicht zusammen, als wollte er sich hinter ihnen verstecken.

Feigling!, dachte sie. Was wollte er denn noch in New World? Stephen und die anderen Senatoren hatten sie alle im Unklaren gelassen, welche Auswirkungen die Injektionen auf die Krieger hatten. Eigentlich müsste er das Regime hassen, stattdessen kehrte er zurück. Oder lief er lediglich vor ihr davon? War sie ihm näher gekommen, als ihm lieb war, und er benutzte die Injektionen als Ausrede? Oder war er einfach ein regimetreuer Warrior, der sie zwar laufen ließ, weil er sie mochte, aber im Grunde immer noch auf der Seite der Senatoren stand?

Sie wusste nichts mehr. Ihr Leben hatte sich in wenigen Tagen komplett verändert. Stephen, der wie ein Onkel für sie gewesen war, wollte sie tot sehen, und ihre Schwester hatte er in ein böses Spiel verwickelt. Sie brannte darauf, alles von Emma zu erfahren.

»Was habt ihr jetzt vor?«, fragte Fire hinter ihr.

Ice schaute über seine Schulter. »Die Frage ist eher, was hat Murano vor?« Er hielt einen kleinen Scanner vor sich, drehte sich ein Mal im Kreis und steckte das Gerät weg. Offenbar waren sie weiterhin allein. »White City wird er nicht zurückerobern können, aber zerstören kann er es und die regimetreuen Leute aus den Gefängnissen befreien. Nach allem, was wir wissen, will er sich an denen rächen, die in dem neuen, freien System leben. Mit dem Video wollten wir euch aufrütteln, damit es hier zu Tumulten kommt und Murano erst mal beschäftigt ist. Außerdem wird es Zeit, dass alle erfahren, was wirklich Sache ist. Trotzdem müssen wir wissen, was er plant.«

»Vielleicht kann ich euch helfen«, sagte Tarek. »Schließlich bin ich sein Leibwächter und ständig in seiner Nähe. Ich könnte euch Informationen liefern.«

Yanas Herz machte einen Satz. Dann war seine Loyalität ihrem Onkel gegenüber gebrochen?

Ice nickte und zog etwas aus seiner Hosentasche. »Ich lasse dir den Kommunikator da.« Er überreichte Tarek das kleine Gerät. »Damit kannst du verschlüsselte Botschaften nach White City schicken.«

Würde sie damit auch mit Tarek sprechen können?

Sie war so froh, dass zwischen den Kriegern keine Feindseligkeit herrschte. Offenbar vertraute Ice Tarek, weil er sie nicht getötet und sich um sie gekümmert hatte. Doch der Einfluss der Senatoren auf die Warrior war stark, schließlich besaßen sie viele Privilegien und waren die Helden der Stadt, solche Vorteile wollte niemand einfach aufgeben. Aber Tarek kämpfte nicht mehr, war nur noch Stephens Lakai. Das stank ihm sicherlich.

»Besitzt New World eine Luftflotte?«, fragte Ice.

»Nicht dass ich wüsste.« Tarek half Yana über einen umgefallenen Baumstamm und drehte sich zu Jazz um. »Weißt du etwas, Bruder?«

»Ich bekomme in meinem Keller nie etwas mit und Murano hält sich immer bedeckt.«

»Wir haben die üblichen Transport- und Personenshuttles«, erklärte Tarek, »mehr ist mir nicht bekannt.«

Die Bäume und Büsche lichteten sich und eine felsige Plattform kam in Sicht. Dahinter erkannte Yana das Meer, einen endlosen Teppich aus blauem Wasser. Sie hörte Wellen gegen die Klippen schlagen, roch das Salz in der feuchten Luft und schaute auf zu grauweißen Vögeln, die kreischend ihre Runden flogen.

Der Anblick überwältigte sie. Das war Freiheit, hier lag ihr das Paradies zu Füßen. Diese unendliche Weite war unglaublich! Am liebsten wollte sie mit einem Vogel am Himmel tauschen, hoch in die Luft schießen, den Wind zwischen den Federn spüren und die Welt von oben sehen.

Tarek ließ ihr keine Zeit, die Aussicht zu genießen, sondern zog sie über das Felsplateau, immer hinter Ice her, der zwischen den Felsen abstieg. Tarek half ihr, größere Höhen zu überwinden, indem er sie an der Taille fasste und herunterhob, und Yana genoss jedes Mal seine Nähe, inhalierte seinen Duft und berührte sein Haar.

»Was willst du wirklich noch hier?«, fragte sie ihn, als sie das steinige Ufer erreichten, über das die Brandung rollte. Schaum bildete sich zwischen den Felsbrocken und Seegras türmte sich an einigen Stellen auf.

Während die anderen am Ufer weiterliefen, blieb er mit ihr zurück. »Ich will wissen, was mit Klick passiert ist.«

»Klick?«

»Er ist der Pfeilmensch, der mich gerettet hat.«

Tarek hatte ihr letzte Nacht oberflächlich erzählt, wie er sich das Bein verletzt und der Eingeborene ihn aus der ausweglosen Situation befreit hatte. Offenbar empfand er tiefe Dankbarkeit.

»Ich schulde ihm was. Vielleicht lebt er noch und ich kann diesmal ihn retten.«

»Und dann?«

»Werde ich mir Murano vorknöpfen.«

Sie schluckte. »Weil er euch alle belogen hat?«

Intensiv schaute er sie an. »Weil er wollte, dass ich dich umbringe.« Seine goldbraunen Augen schimmerten unheimlich, als würden sie glühen.

Er fühlte etwas für sie, das war gewiss, und sie für ihn. Yana wusste nicht, ob es Liebe war, aber starke Zuneigung war von ihrer Seite auf jeden Fall vorhanden. Doch was empfand Tarek genau? Was *konnte* er spüren? Wenn er doch nur diese verdammten Aufbaupräparate nicht nehmen würde! Sie vernebelten seinen Verstand, machten einen kalten Mann aus ihm.

Sie zwang ihn zum Stehen und legte eine Hand auf seine Brust. »Ich will nicht, dass du dich blindlings in einen Rachefeldzug stürzt. Ich habe Angst …« *dich zu verlieren* … »dass dir etwas zustößt.«

Er packte sie an den Schultern, den düsteren Blick starr auf sie gerichtet. »Es tut gut, wieder etwas zu empfinden, auch wenn es nur Hass ist. Das zeigt mir, dass ich noch lebe.« Sein grimmiges Gesicht jagte ihr ein wenig Angst ein.

Ein paar Meter von ihnen entfernt blieb ihre Gruppe stehen. Ice hielt eine Fernsteuerung in Richtung Meer, und kurz darauf erhob sich ein Shuttle aus dem Wasser. Der Lärm der Turbinen und Düsen war ihr niemals so laut vorgekommen. Er schickte kalte Schauer über ihren Rücken, obwohl ihr von der Hitze die Kleidung an der Haut klebte. Das Schiff erhob sich und schwebte auf den Strand zu, dann öffneten sich die Türen. Der Präsident von White City hatte es zu ihrer Rettung geschickt, offenbar im Autopilot-Modus, denn es stieg niemand aus.

»Du musst los«, sagte Tarek sanfter zu ihr und zog sie an sich, den Blick auf ihren Mund gerichtet. Hoffentlich schenkte er ihr noch einen Kuss. Wie sollte sie diesen Mann nur gehen lassen? Er hatte ihr das Leben gerettet und jetzt wollte er seines riskieren, um sie zu rächen. Wie schön es wäre, wenn er mit ihr käme. Sie würde ihn gerne besser kennenlernen, neben ihm einschlafen und aufwachen, gemeinsam mit ihm Frühstücken und jeden Tag sein außergewöhnliches Haar berühren.

Plötzlich machte er sich von ihr los und holte einen Kommunikator aus der Hosentasche, der in seiner Hand vibrierte. Es war nicht der, den Ice ihm gegeben hatte, dieser sah anders aus. Er tippte auf das Display, anschließend steckte er das Gerät hastig weg. »Das war eine Nachricht von Murano. Ich muss sofort zurück.«

»Ms. Jones!«, rief Ice vom Shuttle aus und winkte ihr. »Wir müssen los!«

Jazz half Fire beim Einsteigen, danach joggte er auf sie zu. »Murano hat mich eben angeschrieben.«

»Mich auch«, sagte Tarek. »Irgendwie habe ich das Gefühl, dass in der Stadt die Kacke gehörig am Dampfen ist.« Er wandte sich von ihr ab, aber sie erwischte seinen Ärmel und hielt ihn fest. Sie wollte ihn nicht ins Verderben laufen lassen, doch sie wusste, sie konnte ihn nicht aufhalten.

»Hey, bekomme ich wenigstens noch einen Abschiedskuss?« Ihre Sicht verschwamm. Verdammt, sie wollte nicht heulen!

Kurz zögerte er, dann schlossen sich seine kräftigen Arme um sie. »Wenn das alles vorbei ist, werde ich die Injektionen absetzen und zu dir nach White City kommen.« Er senkte den Kopf, sodass seine Lippen ihr Ohr berührten, und flüsterte: »Mach dich darauf gefasst, dass ich dich tagelang und ohne Unterbrechung lieben werde.«

Zitternd atmete sie ein. »Ich nehme dich beim Wort.« Schnell drehte sie ihm das Gesicht zu und küsste ihn. Offenbar hatte er nicht damit gerechnet, denn er keuchte in ihren Mund, hielt sie aber weiterhin fest. Sein Kuss wirkte ein wenig unbeholfen, doch sie spürte, dass ein Funken Leidenschaft von ihr auf ihn übersprang. Die letzte Injektion wirkte leider noch.

Yana grub die Finger in seine weiche Mähne und wollte Tarek am liebsten nie mehr loslassen. Sie fühlte sich geborgen in seinen starken Armen. Als sich ihre Zungen berührten, keuchte er ein weiteres Mal, diesmal aus Erregung. Sein Blick wirkte leicht verklärt und ungläubig, als wüsste er nicht, was mit ihm geschah. Passierte es erneut, wie vor Kurzem am Wasserfall? War ihre Anziehungskraft stärker als dieses verdammte Aufputschmittel?

Abermals vibrierte sein Kommunikator – sie spürte ihn an ihrer Hüfte –, und mit einem unterdrückten Fluch machte er sich von ihr los. Er schenkte ihr noch einen glühenden Blick und sagte: »Wir sehen uns wieder«, bevor er mit Jazz die Felsen nach oben kletterte. Prompt war er aus ihrem Sichtfeld verschwunden.

»Ms. Jones!«, rief Ice erneut.

Weg … Tarek war einfach gegangen. Sie bekam kaum Luft und fühlte sich plötzlich schwach und krank. *Er war nur eine meiner unzähligen kurzfristigen Eroberungen*, dachte sie, um den Abschied leichter zu machen. Sie glaubte nicht, dass er den Kampf gegen Murano gewinnen konnte, dazu war ihr Onkel zu mächtig. *Ich werde ihn vergessen, wie all die anderen Männer in meinem Leben.*

Noch bevor sich ihre Füße träge in Bewegung setzten, wusste sie, dass sie sich selbst belog. Sie würde ihn niemals vergessen können.

Sei glücklich, Yana, du wirst Emma wiedersehen! Das sollte sie vorantreiben, dennoch war sie hin und her gerissen. Was, wenn Stephen die Wahrheit herausfand und Tarek töten ließ?

Sie zwang sich, an nichts Schlimmes zu denken, und stieg ins Shuttle. Sofort schloss sich die Tür hinter ihr, und sie setzte sich in dieselbe Reihe wie Fire. Offenbar konnte er ein wenig Beistand gebrauchen, genau wie sie. Er klebte mit der Nase am Fenster, die verletzte Hand lag in seinem Schoß. Ob er froh war, von dem furchterregenden, mit Narben übersäten Folterknecht weg zu sein? Sie hatte nicht den Eindruck, als würde er den anderen Krieger hassen. Himmel, Fire sah ziemlich übel zugerichtet aus.

Ice kam aus dem Cockpit – offenbar flog das Schiff mit Autopilot – und warf ihm ein dunkelgrünes T-Shirt sowie eine Einsatzhose zu.

Fire fing alles mit seiner gesunden Hand auf und erhob sich.

Yana ließ ihn vorbei, damit er sich in der Toilette umziehen konnte. »Wenn ich dir helfen soll, sag Bescheid.«

Er lächelte. »Danke dir.«

Sie rutschte ans Fenster und versuchte, einen Blick nach draußen zu erhaschen. Doch es gab nur Felsen, Meer und Dschungel zu sehen. Tarek und Jazz waren verschwunden.

***

Es beruhigte Tarek, Yana in Sicherheit und weit weg von New World zu wissen. Ihr Kuss hatte erneut diese herrlichen Empfindungen in ihm aufsteigen lassen, die er so lange Zeit vermisst hatte. Ihr süßer Mund war wie eine Verheißung gewesen, ein Versprechen, dass alles gut werden würde und sie sich wiedersahen. Er wollte sie wiedersehen, wollte mehr von diesem Rausch, wollte endlich wieder der Mann sein, der er früher einmal gewesen war.

So schnell er konnte, kämpfte er sich mit Jazz durch den Dschungel in Richtung Ausgang. Zuerst redeten sie kein Wort – und die bedrückende Stille schürte die Gedanken an seinen peinlichen Unfall. Immerhin sprach Jazz ihn nicht darauf an.

Kurz vor dem Ausgang wollte sein Bruder wissen, was Tarek mit Murano vorhatte.

»Er soll dafür büßen, dass er mir mein Leben gestohlen hat und meine Gefühle.«

»Ich bin ihm eher dankbar dafür«, antwortete Jazz zu seiner Überraschung.

Tarek hatte seine Narben gesehen, als sie zusammen in der Arena gekämpft hatten. Außerdem hatte er Gerüchte gehört. Keiner sprach offen darüber, aber natürlich war es einigen nicht verborgen geblieben, was sich vor Jahren abgespielt hatte. Jazz war von seinem Ausbilder aufs Übelste misshandelt worden. Kanes Tod durch seine Hand war nur gerecht gewesen.

Vor der massiven Stahltür blieben sie stehen.

Tarek atmete tief durch. »Ich will diese scheiß Ampullen am liebsten vernichten. Alle!« Nie wieder sollten einem Krieger die Empfindungen genommen werden.

»Ich brauche diese verdammten Injektionen, Mann!« Jazz schaute auf zu den Rohren, aus denen Dampf strömte. »Ich werde keinen Entzug machen.«

Tarek verstand seinen Bruder. Er musste Höllenqualen erlitten haben und war sicher froh über diese ewige Taubheit in seinem Inneren.

»Ich weiß, wo sie eingelagert werden.«

Abrupt drehte Jazz den Kopf, seine verschiedenfarbigen Augen leuchteten. »Wo?«

»Unter Michelangelos Diner gibt es einen Bunker. Ich habe mal ein Telefongespräch mitgehört. Vielleicht werde ich den Drecksladen in die Luft sprengen.« In diesem Diner gab es das mieseste Essen von ganz New World. Wahrscheinlich war diese Spelunke bloß Tarnung.

Jazz öffnete die Tür. »Tu das, Bruder, aber zuvor decke ich mich mit dem Zeug ein.«

»Erst mal sollten wir die Lage checken und nachsehen, was Murano von uns will. Ich brauche gewisse Informationen von ihm und die bekomme ich nur, solange er lebt.« Tarek musste wissen, wohin Klick und die anderen Eingeborenen gebracht worden waren. Ohne Klick hätte sein Schicksal einen anderen Verlauf genommen. Entweder wäre er längst tot oder er hätte sein Bein verloren. Dank Klick hatte er die Chance erhalten, Leibwächter zu werden und Yana kennenzulernen … und die Wahrheit.

Jazz fragte nicht nach, welche Informationen er wollte, offenbar legte er sich gerade eigene Pläne zurecht.

***

Nachdem Tarek mit Jazz das Industrieviertel durchkreuzt hatte und sie an einer Einkaufsmeile vorbeikamen, spürte er, dass sich die Stimmung unter der Kuppel verändert hatte. Bürger liefen durch die Straßen mit Plakaten in der Hand, schauten sich verunsichert um und drängten sich Schutz suchend an einige Krieger, die mit gezogenen Waffen neben ihnen hermarschierten.

»Warrior an die Macht!«, riefen die Leute verhalten, »Freiheit für alle« oder »Weg mit dem Senat, keine Lügen mehr!«, während die Krieger ihre Pistolen und Schnellfeuergewehre in die Luft reckten und furchterregend knurrten.

Als ein besonders breitschultriger Hüne ihre Anwesenheit bemerkte, löste er sich aus der Gruppe und kam auf sie zu. Tarek erkannte Sabre sofort, nicht nur wegen der zahlreichen bunten Holzperlen in seiner braunen Mähne. Er war einfach eine imposante Erscheinung. In der Hand hielt er ein Schwert, gekleidet war er in einen Lendenschurz, einen Brustpanzer und Einsatzstiefel. Dieses Outfit trug er sonst in der Arena. Der gebräunten Körper glänzte vor Öl, damit seine Muskeln noch bedrohlicher wirkten. Was für ein Angeber.

Er baute sich vor ihnen auf und blickte sie herablassend an. »Wo wollt ihr hin?«

Tarek verbiss sich einen spitzen Kommentar. Er wusste, dass Warrior wie Sabre andere Brüder, die nicht mehr in der Einheit dienten, belächelten.

»Seit wann müssen wir dir Rechenschaft ablegen?«, sagte Tarek stattdessen. Sabre hatte zwar das Kommando über eine Einsatzeinheit, das war aber auch alles.

»Noch nicht«, antwortete Sabre. »Vielleicht bald.«

»Habt ihr vor, den Senat zu stürzen?«, fragte Jazz.

Sabre nickte. »Wir haben was geplant, ja, doch die Bürger sind zu ängstlich. Also werden wir das wohl selbst in die Hand nehmen.« Er kratzte sich durch seinen Lendenschurz am Schritt und schaute zurück zu der Menschengruppe, die ohne ihn die Straße weiter entlang marschierte und ihre Parolen rief. »Und ihr? Auf welcher Seite steht ihr?«

Tarek würde ihm garantiert verraten, was sie vorhatten. »Wir sind auf unserer eigenen Mission.«

Sabre hob das Schwert und legte die Schneide auf seiner Schulter ab. Dabei schien sein Bizeps beinahe zu platzen. »Stellt ihr euch gegen mich?«

Was für ein arroganter Wichser. »Ich weiß nicht, ob es sich gegen dich richtet, was wir planen, aber den Senatoren wird es nicht gefallen.«

Sabre legte den Kopf schief, als würde das seinem Auffassungsvermögen auf die Sprünge helfen. Der Kerl besaß eindeutig mehr Muskelmasse als Gehirnzellen. Falles es Warrior mit genetischem Ausschussmaterial gab, gehörte Sabre eindeutig dazu.

»Gut, ihr könnt passieren«, sagte er schließlich und schloss sich wieder den anderen an.

»Arschloch«, murmelte Jazz, als sie außer Hörweite waren.

»Hier ist ganz schön was los.« Tarek hatte die Bürger noch nie so aufständisch erlebt. »Sieht verdammt nach Krieg aus.«

Die drohende Revolte könnte seine Pläne gefährden. Er musste schnell herausfinden, wo Klick steckte. Die Eingeborenen zu befreien war sein primäres Ziel. Das würde auch die Last der Schuld von seinen Schultern nehmen. Einst hatten sie gegen die Pfeilmenschen gekämpft, viele von ihnen waren gestorben. Tarek wollte wenigstens einen winzigen Teil wiedergutmachen.

Mehr Bürger und Warrior kamen ihnen auf ihrem Weg zum Regierungssitz entgegen, alle wirkten aufgebracht. Diese Gruppe wurde von noch mehr Kriegern angeführt. Zum ersten Mal wurde Tarek bewusst, dass in New World verdammt viele Warrior lebten, sie machten bestimmt drei Prozent der Gesamtbevölkerung aus. Wenn sich 3000 Krieger zusammentäten, hätte der Senat keine Macht mehr. Bisher hatten sie nie einen Grund zur Unzufriedenheit gehabt, man hatte ihnen alles gegeben, sie badeten in Luxus und Ruhm … Was hatte ihre Meinung geändert?

»Hey, Fury!«, rief Tarek einem schwarzhaarigen Krieger im Einsatzanzug zu. Sie waren zusammen in der Ausbildung gewesen. »Was ist hier los?«

Sein Bruder löste sich aus der Menge und steckte seine Pistole ins Holster. »Einer unserer Brüder hat Kontakte zu einem IT-ler. Er konnte ihn überreden, sich ins System zu hacken, um etwas über diese Plantagen herauszufinden, die in dem Video erwähnt wurden. Es gibt sie auch bei uns, eine muss auf dieser, andere Felder auf irgendeiner Nachbarinsel liegen.« Fury sprach schnell und wirkte sehr aufgebracht. »Hast du gewusst, dass es mehrere Inseln gibt? Hätten wir jemals den Canyon im Westen passiert, hätten wir die kleine Nachbarinsel bei guter Sicht vielleicht erkennen können.«

Tarek schüttelte den Kopf. Man hatte ihnen stets weisgemacht, dass es meilenweit um ihre Insel herum kein Leben gab, nur Wasser.

»Und südöstlich liegt ebenfalls eine große Insel. Außerdem ist der IT-ler auf eine Liste gestoßen, mindestens zweihundert Brüder arbeiten dort! Kannst du dich noch an Ivan und Riot erinnern, die immer ein wenig aufsässig waren? Sie sind nicht in eine andere Stadt geschickt worden, um dort ihre Ausbildung zu beenden, sie leben seit Jahren als Aufseher auf einer dieser Zuckerrohrplantagen. Und es gibt andere Namenslisten, da ist von genetischen Experimenten mit Frauen die Rede. Ein paar unserer Brüder waren für dieses geheime Projekt eingesetzt, man hat nie wieder etwas von ihnen gehört. Entweder sind sie tot, oder man hat sie auch auf die Felder abgeschoben. Die Daten sind leider so stark verschlüsselt, dass wir noch nichts Näheres wissen.« Schnaubend schüttelte Fury den Kopf. »Aber die Senatoren behandeln uns wie Vieh, machen mit uns, was sie wollen und belügen uns! Ich habe ihnen immer vertraut, Mann, hab gedacht, wir wären ihre Helden, dabei waren die ganzen Annehmlichkeiten reine Ablenkung!«

»Was habt ihr jetzt vor?«, fragte Tarek.

Fury kniff die Lider zusammen. »Die meisten von uns wollen Köpfe rollen sehen.« Damit marschierte er zurück zur Gruppe.

In diesem Moment vibrierte der Kommunikator in Tareks Hosentasche. Er zog ihn hervor und überflog hastig die Nachricht, die Murano ihm geschickt hatte. *Holen Sie mich zu Hause ab. Im Senat ist es nicht mehr sicher.*

Kurz darauf holte Jazz sein Gerät heraus. Er hatte dieselbe Information bekommen.

***

»Ich habe Ice erledigt, Sir«, sagte Tarek, als Murano sie in seiner Wohnung empfing. »Außerdem habe ich das Shuttle ausfindig gemacht, die Leiche darin deponiert und White City eine deutliche Botschaft zurückgeschickt.« Hoffentlich schluckte der Senator seine Ausrede.

»Und ich habe Fires Überreste dazugepackt«, sagte Jazz.

»Sehr gut!« Murano klopfte ihnen auf den Rücken. »Wenigstens auf zwei meiner besten Männer kann ich mich verlassen.«

Tarek atmete auf. Der Kerl bemerkte nichts, auch nicht den Hass auf ihn, den Tarek ausstrahlte. Anscheinend waren er und Jazz die einzigen beiden Warrior, denen Murano noch vertraute. Ausgezeichnet.

Es war ungewohnt, den Senator nicht in seinem weißen Anzug zu sehen, sondern gekleidet in dunkle Stoffhosen und ein Jackett. Als Tarek die zwei Trolleys neben der Wohnungstür entdeckte, wusste er auch, warum sich der Mann umgezogen hatte. Es herrschte Aufbruchstimmung, und offenbar wollte er nicht gleich erkannt werden.

»Ich werde abreisen«, erklärte Murano überflüssigerweise, während er hektisch Papiere in einen Aktenkoffer stopfte und USB-Sticks hinterher warf. »Sie beide werden mich begleiten. Sie haben bestimmt mitbekommen, was hier los ist.«

»Die Bürger wollen ihren Kopf«, antwortete Jazz ungerührt.

Murano blickte ihn scharf an, danach überprüfte er, ob die Waffe, die er unter seinem Sakko verborgen trug, geladen war. »Und auf welcher Seite stehen Sie, Jazz?«

Irgendwie schien das heute jeder zu fragen.

»Auf Ihrer natürlich, Sir«, erwiderte Jazz.

Tarek nickte ebenfalls, nachdem Murano einen weiteren abschätzenden Blick auf ihn geworfen hatte. »Wir werden alles für Ihre Sicherheit einleiten.«

»Das wird nicht nötig sein. Wir werden New World City verlassen. Ich brauche lediglich Geleitschutz bis aufs Dach, dort parkt bereits ein Transporter. Wir werden noch Senator Algiri und Senator Ross vom Regierungsgebäude abholen.«

Aha, das Triumvirat verließ das sinkende Schiff. »Und wo geht es hin?«

»Zuerst auf eine Nachbarinsel.«

»Nachbarinsel?« Tarek tat so, als wüsste er von nichts.

Während Murano weiterhin hektisch in der Wohnung herumlief und packte, sagte er: »Sie befindet sich in der Nähe, alles Weitere bespreche ich dann mit Ihnen vor Ort.«

»Mehr Informationen wären hilfreich, Sir, um besser für Ihren Schutz sorgen zu können.«

»Über diese kleine Insel haben nur sehr wenige Menschen Kenntnis. Dort steht eine geheime Forschungseinrichtung. Da die Insel weitgehend autark ist und niemand der Wärter direkten Kontakt nach New World hat, sind wir dort erst mal sicher. Außerdem habe ich vor Kurzem die Wachen auf dem Eiland verstärken lassen, einige ihrer Brüder werden ebenfalls dort sein.«

Murano würde nirgendwo mehr sicher sein, dafür würde Tarek sorgen. Er wollte zu gerne fragen, ob auf dieser Insel auch die Eingeborenen arbeiten mussten, aber er verbiss sich einen Kommentar. Murano durfte keinen Verdacht schöpfen.

Jazz hielt sich mit Fragen zurück und wirkte nicht glücklich, die Kuppel verlassen zu müssen, daher informierte sich Tarek. »Ist der Injektionsnachschub auf der Insel sichergestellt? Wir sollten immer bei vollsten Kräften sein, wer weiß, was auf uns zukommt.«

»Dort sind genügend Kisten vorhanden.« Murano presste seine Aktentasche an die Brust und öffnete die Tür zu einem Hinterzimmer, in das er sich gerne zurückzog, wenn er in Ruhe telefonieren wollte. »Es gibt nur eines, was Sie zu beachten haben. Sie müssen auf der Insel eine Gasmaske tragen.« Damit verschwand er in den Raum, und Tarek hörte ihn durch die Tür mit Senator Algiri reden. Offenbar saß der Rest des Triumvirats in der Falle und konnte das Dach nicht erreichen.

Eine Gasmaske? War dort die Luft so schlecht? Gab es Industrieanlagen, die schädliche Abgase ausstießen? Sofort dachte er an die Pfeilmenschen und sein Herzschlag beschleunigte sich.

»Ich werde die übrig gebliebenen Huntress einfliegen lassen, damit die Krieger anderweitig beschäftigt sind, und Sie da rausholen. Versuchen Sie so lange, die Stellung zu halten«, vernahm Tarek von Murano.

Wer oder was waren Huntress? Die Reise auf diese Insel versprach mehr Geheimnisse zu offenbaren, als er gedacht hatte.

14. White City / Endlich vereint

Yana hielt nichts mehr auf ihrem Platz, als sich das Shuttle im Landeanflug befand. Gleich würde sie Emma sehen!

Ice hatte über Funk durchgegeben, dass er alle an Bord hatte und Fire dringend ins Krankenhaus musste. Der rothaarige Krieger saß immer noch am Fenster und starrte gedankenverloren hinaus, während sie die Schleuse der Kuppel passierten. Yana hatte den Krieger während des Fluges über Emma und den Präsidenten ausgefragt, auch, um ihn von seinen Schmerzen abzulenken. Er litt nicht nur körperlich, offenbar hatte er auch sein Herz an diesen Jazz verloren. Sie konnte zwar nicht nachvollziehen, wie sich Fire in seinen Foltermeister hatte verlieben können, aber sie verstand, was er fühlte. Sie vermisste Tarek ebenfalls.

Ob Tarek jetzt tatsächlich auf ihrer Seite stand? Und würde er wirklich zu ihr kommen, wie er es versprochen hatte? Wenn er wenigstens die Injektionen absetzen würde, dann könnte er klar denken. Doch so einfach war das eben nicht. Nichts war einfach.

Irgendwie kam ihr die Zeit mit ihm im Dschungel wie ein Traum vor.

Als der Transporter aufsetzte, lief sie sofort zur Tür. Kaum hatte sich diese geöffnet, stürmte Yana die Treppe hinunter auf die Landeplattform. Dort stand Emma neben einem blonden Mann und mehreren Bodyguards, doch alles, was sie wirklich wahrnahm, waren die Freudentränen im Gesicht ihrer Schwester.

»Emma!«, rief Yana, während sie sich in die Arme fielen. »Ich hab dich so vermisst.«

»Und ich dich erst.« Emma hielt sie fest an sich gedrückt und schluchzte. »Ich habe geglaubt, dich nie wieder zu sehen.«

»Und ich dachte wirklich … die Seuche … die Lügen …« Sie konnte kaum sprechen, aber das würde sie später nachholen. Im Moment wollte sie nur ihre Schwester halten, sie fühlen, ihre Körperwärme spüren. Sie lebte. Sie beide lebten! Am liebsten wollte sie schreien, jubeln, weinen, tanzen, springen … alles zur selben Zeit.

»Geht's dir gut?«, fragte Emma. »Wie lange warst du im Dschungel?«

»Zwei Tage.« Vehement hielt sie die Augen geschlossen, damit niemand eine mögliche Veränderung mitbekam. Sie wusste immer noch nicht, wer oder was sie war und ob »es« gerade wieder passierte. Schließlich wollte sie ihre Schwester nicht erschrecken.

»Sieh mich an, Yana«, flüsterte Emma.

Ihre Nasenspitzen berührten sich fast, als Yana vorsichtig die Augen öffnete. Für einen Moment bildete sie sich ein, Emmas Pupillen wären länglich, nicht rund, und ihre Iriden würden intensiver leuchten, doch nun wirkten sie wie immer.

»Alles okay«, sagte Emma leise. »Deine Augen sehen normal aus.«

Yana keuchte. »Du … weißt davon?«

»Bei extrem starken emotionalen Vorgängen verändern sich unsere Augen, meist bei grenzenloser Wut oder Angst. Ich hab das erst vor Kurzem erfahren.«

»Ich auch.« Zitternd atmete sie auf. »Warum ist das so?«

»Ich werde dir alles erzählen, sobald wir unter uns sind.«

Gott sei Dank, sie war nicht allein. Erneut gab ihr Emma den Halt, den sie ihr bereits früher gegeben hatte.

Am Rande bekam sie mit, wie Sanitäter zu Fire eilten und ihn auf eine Trage legen wollten, doch der Krieger bestand darauf, zu gehen. Der Präsident sprach mit ihm und Ice und ließ sich berichten, was in New World geschehen war.

Himmel, sie hatte Mr. Pearson noch gar nicht begrüßt! Aber sie hatte nur Augen für Emma. Sie war so lebendig! Sie hatte eine legere Stoffhose an, dazu eine helle Bluse. Ihr langes Haar trug sie offen. Sie sah fantastisch aus – und glücklich.

»Du hast sie abgeschnitten«, sagte Emma, als sie es geschafft hatten, sich voneinander zu lösen, und fuhr über Yanas Kopf. »Die neue Frisur steht dir gut.«

Plötzlich stand Mr. Pearson wieder neben ihnen und reichte ihr die Hand. »Willkommen zurück.«

»Das ist Andrew. Wir sind zusammen.« Emmas Wangen röteten sich, während Yana ihm die Hand schüttelte.

»Das hab ich schon gehört. Hallo, Mr. President.« Emma hatte sich einen interessanten und attraktiven Mann geangelt. Dazu war er noch das Oberhaupt der Stadt! Er war ein leckeres Kerlchen, aber ganz anders als Tarek und viel jünger. Natürlich besaß er auch weniger Muskeln, schließlich war er kein Warrior. Trotzdem … Er war heiß. Yana freute sich für ihre Schwester. Emma liebte den Mann, den sie ursprünglich töten sollte, offenbar sehr. Fire hatte Yana im Shuttle von Emmas Mordauftrag erzählt. Wie schrecklich musste es ihr gegangen sein.

Als Mr. Pearson lächelte, bildeten sich Grübchen in seinen Wangen. »Bitte sag Andrew zu mir. Immerhin gehörst du zur Familie.«

Familie. Was war das eigentlich? Ein Onkel, der sie töten wollte? Pflegeeltern, die sie regimetreu erzogen hatten? Und wer waren ihre echten Eltern gewesen? Warum waren Emma und sie anders? Sie brannte darauf, alles zu erfahren.

Emma war seit jeher ihre Familie gewesen; wie Pech und Schwefel hatten sie aneinandergeklebt. Nun musste sie sich Emma mit diesem Mann teilen. Doch das würde ihr nichts ausmachen, solange ihre Schwester glücklich mit ihm war.

Sie räusperte sich und ließ seine Hand los. »Andrew … Ich freue mich, hier zu sein.«

***

Fünf Minuten später befanden sie sich im Aufzug des Turmes, der sie nach unten brachte. Es fühlte sich seltsam an, zurück in White City zu sein. Endlich war sie zu Hause, und trotzdem fehlte ihr New World. Tarek fehlte ihr, Yana musste ständig an ihn denken. Sie hatte zu lange in der anderen Stadt gelebt.

Wo würde sie hier arbeiten?

Als sich die Lifttür öffnete, fand sie sich nicht auf dem großen Platz vor dem Shuttle-Turm wieder, sondern in einem kahlen Betontunnel. »Wo sind wir?«

»Das sind geheime Gänge, die unter der ganzen Stadt verteilt sind«, erklärte ihr Andrew. »Hierüber gelangen wir sicher nach Hause.« Zwei Bodyguards begleiteten sie: ein dunkelhäutiger Glatzkopf namens Rock und ein bleicher Krieger mit langen weißblonden Haaren, der Kian hieß.

»Ist es denn gefährlich hier?« Sie hatte gedacht, White City wäre eine freie Stadt, alles hätte sich eingerenkt.

»Als Präsident muss man immer auf der Hut sein, außerdem soll keiner wissen, wo ich wohne. Aber grundsätzlich ist es in White City sicher, du brauchst keine Angst zu haben.«

Unzählige Abzweigungen später fuhren sie mit einem Aufzug nach oben. »Voilà, hier wohnen Andrew und ich«, sagte Emma, als sie ein großzügiges Apartment betraten. Schwarz-Weiß-Bilder von einer Pyramide, halb eingefallenen Hochhäusern und einem Zug hingen an den Wänden, farbenfreudige Designermöbel brachten Leben in die Wohnung, und an den riesigen Panoramascheiben hingen bordeauxfarbene Vorhänge. Die Aussicht war gigantisch, sie befanden sich weit oben und hatten einen tollen Blick über die Stadt.

»Deine Wohnung liegt gleich daneben auf derselben Etage«, erklärte ihr Emma.

Yana war sprachlos. Sie würde in der Nähe ihrer Schwester wohnen dürfen. »Ich weiß gar nicht, was ich sagen soll …« Sie zuckte, als etwas Weiches an ihrem Bein entlang streifte, und schaute nach unten.

Ein graugetigertes Tier auf vier Pfoten schaute zu ihr auf, blickte sie aus großen Augen an und maunzte. »Ist das … eine Katze?«

Emma lächelte. »Ja, das ist Princess, unsere Mitbewohnerin.«

»Diva«, murmelte Andrew.

»Sie ist total süß!« Oh je, ihre Sandalen waren voller Schmutz und ihre nackten Beine zerkratzt. Sie hatte völlig vergessen, wie schrecklich sie aussah. Sicherlich roch sie auch nicht angenehm, doch Princess schien das nicht zu stören. Sie rieb ihr pelziges Köpfchen an den Riemen ihrer Schuhe und schnurrte.

Emma hob die Katze auf den Arm, damit Yana sie streicheln konnte. Ihr Pelz fühlte sich glatt und weich an. Sie hatte noch nie eine echte Katze berührt. In New World gab es nur Nutztiere, für Haustiere war kein Futter da. Offenbar hatte sich das in White City geändert. Katzen waren hier schließlich als kleine Monster verschrien gewesen, die Krankheiten in die Stadt brachten.

Yana seufzte. Sie hätte auch gerne ein Tier, dann wäre sie wenigstens nachts nicht allein.

»Kann ich mich irgendwo frisch machen?« Sie kam sich schrecklich eklig vor, mit dem halben Urwald an ihrem Körper.

Emma setzte Princess ab und nahm Yana an der Hand. »Ich zeige dir deine Wohnung. Dort kannst du duschen, und ich habe dir auch Kleidung von mir in den Schrank getan.«

»Danke.« Am liebsten wollte sie Emma erneut umarmen, aber das ließ sie lieber. Sie würde sich nun den Dreck abschrubben und danach ihre Schwester über alles ausfragen, was ihr auf der Seele brannte.

15. Pazifik / Sündhafte Ablenkung

Irgendwann musste Rhona eingeschlafen sein, denn als sie aus ihrem wirren Traum erwachte, in dem ihr die Ärzte Hope weggenommen hatten, zeigte das Display des Shuttles nur noch eine Stunde Reisezeit an. Sie konnte es kaum noch erwarten, Hope wieder im Arm zu halten. Sie hoffte, dass er noch auf der Insel war, Murano nicht gewarnt wurde und es ihrem Kind gut ging. Doch was würden die Senatoren machen, wenn sie zurückkehrten, ohne ihren Auftrag erfüllt zu haben? Sie mussten zuerst ihre Kinder in Sicherheit bringen, tief in den Wald, denn dort gab es einen provisorischen Unterschlupf, und danach mit Hilfe der Warrior die Insel zurückerobern.

Steel schnarchte leise, weil sein Kopf schief auf der Schulter lag.

Ihr großer Krieger. Er machte einen friedlichen und zugleich unerschütterlichen Eindruck, wie er den ganzen Sessel ausfüllte. Selbst im Schlaf war er eine imposante Erscheinung.

Sieh ihn nicht ständig an, ermahnte sie sich, *sonst verliebst du dich noch in ihn.*

Aber hatte sie das nicht längst? Insgeheim sehnte sie sich schon ewig nach starken Armen, die sich beim Einschlafen von hinten um sie schlangen, während sie Hope stillte und vor sich hindöste. Sie wären eine hübsche Familie, eine perfekte Familie. Doch würde Steel überhaupt das Kind eines Fremden akzeptieren? Sie wusste nicht einmal, wer Hopes Vater war.

Rhona, was spinnst du dir zusammen? Zwischen dir und Steel wird nie etwas sein. Wenn er erfährt, was du planst, wird er dich ohnehin hassen.

Ihr Magen verkrampfte sich. Sie wünschte, es hätte eine andere Lösung gegeben, eine, die ihm gefallen würde.

Ablenken … Was wohl ihre Schwestern machten?

Vorsichtig, um ihn nicht zu wecken, stand sie auf, tapste barfuß zur Tür und lugte durch das Sichtfenster. Was sie im Passagierraum sah, ließ ihr Blut gefrieren. Verdammte Nymphomaninnen! Konnten sie nicht warten, bis sie auf der Insel waren?

Sie öffnete die automatische Schiebetür und huschte hinaus, in der Hoffnung, dass Steel nichts mitbekam. Sofort schlug ihr der Duft von Sex entgegen, und sie musste über ineinander verschlungene, nackte Leiber steigen.

Hier fand eine Orgie statt! Auf den Stühlen und in den Gängen standen oder lagen ihre Schwestern und machten sich über die Warrior her oder die Männer über sie. Die Krieger hatten ihre Masken abgelegt und wirkten aufgeputscht, als hätte man ihnen Sexdrogen verabreicht.

»Was soll das, Shaya?«, fragte sie die Schwester, die Rhona immer für die vernünftigste gehalten hatte.

Shaya fuhr sich über ihr kurzes weißes Haar, während sie ungeniert einen braunhaarigen Warrior ritt. Er war nackt bis auf die Socken. »Wir können nicht früh genug anfangen, sie auf unsere Seite zu ziehen«, antwortete sie in ihrer geheimen Sprache. »Du hast ja deinen Krieger auch bezirzt, er tut alles für dich.«

»Wir wollten sie doch loswerden!« So, wie die Krieger damals in der Forschungseinrichtung reagiert hatten, wäre es ein Leichtes, sie gegeneinander aufzuhetzen.

»Ich will meinen behalten«, sagte Shaya.

Sie verstand ihre Schwester. Rhona wollte Steel auch nicht mehr hergeben, und schon gar nicht wollte sie, dass er starb. Wie hatte sie sich das eigentlich vorgestellt? Bis zum Ende hatte sie ihren Plan nicht durchdacht.

Wütend über sich selbst und das laszive Verhalten ihrer Schwestern ging sie weiter durch die Reihen und schimpfte in ihrer Sprache mit den Frauen. »Bringt das in Ordnung, bevor wir landen, ruht euch lieber aus!«

Niemand beachtete sie wirklich.

»Seid ihr wahnsinnig? Ihr gefährdet unseren Plan!«

Im hinteren Teil saßen Amber und ein Warrior ineinander verschlungen an die Wand gelehnt. Sein grauer Overall, auf dem der Name Vigour stand, lag neben ihm auf den Boden. Die beiden schienen völlig in ihrer Welt gefangen und hatten nur Augen für sich. Amber hatte den schwarzhaarigen Krieger in die Lippe gebissen; Blut lief über sein markantes Kinn.

Das erinnerte Rhona daran, dass sie Steel ebenfalls gebissen hatte. Es war einfach so über sie gekommen, daher konnte sie Amber verstehen. Wäre ihr das selbst nicht passiert, hätte sie ihre Schwester an den hübschen lohfarbenen Haaren von Vigour weggerissen. Der Krieger sah aus, als wäre er geistig nicht anwesend, sondern würde sich in einem rauschartigen Zustand befinden. Er leckte sich die blutigen Lippen, während er Ambers Brüste massierte.

Fluchend stapfte Rhona zurück und stolperte fast über die Beine zweier Soldaten, die sich mit Tia vergnügten. Ein Mann mit raspelkurzen braunen Haaren lag mit dem Rücken auf dem Boden und schlief mit Tia, die sich bäuchlings auf ihm rieb, während ein zweiter Krieger mit langen schwarzen Haaren über ihnen kniete und zwischen ihre Pobacken tauchte. Dabei hatte er sich Tias blonden Zopf um das Handgelenk gewickelt. Ihre Schwester stöhnte laut und ungehemmt und warf Rhona nur einen kurzen, fiebrigen Blick zu.

Verdammt!

Da es mehr Frauen als Männer gab, begnügten sich hier und da auch zwei Jägerinnen mit einem Warrior. Alles lief aus dem Ruder!

»Wir bringen sie nur auf unsere Seite«, sagte Shaya, als Rhona wieder bei ihr ankam. »Sobald sie abhängig von uns sind, werden sie alles für uns tun. Lass uns doch, Rhona. Ganz ohne Männer ist es langweilig. Außerdem hast du dir auch einen geangelt.«

»Dieser *eine* könnte all eure Pläne vereiteln, wenn er hiervon Wind bekommt!«

»Dann lenke ihn ab, Schwester.« Shaya kicherte, während sie ihren Mann mit der Hand befriedigte. »Mach ihn geil, reite ihn, verdrehe ihm den Verstand, und er wird dir aus der Hand fressen.« Sie fuhr mit einem Finger zwischen ihre Schamlippen und steckte ihn ihrem Krieger in den Mund. Genüsslich lutschte er daran. »Wir behalten sie einfach. Sie könnten uns wirklich nützlich sein.«

Es erregte Rhona, den anderen zuzusehen, aber sie fühlte sich zu keinem der Männer hingezogen. Wie seltsam. Sie wollte nur Steel in sich spüren.

Da sie hier ohnehin nichts ausrichten konnte, huschte sie zurück ins Cockpit. Mit angehaltenem Atem blieb sie mit dem Rücken an der Tür stehen.

Steel streckte sich und gähnte. »Hey Süße, was ist da draußen los?«

Mist, er hatte bemerkt, dass sie weg war. Natürlich hatte er das, er war ein Warrior! »Da ist alles in Ordnung«, sagte sie mit möglichst fester Stimme und trat neben ihn an den Sessel. »Die Jungs und Mädchen verstehen sich prima.« Damit er nicht den Duft nach Sex roch, der womöglich ins Cockpit gedrungen war, drückte sie ihm die Maske auf Mund und Nase. »Wegen dem Geruch meiner Schwestern …« Es würde eine Weile dauern, bis die Klimaanlage die Luft umgewälzt hatte.

Ihr Herz raste. Was, wenn er sich selbst überzeugen wollte, ob alles in Ordnung war?

»Baby, ich fühl mich dem gewachsen.« Er nahm die Maske weg und zog sie auf seinen Schoß.

Er würde riechen, was dort draußen passierte! Er würde es an ihr riechen! Und dann würde er gewiss die Falle wittern und mit ihnen nach White City zurückkehren, schließlich hatte er das Kommando über diese Mission.

Genau das würden aber ihre Schwestern nicht zulassen. Bestimmt würden sie Steel überwältigen, gegen ihn kämpfen … und sie hätten jetzt alle Warrior in diesem Shuttle auf ihrer Seite. Oder schlimmer noch … ihre Schwestern würden sich mit Steel vergnügen!

Nein, das wollte sie auf keinen Fall.

Ablenken … Ihn gar nicht erst bemerken lassen, dass etwas nicht stimmte. Hoffentlich waren die Mädels da draußen so schlau, die Orgie rechtzeitig zu beenden.

Sofort schmiegte sie sich an ihn, und da sie auf seinem Schoß hockte, hatte er ihre Brüste genau vor Augen. Rhona nahm seinen Kopf und drückte seine Nase in das Tal dazwischen, damit er nur sie roch und nichts anderes.

»Du bist geil«, raunte er an ihrer Haut, nahm einen tiefen Atemzug und legte die Hände an ihre Pobacken. »Hast du von mir geträumt, Baby?«

Er sollte sich nicht einbilden, dass sie unentwegt an ihn dachte, deshalb sagte sie: »Ich will mich bloß ablenken. Diese Unterwasserfahrt macht mich noch verrückt, ich komme mir vor, als hätte mich jemand in einer Dose eingesperrt.«

Er hob den Kopf und grinste verwegen. »Die Ablenkung hättest du schon früher haben können.«

Himmel, warum musste er gerade so süß aussehen? Mit den halb gesenkten Lidern, dem sanften Lächeln und den verstrubbelten Haaren. »Du warst müde.« Zärtlich fuhr sie ihm über die Narbe am Kinn. Rhona fixierte diesen schmalen Streifen Haut, an dem keine Barthaare wuchsen, um nicht auf seine Lippen zu starren. »Woher hast du die Narbe?«

»Ausbildung. Messertraining«, antwortete er atemlos.

Sie wollte ihn so gerne küssen; dieses verdammte Ziehen hinter ihrem Brustbein würde sonst nicht aufhören.

Seine Hände glitten über ihren Rücken, und er versuchte mit ihnen unter ihr Korsett zu gelangen. »Baby, ich liebe es, dass du Rücksicht auf mich nimmst, aber das nächste Mal komm einfach zu mir. Ich will nicht, dass du dich unwohl fühlst.«

Er würde alles für sie tun … Ihr schnürte es das Herz ein. Steel würde sie hassen, wenn er erfuhr, dass sie und ihre Schwestern die Krieger nur benutzten, um ihre Insel zurückzuerobern. Und was würde Präsident Pearson unternehmen, wenn er davon hörte? Und das würde er gewiss. Würde er mehr Warrior schicken? Gegen sie Krieg führen?

Die Insel war ihre Heimat, sie war alles, was sie neben ihren Kindern besaßen, und dafür würden sie kämpfen oder sterben. Keine von ihnen wollte unter der Kuppel oder in der Wüste leben. Und schon gar nicht sollte ihre schöne Insel als Vorposten dienen, sie wollten in diesen verdammten Krieg nicht hineingezogen werden!

Es herrscht doch längst Krieg, erinnerte sie ihr Gewissen. *Denk an Tammy und Hunter und was ihnen widerfahren ist, denk an die verschwundenen Frauen, die Experimente, die Kinder!*

Nein, sie wollte nicht denken!

Die Worte von Shaya kamen ihr in den Sinn, die ihren Kerl nicht mehr hergeben wollte. Ob es möglich war, dass die Männer bei ihnen blieben, ohne hier Voraufklärung für Pearson zu betreiben? Würde sich Steel so stark manipulieren lassen? Er schien ein sehr loyaler Mann mit Prinzipien zu sein und seinem Staatsoberhaupt treu ergeben. Und was sollte ein Warrior auch bei ihnen machen? Den ganzen Tag Sex? Das waren Kämpfer, sie brauchten eine Aufgabe, die sie ausfüllte.

Jetzt nicht an die Zukunft denken, sondern diesen sexy Warrior ablenken und noch einmal so richtig Spaß haben! Rhona fuhr mit den Fingern in sein Haar und küsste ihn. Sie musste es schaffen, ihn ebenso zu bezirzen wie ihre Schwestern die anderen Krieger. Dann wäre Steel alles egal und er würde nur noch auf sie hören, doch Rhona wusste: Er war eine harte Nuss.

Er öffnete die Verschnürungen ihres Korsetts, während ihre Zungen sich umspielten. Er wusste einfach, wie man eine Frau küsste. Rhona wollte immer mehr von seinen fordernden Küssen.

»Was ist deine geheimste Fantasie, Steel?«, fragte sie und ließ ihren Schoß auf seiner Erektion kreisen. »Was würdest du gerne einmal mit einer Frau machen?« Sie beugte sich zu seinem Ohr und leckte über den Rand der Muschel. »Einer Frau wie mir.«

»Ich habe viele Fantasien, Baby.« Endlich hatte er die Bänder gelöst, woraufhin er seine Hände auf ihre Brüste drückte. »Und ich würde sie am liebsten alle mit dir ausleben.«

Rhonas Brustspitzen prickelten. »Nenn mir eine.«

»Sie würden dir vielleicht nicht gefallen.«

Wollte er sie fesseln, wie es Havoc einst getan hatte?

Ihr Herz raste. Sie musste ihm geben, was er wollte, um ihn endgültig an sich zu binden. Auch wenn es ihr vielleicht weniger Spaß machte.

»Du verlierst Milch, Süße.«

Dicke Tropfen perlten aus ihren Nippeln und liefen über ihre Brüste. Sie hatte vergessen, sie auszustreichen.

»Hast du wieder Schmerzen?« Sofort lockerte sich sein Griff.

Sie schüttelte den Kopf. »Geht noch, sie spannen ein bisschen, weil sie so prall und voll sind.«

Sein Blick wirkte fiebrig und seine Nasenflügel blähten sich, als er weiterhin ihre Nippel fixierte.

»Möchtest du kosten?«, fragte sie mit wild klopfendem Herzen. Sie sah Steel an, wie gerne er probieren würde.

»Das kann ich n… Dein Ernst?«

Sie drückte ihm eine Brust an den Mund und strich mit dem Nippel über seine Unterlippe. Dabei hinterließ sie eine feuchte Spur. »Du würdest mir damit einen Gefallen tun.«

Seine Zunge schnellte hervor und angelte die Tropfen von seiner Lippe. Daraufhin drang ein leises Knurren aus seiner Kehle. »Ich will nicht, dass du Schmerzen hast.« Als er um ihre Brustwarze züngelte, zog sich ihr Schoß zusammen.

»Du schmeckst außergewöhnlich gut«, raunte er und schaute zu ihr auf. »Bist du dir ganz sicher?«

Als sie nickte, umschloss er die Brustspitze mit seinen Lippen und saugte an.

Oh … Gott! Atemlos krallte sie die Finger in seine Schultern. Der Sog war heftig, ihre Milch schoss regelrecht in seinen Mund.

Dieser intime Augenblick war eigentlich nur ihr und ihrem Baby vorenthalten. Doch während Steel an ihrer Brust saugte, fühlte es sich anders an. Das hier war kein Kind, sondern ein erwachsener Mann, ein Krieger! Und es machte sie scharf, dass er an ihren Brüsten nuckelte, auch wenn es heftig zog, da er so gierig war. Der zarte Schmerz steigerte jedoch ihre Lust, ihr Körper entflammte in Leidenschaft.

»Besser?«, fragte er, als er von dem einen Nippel abließ, um sich den anderen vorzunehmen.

»Viel besser.« Zärtlich zerwühlte sie sein weiches Haar, und er legte beide Hände auf ihre Brust und strich an ihr entlang, um auch dort die Milch herauszuholen.

Ihr kam es vor, als ob die Zeit stillstehen würde. Steel keuchte und schmatzte an ihrer Brust, wobei sie ihn unentwegt anstarren musste. Was erlaubte sie ihm bloß? *Warum* erlaubte sie es ihm? Um ihn abzulenken?

Weil sie ihm vertraute …

»Das darfst du nur dieses eine Mal, Steel, okay?«, wisperte sie, während sie auf seinem Schoß zappelte, um sich an ihm zu reiben. »Das bleibt unser Geheimnis.«

»Versprochen«, antwortete er. »Ich mache das bloß, um den Schmerz zu lindern.«

»Ja …« Eine Träne stahl sich in ihren Augenwinkel. Sie konnte es kaum erwarten, Hope wieder zu sehen. Die Milch gehörte ihrem Kind, ihm allein. Trotzdem fühlte es sich auch nicht falsch an, was er tat. »Schwör es mir.«

»Ich schwöre es dir.« Mit verklärtem Blick schaute er zu ihr auf. »Aber das hat mich verdammt scharf gemacht.«

»Mich auch.« Das war die Wahrheit. Ihr Kitzler pochte höllisch.

»Von dir zu trinken war das Schönste, was ich jemals erlebt habe.« Zärtlich küsste er ihre empfindlichen Brustspitzen und blies sie trocken. »Danke für dein Vertrauen.«

Sie räusperte sich und versuchte sich abzulenken, damit sie nicht in Tränen ausbrach. Was machte sie nur? Was tat sie diesem Mann an?

»Wie schmeckt es?«, wollte sie wissen.

Er grinste verschmitzt. »Wie Kaffeesahne.« Seufzend legte er die Arme um sie und drückte seine Wange an ihren Busen. Auf diese Art verbunden, blieben sie einfach sitzen und hielten sich fest. Vermutlich hatte Steel kurz vor dem Höhepunkt gestanden und wollte sich runterbringen. Sie spürte den wilden Puls an seinem Hals, da sie seinen Nacken streichelte.

»Ich habe eine Frage, Rhona.« Erneut schaute er zu ihr hoch.

»Frag mich.«

»Wenn ihr Frauen unter euch wart und keine Männer in der Nähe waren … Habt ihr es euch auch mal gegenseitig gemacht?«

»Wir haben Zärtlichkeiten ausgetauscht, ja.«

Kurz kniff er die Augen zusammen. »Erzähl mir davon, Baby.«

Sie merkte, dass ihn das Thema heiß machte. Gut. Sie musste ihn bei Laune halten. Ihre Schwestern waren sicher noch beschäftigt. »Wir haben uns gestreichelt.«

»Wer ist *uns*?«

»Tammy und ich.«

»Das ist diejenige, die auf dein Kind aufpasst?«

»Ja.«

»Habt ihr euch auch geleckt?«

Sie beugte sich tief zu ihm und hauchte in sein Ohr. »Ich habe Tammy ausgeleckt, bis sie vor Lust geschrien hat. Wir haben viel experimentiert, schließlich hatten wir nicht immer Männer zur Verfügung.«

Seine Finger krallten sich in ihre Pobacken. »Ich würde euch gerne mal dabei beobachten.«

»Kannst du haben, Krieger«, flüsterte sie. In Wahrheit interessierte sie Sex mit Tammy im Augenblick nicht besonders. Tatsächlich waren sie nicht mehr zusammen intim gewesen, lange bevor Rhona mit Hope schwanger gewesen war, denn Tammy hatte sich unsterblich in einen Krieger aus dem Zuchtprogramm verliebt: Hunter. Seit seinem Verschwinden vor einigen

Jahren war sie nicht mehr die alte. »Aber Tammy ist nicht hier. Was kann ich dir jetzt bieten? Ich weiß, dass du einen besonderen Wunsch hast. Halte dich nicht länger zurück. Du kannst es doch kaum erwarten, mich zu nehmen.« Sie spürte, dass ihn etwas hemmte, doch sie fühlte auch seine Härte zwischen ihren Beinen. »Mach mit mir, was du willst. Ich vertraue dir. Ich weiß, dass du nicht wie … Havoc bist.«

Er hob sie so schnell von seinem Schoß, dass sie beinahe auf den Boden fiel. »Zieh deine Hose aus«, befahl er, während er sich Holster und T-Shirt vom Körper riss.

Seine stoische Ruhe hatte sich urplötzlich in Luft aufgelöst.

»Warum so hektisch?«, fragte sie.

Nach einem flüchtigen Blick auf die blinkenden Anzeigen des Cockpits raunte er: »Wir haben nicht mehr viel Zeit.«

Sie folgte seinem Wunsch, bis sie splitternackt vor ihm stand.

»Du bist so schön.« Er hatte seine Hosen gerade mal über die Hüften gezogen, als er streng sagte: »Auf die Knie mit dir!«

Der ungewohnt harte Ton ließ sie erschaudern, aber nicht aus Angst, sondern vor Lust. Steel konnte also auch anders.

Nachdem sie gehorcht hatte, griff er sofort in ihr Haar, um ihr Gesicht an seine Erektion zu drücken. »Nimm ihn in den Mund. Mach ihn schön feucht.«

Willig folgte sie seinen Anweisungen, nahm ihn so tief auf wie sie konnte und speichelte ihn ein. Es bereitete ihr Lust, seine dicke Spitze zu lecken oder mit den Lippen an dem geäderten Schaft auf und ab zu gleiten.

Steel stöhnte verhalten. »Und jetzt dreh dich um und bück dich. Ich will dich von hinten.«

Kaum hatte sie sich wie gewünscht hingestellt, presste er eine Hand in ihren Nacken, sodass ihr Kopf nach unten gedrückt wurde. Nun reckte sich ihm ihr Hintern entgegen.

»Bleib so«, befahl er rau und massierte ihre Pobacken. Dabei schob er sie immer wieder auseinander, als wollte er alles von ihr zu sehen bekommen.

Seine ungestüme Inspektion gefiel ihr. Sie wusste nicht warum, denn Havoc war auch oft gröber gewesen, aber bei Steel machte es sie wirklich an, und wie. Sie spürte, wie sie auslief und ihre Creme die Innenschenkel benetzte.

Mit der Hand nahm er ihren Saft auf. Als sie einen Blick nach hinten riskierte, sah sie, wie er genüsslich seine Finger ableckte. Dann tauchte er damit zwischen ihre Schenkel, hinein in ihre nasse Hitze, um über ihren Kitzler zu reiben. Hart klopfte er gegen seine Finger. Steel zwirbelte und drückte ihn, bis sie vor Lust beinahe zersprang.

Kurz vor dem Höhepunkt zog er sich zurück, um seine Erektion in sie zu drängen.

Rhona stöhnte losgelöst. Es tat gut, ihn in sich zu spüren, seine Länge und Härte, die ihr Inneres massierte und dehnte. Dabei beugte er sich über sie, um auch ihre Brüste zu streicheln.

»Das sind deine Fantasien? Geht da nicht noch mehr?«, fragte sie provozierend, während er immer härter in sie stieß. Er stand sicher Sekunden davor zu kommen, aber es war noch zu früh! Was, wenn er auf die Toilette ging, nachdem er fertig war? Er musste dazu durch den Passagierraum!

Rhona musste es hinauszögern, bis sie knapp vor der Landung standen, damit er nicht im Schiff herumspazierte, sondern die Monitore überwachen musste.

»Es gibt da etwas, das ich noch nie getan habe«, gestand er zögerlich. »Ich weiß nicht, ob es dir gefällt.«

»Wenn du mir nicht sagst, was es ist, kann ich dir die Frage auch nicht beantworten.«

»Ich zeige es dir einfach«, raunte er und zog sich zurück. »Bleib so.«

Er rieb seine feuchte Erektion zwischen ihren Pobacken, bis alles glitschig war. Rhona wusste deshalb sofort, was er vorhatte.

Schon drückte seine Eichel gegen ihren sternförmigen Eingang. Steel verharrte, wartete offenbar auf Protest, doch sie biss die Zähne zusammen. Sie musste da durch.

»Ich will mich am liebsten tief in dich rammen«, raunte er. »Ich mag es gerne hart.«

»Es kommt nicht darauf an, wie heftig man es macht, sondern wie intensiv der Sex ist«, antwortete sie schnell. Havoc hatte sie ein paar Mal anal genommen, und es hatte oft wehgetan. Auch diesmal spürte sie, wie sich ein unangenehmer Druck aufbaute, während Steel versuchte, ihren Muskelring zu durchbrechen.

»Bleib locker, Baby. Entspanne dich. Ich werde dir nicht wehtun, niemals«, sagte er und drückte fester, bis seine Spitze in ihren Körper tauchte. Dann verharrte er, und sie konnte sich an das Druckgefühl gewöhnen.

»Bitte nicht so tief«, flüsterte sie. Havoc hatte immer bis zum Anschlag in sie gestoßen, und die trockene Reibung hatte dafür gesorgt, dass sie tagelang Schmerzen gehabt hatte. Aber Steel hatte alles ausgiebig befeuchtet, nun tat ihr nichts weh.

»Baby, das ist … Ich …« Er konnte kaum sprechen, obwohl bisher nur seine Eichel in ihr steckte. »Ich habe noch nie etwas Geileres gespürt. Du bist so eng und heiß.« Er schlang einen Arm um ihren Bauch und zog sie an sich, wobei er zwei Schritte rückwärts machte. Was hatte er vor?

Vor Furcht, dass er gleich tief in sie kam, wich sie zurück, sodass er aus ihr glitt.

Steel ließ sich in einen Sessel sinken und zog sie auf sich. »Reite mich, Baby. Dann kannst du selbst bestimmen, wie es am besten für dich ist.«

Sie schluckte. Immer noch war er auf ihr Wohl bedacht.

Sie stützte sich an den Armlehnen ab, froh, nun Geschwindigkeit und Eindringtiefe selbst bestimmen zu dürfen. Diese Stellung war neu und ungewohnt. Sie hatte ein wenig Angst, seine mächtige Erektion könnte sie verletzen. Doch sie spürte nur einen großen Druck und ein zartes Ziehen.

»Geht's dir gut, Baby?« Er schob eine Hand an ihrer Taille vorbei, um ihren Kitzler zu stimulieren.

»Ja«, hauchte sie.

Er hatte nicht bloß Sex im Kopf, er sorgte sich auch um sie. Havoc hatte nie gefragt, ob es ihr gutging oder ihr seine Praktiken gefielen. Verdammt, warum machte es ihr Steel so schwer, ihn nicht zu mögen?

»Öffne deine Beine noch ein Stück.« Er fuhr mit einer Hand zwischen ihre Schenkel, um über ihr heißes Geschlecht zu reiben. Ihre Schamlippen waren dunkelrot, dick, nass und geschwollen, ihr Kitzler hämmerte wie verrückt.

Immer tiefer ließ sie seine Erektion in ihren Körper gleiten und genoss das Beben in Steels Stimme. Sie hatte erneut Macht über ihn und seine Erregung, das gefiel ihr.

Eine Hand besitzergreifend auf ihre Brust gedrückt, die andere weiterhin in ihrem Schoß, grollte er in ihr Ohr. »Bist du mein Weib, Rhona?«

»Ich gehöre dir allein«, antwortete sie, während sie ihn schneller ritt. »Nur dir.«

Steel rieb fester über ihren Kitzler, und plötzlich, als er noch einen Finger in sie schob, zog sich ihr Unterleib zusammen. Ihre Knie gaben nach, weil ihr Orgasmus wie ein Taifun heranfegte, und sie sank gänzlich auf seinen Schoß. Sein Penis fuhr bis zum Anschlag in sie, knurrend verbiss er sich in ihrer Schulter, dann zuckte er in ihr. Zeitgleich erreichten sie den Höhepunkt, wirbelten gemeinsam im Sinnesrausch und stöhnten losgelöst.

So sollte es immer sein, hemmungslos und erfüllend. Zitternd holte Rhona Luft, weil es ihr Herz zutiefst berührte, wie Steel auf ihr Wohlempfinden achtete. Nach diesem süchtig machenden Mal wollte sie ihn nicht mehr hergeben und wünschte sich, ihr würde eine Lösung einfallen, die allen gerecht wurde.

16. Die Insel / Böse Überraschungen

Steel fühlte sich nach dem Sex mit Rhona immer noch berauscht, aber er brauchte nun einen klaren Kopf und musste sich auf die bevorstehende Mission konzentrieren. Es galt dafür zu sorgen, dass es allen Frauen und Kindern gut ging, und danach die Insel unter ihre Kontrolle zu bringen.

Am frühen Nachmittag hatten sie das Eiland erreicht und tauchten sicherheitshalber zwei Meilen von der Forschungsstation entfernt an einem abgelegenen Strand auf. Rhona hatte ihnen noch im Gefängnis die Positionen der diversen Einrichtungen grob skizziert, da sie keinen Satelliten anwählen konnten, der über diesen Bereich flog. Ihnen standen lediglich die Satelliten zur Verfügung, die noch von der Zeit vor dem Krieg stammten.

Nur wenige funktionierten noch.

Steel schielte zu Rhona, während sie sich die Stiefel anzog. Sie wirkte nervös, offenbar konnte sie es kaum erwarten, endlich Frischluft zu schnuppern und ihr Kind in den Arm zu nehmen. Und dann? Würde sie ihm noch Beachtung schenken? Und wie würde es überhaupt mit ihnen weitergehen?

Präsident Pearson wollte ein paar Soldaten auf der Insel stationieren, die das aktuelle Geschehen in New World von dort besser unter Kontrolle hatten. Laut Rhona gab es im Keller des Hauptgebäudes einen Raum mit zahlreichen Monitoren. Sie hatte gehört, wie sich Angestellte darüber unterhalten hatten und dass die Bildschirme Videoüberwachungen von öffentlichen Einrichtungen und Plätzen in New World zeigten.

Besser konnte es nicht kommen, er und seine Männer mussten lediglich die Ärzte, Forscher und wenigen Wachen in ihre Gewalt bringen. Anschließend hätten sie von der Insel aus alles im Blick. Es gab jedoch ein Problem: Sobald Murano davon erfuhr, würde er wohl sämtliche Krieger aus New World auf die Insel schicken. Um Zeit zu schinden, hatten sie nur eine Möglichkeit: Sie mussten New World abriegeln. Mark hatte ein völlig neues System entwickelt, das auch in anderen Städten eingespielt werden konnte. Sobald sie die Computer in New World infiltriert hatten, könnten sie die Tore verriegeln.

Es blubberte und sprudelte vor der Panoramascheibe, dann wanderte der Wasserspiegel von oben nach unten über das Glas.

Rhona neben ihm atmete auf. »Endlich wieder zu Hause.«

Vor ihnen lagen ein Sandstrand sowie dichter Urwald. Das Radar zeigte keinen Menschen im Umkreis von einer halben Meile – hoffte Steel, denn irgendetwas störte die Funkortung. Auch eine Verbindung nach White City über einen sicheren Kanal war aktuell nicht möglich. Offenbar gab es auf der Insel Störsender. Daher mussten sie nun auf dem Eiland den höchsten Punkt finden, um dort einen Spezialtransmitter aufzubauen. Verdammter Mist! Er wollte endlich wissen, ob es Neuigkeiten von Fire gab. Während der Unterwasserreise war keine Kommunikation möglich gewesen. Leider hatte die Sicherung der Einrichtung höchste Priorität, die Nachrichtenübertragung musste er einem seiner Männer überlassen.

Er öffnete am Bordcomputer eine Datei, die all seine Krieger und ihre besonderen Fähigkeiten zeigte. Schließlich kannte Steel sie nicht alle persönlich. Nachdem er sich einen kurzen Überblick über all seine Warrior und deren Spezialbereiche verschafft hatte, wählte er Vigour. Er schien ihm am geeignetsten, den Sender am höchsten Punkt der Insel anzubringen und Kontakt zu Pearson aufzunehmen. Der Mann hatte eine spezielle Funkausbildung genossen.

Steel aktivierte die Sprechanlage. »Männer, wir verlassen das Schiff in drei Minuten. Macht euch bereit auf einen Trip durch den Dschungel.«

Alten Weltkarten nach zu urteilen, die sie in der Bibliothek von Resur gefunden hatten und die Mark vor zwei Jahren digital aufbereitet hatte, war die kleine Vulkaninsel nur fünfundzwanzig Kilometer lang und zehn Kilometer breit, also überschaubar. Der höchste Punkt lag bei knapp dreihundert Metern, daher wäre es kein Problem für Vigour, die Bergspitze von ihrer Position aus in einer Stunde zu erreichen.

Steel legte all seine Waffen an, die er als Einziger an Bord nicht im Laderaum verstaut hatte, und erhob sich. Gleich würden sie am Strand aufsetzen.

Rhona stellte sich mit dem Rücken zu Tür. »Steel, ich …« Tief durchatmend starrte sie auf ihre Stiefelspitzen.

Er hob ihr Kinn an und sah ihr in die Augen. »Egal was passiert, Baby, wir stehen das gemeinsam durch. Gleich bist du wieder bei Hope, dafür werde ich persönlich sorgen.«

Sie zwinkerte, als würde sie Tränen zurückhalten wollen. Bestimmt war sie furchtbar aufgeregt wegen ihres Kindes.

Sie deutete auf die Konsole. »Deine Maske …«

Steel ging zurück und legte sie an, obwohl er dieses Ding hasste, aber wenn es Rhona dadurch besser ging … Er war sich jedoch sicher, dass er die Gasmaske nicht brauchte, das hatte er bereits vor dem Abflug bemerkt. Er hatte zwar den Duft der anderen Frauen wahrgenommen, aber sie hatten ihn in keinster Weise mehr angezogen. Er hatte sich allein für Rhona interessiert.

Sie machte ihm Platz, und die Tür glitt auf. Im Passagierraum traf er auf seine Männer, die ebenfalls ihre Masken trugen und schon vor dem Ausgang bereitstanden. Zwischen ihnen verteilten sich die Jägerinnen. Sie schauten Steel an, als wäre er ein gefährliches Tier, das sie gleich zerfleischen wollten. Misstrauisch, abwartend, als ob sie sich jeden Moment auf ihn stürzen würden. So ziemlich jeder im Shuttle starrte ihn an, selbst Rhona! Eine seltsame Stimmung lag in der Luft, zudem eine unheilvolle Ruhe.

Fuck, hier stimmte etwas nicht.

Die meisten Huntress standen viel zu nah bei den Kriegern, und bei einer bemerkte er die Ausbuchtung an ihrem Stiefel sowie den schwarzen Griff eines Messers, wie es nur seine Männer besaßen.

Verflucht!

Überhaupt sahen alle Krieger und Jägerinnen sehr derangiert aus. Ihre Haare waren durcheinander, einige hatten Kratz- oder Bissspuren am Körper. Sie hatten doch nicht … Er zog sich die Maske ab und wusste sofort Bescheid. Der Geruch von Sex war allgegenwärtig.

Diese Miststücke hatten seine Männer in ihrer Gewalt!

»Okay, Krieger, raus mit euch, versammelt euch am Strand zur Lagebesprechung«, sagte er so ungerührt wie möglich. Im Shuttle saß er in der Falle, sollten sie auf ihn losgehen.

Rhona schlich an ihm vorbei, und als sich der Ausgang öffnete, war sie eine der Ersten, die nach draußen strömte. Die anderen folgten ihr, und Steel atmete auf, auch wenn er wegen Rhona ziemlich durcheinander war. Nur durfte er jetzt nicht an sie denken, er brauchte einen klaren Kopf.

Was sollte er tun? Er kam sich vor wie ein Schaf unter einem Rudel Wölfe.

Was würde das Schaf machen? Blieb er, würden sie ihn überwältigen, vielleicht sogar töten. Er wusste nicht, was die Huntress den Kriegern für Flausen in den Kopf gesetzt hatten.

Die einzige Alternative war Flucht. Er war nun allein im Schiff, er bräuchte bloß die Tür zu schließen und abzuhauen.

Dumm nur, dass das Shuttle erst auftanken musste. Da es hier keinen Treibstoff gab, dauerte es mehrere Stunden, bis sich die Batterien, die auch mit Solarenergie liefen, wieder voll waren.

Ihm blieb lediglich eine Option: Er musste dieses Schauspiel mitmachen, so tun, als hätte Rhona ihn ebenfalls bezirzt. Das hatte sie doch vorgehabt, oder?

Der plötzliche Sex mit ihr im Cockpit hatte nur dazu gedient, ihn ebenfalls auf ihre Seite zu ziehen oder ihn abzulenken. Dieses Miststück! Wahrscheinlich hatte sie das Ganze sogar angeleiert. Er hatte ihr vertraut, ihr geglaubt, dass sie tatsächlich Lust auf ihn hatte, und ihr Herz noch mehr an sie verloren.

Sie war eine Kriegswaffe, bloß als solche durfte er sie sehen. Er musste seine verdammten Gefühle heraushalten, wenn er die Mission retten wollte. Aber was konnte er allein gegen zwanzig Warrior und dreißig Huntress ausrichten?

Er dachte daran, wie sie ihn hatte an ihrer Brust trinken lassen. Das hatte ihm so viel bedeutet! Für ihn war das ein riesengroßer Vertrauensbeweis gewesen.

Offenbar konnte sie schauspielern, und wie! Aber das schaffte er auch.

Resolut verließ er das Shuttle und sprang ins knöchelhohe Salzwasser. Dank der Einsatzstiefel wurden seine Füße wenigstens nicht nass, doch bald würde seine Kleidung mit Schweiß durchtränkt sein. Feuchte Luft und Tropenhitze schlugen ihm entgegen. Das Klima war hier ganz anders; Steel kannte lediglich die trockene Wüste.

»Wir brauchen Macheten, um uns bis zur Forschungsstation durchzuschlagen.« Er trat ans Ende des Frachters und öffnete mittels Zahlencode den Laderaum. Gefüllt war er bis unter die Decke mit Rucksäcken voller Proviant, Waffen und anderen Ausrüstungsgegenständen.

Steel wusste, dass er ein verdammt hohes Risiko einging, den Männern und Frauen Zugang zu allen Waffen zu gewähren, aber beim kleinsten Zögern seinerseits würde sein Vorhaben ein jähes Ende finden.

Seine Männer statteten sich mit allem Nötigen aus und versammelten sich am Eingang des Waldes. Gleich nach dem Sandstrand ragte die grüne Hölle vor ihnen auf. Für Steel würde es ab jetzt tatsächlich ein Trip durch die Hölle werden.

Rhona hielt sich etwas abseits, und Steel wunderte sich, warum sie nicht längst auf und davon war. Wäre er nicht auf sie hereingefallen, säße sie nun im Gefängnis … oder läge immer noch gefesselt im Bett der Vergnügungseinheit. Wenn er daran dachte, wie sie ihn dort geritten hatte, steigerte das seine Wut. Sie hatte ihn von Beginn an ausgenutzt und ihm etwas vorgemacht. Und er war extrem wütend auf sich selbst, darauf reingefallen zu sein!

Er durfte nicht an sie denken, sondern nur an die nächsten Schritte.

Die Warrior und Huntress schauten allesamt skeptisch, verhielten sich aber ruhig. Gut, noch hatte er alles unter Kontrolle. Er musste unbedingt wissen, was gespielt wurde und welche Ziele sie verfolgten.

Steel ging zu Vigour, der neben einer Jägerin mit rostbraunem Haar stand. Steel konnte die meisten Warrior hinter ihren Masken nur anhand der aufgestickten Namen auf ihren Overalls unterscheiden. Persönlich kannte er die wenigsten, keiner von ihnen stammte aus der Einheit, in der er einmal gedient hatte.

Ihm fiel sofort auf, dass die Kriegerin neben Vigour eine angeschwollene Lippe hatte. Hektisch leckte sie sich über die Blutkruste und strich sich mit der anderen Hand durch ihr kinnlanges Haar. Hatte der Warrior sie gebissen?

Wieder flackerte ein Bild vor seinem geistigen Auge auf: er und Rhona, die sich wild geliebt und gebissen hatten. Ihr Blut hatte wie süßer Wein geschmeckt.

Wo war sie eigentlich? Steel entdeckte sie neben dem Frachtraum. Sie hatte tatsächlich eine Machete abgestaubt.

Er verkniff sich einen Kommentar, um keine schlechte Stimmung aufkommen zu lassen, dann begab er sich zu Vigour und drückte ihm einen Rucksack in die Hand, der den Sender enthielt. »Du steigst auf den Berg und nimmst Kontakt zum Präsidenten auf. Die Störsender blockieren unsere Übertragung.«

Zögerlich nahm er die Tasche an sich. Die Kriegerin schüttelte leicht den Kopf, und Vigour schenkte ihr einen Blick, der sagte: *Lass mich machen, Baby.* Dann wandte er sich an Steel. »Ich nehme Amber mit, wenn du nichts dagegen hast. Ich habe mich auf der Reise mit ihr unterhalten. Sie kennt die Insel gut und kann mich bestimmt schneller auf den Berg bringen.«

Die Kriegerin mit den rotbraunen Haaren nickte eifrig.

Bitch! Niemals ließ sie es zu, dass Vigour den Befehl ausführte. Sie sah eher aus, als würde sie mit ihm ungestört ein Schäferstündchen abhalten wollen. Steel roch, dass sie mehr als bereit dazu war. Trotzdem sagte er: »Okay, ihr stellt auf dem Berg den Sender auf, die anderen kommen mit mir. Zuerst sichern wir die Gebäude, danach schauen wir, ob alle Kinder hier sind und es jedem gut geht.«

Ihre Gruppe setzte sich in Bewegung. Steel gab ihnen die Koordinaten durch, in welcher Richtung die Station lag, danach ließ er sich zurückfallen.

Rhona hielt Abstand von ihm und schlug hier und da mit dem Buschmesser einen Zweig ab. Sollte sie es auch nur wagen, die Klinge auf ihn zu richten, würde er ihr einen ordentlichen Betäubungsschuss verpassen. Im Moment war er so wütend auf sie, dass er sie am liebsten übers Knie gelegt hätte, um ihren perfekten Hintern … Verdammt! Sie hatte ihn verhext.

Immerhin schien sie ein schlechtes Gewissen zu haben, oder warum bezirzte sie ihn nicht weiter und hielt sich von ihm fern?

Als sie sich traute, in seine Richtung zu sehen, gab er ihr mit einem Wink zu verstehen, zu ihm zu kommen. Er hielt an, die anderen liefen weiter, und er nahm Rhona, die tatsächlich anmarschierte, zur Seite. »Warum hast du mir verschwiegen, dass sich deine Schwestern während der Reise offenbar bestens mit meinen Männern vergnügt haben?«

Stockend atmete sie ein.

Ja, ich weiß alles, dachte er zornig, versuchte aber nach außen hin kühl zu bleiben.

Energisch reckte sie ihm ihr Kinn entgegen. »Ich hatte Angst, du würdest die Mission abbrechen.«

Irgendwie konnte er sie ja verstehen und ihre Reaktionen nachvollziehen, schließlich wollte sie ihr Kind zurück. Doch sie hätte zu ihm kommen sollen, um mit ihm darüber zu sprechen!

Er wartete, bis die anderen außer Hörweite waren und er keinen Krieger mehr durch die grüne Blätterwand erkannte, bevor er sagte: »Du weißt, dass ich alles tun würde, damit du dein Kind wiedersiehst.«

»Wirklich?« Sie klang plötzlich wütend und rammte die Machete vor ihm in den Boden. »Bisher waren Männer nämlich immer eine einzige Enttäuschung für mich.«

»Ich hab bisher alle Versprechen gehalten, oder nicht?«

»Meine Mädchen und ich holen jetzt unsere Insel zurück«, sagte sie, ohne ihn anzuschauen. »Du kannst uns helfen und bei uns bleiben, oder verschwinden.«

Aha, das wollten sie also. »Und wenn ich keine der beiden Möglichkeiten in Betracht ziehe?«

»Dann werde ich gegen dich kämpfen, Krieger.«

Ach, nun waren sie wieder bei »Krieger«!

Ihre Augen blitzten. »Wir wollen euren Kampf nicht, nur unser Leben weiterleben. Ein neues Leben, ohne Untersuchungen oder für irgendetwas benutzt zu werden. Und jeder, der uns daran hindert, wird aus dem Weg geräumt.« Sie verschränkte die Arme vor der Brust und richtete einen düsteren Blick auf das Buschmesser.

Noch bevor sie eine Dummheit anstellen konnte, schubste Steel sie von der Klinge weg. Rhona fiel nach hinten; er warf sich auf sie.

Als sie schreien wollte, drückte er ihr eine Hand auf den Mund. Sie zappelte unter ihm und boxte ihm in die Nieren, doch ihr Widerstand wirkte halbherzig.

»Wenn ihr Jägerinnen euch uns anschließt, würdet ihr nie wieder Versuchsobjekte sein!«

Hart schnaubte sie durch die Nase.

»Das ist längst auch euer Krieg, merkst du das nicht?« Er zog die Hand weg, damit er beide Arme frei hatte, um ihre Handgelenke zu ergreifen. Fest presste er sie neben ihrem Kopf in den weichen Waldboden.

Sie starrte ihn an, als wüsste sie genau, dass er recht hatte, aber sie schwieg.

Ob sie den Mund aufmachen würde, wenn er ihr seine beginnende Erektion zwischen die Lippen schob? Zwischen diese perfekt geschwungenen, herrlich weichen Lippen … Die Dschungelhitze verwirrte seinen Verstand, denn er wollte am liebsten aus der Kleidung schlüpfen und Rhona ficken.

Sie gehörte ihm! Nie wieder sollte sie einen anderen außer ihm haben, keinen anderen Mann mehr zwischen ihre Schenkel lassen. Er hätte für sie gekämpft, sein Leben für sie gegeben, weil sein Besitzanspruch eine Urgewalt besaß, die er kaum bändigen konnte.

Doch sie hatte alles zwischen ihnen zerstört. »Hast du die Jägerinnen auf diese Idee gebracht?«

»Ich musste niemanden überreden, wir ticken alle gleich, Krieger! Und jetzt lass mich zu meinen Schwestern!« Sie versuchte, sich aus seinem Griff zu winden, und die Reibung ihres Körpers sorgte leider für noch mehr Kribbeln in seinen Lenden.

Der Präsident vertraute ihm, genau wie er diesen Männern vertraut hatte! Würde er sie wieder zur Vernunft bringen können? Er besaß selbst noch genug klaren Verstand, um zu erkennen, was die Huntress für ein Spiel trieben. Diese chemische Anziehung ließ sich offenbar nicht ausschalten, aber Rhona hatte ihn nicht zu seinem Schoßhündchen machen können. Warum?

Nichtsdestotrotz waren die Huntress eine gefährliche Waffe. Zwar hatte Murano nicht sein Ziel erreicht, doch die Jägerinnen hatten ihre »Begabung« kurzerhand für ihre eigenen Zwecke verwendet. Und Rhona hatte mitgespielt. Selbst jetzt wusste sie, was sie tat, versuchte ihn mit ihrem weiblichen Körper zu manipulieren.

»Ich bin viel stärker als du, Rhona, du hast keine Chance gegen mich.«

»Du hast mich noch nicht wirklich wütend erlebt, Krieger!«

Oh doch, das hatte er. Wahrscheinlich würde er nie vergessen, wie sie mit der Eisenstange die Scannereinheit verprügelt und ihn anschließend gefesselt hatte. Wenn er daran dachte, wurde er noch schärfer auf sie. Sie hatte Feuer im Blut, aber das hatte er auch! Leider war sie nicht so perfekt, wie er gedacht hatte. »Kein Wunder, dass Havoc jede von euch durchprobiert hat, ihr seid wohl alle solche falschen Schlangen.«

Sofort erstarb ihre Gegenwehr. Mit aufgerissenen Augen starrte sie ihn schockiert an.

Er merkte zu spät, dass er sie schwer verletzt hatte.

Ach, er würde auch kein Wort zurücknehmen! Dafür war er immer noch viel zu wütend, und ihr Blick, der ihm mitten ins Herz geschnitten hatte, war doch auch wieder nur Taktik gewesen!

Sie kniff die Lider zusammen und zeigte ihm ihre kurzen Fänge. »Und du bist kein bisschen besser als er!«

»Belüg dich nicht selbst, Weib, ich spüre, wie du auf mich reagierst, selbst jetzt willst du mich.«

Ihr schwerer Atem stieß gegen sein Gesicht. »Dann nimm mich, Krieger, fick mich, du willst es doch ebenso!«

Er stand wirklich kurz davor. Wenn es nach seinem Schwanz ginge, würde er ihr die knappe Hose herunterreißen und sofort in sie tauchen. Aber dann hätte sie gewonnen, dann würde er womöglich nicht mehr von ihr lassen können. Verflucht!

»Diesen Gefallen tu ich dir gewiss nicht. In Zukunft lass doch deine Freundin wieder an dir herumspielen.« Abrupt stand er auf und schaute verächtlich auf sie hinab. »Kriech zurück in dein Schlangennest und werde glücklich.«

Mit diesen Worten drehte er sich um und lief den Weg zurück zum Strand, von dort würde er die Richtung einschlagen, die Vigour und Amber genommen hatten. Er musste dem Präsidenten Bescheid geben, und dazu brauchte er zuerst den Sender.

Auch wenn es ihn sämtliche Willenskraft kostete, schaffte er es, sich nicht umzublicken. Er hörte, wie Rhona von ihm wegrannte, dem Trupp hinterher.

Fuck, es fühlte sich an, als würde jemand sein Herz zerquetschen.

Steel lief schneller, bis sein Schädel pochte und Schweiß aus jeder Pore drängte. Diese Hitze war ungewohnt, trotzdem gab er noch mehr Gas, um seinen verräterischen Körper unter Kontrolle zu bringen.

Rhona war Geschichte. Er musste sie vergessen.

***

Bereits zehn Minuten später hatte er Vigour und Amber entdeckt. Er konnte es fast nicht glauben, aber sein Mann marschierte tatsächlich den Berg hinauf. Der Anstieg war nicht allzu steil, und Vigour kam gut voran, denn hier gab es einen Trampelpfad, der im Zickzack zwischen dem dichten Gestrüpp, den baumdicken Lianen und riesigen Bäumen nach oben führte.

Steel hielt sich bedeckt und folgte ihnen in ausreichend Abstand, um ihr Gespräch zu belauschen. Da Vigour keine Gasmaske trug, verstand er ihn ausgezeichnet.

»Ich muss den Sender aufbauen.« Der schwarzhaarige Krieger blieb stehen und nahm Ambers Hand. Als er sich zur Seite drehte, bemerkte Steel, dass auch seine Lippe verletzt war.

Lasziv rieb sie sich an ihm. »Nein, du musst mich ficken.«

»Das mach ich, aber erst muss ich …« Sie erstickte seine Proteste mit wilden Zungenküssen.

Vigour schob die Finger in ihr Haar und erwiderte ihre Leidenschaft, doch danach drückte er sie von sich. »Bitte, mach es mir nicht so schwer, Amber.«

Vigour schien ebenfalls noch bei Sinnen zu sein, zumindest halbwegs. Seine Erregung zeichnete sich unverkennbar durch die Hose ab.

»Du hast versprochen, uns zu helfen!« Amber schmollte, während er weitermarschierte.

»Das werde ich, aber Pearson muss informiert werden, sonst schickt er womöglich noch mehr unserer Männer.«

Steel zog seine Pistole und stellte sie auf »Betäuben«. Sagte Vigour das nur, um die Huntress zu beschwichtigen?

Da er nicht wusste, ob er dem Mann trauen konnte, blieb ihm nichts anderes übrig, als ihn vorerst aus dem Spiel zu nehmen.

Manchmal hasse ich meinen Job, dachte er, dann drückte er ab.

Der Elektroblitz traf Vigour am Hinterkopf, und es tat Steel in der Seele weh, einen von seinen Männern hinterrücks zu erschießen. Aber er durfte kein Risiko eingehen. Sofort sackte der Krieger auf die Knie, bevor er der Länge nach auf den Weg fiel.

»Vig!«, rief Amber, hockte sich neben ihn und rüttelte an seiner Schulter. Dabei schaute sie erschrocken in Steels Richtung. Hektisch versuchte sie, ein Messer aus Vigours Holster zu bekommen, doch noch bevor es in ihrer Hand lag, sackte sie neben dem Krieger zusammen. Steel hatte ihr ebenfalls eine Ladung Elektrizität verpasst.

Er sprintete zu ihnen, um ihre Vitalfunktionen zu checken. Amber war bewusstlos, aber der Warrior schaute ihn an.

Steel nahm ihm den Rucksack ab und drehte den gelähmten Krieger auf den Rücken. »Tut mir leid, Kumpel. Ich weiß nicht, ob ich dir trauen kann.«

Vigour öffnete leicht den Mund und schielte zur Huntress, doch kein Ton kam über seine Lippen.

»Ihr geht es gut, sie wird wieder aufwachen.« Nach seinen Worten glitt auch Vigour ins Reich der Träume.

Steel nahm ihm noch den Kommunikator ab, damit er niemanden aus der Truppe warnen konnte, wenn er zu sich kam, und schulterte den Rucksack. Sollte er die beiden hier einfach so liegen lassen? Außer Mücken und Ameisen hätten sie wohl nicht viel zu befürchten.

Womöglich konnte er in einer Stunde zurück sein. Dank des Weges würde er den Anstieg in der halben Zeit schaffen. Daher beschloss er, Vigour und Amber aneinanderzufesseln, solange sie noch bewusstlos waren, und auf dem Rückweg nach den beiden zu sehen.

***

Rhona kämpfte mit den Tränen. Sie war wütend, zutiefst verletzt und enttäuscht. Steel hielt sie für eine falsche Schlange! Seine harten Worte hatten tief in ihr Herz geschnitten.

Sie war ja selbst schuld an der Misere und hatte das vorhergesehen. Dennoch tat es weh, sich auf diese Art von ihm getrennt zu haben.

Soll er doch bleiben wo der Pfeffer wächst, dachte sie und schloss sich ihren Schwestern an. *Ich muss an Hope denken, gleich habe ich ihn wieder. Einen weiteren Mann brauche ich ohnehin nicht in meinem Leben.*

Als sie Shaya erreichte, die sie mit ihrem braunhaarigen Krieger – wie hieß er eigentlich, ach: Seth – am Kopf der Gruppe traf, ballte sich ihr Magen zusammen. Shaya grinste den Kerl an, als wäre sie bis über beide Ohren in ihn verliebt. Seth grinste genauso dämlich zurück und ergriff ihre Hand.

Rhona verkniff sich einen dummen Spruch. Sie hatten diese Krieger für sich einnehmen wollen, damit sie mit ihnen um ihre Insel kämpften, aber nun schienen die Männer ihre Schwestern genauso bezirzt zu haben! Wohin sie schaute: heiße Blicke, harte Nippel und Beulen in den Hosen … Zum Glück hatten sie sich im Shuttle bereits ausgetobt, ansonsten würden sie wohl alle übereinander herfallen.

Tia, die es im Schiff gleich mit zwei Kriegern getrieben hatte, wurde von genau diesen beiden Typen flankiert. Der mit den langen schwarzen Haaren gaffte ihr auf den Hintern, der andere mit dem Stoppelkopf auf die Brüste. Tia hatte ihr Oberteil nicht ganz zugeschnürt und bot den Männern tiefe Einblicke.

Während ein paar Warrior auf eine Frau fixiert zu sein schienen, gab es welche, die mehrere anstarrten. Nur sie nicht. Keiner der Kerle beachteten sie wirklich, als hätte sie etwas Abstoßendes an sich. *Und wenn schon, umso besser …*

Was Steel wohl vorhatte? Ob er zum Shuttle zurücklief und nach White City flog?

»Passt auf«, sagte Shaya plötzlich und streckte die Arme zu den Seiten aus.

Abrupt blieb ihre Gruppe stehen.

»Mädels, da stimmt was nicht!« Shaya deutete auf ein gespanntes Drahtseil.

Rhona hätte es wohl wegen all ihrer Wut nicht bemerkt. Zum Glück schien sich ihre Schwester noch ein Quäntchen Auffassungsvermögen bewahrt zu haben.

Was war das? Eine Stolperfalle? Oder ein Frühwarnsystem?

Alle reckten ihre Nasen in die Luft und schnüffelten. Rhona nahm den unbekannten Duft ebenfalls wahr. »Hier waren vor Kurzem fremde Männer.«

»Warrior.« Shaya senkte die Stimme. »Vielleicht sind sie noch in der Nähe.«

Ihr Herz raste. Warum waren Krieger auf ihrer Insel? Bisher hatten Menschen auf sie aufgepasst. Oder hatte dieser Präsident ihnen nicht vertraut und noch ein Shuttle voller Kämpfer geschickt?

Sie bedeutete den anderen, von nun an lautlos weiterzugehen. Die Station war nicht mehr weit entfernt. Dabei klopfte ihr Puls so hart, dass ihr schwindelig wurde. Ihre Knie zitterten, und sie wollte am liebsten loslaufen und ihren Sohn suchen, doch sie durfte nicht unüberlegt handeln. Zuerst mussten sie herausfinden, was hier gespielt wurde.

Als sich der Dschungel lichtete, bemerkte sie sofort den Maschendrahtzaun, der provisorisch um das ganze Areal gezogen war. Das leise Summen zeugte davon, dass das Drahtgeflecht unter Strom stand.

Verdammt, sie waren keine zwei Tage weg gewesen und schon hatte sich hier alles verändert? Oder war das lediglich eine Sicherheitsvorkehrung, damit ihnen nichts passierte? Hatten die Senatoren aus New World erfahren, dass Pearson sie angreifen wollte? Bisher hatten sie sich schließlich relativ frei auf der Insel bewegen dürfen.

Als sie drei Jägerinnen erblickte, die um das fünfeckige, weiß gestrichene

Hauptgebäude herumgeführt wurden, wobei zwei Warrior in Gasmasken ihre Waffen auf sie richteten, wusste sie, dass diese Männer nicht ihre Freunde waren. Zwar waren ihre Schwestern nicht gefesselt, aber sie sahen nicht glücklich aus.

»Wo habt ihr mein Kind hingebracht?«, fragte eine, die Rhona als Laika identifizierte. »Wo ist Lara? Was habt ihr mit ihr vor?«

Der Krieger schubste sie mit dem Lauf der Waffe an. »Sei froh, dass du den Quälgeist los bist.«

Laika weinte. »Ich will mein Kind zurück!« In ihrer geheimen Sprache sagte sie zu den anderen beiden: »Wir müssen etwas unternehmen!« Dann verschwanden sie durch die massive Glastür im Gebäude.

Lara war weg?

Rhona glaubte zu ersticken und eisige Schauder krochen über ihre Haut. Sie hatten Laika die Tochter weggenommen? Fehlten noch mehr Kinder?

Sie dachte daran, wie Tammy damals gelitten hatte, als sie erst ihren Sohn Blaze, danach ihren Gefährten Hunter verloren hatte.

Nein, Hope war bei Tammy, ganz bestimmt. Rhona musste die aufsteigende Panik unterdrücken, oder sie würde sofort den Zaun durchbrechen und auf die Krieger zustürmen – was ihr Todesurteil wäre.

Sie erkannte fünf weitere Warrior in Gasmasken, die sich im Areal verteilten. Wenigstens konnten sie sie dadurch nicht wittern. Sie trugen alle Schutzwesten und hielten Maschinenpistolen.

»Verschafft mir einen schnellen Überblick«, sagte Seth, der sich hier offenbar als Anführer sah. Noch etwas, das ihr nicht passte, schließlich hatten die Mädels sie zur Anführerin gemacht.

Steel hatte den Kriegern den Plan ihres Dorfes nicht gezeigt, als ob er geahnt hätte, dass seine Männer von den Huntress eingenommen wurden. Aber das machte nichts, denn Shaya erklärte Seth bereits alles.

Sie deutete auf das Haupthaus, auch »Station« genannt, in der die Frauen mit den Kindern ihre Unterkünfte hatten. In dem riesigen Gebäude befanden sich auch zwei unterirdische Stockwerke mit Forschungseinrichtungen und Überwachungsräumen. Des Weiteren gab es ein großes Lager sowie das Wohnhaus der anderen Kriegerinnen, die kinderlos waren, einen Hort für die Kleinen und einige Hütten, in denen zum Beispiel Stromgeneratoren standen.

»Aufklärung«, flüsterte Seth einem weiteren Mann zu. Daraufhin verschwanden sie in entgegengesetzten Richtungen im Wald.

Als sie zehn Minuten später zurückkamen, sagte Seth aufgebracht: »Verflucht, ich bin im Dschungel auf eine Patrouille gestoßen. Der Krieger war bis an die Zähne bewaffnet, und überall gibt es diese Frühwarnsysteme, der halbe Wald ist mit Draht durchzogen. Daher habe ich sofort einen Betäubungsschuss auf den Warrior abgefeuert, aber der zeigte keine Wirkung! Auch meine Kugeln schienen an ihm abgeprallt zu sein.«

Shaya krallte die Finger in seinen Arm. »Du meinst, sie haben Schutzschilder?«

»Das vermute ich. An ihrer Brust war so ein kleines rundes Gerät befestigt. So was habe ich noch nie zuvor gesehen.«

»Hast du Kinder gesehen?« Rhona wollte ihn am liebsten rütteln.

Er schüttelte den Kopf. »Keine Kinder, nur Krieger. Euer Dorf wirkt wie ausgestorben.«

Als plötzlich eine Sirene ertönte, wandten alle die Köpfe zum Zaun. Mehrere Wachen versammelten sich vor dem Forschungszentrum und deuteten in ihre Richtung.

»Rückzug!«, rief Seth, woraufhin sie in den Urwald zurückrannten.

Rhona blieb in seiner Nähe, genau wie Shaya.

»Es sind zu wenige Krieger hier, um das Areal wirksam zu verteidigen«, erklärte Seth. »Zumindest haben wir nur fünfzehn gezählt plus dreißig normale Wachen. Wie viele in den Gebäuden sind, wissen wir nicht. Aber jetzt ist mir klar, warum sie nicht mehr Warrior brauchen. Sie sind quasi unverwundbar.«

»Jeder hat eine Schwachstelle«, sagte Rhona. Ihre war Hope. Und Steel. Selbst nach ihrem Streit vermisste sie ihn und wäre jetzt froh, wenn er an ihrer Seite wäre.

»Kommt ihr irgendwie an Waffen ran?«, wollte Seth wissen.

Rhona nickte. Im Wald hatten sie ein Versteck, in dem ihre Bogen lagen. Ihre Schwestern und sie liebten es, auf die Jagd zu gehen, wann immer sie Freigang hatten, bloß Waffen hatten sie nur während ihrer Ausbildung bekommen oder wenn sie auf dem Übungsgelände innerhalb des Areals trainierten. Daher hatten sie sich kurzerhand selbst welche gefertigt.

Seth checkte sein Gewehr. »Wie viele von euch sind hier zurückgeblieben?«

»Vierzig Frauen und dreißig Kinder«, antwortete Shaya.

»Wir haben genug Schusswaffen und Munition dabei, ihr könnt auch von uns welche haben.«

Shaya fuhr sich über ihr kurzes Haar. »Wir haben nie gelernt, damit umzugehen.«

»Dafür sind wir die Königinnen des Bogenschießens«, erklärte Rhona und machte sich mit ihren Schwestern auf zu dem abgedeckten Erdloch, in dem sie ihre Waffen versteckten. Sie war in Kampfstimmung; endlich wurden sie für einen echten Einsatz gebraucht. Sie musste nur an Laika denken und ihr trauriges Gesicht, weil sie ihr das Kind weggenommen hatten. Es wurde Zeit, sich Luft zu machen …

17. Die Insel / Kontakt

»Sir, können Sie mich hören?«, fragte Steel ins Mikrophon, nachdem er bisher nur ein Rauschen vernommen hatte. »Mr. President?«

Er befand sich auf dem höchsten Punkt der Insel. Von hier oben hatte er einen wunderbaren Blick über das grüne Eiland und konnte sogar das Dach der Station sehen, einen fünfeckigen weißen Kasten mitten auf einem gerodeten Platz im Dschungel. Außerdem erkannte er die Silhouette der Nachbarinsel, auf der irgendwo New World City lag.

Verflucht, die Übertragung klappte einfach nicht. Steel hatte die schmale Antenne des kleinen Metallkastens bis auf zwei Meter ausgefahren und drehte an verschiedenen Reglern herum. Das Gerät hatte schon einige Jahrzehnte auf dem Buckel, aber angeblich sollte ihnen die veraltete Technik von Vorteil sein, weil niemand vermuten würde, dass sie über diese Kanäle sendeten.

Das Knistern erstarb, und Pearsons Stimme drang leicht verzerrt aus dem Lautsprecher. »Steel!«

Endlich! »Wir haben die Insel erreicht, doch hier gibt es Störsender.«

»Ich verstehe Sie, sprechen Sie bitte langsam und deutlich.«

Er räusperte sich. »Wir sind pünktlich angekommen, aber …« Verdammt, er hasste es, unschöne Nachrichten überbringen zu müssen. »Die Huntress haben sich an meine Männer herangemacht. Sie stehen unter ihrer Fuchtel.«

Ein Fluch hallte durch den Äther. »Und was ist mit Ihnen?«

»Ich scheine irgendwie gegen diese Hormonsache immun zu sein. Von allen Frauen interessiert mich nur Rhona, doch meinen freien Willen kann sie nicht beeinflussen. Vielleicht bin ich nicht allein, Vigour hat sich ähnlich verhalten. Die Jägerinnen wollen mit Hilfe der Männer ihre Insel einnehmen, uns allerdings in keinster Weise unterstützen.« Mit dem Handrücken wischte er sich den Schweiß von der Stirn. Hier schützte ihn kein Blätterdach und die Sonne knallte auf ihn herab. »Wenn ich wüsste, was mich gegen die Jägerinnen immun macht, könnte ich vielleicht meine Männer wieder zurückbekommen.«

»Ich werde sofort Mark darauf ansetzen. Haben Sie noch irgendwelche Informationen, die ihm dabei nützlich sein können?«

Er dachte an die Bisse und erzählte Pearson davon. »Ist es möglich, dass zwischen einer Huntress und einem Warrior eine spezielle Bindung existieren könnte, sodass man nur auf eine einzige Frau fixiert ist?«

»Sie haben also quasi jeder das Blut des anderen gekostet?«

»Ja«, gestand er und riss sich die Schutzweste herunter. Ihm war verdammt heiß. »Vigour offenbar auch, er und die Jägerin hatten Bissspuren an den Lippen.«

»Das gebe ich sofort Mark weiter, er soll gleich schauen, was er mit diesen Neuigkeiten anfangen kann. Wir sind auch noch dabei, die Daten der implantierten Huntress-Chips auszulesen, denn sie sind alle mit einem Code verschlüsselt.« Pearson klang aufgeregt. »Wie sieht nun Ihr Plan aus, Steel?«

»Ich werde mich zuerst umsehen, zur Station schleichen und die Lage checken und Ihnen dann wieder Bericht erstatten.«

»Wenn Sie Unterstützung brauchen …«

»Ich werde mit den Weibern schon fertig, Sir.« Über seine Kameraden zerbrach er sich eher den Kopf. »Sollte ich mich innerhalb von fünf Stunden nicht melden, dürfen Sie sich Sorgen machen.«

»Okay, ich vertraue Ihnen, Steel, Sie sind einer meiner besten Männer. Sie schaffen das.«

»Danke, Sir.« Der Präsident hielt sehr viel von ihm, daher wollte er ihn nicht enttäuschen.

»Sollten Sie trotzdem weitere Männer benötigen, zögern Sie nicht, mir Bescheid zu geben.«

»Das werde ich, Sir.« Er hätte jetzt gerne seinen besten Kumpel an seiner Seite. »Haben Sie etwas von Fire gehört?«

»Fire und Ice sind mit Yana zurückgekehrt.«

»Gott sei Dank«, murmelte Steel. Er öffnete den Overall ein Stück, um das T-Shirt darunter auszuziehen. Er ersetzte es durch ein Shirt aus Aramid, das er aus dem Rucksack geholt hatte. Das dünne Gewebe war kugel- und stichfest und bei dieser Hitze viel angenehmer zu tragen.

»Fire war verletzt und wird noch operiert, aber sein Zustand ist stabil. Ihm geht es den Umständen entsprechend gut.«

Steel atmete auf.

»Und wir haben Verbündete in New World: Tarek und Jazz. Merken Sie sich die Namen, vielleicht können sie Ihnen noch nützlich sein. Die beiden haben auffälliges Haar: Jazz trägt einen grellblauen Irokesen und Tarek hat langes Haar mit zweifarbigen Strähnen, braunen und blonden.«

Das waren alles gute Neuigkeiten. Hoffentlich waren sie ein gutes Omen. Er konnte jetzt alles Glück der Welt brauchen.

Nachdem er alles mit Pearson besprochen hatte, packte Steel den Sender wieder ein und versteckte ihn in der Nähe. Danach wischte er sich mit seinem T-Shirt über das Gesicht. Verdammte Hitze.

Plötzlich hörte er in weiter Entfernung Schüsse. Waren die von der Forschungseinrichtung gekommen oder spielte ihm sein durchgekochtes Gehirn Streiche?

Rhona … Er schnappte nach Luft. Was, wenn ihr etwas passiert war? Sofort machte er sich auf den Rückweg und lief den schmalen Bergpfad hinunter. Er würde es sich niemals verzeihen, wenn ihr etwas zustieß. Auch wenn sie im Streit auseinandergegangen waren, wollte er nicht, dass sie verletzt wurde … oder Schlimmeres.

Er hörte Vigour und Amber bereits von Weitem; die beiden waren in ein Gespräch vertieft.

Na ja, eigentlich stritten sie sich.

»Versuch an mein Messer zu kommen, Amber«, sagte sein Bruder, aber die Huntress stellte sich stur.

»Damit du mir in den Rücken stechen kannst?«

»Ich würde nie etwas tun, das dich auf irgendeine Weise verletzt, Weib.«

»Das hast du schon! Und nenn mich nicht *Weib*!«

Als Steel in ihre Sichtweite kam, wirbelten ihre Köpfe zu ihm herum. Die beiden lagen immer noch aneinandergefesselt auf dem Pfad.

»Hey, Mann, schieß nicht wieder auf uns!«, rief Vigour.

Steel marschierte mit gezogener Waffe auf sie zu. »Ich weiß nicht, ob ich dir vertrauen kann, Bruder.«

»Ich schwöre bei meiner Kriegerehre, dass ich deinen Befehlen folgen werde.«

»Du bist ein mieser Verräter!«, spie ihm die Huntress entgegen.

Vigour wirkte sehr zerknirscht. Seufzend ließ er den Kopf sinken. »Amber, wir finden eine Lösung, die allen gerecht wird. Bestimmt.«

»Ich will nichts mehr mit dir zu tun haben!« Mit tränennassen Augen schaute sie zu Steel auf. »Schneide mich endlich von diesem Lügner los!«

Vigours Lider verengten sich. »Du warst doch diejenige, die mich manipuliert hat! Du wolltest, dass ich nach deiner Pfeife tanze.«

Woher kam Steel das nur bekannt vor … »Könnt ihr euren Streit vertagen? Wir müssen los. Ich glaube, im Lager der Huntress bahnt sich Ärger an.«

»Danke, Bruder«, sagte der Krieger, als er ihn befreite. »Ärger?«

»Ich habe Schüsse gehört.«

Kaum hatte er auch Ambers Fesseln durchgeschnitten, gab sie Vigour eine Ohrfeige. »Ich hasse dich!«

»Reiß dich zusammen«, zischte er und packte sie an den Handgelenken.

Die Huntress sah unentschlossen aus. Offenbar wusste sie nicht, ob sie ihn küssen oder erneut schlagen sollte.

Vigour zog sie an seinen Körper und sagte sanfter: »Ich muss meinen Auftrag erledigen. Aber ich werde alles mir Mögliche tun, damit ihr eure Insel behalten könnt. Wir hätten sie euch sowieso nicht weggenommen. Vielleicht habt ihr ja ein bisschen Platz für uns?« Er senkte den Kopf und raunte in ihr Ohr: »Müsste doch gehen, wenn wir alle ein wenig zusammenrücken. Ich brauch auch nur einen klitzekleinen Raum. Eigentlich würde es mir reichen, in deinem Bett zu liegen.« Zärtlich kraulte er ihren Nacken.

Der Mann war gut, er wusste, wie er sein Mädchen beruhigen konnte. Amber schnurrte wie ein Kätzchen. Doch sie mussten los! Steel räusperte sich.

»Okay, ich helfe dir und du hilfst uns«, antwortete sie leise und unterdrückte ein Lächeln, »aber ich hasse dich trotzdem.«

Vigour grinste. »Du kannst deine Wut später an mir auslassen und mit mir machen, was du willst.« Nach einem gierigen Kuss, der Steel schmerzhaft daran erinnerte, was er mit Rhona hatte, ließ Vigour sie los.

Steel seufzte. Vielleicht hätte er nicht so gemein zu Rhona sein dürfen. Irgendwie hatte er das Gefühl, dass es ihr gerade sehr schlecht ging. Er spürte eine Leere in seiner Brust und ein fast schon schmerzhaftes Reißen, als hätte man ihm etwas Wertvolles weggenommen.

***

Wie in Trance hatte Rhona die letzten Minuten erlebt. Vier feindliche Warrior waren ihnen im Dschungel entgegengekommen, und es hatte sich schnell bestätigt, dass herkömmliche Schusswaffen nichts ausrichten konnten. Ganz anders als ihre Holzgeschosse. Rhona und ihre Schwestern hatten Schnüre an die Pfeile gebunden und damit auf die runden Geräte gezielt, die offenbar das Schutzfeld aufbauten. Nachdem sich der Pfeil hineingebohrt und sie die Schildgeneratoren abgerissen hatten, waren ihre Krieger zum Zug gekommen und hatten die Männer betäubt.

Ihre Schwestern hätten sie am liebsten alle getötet, doch die Warrior hatten vom Präsidenten den Befehl bekommen, die Opferzahlen gering zu halten. Die Krieger aus New World standen unter schädlichem Einfluss; sie könnten allerdings auf ihre Seite geholt werden. Jeder zusätzliche Kämpfer wäre ein Gewinn für White City. Außerdem wollte Pearson sie verhören.

Steels Männer fesselten sie und liefen mit den Frauen weiter zur Forschungseinrichtung. Eine Sprenggranate riss ein Loch in den Maschendrahtzaun; mehr Krieger strömten ihnen entgegen. Und auf dem Dach landete ein Shuttle. Rhona konnte lediglich zwei Warrior mit auffälligem Haar wahrnehmen und Senator Murano. Schnell verschwanden die drei in dem Gebäude.

Was machte Murano hier? Sie hatte keine guten Erinnerungen an den Mann, denn immer wenn er hier auftauchte, passierte etwas Schlimmes, wie zum Beispiel Hunters Verschwinden oder das von Tammys Sohn Blaze.

Rhona zog einen selbstgeschnitzten Pfeil nach dem anderen aus ihrem Lederköcher und zielte auf die Schildgeneratoren. Wer hätte gedacht, dass ihre einfachen Holzbogen einmal zu etwas anderem dienen würden als zum Jagen kleiner Tiere?

Rhona kam erst wieder richtig zu sich und hielt in ihren Bewegungen inne, als sie im Hintergrund Tammy bemerkte, die aus dem Fenster des Nebengebäudes – es war eines der Lebensmittellager – winkte und rief: »Sie haben Hope! Sie haben acht Kinder mitgenommen!«. Dabei schwangen ihre zahlreichen blonden Zöpfchen wild um ihren Kopf.

Was hatte Tammy gesagt?

Rhona glaubte zu ersticken.

»Rhona, sie haben die Kinder! Sie haben sie sofort unter die Kuppel gebracht, nachdem ihr abgereist seid, und die restlichen wollten sie auch bald holen!«, rief Tammy erneut, bevor sie sich ins Lager zurückzog. Es flogen zu viele Pfeile und Kugeln durch die Luft.

Nein … Nein!

Sie wankte und suchte hinter einem Baumstamm Schutz, um Luft zu holen. Plötzlich wog ihr Bogen zu viel, und sie ließ den Arm sinken.

Ihr Baby war nicht hier? Hope war weg? Bei diesen Ärzten in New World?

Murano … Er hatte von Anfang an gewusst, dass er sie in den sicheren Tod schickte und sie ihre Kinder nie wieder sehen würden. Was hatte er mit ihnen vor?

Das ist auch euer Krieg, Rhona, hallten Steels Worte durch ihren Kopf.

Ja, jetzt war er es!

Die Ärzte hatten Tammy versprochen, dass sie Blaze zurück bekommen würde, doch sie hielten sie seit drei Jahren hin und zeigten ihr höchstens Videoaufzeichnungen, wie er mit anderen Kindern im Unterricht saß und lernte, oder wie er komplizierte Berechnungen durchführen und Intelligenztests absolvieren musste. Niemals sah sie ihn spielen oder lachen.

Keine von ihnen würde ihr Kind behalten dürfen, das wurde Rhona plötzlich klar. Sie waren lediglich Gebärmaschinen, die eine neue Kriegswaffe ausbrüteten.

Sterben … Sie sollten alle sterben! Die Ärzte, Wissenschaftler und die Wachmänner! Und dann würde sie mit Tammy ins Shuttle steigen und nach New World fliegen, um sich ihre Kinder zurückzuholen!

Sie trat aus dem Schatten der Bäume, spannte den Bogen und zielte auf den Kopf eines Kriegers, der einer ihrer Schwestern ins Bein geschossen hatte. Es war Mara, blutend lag sie auf dem Boden. Der Mann richtete sein Gewehr auf sie … Rhona ließ den Pfeil los.

Der Kerl hatte ihn kommen sehen, denn im letzten Moment zog er den Kopf zurück, sodass lediglich seine Gasmaske durchbohrt und vom Gesicht gerissen wurde. Verdammt! Rhona hatte große Lust, jemanden zu töten.

Mara trat ihm gegen das Schienbein, und der Krieger warf sich knurrend auf sie.

Gerade als Rhona ihm mit einem zweiten Pfeil den Garaus machen wollte, gab ihr Mara mit einem Handzeichen zu verstehen, nicht zu schießen.

Der Warrior hob Mara auf die Arme und verschwand mit ihr im Hauptgebäude.

Was zum … Sie zwinkerte. Hatte der Krieger Mara angelächelt? Und hatte Rhona verstanden, dass er sich um Maras Wunde kümmern wolle?

Da wurde ihr klar, dass der Mann unter dem Bann der Huntress-Hormone stand.

Hätte das nur bei den Ärzten auch funktioniert! Rhona kam sich hilflos wie ein Baby vor. Wenn Steel doch bei ihr wäre! Er strahlte Ruhe und Stärke aus wie kein anderer, den sie kannte. Selbst Seth konnte ihm nicht das Wasser reichen, niemand konnte das. Für Rhona würde Steel immer der Größte und Beste in allem sein. Weil … sie ihn liebte.

***

»Vigour, gib mir Deckung, ich muss ins Hauptgebäude«, sagte Steel zu seinem Bruder, der sich mit Amber hinter einem Busch duckte. Steel hatte sich hinter einem Baum versteckt.

Die Jägerinnen, seine Männer und die Krieger aus New World lieferten sich einen eisernen Kampf, wobei er aktuell nur noch drei der fremden Soldaten ausmachen konnte. Zwei hielten vor der Forschungsstation die Stellung, ein dritter befand sich in der Nähe des Lagers. Und obwohl sie in der Unterzahl waren und mehrere seiner Leute auf sie feuerten, gingen sie nicht zu Boden. Die Energiegeschosse schienen einfach über ihren Körper zu wandern, Kugeln abzuprallen.

Plötzlich zischte ein Pfeil auf einen der Wachmänner zu, traf das kleine Gerät auf dessen Brust und riss es herunter. An dem Pfeil hing eine Schnur!

Beim nächsten Betäubungsschuss brach der Mann zusammen.

»Die haben Schutzschilder!« Vigour starrte ihn ungläubig an. »Hast du so was schon mal gesehen?«

Steel konnte es selbst nicht fassen. Das war eine Technik, die sie in White City nicht besaßen. »Ich hab noch nicht mal davon gehört!«

Der zweite Wachmann vor der Tür wurde auf dieselbe Weise ausgeschaltet, wobei er zuerst zwei Pfeile mit dem Arm abgewehrt hatte.

»Wir können«, sagte Vigour, aber Steel blieb in seinem Versteck.

Ihm stockte der Atem. Etwa dreißig Meter links von ihm, am Waldrand, stand Rhona, den Blick hochkonzentriert, und offenbar war sie sehr wütend. Sie hatte die Lider zusammengekniffen, ihr Gesicht wirkte wutverzerrt. Trotzdem sah sie wunderschön aus. Was für eine Frau – was für eine Kriegerin! Ihre Brust hob sich und die Bauchmuskeln spannten sich an, als sie einen neuen Pfeil einlegte und zielte.

Anscheinend hatte sie ihn noch nicht bemerkt, denn ihre ganze Konzentration galt dem feindlichen Bruder vor dem Lager. Der versuchte, in das Gebäude zu gelangen, doch er schaffte es nicht, die Tür war von innen verriegelt.

Rhona schoss dem Warrior zuerst in den Oberschenkel, aber er riss den Pfeil heraus, als hätte ihn nur eine Nadel gepikst. Ihr zweiter Schuss durchbohrte seinen Arm. Als er den Oberkörper drehte, um den Bolzen herauszuziehen, verpasste sie dem Schildgenerator einen Pfeil. Das Gerät sprühte Funken – und sofort feuerte einer von Steels Brüdern aus nächster Nähe einen Betäubungsschuss ab. Der feindliche Warrior zuckte und kippte vornüber.

»Tammy!«, rief sie und rannte zum Lagerhaus.

Als der Soldat am Boden wie in Zeitlupe nach seiner Pistole greifen wollte, die ihm aus den Fingern geglitten war, schoss sie während des Laufens auf seine Hand und pinnte sie am Boden fest.

Quälte sie diesen Krieger mit Absicht? Schließlich hätte sie die Waffe im Vorbeilaufen mit dem Fuß wegkicken können.

Jedoch bemerkte Steel nicht ohne ein wenig Stolz, dass sie mit ihrem Bogen meisterlich umgehen konnte. Aber warum weinte sie? Eine dicke Träne lief über ihre Wange.

Als ein braunhaariger Mann im weißen Kittel – Steel schätzte ihn auf Mitte vierzig – aus der Tür des Hauptgebäudes stürmte, noch bevor sie das Lager erreicht hatte, legte sie wieder an und schoss ihm ins Knie.

Schreiend stürzte der Mann zu Boden, und sie lief sofort zu ihm. »Wo sind unsere Kinder? Wo hast du mein Baby hingebracht?«

Ihre Kinder waren verschwunden? Hope?! Der plötzliche Schmerz in seiner Brust war wieder omnipräsent. Konnte er etwa ihr Leid fühlen? Als ob sich unsichtbare Klauen in sein Herz treiben würden. Nein, das war nicht möglich!

Obwohl er am liebsten zu ihr laufen wollte, um sie zu trösten und sie all ihre Pein vergessen zu lassen, entschied er sich, mit Vigour ins Hauptgebäude zu rennen. Sie kam klar und er sah sie aktuell keiner Gefahr ausgesetzt. Alle feindlichen Krieger schienen niedergestreckt. Er musste ins Gebäude und die Zentrale in seine Gewalt bringen, um Pearson zu informieren und seinen Auftrag zu vollenden. Wer wusste, wie lange er dazu in der Lage war. Noch waren seine Männer beschäftigt und das sollte er ausnutzen, bevor sie womöglich noch auf ihn losgingen.

Vigour und Amber gaben ihm Deckung. Die Huntress hatte keinen Bogen, sondern eins von Vigours Messern, aber damit konnte sie offenbar umgehen. Als ein weiterer feindlicher Krieger aus dem Gebäude trat, schleuderte sie die Klinge direkt in den Schildgenerator, und Vigour streckte den Mann mit einem Betäubungsschuss nieder.

Wie viele Warrior waren denn noch hier? Und warum war die Einrichtung plötzlich so gut gesichert? Rhona hatte ihnen nichts davon erzählt. Hatte Murano gewusst, dass sie kamen?

***

Die acht Kinder waren unter der Kuppel! In demselben Gebäude, in das die Ärzte früher sie und ihre Schwestern gesperrt hatten; so viel hatte der Arzt ihr verraten. Rhona hätte ihm am liebsten einen Pfeil ins Herz gebohrt, aber Tammy hielt sie davon ab, weil sie just in dem Moment aus dem Lager trat.

»Tammy!« Rhona wollte sie nur noch umarmen. Es tat so gut, sie zu sehen.

»Es tut mir so leid, dass ich Hope nicht beschützen konnte.« Ihre Freundin wirkte verzweifelt und verstört. Gequält schüttelte sie den Kopf. Tammy hatte bereits diesen Albtraum erlebt, als man ihr Blaze genommen hatte, und nun hatte man ihr noch ein Kind entrissen.

»Scht, ist gut, du kannst doch nichts dafür.«

»Was macht ihr schon wieder alle hier?« Tammy drückte sie fest und küsste sie auf die Wangen. »Habt ihr euren Auftrag ausgeführt?«

»Nein«, antwortete Rhona. »Ich erzähle dir alles unterwegs.«

»Wo willst du hin?«

»Nach New World, unsere Kinder holen. Kommst du mit?«

Tammy nickte entschlossen und ballte die Hände zu Fäusten. »Darauf kannst du wetten!«

Gemeinsam liefen sie zum Hauptgebäude, auf dem das Shuttle parkte. Ihre Freundin warf einen skeptischen Blick aufs Dach. »Kannst du das Ding denn steuern?«

Mist! Daran hatte sie nicht gedacht. »Wir brauchen einen Warrior.«

»Und wo bekommen wir den her?«

»Na, hier gibt es doch genug.« Mittlerweile hatten die Schusswechsel aufgehört und alles sah danach aus, dass sie die Anlage unter Kontrolle hatten. Aber es gab Verwundete auf beiden Seiten, vielleicht auch Tote. Bloß war Rhona das im Moment alles egal, sie wollte nur noch zu ihrem Kind. Was würden die Ärzte mit Hope in New World machen? Grausame Experimente?

Sie starb fast vor Sorge um ihn!

Ein Schatten huschte über Tammys Gesicht. »Ich kann keinen Warrior mehr bezirzen, seit Hunter … Das musst du wohl übernehmen.«

»Für mich interessieren sich die Krieger leider auch nicht mehr.« Irgendwie schien nichts zu funktionieren.

»Dann sind wir im Arsch.«

Als sie das Gebäude betraten, fiel ihr Blick geradeaus auf Steel. Mit dem Rücken stand er gegen die Wand des kahlen Flurs gedrückt da, seine Pistole in der Hand, und hatte offenbar jemanden im Visier, der sich um die Ecke befand. Rhona hörte aufgeregte Stimmen, entdeckte die Männer aber nicht.

Steel, oh mein Gott, er war tatsächlich hier! Sie hatte sich niemals mehr gefreut, ihn zu sehen. Wie ein düsterer Engel kam er ihr vor, wie ein Retter in größter Not. Außerdem machte er in seinem Overall und mit den ganzen Waffen eine verdammt heiße Figur.

Ob er das Shuttle fliegen würde? Vielleicht, wenn sie sich hundert Mal bei ihm entschuldigte? Im Moment würde sie sogar vor ihm auf die Knie fallen und ihn anflehen.

Er schaute sie streng an und gab ihr zu verstehen, das Gebäude zu verlassen. Danach verschwand er hinter der Ecke. Offenbar war er nicht ihretwegen zurückgekommen, sondern um seinen Auftrag auszuführen.

Obwohl diese Erkenntnis wehtat, musste sie zu ihm, musste ihn fragen, ob er für sie das Shuttle steuern würde. Aber auch ohne diesen dringenden Wunsch wurde sie von ihm angezogen, als wäre er ein Magnet und sie aus Eisen. Doch würde er ihr überhaupt helfen, nach allem, was zwischen ihnen vorgefallen war und seine Mission so wichtig zu sein schien?

Tammy hielt sie am Arm fest und deutete auf Vigour und Amber, die in einem anderen Gang standen und Steel Deckung gaben. Was hatte er nur vor?

»Murano!«, vernahm sie plötzlich seine Stimme.

Mit wildem Herzklopfen spähte sie um die Mauer. Vor dem Computer an der Anmeldung zum Forschungsbereich saß der Senator, flankiert von zwei auffällig aussehenden Kriegern. Der eine hatte blaues Haar, der andere blonde und braune Strähnen.

Steel richtete die Pistole auf Murano und sagte: »Ich will …«

Noch bevor er zu Ende sprechen konnte, feuerte der Warrior mit den zweifarbigen Haaren auf ihn, sodass Steel durch den Aufprall des Geschosses nach hinten geschleudert wurde und gegen die Wand krachte.

»Steel!« Rhona spannte den Bogen und trat vor.

»Pass auf, Murano hat eine Waffe!«, schrie Amber, tauchte wie ein Blitz aus der Deckung und riss sie zur Seite, woraufhin der Pfeil in Richtung Decke irrte.

Zeitgleich fiel ein weiterer Schuss und Blut spritzte in Rhonas Gesicht. War sie verletzt? Sie spürte nichts.

»Amber!« Sofort war Vigour bei ihnen. »Raus hier!«, befahl er und zerrte seine Gefährtin auf die Beine. »Bist du lebensmüde, Frau? Was war das für eine Aktion?«

Erst jetzt bemerkte Rhona, dass Muranos Kugel Ambers Oberarm durchbohrt hatte.

»Wir Schwestern halten immer zusammen«, murmelte Amber, weiß im Gesicht. »Ist halb so wild, Vig.«

»Komm, Rhona!« Tammy half ihr auf. »Wer weiß, wie viele von Muranos Leuten noch hier sind.«

Sie registrierte nur noch, wie der Senator die Waffe auf Steel richtete, der benommen an der Wand lehnte, dann riss Tammy sie weg.

***

Scheiße, die Ladung Gummigeschosse gegen seine Brust hatte gesessen. Die Schläge auf den Solarplexus lähmten ihn kurzzeitig, raubten ihm den Atem und riefen heftigen Schwindel hervor. Jetzt wünschte er sich, er würde noch die dicke Schutzweste tragen, die er auf dem Berg zurückgelassen hatte, und nicht bloß das dünne Aramidhemd. Aber … Gummigeschosse? Die hatte er wirklich nicht erwartet.

Der Warrior mit dem blauen Irokesenschnitt, den Steel als Jazz identifizierte, nahm ihm die Pistole sowie sämtliche weitere Schusswaffen ab und trat wieder neben Murano.

»Gut gemacht«, sagte der zu Jazz und richtete den Lauf seiner Pistole genau auf Steels Kopf. »Und nun zu dir. Was geht in White City vor sich? Rede!«

Er machte sich auf sein Ableben gefasst, sah in Sekundenbruchteilen seine Ausbildung an sich vorbeiziehen, die Videospielabende mit seinem Kumpel Fire, wie er jeden Tag Präsident Pearson zur Arbeit begleitet hatte, und seine kurze Zeit mit Rhona. Diese wenigen Stunden waren die schönsten seines Lebens gewesen.

Wenn sie nur nicht im Streit auseinander gegangen wären … dann würde er ihr sagen, wie viel sie ihm bedeutete und wie sehr er sich ein gemeinsames Leben mit ihr gewünscht hätte.

»Küss meinen Arsch, Murano«, murmelte er und dachte: *Verdammt, offenbar sind Jazz und Tarek doch nicht unsere Verbündeten*, aber der blauhaarige Warrior belehrte ihn eines Besseren. Jazz schoss dem Senator in die Hand, noch bevor dieser abdrücken konnte, und riss ein Loch hinein; die Waffe fiel auf den Boden.

Murano heulte auf und starrte auf die Wunde. Steel erkannte den Hohlraum, den das Projektil hinterlassen hatte, bevor er sich mit Blut füllte.

Tarek nahm sofort die Waffe an sich, danach half er Steel auf die Beine. »Tut mir leid, aber ich durfte nicht zulassen, dass du Murano erschießt. Ich brauche ihn noch.«

Steel grinste schief. Fuck, alles drehte sich vor seinen Augen und ihm war schlecht, doch er war heilfroh, dass er noch eine Chance bekam, sich bei Rhona zu entschuldigen. »Dann ist es ja gut, dass ihr keine scharfe Munition dabei hattet.«

»Das hast du dem Senator zu verdanken«, knurrte Jazz. »Er traut nicht mal seinen Leibwächtern. Keine Patronen, keine Betäubungsschüsse.«

»Zu recht!« Murano hielt die blutende Hand vor sich und starrte sie alle der Reihe nach hasserfüllt an. Tränen hingen in seinen blonden Wimpern. »Das werdet ihr büßen!«

Keiner schenkte ihm besondere Beachtung, nur Tarek hielt die Pistole auf ihn gerichtet.

Steel wandte sich an Jazz und ließ sich seine Waffen zurückgeben – bis auf eine, die schenkte er dem Mann, der sein Leben gerettet hatte. »Danke. Warum hast du das getan?«

Jazz senkte den Blick. »Weil du ein Freund von Fire bist.«

»Fire hat meinem Präsidenten von euch erzählt und dass ihr unsere Verbündeten seid.«

Jazz nickte, danach packte er Murano am Nacken und schob ihn zur nächsten Tür, neben der auf einem Schild »Labor« stand. Sie war aus massivem Stahl und ließ sich ausschließlich mittels Augenscan öffnen. Jazz diktierte Muranos Kopf vor den Scanner. »Schau da rein, wenn du nicht verbluten willst.«

Widerwillig gehorchte der Senator, und die Tür glitt auf.

Sie alle folgten den beiden, und Steel war neugierig, was Jazz vorhatte. Dieser begab sich mit Murano zu einem der fünf Arbeitsplätze. Reagenzgläser, Mikroskope und anderer technischer Schnickschnack füllten den Raum aus, aber kein einziger Angestellter war zu sehen. Offenbar hatten sie vor Kurzem das Labor verlassen, denn nicht nur die Bunsenbrenner waren an, auch die technischen Geräte waren alle noch eingeschaltet.

»Her mit der Hand!«, befahl Jazz und hielt Muranos Arm fest, dann zog er ihn über die Flamme eines Brenners. »Das wird die Blutung stoppen.«

Während Murano wie am Spieß schrie und es bestialisch nach verbrannter Haut roch, erkannte Steel Genugtuung in den zweifarbigen Augen des Kriegers.

»Das genießen Sie wohl, Sie Bastard?!«, rief Murano, nachdem Jazz ihn losgelassen hatte. Er lief zu einem Waschbecken und hielt die verbrannte Hand in den Wasserstrahl.

»Oh ja«, antwortete Jazz ruhig. »Zumindest ist es eine winzige Wiedergutmachung für das, was ich unter Ihrem Befehl einem ehrbaren Krieger antun musste.«

Sprach er von Fire?

»Wir können das gerne wiederholen«, sagte Tarek. »Ich will wissen, wo die Pfeilmenschen sind.«

Murano starrte sie hasserfüllt an, das Gesicht schmerzverzerrt und tränenüberströmt. Dicke Schweißtropfen perlten über seine Stirn, die Augen wirkten glasig. Offenbar stand er unter Schock; ein Wunder, dass er nicht in Ohnmacht gefallen war. So viel Stärke hätte Steel dem Senator nicht zugetraut.

Steel räusperte sich. »Ich möchte die Unterredung ungern stören, aber kann mir jemand den Weg zur Kommandozentrale erklären?« Ihm lief wirklich die Zeit davon. Hektisch schaute er sich um; außer ihnen war niemand im Raum.

»Wir sind heute selbst das erste Mal hier und kennen die Einrichtung nicht«, antwortete Tarek. »Von der Insel haben wohl nur wenige eingeweihte Leute Kenntnis, wir Krieger auf jeden Fall nicht. Deshalb wollte sich Murano auch hier verkriechen, denn in New World ist die Hölle los.«

Steel war sofort Ohr. »Was geht dort vor sich?«

Die beiden Warrior schwiegen. Offenbar war er am Zug. Steel wusste nicht, wie viel er sagen durfte, andererseits hatten ihm die Männer das Leben gerettet. »Wir wollen einen Krieg verhindern. Murano plant einen Angriff auf White City.«

»Ts.« Der Senator schnaubte. »Wenn ihr wüsstet …«

Tarek packte ihn am Arm und zog ihn wieder in den Flur. »Im Moment kann er recht wenig planen, denn in New World bahnt sich eine Machtübernahme an. Unsere Brüder animieren das Volk und gehen auf die Barrikaden. Und sie halten die restlichen Senatoren im Regierungsgebäude fest.«

»Klingt gut.« Das Video hatte wohl ausgereicht, um die Menschen dort wachzurütteln.

»Du hast Glück, Bruder, dass wir auf eurer Seite stehen, denn Murano hat uns auf dem Herflug erzählt, dass es im Nordwesten der Insel, auf der auch New World liegt, ein ehemaliges Raketentestgelände gibt, das noch aus der Zeit vor dem Krieg stammt. Offenbar wurde dort alles überholt, und Murano hatte vor, von hier aus die Raketen abzufeuern.«

»Verdammte Scheiße!« Steel konnte kaum begreifen, wie knapp es um seine Stadt gestanden hatte.

»Also, Murano, wo ist die Zentrale?« Tarek richtete die Waffe auf den Kopf des Senators.

Der lächelte falsch. »Du wirst mich nicht erschießen.«

»Nein«, antwortete der Krieger ruhig, »aber Sie haben da noch einige Körperstellen, denen ein Patronenpiercing stehen würde.«

»Die hübschen Brandings nicht zu vergessen«, setzte Jazz völlig emotionslos hinzu.

Diese Krieger waren genauso kalt wie ihr Ruf.

»Verfluchte Bastarde!« Widerstrebend ging Murano voran und führte sie durch zahlreiche Sicherheitstüren in den Keller. Da sie nur mittels Augenscan betreten werden konnten, hatte Murano offenbar auf Wachen verzichtet. Dort existierte tatsächlich der Überwachungsraum, von dem Rhona gesprochen hatte. Drei Mitarbeiter saßen hinter riesigen Bildschirmen, die das Areal zeigten. Auf eine andere Wand wurden zahlreiche Videos projiziert, die offenbar das Geschehen in New World wiedergaben. In den Straßen kam es zu heftigen Ausschreitungen; anscheinend hatten Warrior, die wie Gladiatoren aussahen, die Stadt in ihre Gewalt gebracht. Sie schwangen riesige Schwerter und brüllten furchterregend.

»Sir, gut dass Sie da sind!«, sagte einer der Mitarbeiter vor den Monitoren, der noch nicht bemerkt hatte, dass Tarek dem Senator die Pistole in den Rücken drückte und die Leibwächter nun auf der anderen Seite standen. »Wir wissen nicht, was uns aktuell mehr Sorgen macht. Offenbar hat eine feindliche Gruppe von Kriegern die meisten unserer Wachen ausgeschaltet, und in New World haben die Gladiatoren die Befehlsgewalt übernommen. Ihr Anführer, ein gewisser Sabre, und seine Männer haben fast alle obersten Regierungsmitglieder getötet!« Er zeigte ihnen in Großaufnahme ein Video von einem langhaarigen Warrior, der den abgetrennten Kopf eines älteren Mannes mit grauen Haaren nach oben hielt. »Das ist … war Senator Algiri.«

Scheiße, dachte Steel. In New World herrschte Krieg! So hatte sich das Präsident Pearson bestimmt nicht vorgestellt. »Ich muss unbedingt eine Verbindung nach White City aufbauen.«

Jetzt erst warfen die Mitarbeiter einen genaueren Blick auf Murano und seine Begleiter. Alarmiert sprangen sie auf, als sie Muranos Verletzung und die auf sie gerichteten Waffen bemerkten. Jazz sammelte die Männer ein und fesselte sie in einer Ecke aneinander.

»Okay, Senator, Sie sind am Zug.« Tarek drückte ihn in einen Sessel. »Wählen Sie White City an, und danach zeigen Sie mir, wo ich die Pfeilmenschen finde.«

»Nein!«, rief Steel. »Denk an die Raketen!«

Sofort riss Tarek den Stuhl zurück. »Du hast recht, wir sollten ihn auf keinen Fall an die Computer lassen.«

Murano versuchte sich an einem Grinsen, scheiterte jedoch anhand der offenbar höllischen Schmerzen daran, sodass sich sein Gesicht lediglich maskenhaft verzog.

Steel warf einen flüchtigen Blick auf die drei Männer, die in der Ecke am Boden kauerten. Ihnen war ebenso wenig zu trauen, sie konnten alles Mögliche anstellen. »Ich brauche Vigour. Er kennt sich mit dem ganzen Kommunikationskram am besten aus.«

»Ist er da oben irgendwo?«, fragte Tarek.

Steel nickte.

»Ich hole ihn.« Tarek nahm Murano mit, damit er wieder durch die ganzen Türen kam, und ließ Steel mit Jazz allein. Der starrte nachdenklich auf die durchgedrehten Krieger in New World City; vielleicht machte er sich auch gerade Gedanken darüber, wie man dieses Chaos noch in den Griff bekommen sollte. Andererseits wirkte Jazz genau wie ein Mann, der sich liebend gern ins Getümmel stürzen wollte. Dieser Bruder war Steel ein bisschen unheimlich.

***

Rhona atmete zitternd ein. In den letzten Minuten hatte sich zu viel auf einmal ereignet und ihr schwirrte immer noch der Kopf. Sie hatten die restlichen Kinder, die noch von der Insel hätten weggebracht werden sollen, mit vier Angestellten im Hort gefunden. Nachdem die zwei Frauen und Männer gefesselt waren, schloss Amber ihren Jungen in die Arme. »Tristan!« Er war einen Monat jünger als Hope und hatte braunes Haar. Wie alle Kinder hier trug er eine beige Hose und ein hellgrünes Shirt mit dunklen Streifen. Irgendwie erinnerte das Rhona an Gefängniskleidung.

Vigour umarmte Amber und Tristan, als wären sie eine richtige Familie.

Mehr Frauen stürmten in den Aufenthaltsraum und zogen überglücklich ihre Kinder an sich, während andere schrien und weinten. Shayas Tochter war nicht hier. Shaya tobte, und Seth zerrte sie nach draußen.

Rhona ging ebenfalls, sie ertrug es nicht, wie glücklich die einen und wie niedergeschlagen die anderen waren. Sie wollte nur noch zu ihrem Baby!

»Ist Vigour hier?«, rief auf einmal dieser Krieger mit den dicken mehrfarbigen Strähnen. Es war derjenige, der auf Steel geschossen hatte! Und er hatte den Senator dabei!

In Rhona kochte die Wut. Sofort spannte sie ihren Bogen, um Murano zwischen die Augen zu schießen, aber der Krieger rief: »Stopp, wir brauchen den Kerl noch!«

Der Soldat hieß Tarek und erklärte ihr, dass es Steel gutging. Würde Murano nicht diese grausame Handverletzung haben, hätte Rhona ihm nicht vertraut. Jetzt wollte sie sich selbst überzeugen, dass mit Steel alles in Ordnung war, oder ihre Tränen würden nie versiegen. Sie hatte gesehen, wie Murano die Waffe auf Steel gerichtet hatte, und kurz bevor sie das Gebäude verlassen hatten, hatte sie einen Schuss gehört.

Amber kam mit Tristan auf dem Arm und Vigour an ihrer Seite aus dem Hort, dann folgten sie Tarek. Tammy schloss sich ihnen ebenfalls an, zumal sie keinerlei verwirrende Wirkung auf die Warrior hatte, zumindest nicht mehr als jede andere attraktive Frau. Dieser Tarek schien überhaupt sehr kühl, als könnte ihn ohnehin nichts erschüttern.

Im Kontrollzentrum angekommen, erhob sich Steel vom Stuhl, kaum dass Rhona den Raum betreten hatte. Egal was er sagen oder tun würde – sie wollte ihn nur noch festhalten. Daher lief sie auf ihn zu und schlang die Arme um seinen Hals. »Ich dachte, Murano hätte dich erschossen!«

Seufzend drückte er sie an sich. »Der Schuss kam von Jazz.« Steel nickte zu dem Krieger mit den Narben im Gesicht und der auffällig blauen Irokesenfrisur. »Er hat Murano die Waffe aus der Hand geschossen.«

»Es tut mir so leid, dass ich dich belogen habe«, flüsterte sie ihm ins Ohr und schluckte hart.

Da versteifte er sich und antwortete leise: »Lass uns später reden, ich muss erst einiges klären.« Er ließ sie los, noch bevor sie sagen konnte: *Hope ist weg, bitte hilf mir!* Sie wollte ihm das entgegenbrüllen und fühlte sich doch zugleich schwach und hilflos.

Sie war keine dieser zerbrechlichen Menschenfrauen, selbst Steel hielt sie für stark, verdammt! Also wollte sie das auch sein. Und er hatte sie nicht weggestoßen – das war gut, oder? Sie wusste, dass er unter großem Druck stand, aber das tat sie auch. Ihr lief die Zeit davon! Sie musste nach New World.

Vigour saß bereits am Computer und wählte White City an; Steel stellte sich neben ihn. Alle schienen sehr geschäftig und abgelenkt. Tarek behielt Murano im Visier, der Warrior mit den Narben passte auf die gefesselten Angestellten auf, Amber saß hinter einem Schreibtisch und starrte auf Tristan, der selig in ihrem Schoß lag. Der Kleine deutete auf den dicken Verband an Ambers Arm, den Tammy ihr angelegt hatte. Tammy selbst verfolgte gebannt das Geschehen auf den Monitoren. In New World ging es drunter und drüber.

Rhona überlegte sich rauszuschleichen und irgendeinen Krieger zu suchen, der sie fliegen würde. Da oben gab es schließlich genug von Steels Männern. Aber vielleicht schaffte sie das auch selbst, so schwer konnte das doch nicht sein. Nur hatte sie ein Problem: Diese verdammte Tür ließ sich nicht öffnen!

»Mr. President!«, rief Steel, und Rhona zuckte zusammen. »Können Sie mich hören?«

»Klar und deutlich!« Das Bild eines jungen blonden Mannes im Anzug zeigte sich auf einem Monitor. Rhona erkannte ihn sofort wieder.

»Wo sind Sie, Steel?«

»Ich bin im Kommandoraum der Forschungsstation.« Steel erzählte ihm etwas über Murano, Raketen und die Schildgeneratoren, doch Rhona hörte kaum zu. Sie konnte bloß auf Steel starren, der der geborene Anführer war. Ein Mann aus Stahl. Unerschütterlich, in jeder Situation. Eine Hand auf Vigours Schulter abgestützt, stand er hinter seinem Bruder und klärte den Präsidenten auf.

»Die Insel eignet sich perfekt als Vorposten, Sir, es ist alles Vorhanden: Unterkünfte, Lebensmittellager, Waffen … Nach unserem Kenntnisstand wissen nur wenige, dass dieser Ort existiert. Und die meisten davon sind tot. In New World herrscht Krieg!«

Vigour überspielte dem Präsidenten ein paar aktuelle Videos. Nebenher beobachtete Rhona die Tumulte auf den Straßen, die knurrenden Krieger, die bedrohlich ihre Schwerter schwangen, und die aufgebrachten Menschen, die offenbar nicht wussten, ob sie sich vor den Warrior fürchten sollten oder sie anfeuern. Gegenstände flogen in die Fenster des Regierungsgebäudes, alles schien aus dem Ruder zu laufen. Das freute Rhona einerseits, aber … »Hope ist da irgendwo! Hope und die anderen Kinder!« Sie lief zu Steel, umklammerte seinen Arm und blickte den Präsidenten auf dem Monitor an. »Bitte helfen Sie uns!«

»Wir haben einen Deal, Rhona, den werde ich auch halten«, antwortete Pearson.

Sie biss sich auf die Lippe und schielte zu Steel, doch der blieb ruhig. »Danke«, sagte sie hastig und zog sich wieder zurück. Sie kam sich so schäbig vor, weil sie und ihre Schwestern zuerst alle Krieger hintergehen wollten.

Sie gesellte sich zu Tammy und sagte in ihrer geheimen Sprache: »Ohne Muranos verdammtes Auge kommen wir nicht raus.« Der Senator verfolgte ebenfalls die Vorkommnisse, allerdings war er der Einzige im Raum, dem der Schweiß in Strömen über das Gesicht lief. Die Wunde an seiner Hand schien ihm schwer zuzusetzen. Er atmete hektisch und hielt den Arm angestrengt vor seinen Körper. Rhona empfand kein bisschen Mitleid.

»Lass doch deinen Steel hier erst mal alles klären«, sagte Tammy, ebenfalls in ihrer Sprache. »Er wird dir helfen. Ebar wiber dibi bolfen.«

»Was macht dich so sicher? Wabat mabakeba shubur?«

»Er schaut dich genau so an, wie Hunter mich damals. Ebar lubak sabame laib Hunter eibans me.«

Als Rhona in seine Richtung sah, traf sie sein heißer Blick. Sofort brach er den Kontakt ab und konzentrierte sich wieder auf den Bildschirm.

Hoffnung erfüllte sie und ein Sehnen, das sie nicht näher definieren konnte. Als würde sie in genau diesem Moment spüren können, dass er sie am liebsten nie wieder loslassen wollte.

Wunschdenken …

»Was haben wir für Möglichkeiten, um das Chaos einzudämmen?«, fragte Pearson. »Wenn das so weitergeht, gibt es in New World bald eine Militärdiktatur.«

»Ist Mark bei Ihnen?«, fragte Steel.

»Ja, er sitzt neben mir.«

Ein blonder Mann, der älter war als der Präsident, winkte kurz in die Kamera.

»Mark, kannst du von hier aus das System von New World kontrollieren?«

»Kein Problem«, erklang eine Männerstimme. »Bin schon dabei, mir alles von den Rechnern zu saugen und mein Spezialprogramm zu überspielen. Warum, was schwebt dir vor?«

»Noch nichts Genaues.«

Tarek trat zu ihnen. »Ich weiß, wo das Lager für die Injektionen ist. Wenn wir das in die Luft sprengen, haben die Krieger nur noch die Reste ihrer Monatsration. Danach werden sie zum Entzug gezwungen. Das sollte so ziemlich alle Warrior für eine Weile außer Gefecht setzen.«

»Hervorragende Idee!«, sagte Pearson. »Diese Injektionen sind wahrscheinlich auch schuld, dass die Gladiatoren kein Mitgefühl haben. Die Hormone in den Präparaten scheinen sämtliche Emotionen weitgehend auszuschalten und Aggressivität zu fördern.«

»So ist es.« Tarek räusperte sich. »Und was machen wir, wenn es so weit ist? Unsere eigenen Brüder niederstrecken?«

»Wir haben noch Zeit, uns darüber den Kopf zu zerbrechen. Auf jeden Fall will ich eine unblutige Lösung sehen«, antwortete der Präsident. »Eins nach dem anderen. Die Kinder … Wie viele sind verschwunden und wo werden sie gefangen gehalten?«

Mit wild klopfendem Herzen stellte sich Rhona erneut an Steels Seite. »Es sind acht plus die, die sie schon vor Jahren mitgenommen haben. Wenn alle noch leben …« Flüchtig blickte sie in Tammys Richtung, »… sind es um die dreißig Jungen und wenige Mädchen im Alter von eins bis sechs. Sie sind angeblich in demselben Gebäude, in dem wir Jägerinnen die ersten Lebensjahre verbracht haben.«

»Gut.« Pearson fuhr sich durch sein blondes Haar. »Dann wird eine Gruppe die Kinder rausholen, während jemand das Lager in die Luft jagt. Das ist eine hübsche Ablenkung.«

»Das mache ich!«

Alle drehten sich zu Jazz um, der mit verschränkten Armen neben den gefesselten Angestellten stand.

Wieso war dieser unheimliche Kerl so geil darauf, etwas zu sprengen? Oder warum wollte er ihnen überhaupt helfen? Er sah nicht aus, als würde er Kinder mögen. Eigentlich sah er aus, als würde er nichts und niemanden mögen. Allerdings war es möglich, dass ihn nur die Narben in seinem Gesicht so streng wirken ließen. Rhona wusste immer noch nicht, wie sie ihn einschätzen sollte.

»Danke«, sagte Pearson. »Sie sind Jazz, nehme ich an?«

Der Irokesen-Warrior nickte.

»Ich soll Ihnen von Fire ausrichten, dass es ihm gutgeht. Er ist vor Kurzem aus dem OP gekommen.«

»Danke«, antwortete Jazz rau und richtete das Augenmerk auf den Boden.

Wurde der Kerl etwa rot um die Nase?

»Was, wenn die Krieger unter der Kuppel Wind von dieser Insel bekommen und herfliegen?«, fragte Steel, danach warf er wieder einen Blick auf Rhona, und ihr wurde es ein bisschen wärmer ums Herz.

Mark meldete sich zu Wort. »Ich kann von hier aus die Ausgänge der Kuppel blockieren. Es wird eine Weile dauern, bis sich die Krieger durch meterdicke Stahltüren gekämpft haben.«

Die Männer schienen sich allesamt auszukennen und zu wissen, was sie taten. Das beruhigte sie etwas, dennoch musste sie den Präsidenten etwas fragen. »Sir …«

»Ja, Rhona?«

»Warum hat Murano hier alles abriegeln lassen?« Obwohl der Senator anwesend war, richtete sie das Wort nicht an ihn. Er würde ihr sowieso keine Antwort geben. Außerdem wollte sie ihm am liebsten die Kehle durchschneiden, doch sie musste sich ihre Restenergie für ihr Kind aufheben. »Hat er gewusst, dass wir so bald zurückkommen?«

Mark räusperte sich und sein blonder Schopf tauchte neben dem des Präsidenten auf. »Wenn ich dazu etwas sagen darf?«

Pearson nickte.

»Nach diesen Aufzeichnungen hier war das alles zur Sicherheit der Senatoren gedacht und weil er wusste, dass die Frauen außer sich sein würden, wenn er ihnen die Kinder wegnimmt. Und …« Er holte scharf Luft. »Interessant.«

»Was hast du gefunden?«, fragten Steel und der Präsident gleichzeitig.

Auch Rhona standen die Haare zu Berge. »Geht es um die Kinder? Ist alles in Ordnung mit ihnen?«

Steels Arm legte sich um ihre Schultern. Sie hatte überhaupt nicht bemerkt, dass sie schon wieder dicht bei ihm stand. Seine Nähe tat einfach nur gut.

Geschäftig tippte Mark auf einem Tablet-PC herum. »Es geht um die Daten auf den implantierten Chips der Huntress.«

Gleichzeitig mit Steel atmete sie auf. Leider ließ er sie los, während Mark fortfuhr: »Sie waren alle mehrfach mit verdammt verzwickten Codes verschlüsselt, doch ich konnte bereits ein paar Sequenzen auslesen. Offenbar ging es den Forschern darum, Supersoldaten zu züchten, und zwar solche mit noch spezielleren Fähigkeiten. Dazu haben sie die Samenzellen vor der künstlichen Befruchtung mit Gammastrahlen behandelt, um Zellmutationen hervorzurufen. Durch die außergewöhnlichen Selbstheilungskräfte der Krieger werden die Schäden an der DNA und den Chromosomen während der Zellteilung repariert. Dabei kann es zu einer Fehlreparatur kommen, durch die Gene aktiviert werden, die vorher inaktiv waren.« Mark hörte nicht mehr auf zu reden, seine Augen leuchteten regelrecht. »Mit dem Thema muss ich mich unbedingt genauer befassen.«

»Von welchen Fähigkeiten ist hier die Rede?«, wollte Pearson wissen.

»Telekinese, Pyrokinese, Telepathie, hellseherische Fähigkeiten, all so was.«

Steel hob die Brauen und blickte zu Rhona. Das hatte sie ihm bisher verschwiegen, da sie das Thema verdrängte. Immer wieder hatten die Ärzte sie gefragt, ob sie etwas Außergewöhnliches an Hope bemerkt hatte. Hatte sie aber nicht, zum Glück, denn diese Fähigkeiten machten ihr Angst.

Leicht schüttelte Steel den Kopf. »Das hättest du uns sagen sollen, Rhona.«

»Ich …«

Tammy trat zu ihr, und diesmal war es ihre Freundin, die ihr einen Arm um die Schultern legte. »Nehmt es ihr nicht übel. Sie wollte davon nichts wissen, wir alle nicht. Wir wollen keine gefühlskalten Monster, die uns vielleicht aus Versehen oder mit voller Absicht anzünden oder in die Luft sprengen, wenn wir einmal mit ihnen schimpfen.«

Rhonas Blick wanderte kurz zu Jazz, der sie lediglich eisig ansah. Genau so kalt stellte sie sich diese Supersoldaten vor. »Ich will doch nur ein ganz normales Kind, das mich liebt.« Damit sie wenigstens einer wirklich liebte, hatte sie immer gedacht, nachdem Havoc so gemein zu ihr gewesen war. »Und gerade jetzt bin ich nicht da für ihn, er wird sich bestimmt fragen, was los ist, wo seine Mami ist.« Vehement bekämpfte sie ihre aufsteigenden Tränen. Seit sie Mutter war, war sie besonders empfindlich. Das Gefühlschaos in ihr zu bekämpfen war mitunter viel schwerer, als einen echten Kampf zu führen. Früher hatte sie kaum eine Träne verschwendet, nicht mal, als Havoc sie betrogen hatte.

Nachdem Tammy ihr einen Kuss auf die Wange gedrückt hatte und sie losließ, ergriff Steel ihre Hand. »Es geht ihm sicher gut. Schließlich soll er einmal der Warrior-Elite angehören.«

»Und«, fuhr Mark fort, »ich weiß jetzt auch, warum einige Huntress keine betörende Wirkung mehr auf andere Krieger haben. Wir haben Rhonas Blut untersucht. Es hat gewisse Anomalien entwickelt und sich irgendwie mit deinem Blut vereint, Steel. Aktuell sind die Zellen immer noch aktiv und verwandeln sich, als ob sie zusammenwachsen würden.«

»Was heißt das genau?« Steel zerquetschte fast ihre Hand.

»Ihr seid so eine Art Blutsverbindung eingegangen. Ihr seid quasi aufeinander abgestimmt, andere Partner interessieren euch nicht, solange diese Verbindung besteht. Aber laut den vorliegenden Forschungsberichten ist diese Verbindung nicht von Dauer, das hat die Natur wohl so eingerichtet, falls ein Partner stirbt. Man müsste regelmäßig Blut austauschen, vielleicht vier Mal im Jahr. Neben der Blutsverbindung, die eine besonders enge Beziehung zum Partner herstellt, gibt es noch die Prägung, die fast genauso stark ist.«

Prägung, Blutsverbindung … Rhona schwirrte der Kopf.

»Moment, ich kann euch gleich Genaueres sagen, hierüber gibt es ebenfalls Aufzeichnungen …«, murmelte Mark. »Es kommen gerade eine Menge Infos rein.«

Plötzlich stürzte Murano nach vorne auf einen der Computer zu. »Ihr habt kein Recht, unsere jahrzehntelangen Forschungen einzusehen!« Gerade als er die gesunde Hand ausstreckte, um offenbar einen Knopf zu drücken, wehrte Vigour ihn ab und Tarek riss ihn zurück.

»Ich werde diesen Herrn wohl ruhigstellen müssen«, sagte Tarek und verpasste Murano einfach einen Betäubungsschuss. Sofort sackte er zusammen und Tarek fing ihn auf. Dann legte er ihn auf dem Boden ab und fesselte seine Hände.

Unbeeindruckt durch diesen Zwischenfall sprach Mark weiter. »Die Prägung funktioniert auch ohne Blutaustausch. Der ist sozusagen noch das Tüpfelchen auf dem I. Normale Menschen suchen sich einen Partner, der sie optisch anspricht und gesund aussieht, damit man mit ihm gesunden Nachwuchs zeugen kann, und Frauen wählen vielleicht einen Mann, der sie beschützen und versorgen kann. Das alles fällt bei den Warrior und Huntress weg, da sie bereits das Beste sind, was die Natur – mit Hilfe der Gentechnik – hervorbringen konnte und sie auch sonst alles besitzen, was man sich erträumen kann. Dank eurer außergewöhnlichen Sinne geht ihr noch einen Schritt weiter. Ihr müsst nicht nach dem Äußeren gehen, sondern könnt riechen, wann vor euch der perfekte Partner steht. Je unterschiedlicher eure Immunsysteme sind, also je besser sie sich ergänzen, desto anziehender wirkt der Geruch des Partners auf euch. Daraufhin werden im Gehirn Botenstoffe ausgeschüttet, die euch auf diese perfekte Wahl festnageln … oder sogar diesen Blutrausch heraufbeschwören. Hat sich ein Paar gefunden, senden zudem beide Partner Hormone aus, die anderen signalisieren, die Hände von ihnen zu lassen. Sie werden uninteressant.«

»Also ist doch nur alles Chemie«, murmelte Rhona und ließ die Schultern hängen.

Mark lächelte. »So war es seit jeher. Der Mensch bewohnt quasi einen Chemiebaukasten. Das ist alles ganz natürlich.«

Steel räusperte sich. »Noch mal auf diese Blutsverbindung zurückzukommen … Hast du darüber mehr Infos?«

»Ja, da habe ich noch etwas entdeckt«, sagte Mark. »Treffen mehrere Warrior und Huntress zum ersten Mal aufeinander, sind erst mal alle mehr oder weniger anziehend, bis man den für sich perfekten Partner gefunden hat. Dann wird man auf ihn geprägt. Ist gleich derjenige dabei, bei dem wirklich alles zu hundert Prozent passt, also mit dem man auch genetisch perfekten Nachwuchs erzeugen kann, kommt es zur Blutsverbindung. Das ist in dieser Einrichtung nur wenige Male passiert.« Neben Tammys Namen listete er ein paar Frauen auf, die alle verschwunden waren. Lia, Mika, Zoraja …

»Was ist mit ihnen geschehen?«, fragte Tammy. »Wo sind sie?«

»Da sie jeweils nur ein einziges perfektes Kind geboren haben und danach nie wieder schwanger wurden, hat man so lange mit ihnen geforscht, bis man bemerkte, dass diese Frauen keinen Nachwuchs mehr bekommen würden, solange das erste Kind lebte. Und dass die Kinder nicht getötet wurden, müsste jedem klar gewesen sein, denn sie sind das Wertvollste, was die Wissenschaft hervorgebracht hat.« Mark senkte den Kopf. »Man hat sich der Frauen einfach … entledigt.«

»Sie sind also tot?« Geräuschvoll zog Tammy die Nase hoch.

»Ich werde das überprüfen.«

»Wieso haben wir denn nur ein Kind bekommen? Das ist doch gegen die Natur?«

»Ich habe eine Theorie: Vielleicht ist das eine Schutzfunktion der Natur, sie begrenzt sich selbst. Es kann niemals gutgehen, wenn der Mensch in die Evolution eingreift und sie dadurch schneller vonstatten geht.«

»Schutz vor einer Überrasse?«

»Genau.« Mark tippte hektisch herum und räusperte sich. »Ich habe etwas über die verschwundenen Frauen gefunden. Ein paar von ihnen leben offenbar noch … auf den Plantagen.«

Tarek versteifte sich. »Steht da, wo diese Plantagen sind?«

Mark nickte. »Ich habe drei Standorte hier.«

Tammy trat neben Tarek. »Müssen unsere Schwestern dort Feldarbeit verrichten?«

»Nein, sie sind … Sexsklavinnen und müssen die Arbeiter bei Laune halten.«

Tammy drückte sich kurz die Hand auf den Mund, ihre Augen füllten sich mit Tränen. »Und ihre Gefährten? Wo sind die?«

»Wurden entweder an andere Städte verkauft oder arbeiten auf anderen Plantagen.«

»Hunter!« Tammy stellte sich so nah vor den Bildschirm, dass sie ihnen fast die Sicht nahm. »Kannst du sehen, ob er noch lebt?«

Mark schaute sie mehrere Sekunden lang durchdringend an, dann tippte er wieder auf seinem Tablet herum. »Du bist Tammy, nicht wahr?«

»Ja«, hauchte sie.

»Und Hunter war dein Gefährte. Sie haben ihn dir weggenommen, damit ihr eure Blutsverbindung nicht erneuern könnt, in der Hoffnung, du könntest ihnen einen weiteren Superkrieger gebären.«

»Er … *war* mein Gefährte?«, wisperte sie.

Schnell antwortete Mark: »Nein, ich habe noch keine genauen Informationen über all die Krieger, die nun auf den Plantagen arbeiten. Deren Lebensläufe sind wie ausradiert, es gibt aber Spuren, denen ich nachgehen kann. Offenbar hatte der Senat vor, sie nie wieder irgendwo anders einzusetzen.« Mark richtete das Wort an Vigour, der immer noch vor dem Computer saß, und Tammy trat zur Seite. Sie wirkte so durcheinander, dass Rhona sie gleich in die Arme zog.

»Er ist sicher am Leben, Süße.« Hoffentlich.

Seufzend schmiegte sich Tammy an sie. »Ich vermisse ihn so, Rhona. Ich vermisse ihn genauso sehr wie Blaze.«

»Bald wirst du beide wieder in den Armen halten, ganz bestimmt.« Rhona wünschte sich aus vollem Herzen, ihre Freundin endlich wieder glücklich zu sehen.

Mark war immer noch sehr geschäftig, genau wie alle anderen. »Ich überspiele gerade ein weiteres Programm, das versteckte Ordner sichtbar macht, an die ich von hier vielleicht nicht rankomme.«

»Sobald ich sie sehe, schicke ich sie rüber«, versprach Vigour.

»Und ich muss unbedingt wissen, wo diese Plantagen liegen«, sagte Tarek.

Pearson erschien wieder auf dem Bild. »Wir werden sie alle dort rausholen, Frauen wie Männer.«

»… und offenbar arbeiten dort auch eine ganze Menge Eingeborener«, setzte Mark hinzu.

Tarek nickte. »Das würde ich gerne übernehmen, Sir.«

»Abgemacht, doch die Kinder haben Priorität. Wie viele Schiffe gibt es auf der Insel?«

Vigour schaute im Computer nach. »Ich befürchte, aktuell nur das, mit dem Murano hier angekommen ist, und das, mit dem wir herkamen, doch da sind die Batterien fast leer.«

»Dann werde ich so viele schicken wie nötig sind, um alle von den Plantagen zu holen.«

»Wir haben auch einige Verletzte, Sir.« Vigour schielte zu Amber, deren Verband sich langsam rot färbte. »Es gibt zwar eine Krankenstation, aber ich traue den Ärzten hier nicht, sofern sie uns überhaupt behandeln würden.«

»Wie viele sind verwundet?«

Vigour überprüfte die Monitore und zoomte ein paar Bilder von Jägerinnen und Kriegern heran, die sich gegenseitig verarzteten. »Schwer zu sagen, Sir.«

»Sammelt sie ein und bringt sie nach White City.«

»Mit welchem Schiff, Sir?«, fragte Steel.

»Verdammt.« Pearson rieb sich über die Stirn.

»Wie wäre es«, sagte Vigour, »wenn wir und die Verletzten zuerst nach New World fliegen, Steel und die anderen dort absetzen und ich fliege mit den Verwundeten nach Hause?«

Rhona ließ Tammy los und schenkte Vigour einen möglichst skeptischen Blick. Es wäre ein Albtraum, mit den Kleinen in diesem Kriegsgewirr festzustecken. »Und wie sollen wir mit den Kindern zurück zur Insel kommen?«

»Es gibt genug Shuttles in New World«, warf Jazz ein. »Wir treiben schon eins auf.«

Sie wunderte sich, dass der kühle Warrior ihnen half, aber er war auch der Einzige, der sich für diese lebensmüde Aktion, das Lager zu sprengen, freiwillig gemeldet hatte. Jazz wirkte so entschlossen, dass sie beinahe selbst glaubte, dass alles so klappen würde, wie sie es sich vorstellten.

»Wenn alle damit einverstanden sind, machen wir es so«, meinte der Präsident.

Nachdem Tarek noch einige Dinge erfragt und sich die erste Hektik gelegt hatte, wandte sich Tammy noch einmal an Mark. »Wieso kennst du meinen Namen?«

»Ich habe deine Akte vorliegen.«

»Und was steht da alles drin? Warum haben sie mich denn nicht … auf so eine Plantage gebracht?«

»Das weiß ich noch nicht, aber ich kann das herausfinden, nachdem ich mich um die anderen Dinge gekümmert habe.«

»Bitte«, sagte sie. »Ich wäre dir sehr dankbar.«

18. Die Insel / Rettungsmission

Steel atmete auf, die erste Hürde war geschafft. Nachdem sie die Angestellten des Kontrollraums sicher in einer Isolationszelle verwahrt hatten, lief er mit Rhona, Vigour, Amber und Tristan, Tammy, Jazz und Murano über ein kahles Treppenhaus nach oben aufs Dach. Sie wollten keine Zeit verlieren. Tarek war im Kontrollraum zurückgeblieben, um die zweite Rettungsmission für die Eingeborenen zu planen. Bis die Shuttles aus White City eintrafen, würden leider ein paar Stunden vergehen. Tarek wollte jedoch sehen, ob der Transporter aus dem Urwald noch bis auf das Dach der Station fliegen konnte, da es dort eine Schnellladestation gab. Dann hätte er ein weiteres Schiff zur Verfügung.

Steel war froh, dass Jazz ein Auge auf den benommenen Senator hatte, denn auf dem Dach erwartete ihn das nächste Problem. Ein paar seiner Männer und ihre neuen Gefährtinnen, wie es schien, blockierten ihnen den Weg zum Schiff. Ob das alle Frauen waren, deren Kinder nicht mehr auf dem Eiland waren?

Die Jägerinnen spannten die Bogen, die Krieger hielten ihre Waffen in der Hand, zielten jedoch nicht auf sie.

»Ihr habt euch also mit ihnen verbündet?«, fragte eine Huntress mit kurzem weißen Haar, die neben Seth stand. Sie funkelte Rhona, Amber und Tammy mit zusammengekniffenen Augen an. »Hat er …«, sie nickte zu Steel, »hier schon das Kommando übernommen? Ist das nicht mehr unsere Insel?«

»Shaya, die Situation hat sich geändert.« Als Rhona vor Steel trat, schob er sie sofort hinter sich.

»Ich bin ein großes Mädchen«, sagte sie leise zu ihm und schritt erhobenen Hauptes auf Shaya zu. »Unsere Kinder sind irgendwo unter der Kuppel, und wir werden sie jetzt rausholen. Ohne Hilfe der Warrior schaffen wir es nicht, weil man uns nie beigebracht hat, mit Schusswaffen umzugehen oder ein Shuttle zu steuern.« Sie deutete über das Dach und den Urwald hinweg in Richtung New World. Es dämmerte bereits, die Nacht brach herein. »Wir brauchen die Warrior, denn das ist längst nicht mehr ihr Krieg, das geht uns alle etwas an. Willst du uns ernsthaft aufhalten?«

Obwohl es Steel nicht ganz passte, dass sie das Wort an sich gerissen hatte – wie stand er denn vor seinen Männer da –, schmunzelte er. Da kam sie wieder durch, die Wildkatze, und es freute ihn, dass sie endlich eingesehen hatte, was für alle das Beste war.

Shaya schnaubte. »Wir wollten auch die Kinder holen, oder warum meinst du, wollten wir zum Shuttle? Um mit unseren Männer einen Rundflug über die Insel zu machen?«

Seth, der neben dieser weißhaarigen Furie stand, kratzte sich am Kopf und verdrehte die Augen.

Tja, nun hatte Steel das, was er immer haben wollte: Ein richtiges Weib und kein Püppchen. Offenbar dachte Seth ähnlich, doch es würde eine Umstellung werden, sich an diese selbstbewussten, kampfeslustigen Frauen zu gewöhnen.

Jazz ließ das alles ungerührt. Er verschwand mit Murano im Shuttle, Amber und Vigour folgten ihm mit dem Kind in den Armen, während Tammy in Rhonas Nähe blieb.

»Hey!«, rief Shaya, »ihr könnt das Schiff nicht einfach nehmen! Meine Faith haben sie auch weggebracht, ich will zu ihr!«

Rhona schnitt ihr den Weg ab, als sie auf den Transporter zugehen wollte. »Wir haben bereits alles durchgeplant und viel bessere Chancen, die Kinder herauszuholen. Außerdem wird das immer unsere Insel bleiben, die Krieger wollten sie uns nie wegnehmen. Hier ist Platz für alle, sie können doch bei uns bleiben. Das wolltest du doch auch?«

Die Huntress ließen ihre Bogen sinken und Shaya grinste. »Ich wusste ja, dass dir dein Krieger etwas bedeutet und er dir nun aus der Hand frisst.«

»Er frisst mir gewiss nicht aus der Hand!« Mit hochrotem Kopf wandte sie sich zu Steel um. Es wurde Zeit, endlich seinen Mann zu stehen, daher baute er sich neben Rhona und vor Shaya und Seth auf. »Hier bestimmt keine von euch, was ich tun oder lassen soll.«

Rhonas Wangen leuchteten noch stärker.

»Wir haben auch keine Zeit, das auszudiskutieren«, sagte er resolut, »denn wir werden jetzt eure Kinder zurückholen. Ihr könnt mitkommen, aber dann hört ihr auf mein Kommando, denn die Mission ist heikel und wir können keine Streithähne gebrauchen. Es wäre jedoch besser, wenn so wenige wie möglich unter die Kuppel gehen, um nicht aufzufallen. Aber alle Verletzten können mitfliegen. Sie werden in White City behandelt.«

Als Shaya nach vorne trat, hielt Seth sie zurück. »Du hast zu viel Temperament, Weib«, sagte er leise. »Vertrau Steel, er ist einer der Besten.«

Shayas Augen zitterten, ihre Kiefer mahlten. Sie fasste an Seth' Hand und sagte: »Dann musst du mich aufhalten, oder ich werde mit ihnen gehen.«

Der Krieger legte seine Arme um sie. »Ich halte dich, Shaya.«

Sofort drehte sie sich in seinen Armen und vergrub ihr Gesicht an seinem Hals.

Seinen Männern befahl Steel: »Sichert das Gelände, sammelt alle Entflohenen ein, nehmt euch die Angestellten vor, verhört sie und sperrt sie weg, sollten sie Probleme bereiten. Wir überlegen uns später, was wir mit ihnen machen.« Mit diesen Worten drehte sich Steel um und marschierte zum Schiff.

»Wieso hast du hier das Kommando?«, rief Shaya ihm trotzig hinterher, und Steel hörte, wie Seth zu ihr sagte: »Hey … scht … Wenn du willst, kannst du mir gerne behilflich sein, hier aufzuräumen. Das lenkt dich ab.«

Dic anderen Männer schwiegen, aber die Frauen sprachen alle durcheinander. Shaya hörte er von allen am lautesten. »Ach, und jetzt bestimmst du, oder was, Seth?«

Rhona lief neben Steel her zum Schiff, während Tammy noch ein paar Worte an Shaya richtete. »Sie haben die verschollenen Frauen gefunden und … vielleicht lebt mein Gefährte auch noch.«

»Was?«, fragte Shaya. Abrupt erstarb das Geschnatter.

»Informiert euch bei Tarek!«, rief Tammy, dann stieg sie hinter ihnen ins Schiff.

***

Rhona saß im Shuttle in einem breiten Ledersessel und hätte sich am liebsten die Fingernägel abgebissen vor Nervosität. Sie mussten mit dem Start noch warten, da es tatsächlich einige Verletzte gab, die in White City versorgt werden wollten. Sogar Amber flog zurück, obwohl sie, wie alle Huntress, das Leben unter der Kuppel hasste. Doch sie hatte ihr Kind im Arm und schien glücklich, und Vigour saß neben ihr und hielt ihre Hand, während Steel damit beschäftigt war, den Verwundeten einen Platz zuzuweisen. Davon gab es im Shuttle nicht viele, die meisten mussten auf dem Boden sitzen. Das Senatorenshuttle war offenbar nur für die hohen Herrschaften ausgestattet worden, denn es sah von innen eher aus wie ein gemütliches Wohnzimmer mit braunen Ledersofas, Screenern … und es gab sogar eine Bar!

Rhona machte Platz für Tia, deren langer blonder Zopf mit Blut getränkt war. »Oh Gott, was ist passiert?«

Auch Tammy kam zu ihnen. »Das sieht ja übel aus!«

Ihre Schwester ließ sich in den Sessel fallen und drückte sich ein Tuch auf den Scheitel. Im anderen Arm hielt sie ihren kleinen rothaarigen Jungen; er war mit vier Monaten eins der jüngsten Kinder auf der Insel. »Ich hab ordentlich eins übergezogen bekommen, danach war ich kurz bewusstlos. Fer meinte, ich soll mir das unbedingt mal ansehen lassen.«

»Fer?«

»Er ist einer von Steels Männern.«

Rhona zog Tias Hand weg und begutachtete die große Platzwunde unter den Haaren. Sie blutete nicht mehr. »Bist du mit ihm zusammen?«

Tia grinste, dann verzog sie ihr Gesicht. »Aua, Kopfweh … Ich weiß nicht, eigentlich finde ich gleich zwei Krieger verdammt heiß.«

»Wieso lässt du Raik nicht bei einer von uns?«, fragte Tammy und deutete auf ihren Kleinen, der sie mit großen Augen anblickte.

»Ich lasse ihn garantiert nie wieder irgendwo zurück.«

»Okay, Abflug!«, sagte Steel plötzlich und die Tür schloss sich.

Na endlich! Rhona setzte sich auf die breite Lehne von Tias Sessel und Tammy hockte sich auf die andere. Rhona versuchte sich abzulenken, da sie das Gefühl hatte, vor Aufregung gleich in Ohnmacht zu fallen. Leider blieb ihr Blick immer an Vigour, Amber und Tristan hängen, weil es hier keine Fenster gab. Die drei hatten ebenfalls ihre Sitze geräumt und saßen auf dem

Boden. Amber hatte den Kopf auf Vigours Schoß gelegt, Tristan kuschelte sich auf ihren Bauch und Vig streichelte abwechselnd über Ambers oder Tristans Haar. Die zwei waren bis über beide Ohren verliebt, denn sie flüsterten miteinander und lächelten sich unentwegt an. Es schien so, als wäre Vig nun der zweite Mann in Ambers Leben. Was für eine hübsche Familie.

Rhona schluckte. Sie wollte nur noch zu Hope.

Zwei Warrior hockten ebenfalls auf dem Boden, vier Huntress daneben, drei auf der breiten Couch. Auch vier gefesselte Angestellte waren unter den Verletzten, wie der Arzt, dem Rhona einen Pfeil ins Knie geschossen hatte.

Offenbar waren die Soldaten nicht allzu schwer verletzt – Rhona erkannte diverse Schnitt- und Schusswunden, die dank der außergewöhnlichen Selbstheilungskräfte nicht mehr bluteten –, denn sie konnten bereits wieder mit drei Jägerinnen flirten. Tia, Tammy und die anderen vier Huntress beachteten sie nicht. Also hatte bei ihnen vermutlich ebenfalls bereits eine Prägung stattgefunden.

Wo waren eigentlich Jazz und Murano?

Sie vernahm Stimmen aus der geöffneten Cockpittür; Steel sprach mit Jazz. »Fesseln wir ihn an den Notsitz.«

Ob die dort auch noch ein Plätzchen für sie hatten? Erst zögerte sie eine Weile, weil sie nicht wusste, wie sie sich Steel gegenüber verhalten sollte, aber dann stand sie auf und lehnte sich an den schmalen Türrahmen. Leider waren die beiden Pilotensitze von Steel und Jazz besetzt, und der einzige Notsitz von Murano. Na toll.

Als Steel sie bemerkte, erhob er sich und sagte zu seinem Bruder: »Kannst du das Schiff starten? Die Zielkoordinaten sind bereits eingegeben.«

Stirnrunzelnd schaute Jazz ihn an und betätigte blindlings an der Konsole einen der zahlreichen Knöpfe. Sofort erklang das Summen der anlaufenden Turbinen.

»Prima.« Steel drückte sich an ihr vorbei, wobei er ihr einen durchdringenden Blick schenkte, und sagte zu den anderen: »Wir werden gleich abheben und schon in wenigen Minuten wieder landen. Für alle, die nach White City müssen, dauert die Flugreise mit Extraschub etwa drei Stunden. Vigour wird dann euer Pilot sein.«

»Können wir mal reden?«, fragte Rhona, nachdem er sich zurück ins Cockpit begeben hatte.

Er nickte. »Das hatte ich ohnehin vor. So kannst du uns unmöglich begleiten.« Er musterte sie von oben bis unten, ihre Brüste in der Korsage, den nackten Bauch, die Shorts und die Stiefel.

Mist, sie trug immer noch dieselben Sachen, aber zum Duschen, Umziehen und Aufstylen war keine Zeit geblieben und sie hatte auch gar nicht daran gedacht. »Ich werde mitkommen, Steel.«

Er schmunzelte. »Ich habe nicht gesagt, dass du hierbleibst.«

Das wäre auch noch schöner, wenn er ihr jetzt Befehle erteilen würde.

Zu Jazz gewandt fragte er: »Gibt es irgendwo eine Möglichkeit, an eure

Uniformen zu kommen?«

Nun verstand Rhona. Die Kriegeroveralls unterschieden sich farblich. Während Steels aus verschiedenen Grautönen bestand, war Jazz' grün gefleckt. Allein dieser Umstand würde in New World wahrscheinlich schnell auffallen, aber sie in ihrem knappen Dress würde alle Blicke an sich reißen.

»Tareks und mein Gepäck müsste noch im Waschraum stehen, genau wie das von Murano.«

Steel hob die Brauen. »Im Waschraum?«

Rhona hatte inzwischen mitbekommen, dass die Transporter Laderäume für Waffen und Gepäck hatten, an die man allerdings nur von außen herankommen konnte.

»Der liebe Herr Senator hatte es verdammt eilig aus der Stadt zu kommen«, erklärte Jazz und drückte weitere Buttons an einem Display. Die Turbinen liefen warm, das Schiff zitterte leicht.

Plötzlich begannen ihre Knie ebenfalls zu zittern. »Geht es wieder unter Wasser?«

»Nein«, sagte Steel und zog sie mit sich in den angrenzenden Raum. »Das würde zu lange dauern. Hoffen wir, dass die Gladiatoren so mit ihrem Aufstand beschäftigt sind, dass sie den Luftraum nicht beobachten oder es Mark schon geschafft hat, uns unsichtbar zu machen.«

»Ich halte Mark für einen Wunderknaben, der hat das bestimmt längst alles geregelt«, sagte Rhona, um einfach über irgendwas mit Steel zu sprechen. Sie hatte das Gefühl, sich ihm vorsichtig annähern zu müssen. Sie hatte zu viel zwischen ihnen zerstört, Chemie hin oder her.

»Wow.« Sie befanden sich in einer geräumigen Kabine, in der alles glitzerte. Das hier war kein Waschraum, sondern ein Luxusbadezimmer! Marmoroptik, vergoldete Wasserhähne, sogar eine Duschkabine gab es!

Ihr Hass auf die Senatoren stieg. »Die haben ja wie Könige gelebt!«

»So kamen sie sich offenbar auch vor.« Steel wühlte in diversen Taschen und Rucksäcken, die unter dem Waschbecken standen, und zog zwei Overalls heraus. Einen davon reichte er ihr. Dann begann er die Waffen abzulegen.

»Von wem ist das Teil?«, fragte sie und schnüffelte möglichst unauffällig daran. Wenigstens war der Anzug frisch gewaschen.

»Deiner ist von Jazz.« Steel zog sich die Einsatzstiefel aus und öffnete seinen Overall am Kragen.

»Der Typ ist mir ein wenig unheimlich«, flüsterte sie.

»Mir auch«, antwortete er genauso leise und grinste. Lässig lehnte er an der Wand neben dem Waschbecken, seine grauen Augen funkelten.

Wie gerne hätte sie sich jetzt in Steels Arme geworfen, die Finger in sein verwuscheltes schwarzes Haar gegraben und ihn geküsst. Würde er es zulassen?

Verdammt, warum nur hatte sie solch große Angst, er würde sie zurückweisen? Das würde er nicht, sie waren durch ihr Blut miteinander verbunden. Dennoch traute sie sich nicht.

Rhona schaute schnell weg, als Steels nackte Brust und sein Slip zum Vorschein kamen. Sie konnte ihm kaum noch widerstehen. »Ist für Tammy auch ein Overall da?«

»Hm«, brummte er.

Zieh dich lieber um, wir sind gleich da, ermahnte sie sich. Sie musste nicht einmal ihre Stiefel ausziehen, um in die Hosenbeine des Anzugs zu steigen, da er ein wenig zu groß war. Zum Glück ließen sich die Bündchen enger stellen.

Gerade als sie den Overall hochziehen und in die Ärmel schlüpfen wollte, hob das Shuttle ab und machte sofort eine scharfe Kurve. Da sie sich nirgendwo festhalten konnte, flog sie nach vorne und landete direkt an Steels nackter Brust. Er trug nur seinen Slip; ihr Anzug rutschte herunter, ihre Bäuche drückten sich aneinander, seine Arme legten sich wie eine Klammer um ihre Taille.

»Hab dich«, raunte er.

Es tat so verdammt gut, von ihm gehalten zu werden! Sie hatte ihn so vermisst, auch wenn sie nur kurz getrennt gewesen waren.

»Wo hat der Kerl denn Fliegen gelernt?«, murmelte sie und ließ eine Hand um seine Taille gleiten, während ihre Nase ebenfalls auf Wanderschaft ging. Himmel, roch der Mann köstlich! Und seine Haut war so weich, so perfekt …

Steel drückte sie lachend von sich, als sie sich gefährlich nah seiner Achsel näherte. »Hör auf, ich stinke wie ein Schwein!«

Ihr war ganz schwindlig von seinem Duft. »Wenn Schweine so riechen wie du, muss ich mir unbedingt eins zulegen.«

Er hielt sie an den Schultern fest und sah ihr tief in die Augen. »Ist wieder alles gut zwischen uns?«

Sie schluckte. »Ich weiß nicht, sag du es mir. Du warst ein wenig abweisend in der Kommandozentrale.«

Er ließ die Hände an ihrem Hals hinauf in ihr Haar gleiten. »Ich durfte da unten keine Schwäche zeigen und musste mir meine Führungsposition zurückholen. Ich hatte solche Angst, dass du wegen Hope in Tränen ausbrichst, deshalb habe ich möglichst wenig mit dir gesprochen. Denn dann hätte ich mich nicht mehr auf die Mission konzentrieren können. Glaub mir, es war verdammt schwer für mich, in diesem Moment nicht richtig für dich da zu sein. Aber jetzt bin ich es, und ich werde alles, wirklich alles tun, damit du dein Kind zurückbekommst.«

»Steel, ich …« *liebe dich, liebe dich so sehr!*

Sie konnte ihm ihre Gefühle einfach nicht gestehen. Außerdem war sie unsicher, ob er auch aufrichtige Gefühle für sie hatte. Havoc hatte sie meisterlich getäuscht. *Soll ich mich einem Mann tatsächlich noch einmal mit Herz und Seele hingeben?* Sie zwinkerte sich eine Träne weg. »Ich bin so glücklich, dass du mir verziehen hast.«

Er zog ihren Kopf dicht an seinen, sodass sich ihre Nasenspitzen berührten. »In Zukunft spielen wir als Team und besprechen alles gemeinsam.«

»Einverstanden«, wisperte sie, bevor ihr Mund von ihm in Besitz genommen wurde.

Steel drängte sich an sie und keuchte, seine Hände waren plötzlich überall. »Am liebsten würde ich dich sofort vernaschen, aber dazu haben wir leider keine Zeit.«

Der Kuss allein machte sie schon glücklich, und Rhona wollte ihn so lange genießen, wie sie konnte. Sie wusste nicht, was in New World passieren würde. Vielleicht war dies das letzte Mal, dass sie sich so nahe waren.

***

Rhona rümpfte die Nase. »Igitt, stinkt das hier drin widerlich.«
Ihre kleine Gruppe hatte einen Seiteneingang der Kuppel passiert und war in einem Industrieviertel herausgekommen. Nun befanden sie sich in einer riesigen Halle mit hunderten von … »Wie heißen diese Tiere?«

»Kühe«, antwortete Jazz und schulterte einen großen Rucksack, den er aus dem Schiff mitgenommen hatte.

Rhona hatte sich genau wie Tammy die langen Haare unter eine Sturmhaube gestopft, die sie wie eine Mütze trug. Im Notfall schoben sie den Stoff über ihre Gesichter, und niemand würde sie als Frauen identifizieren können. Jetzt zog sich Rhona das Gewebe über die Nase, damit sie sich nicht gleich übergeben musste, während sie über dampfende Haufen stieg.

Jazz hatte ihnen empfohlen, diese Anlage zu durchqueren, weil sie ein gutes Stück Weg abschneiden konnten, hier drin sicher von keinem Warrior entdeckt wurden und der bestialische Gestank dafür sorgte, Rhonas und Tammys weiblichen Geruch zu überdecken.

»Von solchen Anlagen bekommt ihr also Fleisch und Milch her«, sagte Steel zu Jazz. Er schaute einer Kuh zu, die sich von ganz allein in eine vergitterte Box begab. Laser tasteten das Euter ab, und die Melkbecher dockten automatisch an den Zitzen an.

Die Tiere lagen in Boxen und kauten gemütlich oder standen auf riesigen Förderbändern, die die Kühe zwangen, sich gemächlich zu bewegen, und gleichzeitig Exkremente abtransportierten.

Rhonas Finger krallten sich um Bogen und Köcher. Wenn sie nicht bald hier rauskam, würde sie ersticken.

Jazz schleifte Murano mit, dem er einen Knebel verpasst hatte. Sollte er Zicken machen, hatte der Krieger ihm angedroht, seine Zunge herauszuschneiden. Rhona traute das Jazz auch zu.

»Achtung!« Steel deutete auf den Überwachungsraum am Ende der Anlage, und sie gingen hinter einem Futtertrog in Deckung. Ein Mitarbeiter in einem Kunststoffoverall und kniehohen Gummistiefeln schlurfte aus dem Raum, tätschelte diversen Kühen den Hintern, sprach mit den Viechern und verteilte Injektionen. Die Kühe ließen die Prozedur ohne zu murren über sich ergehen.

Manche Menschen waren schon seltsam, aber wenigstens schien dieser freundlich mit den Tieren umzugehen, auch wenn die Umgebung alles andere als das war. Einfach nur schrecklich. Rhona wollte keine Kuh sein, doch wenn sie an ihr Leben zurückdachte, hatte sie bisher ein ähnliches Leben geführt, bloß in einer paradiesischen Umgebung.

Ihre Gruppe schlängelte sich geduckt zwischen den Vierbeinern hindurch, und Rhona holte erst wieder tief Luft, als sie die Halle durch eine Brandschutztür verließen und in einem Hinterhof standen.

»Ich geh dann mal ein bisschen Feuerwerk machen und stoße später zu euch.« Jazz verabschiedete sich mit einem Militärgruß und verschwand in einer schmalen Gasse zwischen zwei Wellblechhallen. In seinem Rucksack befanden sich Handgranaten und andere Waffen, die er aus einer Versorgungskammer am Kuppeleingang hatte. Dort hatten sich Rhona und Tammy auch mit Messern ausgestattet, die sie in sämtlichen Taschen des Overalls und in ihren Stiefeln verteilt hatten.

Steel übernahm Murano, und Rhona lief mit Tammy hinter ihm her, vorbei an Futtersilos, einer Schlachterei, einer Milchabfüllanlage, einem Schweinezuchtbetrieb und anderen Industrieeinrichtungen. Von Kriegern war zum Glück nichts zu sehen, sie begegneten lediglich ein paar Arbeitern, die wohl Nachtschichten einlegen mussten … oder hier noch die Stellung hielten, damit die Lebensmittelproduktion weiterlief. Eigentlich war es erschreckend, wie abhängig die Menschen unter der Kuppel von diesen Produktionsstätten waren. Würden sie zerstört werden, würden alle verhungern.

Rhona überprüfte ihren einfachen Holzbogen und zählte dreißig Pfeile. Sie konnte sich ihre Mahlzeit jederzeit jagen, und darauf war sie verdammt stolz. Zum Glück war sie nicht auf diese ganzen Maschinerie angewiesen.

Es war seltsam, nach so vielen Jahren wieder unter der Kuppel zu sein. Hier wurde sie geboren, wahrscheinlich ausgetragen von einer Leihmutter, und hier hatte sie auch die ersten Lebensjahre verbracht, stets eingeschlossen in einem babyblau gestrichenen Hochhaus. Sie war mit Tammy durch die kahlen Flure gerannt oder hatte sich die Nase an den Fensterscheiben plattgedrückt und sich oft gefragt, wie der echte Himmel aussah, den sie nur aus Bilderbüchern gekannt hatte.

Rhona legte den Kopf in den Nacken und erspähte zwischen den Häusern die milchige Kuppel. Draußen leuchteten nun die Sterne, doch in New World bekam man davon nichts mit. Laternen an den Gehsteigen verbreiteten gedämpftes Licht, hinter den Fenstern huschten Schatten, und in den Straßen war es offenbar ruhiger geworden, zumindest hörte Rhona kaum etwas von dem Treiben, wie sie es auf den Monitoren beobachtet hatte.

»Falls die Warrior hier auch diese Schutzschilde haben, sehen wir alt aus«, murmelte sie.

Steel blickte zuversichtlich auf den Bogen in ihrer Hand. »Warum? Wir haben ja euch dabei.«

»Wie erklären wir das, wenn uns jemand mit Murano sieht?«, wollte sie von Steel wissen, der den Senator unermüdlich voranschubste. Offenbar traute sich der Mann nicht weiter, aus Angst, ebenfalls seinen Kopf zu verlieren.

»Wir sagen einfach, dass wir ihn zu Sabre bringen. Laut Marks Infos hat er mit zwanzig seiner Gladiatoren das Regierungsgebäude besetzt.« Steel zog einen Kommunikator aus der Hosentasche und warf ihn Rhona zu. »Halte mich auf dem Laufenden, falls es was Neues gibt. Ich hab lieber beide Hände für den Mistkerl frei.«

»Wie erfahre ich das?«

»Dann vibriert das Ding.«

Rhona steckte es weg und schlich mit Tammy weiter. Sie mussten über den See, das war der einzige Zugang zum Forschungsgebäude der ihnen bekannt war, außer man hätte ein Shuttle. Jazz hatte ihnen den Weg erklärt, sie sollten sich am besten durch das Industrieviertel bis zum Rande des New World Parks schleichen. Hinter der Grünanlage schloss sich der See an, und dort könnten sie ein Ausflugsboot nehmen.

Rhonas wild schlagendes Herz beruhigte sich etwas, als sie die ersten Bäume erreichten, doch im unbeleuchteten Park schien es weniger ruhig zuzugehen. Frauen kicherten, Krieger verfolgen sie und warfen sich lachend auf sie. Das waren auf keinen Fall die Gladiatoren, sondern wohl diese anderen Soldaten, die in den Sexshows auftraten. Gut, die waren wenigstens abgelenkt. Zum Glück schirmten die Bäume und Büsche weitgehend das reflektierende Licht der Kuppel ab, sodass es ziemlich dunkel war.

Sie bemerkten auch andere kleine Kriegergruppen, die versuchten, ihre Brüder zur Räson zu rufen. »Die Bürger sollen nach Einbruch der Nacht in den Häusern bleiben!«

»Wir dürfen wohl noch unseren Spaß haben, wenn die Shows schon ausgesetzt wurden.«

»Sabre will euch alle im Hauptquartier sehen«, hörten sie einen anderen Warrior. »Wer sich ihm nicht anschließt, den erklärt er zum Feind.«

»Sabre soll mal den Ball flachhalten«, erklang es zornig. »Keiner von uns hat ihn zum Anführer gewählt. Wenn er nicht bald von seinem hohen Ross runterkommt, sorgen wir dafür.«

Oh oh, das klang, als würden sich die Warrior in zwei Lager spalten. Besser, sie gelangten nicht zwischen die Fronten.

Sie huschten weiter, und Rhona konnte bereits das Wasser riechen, einen leicht moorigen Duft. Auch die Uferpromenade war nicht beleuchtet; offenbar wurden die Lichter absichtlich nicht eingeschaltet. Rhona erinnerte sich, dass sie von ihrem Zimmer im achten Stock aus gerne die Liebespaare beobachtet hatte, die nachts auf den See rausgefahren waren und Laternen entzündet hatten.

»Okay, rein mit dir«, befahl Steel dem Senator und schubste ihn in ein kleines Ausflugsboot, in dem zehn Personen Platz fanden. Es sah aus wie ein riesengroßer Schwan. Als Kind wäre sie so gerne mit solch einem süßen Boot gefahren.

Ach, sie hatte nie verstanden, warum sie nicht hinaus durfte.

Der Weg bis zur künstlich angelegten Insel in der Mitte des Sees, auf dem der zehnstöckige Forschungskomplex stand, war nicht weit, vielleicht fünfhundert Meter. Gleich würden sie ihr Ziel erreicht haben.

»He, ihr da, was wird das?«, rief auf einmal jemand.

Rhona kippte fast aus dem Boot, als sie schnell die Maske über ihr Gesicht zog. Tammy tat es ihr gleich, nur Steel blieb ganz ruhig und deutete auf Murano, der im Plastiksitz vor ihm hockte. »Wir wollen zu Sabre und nehmen die Abkürzung über den See. Wir haben ein Geschenk für ihn.«

Vier düstere Gestalten erschienen am Ufer, alle richteten ihre Gewehre auf sie und den geknebelten Senator. »Ist das Murano?«

»Aye.« Steel nickte.

Als die Männer näherkamen, erkannte Rhona, dass sie Lendenschurze, Stiefel und Waffengürtel trugen – und zum Glück keinen Schutzschildgenerator.

Der kleinste und stämmigste Krieger kratzte sich an der Braue. »Es hieß, Murano sei mit seinem Leibwächter in einem Shuttle abgehauen und hätte die Kuppel verlassen.«

»Anscheinend seid ihr falsch informiert.«

»Übergebt ihn uns, wir wollten sowieso gerade zu Sabre.«

Scheiße! Rhona wollte zu ihrem Bogen greifen, den sie unter der Sitzreihe abgelegt hatte. Vier gezielte Schüsse in schneller Abfolge und die Kerle wären erledigt, aber wahrscheinlich wäre sie tot, bevor sie den zweiten Mann traf.

So sehr sie Murano hasste – sie brauchten ihn, um in das Hochsicherheitsgebäude zu kommen!

Steel blieb weiterhin gefasst, nur seine Finger zuckten leicht, als würde er sich überlegen, ebenfalls gleich zur Waffe zu greifen. »Ich würde mir die Bonuspunkte bei Sabre gerne selbst verdienen.«

»Na schön, doch dann nennt mir eure Namen. Ich habe eure Gesichter noch nie gesehen.« Mit finsterem Blick wandte er sich an Rhona und Tammy. »Und warum seid ihr vermummt?«

Shit, das war ihr Ende …

Als plötzlich eine Explosion ertönte, deren Laut vermutlich durch die ganze Kuppel hallte und die Oberfläche des Sees zum Zittern brachte, fuhren alle Köpfe zur aufsteigenden Rauchsäule in etwa einer halben Meile Entfernung herum.

Das musste Jazz gewesen sein, er hatte tatsächlich das Lager unter Michelangelos Diner in die Luft gejagt!

»Scheiße«, rief einer der Krieger, »was ist da los?«

»Finden wir es raus!«

Sie verschwanden im dunklen Park und Rhona atmete auf. »Ich hab echt gedacht, jetzt ist alles vorbei.«

»Jetzt fängt erst alles an«, sagte Steel und startete den Elektromotor des Bootes.

***

Das Boot hatte den kurzen Weg zum Forschungskomplex fast geräuschlos zurückgelegt, und dank der Explosion hatten sich die wenigen menschlichen Wachmänner alle an einer Seite der künstlichen Insel versammelt, um sich das Spektakel anzuschauen. Sirenen heulten auf, blaue Lichter zuckten über die Kuppel, an der man eine Schleuse geöffnet hatte, damit der Rauch abziehen konnte.

Steel musste Murano fast aus dem Boot heben. Der schwitzte und bekam schwer Luft mit dem Knebel. Offenbar hatte er sich bereits einen Kopf kürzer gesehen.

Rhona war ebenfalls froh, das Boot zu verlassen, denn das Wasser machte sie nervös, schließlich konnte sie nicht schwimmen. Das trübe Nass zeigte auch nicht, wie tief der See war.

Leider bemerkte Rhona schnell, dass es kompliziert werden würde, das Gebäude unbemerkt zu betreten. Durch die Glastüren erkannte sie eine große Halle mit einer Rezeption – und noch mehr Wachen, wenigstens ohne Schutzschildgenerator. Dort unten war sie als Kind nie gewesen und sie hatte keine Ahnung, was sie dort alles erwarten würde.

»Gibt es einen Hintereingang?«, fragte Steel.

»Ich weiß es nicht«, antwortete sie. Hoffentlich hatte Steel einen Plan! Sie war viel zu nervös zum Denken.

»Senator?«

Murano zuckte mit den Schultern.

»Es gibt immer einen Hintereingang.« Steel schubste den Senator voran, und Rhona und Tammy folgten ihnen um das Gebäude. Dort waren ein Kiesweg und eine schmale Grünfläche angelegt worden.

Hinter dem Hochhaus gab es einen weiteren Landungssteg, offenbar für Versorgungsboote. An all das konnte sich Rhona nicht mehr erinnern. Vielleicht hatte es das früher alles auch noch nicht gegeben.

»Da haben wir doch schon ein Türchen«, sagte Steel. Eine große Stahltür ohne Augenscanner ragte vor ihnen auf. »Mist.«

»Kann Mark uns nicht helfen?«, wisperte Rhona.

»Leider nicht, dieses Gebäude hängt nicht am öffentlichen Netz und besitzt ein geschlossenes System.« Steel machte den Eindruck, als wünschte er, mehr seiner Männer wären mitgekommen, dann könnten sie die Wachen beschäftigen, während er die Tür sprengte … oder so was in der Art. Rhona hatte keine Ahnung, was ein Warrior in solch einer Situation machen würde.

Hektisch suchte sie im Halbdunkel die nähere Umgebung ab. »Hier kann man einen Code eingeben.« Sie hob eine Abdeckung an und ein Tastenfeld erschien.

»Wie lauten die Nummern?« Steel zog Murano den Knebel aus dem Mund und schubste ihn zum Bedienelement.

»Ich befürchte, den kenne ich nicht«, antwortete der Senator überheblich.

Ein leises Knurren vibrierte in Steels Kehle. Offenbar war seine Geduld gleich am Ende. Ihre ebenfalls. Am liebsten wollte sie dem Dreckskerl einen ordentlichen Schlag verpassen – was sie auch tun würde, wenn er nicht bald sprach.

Steel packte ihn hart am Kragen, sodass Murano nur noch mit den Zehenspitzen den Boden berührte. »Sie haben doch sicher einen Universalcode, mit dem man überall reinkommt.«

»Gewiss hat er das«, ertönte plötzlich eine Stimme hinter ihnen. Es war Jazz. Sein Overall war klitschnass, seine blau gefärbten Haare klebten an seinem Schädel und er roch so moorig wie der See. Außerdem trug er immer noch den Rucksack, bloß schien dieser voller zu sein als vor seinem Aufbruch. Die Gurte schnitten in den feuchten Stoff seines Anzugs.

Hatte Steel ihn kommen hören? Rhona nicht. Respekt, der Krieger gehörte offenbar zu den Besten.

Steel hob eine Braue, während er Murano weiterhin in die Luft hielt. »Schwimmen gewesen?«

»Ich musste abtauchen«, antwortete Jazz kühl und zog ein Messer aus seinem Stiefel. Er riss Muranos gesunde Hand an sich und drückte die Klinge an einen Finger. »Ich schneide dir einen nach dem anderen ab, bis du mit dem Code raus…«

»53-7-49-2!«, rief er.

»Na geht doch«, murmelte Jazz, während Steel den Senator losließ und Rhona die Zahlenfolge eintippte.

Jazz wandte nicht den Blick von Murano ab. Sein Gesicht zeigte keinerlei Emotionen. Langsam hob er die Hand mit der Klinge vor Muranos Nase. »Darf ich trotzdem …?«

»Nein!« Murano drückte beide Hände an seine Brust. »Sie sind ein Sadist!«

»Genau deshalb wollten sie mich«, sagte Jazz und betrat mit ihnen ein Treppenhaus.

Rhona schaute sich ein letztes Mal zum Anlegesteg um. »Wie kommen wir mit den ganzen Kindern von der Insel weg?« In das Schwanenboot würden sie nicht alle passen, und ein anderes Schiff hatte sie nicht gesehen. »Keiner von uns kann schwimmen.« Man hatte ihnen eingetrichtert, das Meer sei eine unbeherrschbare Naturgewalt, vor der sie großen Respekt haben müssen. Man hatte ihre Ängste geschürt, und jetzt wusste Rhona auch warum.

»Das Wasser ist nicht tief«, sagte Jazz. »Wir können den See zu Fuß durchqueren.«

Das war gut zu wissen, doch viele der Kinder würden wohl trotzdem nicht einen Fuß ins Wasser setzen. Aber darüber mussten sie sich später Gedanken machen.

»In welchem Stock sind die Kinder?« Rhona betete, dass Hope hier war und es ihm gut ging. Sie würde es nicht überstehen, wenn … Nein, nicht darüber nachdenken!

Jazz schenkte Murano einen finsteren Blick.

»Sind im achten Stock«, zischte der Senator.

Achter Stock – dort waren sie früher auch untergebracht gewesen.

Steel schaute sie flüchtig, aber besorgt an. Spürte er ihre Ängste? Sie wollte ihn auf keinen Fall verwirren, er durfte sich von ihrem Gefühlschaos nicht ablenken lassen, brauchte einen kühlen Kopf. Er musste sie alle heil rausbringen! Sie zählte auf ihn, vertraute ihm.

Womöglich half es ihr, wenn sie sich auf ihn konzentrierte. Er wirkte immer wie die Ruhe selbst, vielleicht konnte er ihr etwas davon abgeben.

Sie versuchte, seinen Herzschlag unter all den anderen herauszuhören, doch das einzige Herz, das tickte als stünde es unter dem Einfluss einer Schlaftablette, war das von Jazz! Der Mann war wirklich fast tot. Hatte er keine Angst, bei dem Einsatz zu sterben? Ihm schien alles egal zu sein.

Steel checkte den kurzen Flur, von dem mehrere Gänge abzweigten. Hier wirkte alles wie ausgestorben, aber es gab Überwachungskameras. Bestimmt blieb ihre Ankunft nicht lange unbemerkt.

»In den Aufzug!«, befahl er, und sie betraten den großzügig geschnittenen Lift.

Rhona drückte sich leicht an Steel, denn ihre Panik stieg. Lag das an dem geschlossenen Raum oder an der Sorge um Hope? Wahrscheinlich an allem zusammen.

»Ich bin so aufgeregt«, wisperte sie und knetete den Köcher in ihrer Hand. Eigentlich brauchte sie ihn nicht mehr zu tragen, denn nun war es mit dem Versteckspielen vorbei, daher schulterte sie ihn.

Tammy holte tief Luft und berührte kurz Rhonas Hand. »Ich springe auch gleich an die Decke. Was, wenn Blaze nicht mehr hier ist?«

»Er ist hier«, beruhigte Rhona sie. »Sie sind alle hier.«

Mit einem leisen Klingeln öffnete sich die Lifttür im achten Stockwerk, und sie schritten auf einen weiteren kahlen langen Korridor, von dem ebenfalls Gänge abzweigten. Außerdem gab es jede Menge Türen und es roch nach Desinfektions- und Putzmitteln.

Wie damals …

Rhona machte die Stille nervös.

»Wo stecken alle?«, fragte Steel.

»Nachtruhe«, flüsterte sie. Das hieß, weniger Angestellte, die ihnen in die Quere kommen konnten.

Jazz hatte wieder Murano übernommen und drückte dessen Kopf vor jeden Scanner, sobald sie durch eine Tür mussten. Drei Mal feuerte Steel einen Betäubungsschuss auf das Personal ab, das ihnen in den Gängen entgegenkam. Pfleger, Ärzte, Forscher … Sie hatte keine Ahnung, was diese Leute für Aufgaben hatten. Außerdem gab er elektrische Ladungen auf die Kameras ab.

Plötzlich schrillte ein Alarm los.

Rhonas Herz blieb beinahe stehen und für einen Moment war sie gelähmt, bis Steel sagte: »Sucht die Kinder, schnell!«

Ihre zitternden Beine setzten sich in Bewegung. Rhona lief an den Türen vorbei. Wie damals besaßen sie kleine Fenster, deshalb erkannte sie sofort, dass fast alle Zimmer leer waren. Bei den meisten handelte es sich um Schulungsräume, Besprechungszimmer, Aufenthaltsgelegenheiten.

Erst als sie zwei weitere mit Draht eingefasste Glastüren passierten und in einen düsteren Gang traten, der durch wenige Notleuchten erhellt wurde, wusste sie, wo sie war. »Hier sind die Schlafzimmer!«

Tammy griff an ihren Arm. Ihr Gesicht wirkte blutleer. »Ich erinnere mich.«

An den meisten Türen standen mehrere Nummern, an wenigen nur eine. Keine Namen. Tammy huschte zu einer Tür und spähte durch das Sichtfenster. »Ich sehe drei Kinder in Stockbetten!«

»Ist Hope da irgendwo drin?« Rhona lief von einer Tür zur anderen, aber sie ließen sich nicht öffnen. Das erledigte Jazz mit Murano, der sich immer mehr sträubte und mit den Füßen gegen das Zerren des Kriegers stemmte.

»Hope!«, rief sie, als sie in ein Schlafzimmer stürmte, in dem vier braunhaarige kleine Mädchen in Einzelbetten lagen. Die Zimmer besaßen keine Farbe, es gab kein Spielzeug, keine Wärme, alles war steril in Weiß gehalten, sogar die Nachthemden der Kinder.

»Kommt, es geht nach Hause!« Zwei Mädchen erkannte sie auf Anhieb. »Shikara, Leandra!« Sie drückte sie kurz und erntete verwirrte, schlaftrunkene Blicke. »Tante Rhona?«

»Ja, ich bin's, geht's euch gut?«

»Ich will zu meiner Mami«, antwortete Leandra und rieb sich über die Augen.

»Bald siehst du sie wieder.«

Sie verließen alle das Zimmer – da bemerkte sie eine Bewegung an den doppelten Glastüren im Flur. Mehrere Wachmänner mit Pistolen strömten in den Gang, der sich hinter den Doppeltüren befand.

»Steel!«

Er reagierte prompt und feuerte eine Energieladung auf den Öffnungsmechanismus. Der sprühte Funken, und Rhona hoffte, dass die Wachen eine Weile beschäftigt sein würden, um zu ihnen zu gelangen.

Die Männer schossen auf das Glas, doch es gab nicht nach. Gut.

Verzweifelt hielt sie Ausschau nach einem kleinen blonden Jungen. »Hope?! Weiß jemand von euch, in welchem Zimmer Hope schläft?«

Die Kinder schüttelten den Kopf.

Jeder von ihnen nahm sich einen anderen Raum vor, nachdem Jazz mit Muranos Hilfe alle Türen geöffnet hatte, und die Jungs und wenigen Mädchen im Alter von zwei bis sechs Jahren versammelten sich im Flur.

»Die Großen helfen den Kleinen!«, befahl Tammy. »Wir bringen euch nach Hause.« Sie drückte kurz einen braunhaarigen Jungen, der schluchzend im Flur stand. »Miro, alles wird gut, wir bringen dich zu deiner Mama. Weißt du, wo Blaze ist?«

»Und wo sind die ganz kleinen?«, wollte Rhona wissen.

Miro schüttelte den Kopf.

Tammy schaute sie schmerzerfüllt an, ihre Augen füllten sich mit Tränen.

»Wir finden sie«, sagte Rhona entschlossen, um nicht selbst in Tränen auszubrechen. Ihr Herz ratterte wie ein Schlagbohrer. »Wie viele Kinder haben wir?«

»Fünfundzwanzig«, sagte Steel.

»Fehlen mit Hope und Blaze noch drei.« Falls sie alle am Leben waren.

Ein kleines rothaariges Mädchen zog an Rhonas Hosenbein. »Die Babys schlafen dort.« Sie deutete an die Decke und klimperte mit ihren Kulleraugen. »Ich darf dort nicht schlafen, bin schon groß.«

»Danke, Faith!« Rhona streichelte Shayas Kind kurz über den Kopf. Die Kleine hatte vor wenigen Tagen noch auf der Insel mit Hope gespielt. Das schien Jahre her zu sein.

»Wir müssen eine Etage höher!«

Steel deutete zu den Glastüren, an denen zwei Wachen einen schwarzen Kasten anbrachten. »Wir sollten auch dringend verschwinden, die Kerle sprengen gleich die Türen!«

»Früher gab es am Ende des Ganges noch ein Treppenhaus!« Rhona lief mit Steel voran, während Tammy und Jazz mit Murano das Schlusslicht bildeten, damit kein Kind verloren ging.

»Verschlossen«, sagte Steel, als sie an der Metalltür ankamen, doch Jazz war schon mit Murano zur Stelle.

Dieser hielt die Augen geschlossen.

»Wenn du nicht spurst, schneide ich dir dein verdammtes Auge raus!«, knurrte Steel zu Rhonas Überraschung. Auch Jazz schaute für eine Sekunde verwundert aus, sagte dann jedoch: »Das ist eine hervorragende Idee, mir geht das Rumgezerre auf die Nerven.«

Sofort blickte Murano in den Scanner, und die Tür öffnete sich.

Alle liefen ein Stockwerk höher, da vibrierte etwas in Rhonas Hosentasche. Der Kommunikator! Sie hatte vergessen, dass Steel ihn ihr gegeben hatte.

Hastig zog sie ihn hervor. Ein grüner Punkt blinkte auf.

»Drück auf den Knopf, um zu sprechen!«, erklärte ihr Steel, während sie in einen weiteren Flur strömten.

»Steel?«, erklang Marks Stimme an ihrem Ohr.

»Nein, Rhona.«

»Rhona, ist alles in Ordnung?«

Sie drückte Faith hinter sich, als Steel und Jazz auf mehrere Angestellte Betäubungsschüsse abgaben. Hier oben war wesentlich mehr los. Die meisten Kinder hielten sich die Ohren zu und schlossen die Augen.

»Wir haben fast alle Kinder, aber im Moment bezweifle ich, dass wir jemals wieder aus dem Gebäude kommen!«

»Jazz ist bei euch, oder?«, wollte Mark wissen.

Rhona stieg über einen bewusstlosen Mann im weißen Kittel. Sie konnte sich kaum auf Mark konzentrieren, weil sie nur noch Hope finden wollte. »Ja, wieso?«

»Er trägt als Einziger einen Sender-Chip, den ich orten kann. Ich schicke euch ein Shuttle aufs Dach, aber Jazz muss unbedingt dort sein! Dann bringt euch das Schiff durch die Kuppelschleuse raus.«

Rhona schöpfte neue Hoffnung. »Du bist der Beste!«

»Lass das mal nicht Steel hören«, sagte Mark und legte auf.

Sie steckte das Gerät wieder in die Hosentasche und informierte die anderen, doch sie hatten das Gespräch trotz Kampfgetümmel und Sirenengeheul mitbekommen.

Jazz nickte, auch er hatte verstanden. Offenbar konnte das Shuttle nur vollautomatisch landen, wenn es von einem Signal geleitet wurde. Rhona hatte leider zu wenig Ahnung von der ganzen Technik.

»Schützt den Alpha!«, brüllte Murano plötzlich, als weitere Angestellte in weißen Kitteln durch den Flur liefen. »Sie dürfen ihn nicht …«

Jazz verpasste ihm einen Kinnhaken, der Murano zu Boden warf. Sofort packte der Krieger ihn am Kragen und zerrte ihn weiter. Obwohl Jazz eher ausgezehrt wirkte, besaß er genauso viel Kraft wie die anderen Warrior.

»Wer ist der Alpha?«, fragte Steel, aber Murano spuckte ihm nur Blut vor die Füße.

»Maamiiii!«, schrie plötzlich ein Kind.

Rhona erkannte am Ende des Ganges vier Männer, die jeweils ein kleines Kind im Arm hielten. Eines davon hatte einen blonden Schopf.

»Hope!« Ihr Herz überschlug sich. Das war er, bestimmt!

Der Kleine zappelte und boxte mit den Fäusten gegen die Schultern des Mannes, dann rief er wieder »Mami!« und sie erkannte sein Gesicht, die Pausbacken und die leuchtenden blauen Augen.

»Das ist Hope!« Sofort lief sie hinter dem grauhaarigen Arzt her und feuerte einen Pfeil ab, doch in genau dem Moment verschwand er mit den anderen durch eine Tür.

»Verdammt!« Sie wusste, wer der Kerl war, es war einer dieser Doktoren, die zugesehen hatten, als mehrere Männer in dem kleinen Raum um sie gekämpft und der Gewinner sie schließlich genommen hatte. Sie kannte bis heute nicht den Namen des Mannes, alle Angestellten, die in der Forschung gearbeitet hatten, hatten auf ihren Namensschildern nur Nummern und Strichcodes getragen.

Steel war bereits an ihrer Seite und schoss auf jeden, der nicht zu ihnen gehörte. Er feuerte keine Betäubungsschüsse ab, diesmal spritzte Blut. »Das waren die Männer, die dir all das angetan haben, oder?«

Sie hatte ihn noch nie so grimmig gesehen. »Woher …«

»Ich weiß es einfach, Rhona. Ich weiß es einfach.«

Auch der Bedieneinheit des Aufzuges verpasste er eine Kugelladung, und das leise Summen hinter den Lifttüren erlosch. Hoffentlich steckten möglichst viele Wachen im Schacht fest.

Als sie bei der Tür ankamen, in der die Männer mit den Kindern verschwunden waren, erkannte Rhona durch das Sichtfenster, dass Hope wie am Spieß schrie. Er hatte sich die Ohren zugehalten, doch hier draußen hörte sie nur einen schwachen Laut. Der Mann, der ihn trug, ließ ihn fallen und brach schließlich neben ihm auf dem Rücken zusammen.

»Hope!« Ihr Baby lag auf dem Boden und rührte sich nicht. »Nein!!« Das musste ein böser Traum sein. Ihr blieb die Luft weg, ihr Magen verkrampfte sich und mit aller Kraft rüttelte sie an der Tür.

Sie drehte sich zu Jazz und schrie: »Macht endlich diese verdammte Tür auf!«

Steel legte einen Arm um sie und schaute ebenfalls durch das Fenster. Zum ersten Mal erlebte sie ihn tief erschüttert. Sie konnte spüren, wie er mit ihr litt, oder litt er, weil sie litt?

Ihr Herz blutete. Da drin lag ihr kleiner Sohn, und sie konnte nicht zu ihm.

Als Jazz endlich Murano an der Scannereinheit hatte und sich die Tür öffnete, ging Steel voran und richtete den Lauf der Waffe auf die drei Männer, die die anderen Kinder im Arm hielten. »Gebt die Kinder frei, dann lasse ich euch am Leben!«

Rhona hatte nur noch Augen für Hope. In seinem kleinen weißen Schlafanzug sah er aus wie ein Engel. Bloß am Rande registrierte sie, dass sie sich offenbar in einem Behandlungsraum befanden, denn es gab mehrere Liegen und große Medikamentenschränke.

»Hope?« Sie warf ihren Bogen von sich und tastete ihren Kleinen behutsam ab, doch er schien keine Verletzung zu haben. »Baby?«, wisperte sie und streichelte über sein weiches Haar. »Mami ist hier.«

Bitte lass ihn nur ohnmächtig sein!

Vorsichtig hob sie ihn hoch und drückte ihn sanft an sich, um über seinen schmalen Rücken zu streicheln. *Bitte mach die Augen auf. Bitte!*

»Mami …«, flüsterte er in ihr Ohr, und seine Ärmchen schlossen sich um ihren Hals.

Rhona schluchzte auf. »Geht's dir gut, Baby?«

»Mami, ich hab dem Doktor wehgetan.« Hope legte beide Hände an ihre Wangen. Ernst sah er sie an. »Bist du jetzt böse auf mich?«

Es ging ihm gut, er lebte! »Mami ist dir nicht böse.« Hart räusperte sie sich und wischte sich mit dem Handrücken über die Augen. »Dieser Mann war böse. Was hast du mit ihm gemacht?« Durch den Schleier ihrer Tränen bemerkte sie, dass dem reglosen Arzt am Boden Blut aus den Ohren lief.

»Ich wollte zu dir, aber er hat mich nicht gelassen. Da habe ich geschrien und mir ganz fest gewünscht, dass er mich loslässt.«

Von dem Schrei eines Kindes brach kein Erwachsener zusammen. Rhona traf die Erkenntnis wie ein Blitz: Hope besaß eine Fähigkeit, nur deshalb war er hier. Sie hatte schon immer gewusst, dass er überdurchschnittlich intelligent war, da er bereits mit fünf Monaten zum Sprechen angefangen hatte. Dafür war er im Vergleich zu den anderen Kindern auf der Insel mit seinen motorischen Fähigkeiten hinterher und lernte gerade erst laufen. Aber dass er durch seine Schreie jemanden ausknocken konnte, war neu für sie. Die Ärzte mussten etwas geahnt haben.

»Alles okay mit Hope?«, fragte Steel durch das Heulen der Sirenen, als er die Kinder aus dem Raum scheuchte. Die drei Angestellten standen in der hinteren Zimmerecke zusammen und wurden von Jazz durch drei gezielte

Betäubungsschüsse ausgeschaltet.

»Ja, es geht ihm gut.« Ihre Knie zitterten so stark, dass sie gegen Steels Brust sank.

Sofort legte er den Arm um sie. »Soll ich ihn nehmen? Dann hast du die Hände frei, um mit dem Bogen zu schießen.«

Hope schaute zwischen ihnen hin und her, während sie hörte, wie Tammy im Flur rief: »Wir müssen weiter, da kommen noch mehr!«

Schnell gab sie Hope in seine Arme. »Das ist Steel, er passt auf uns auf.«

Hope nickte entschlossen und klammerte sich an Steels Hals.

»Ist er tot, Mami?«, fragte ihr Sohn mit zitternder Stimme und schaute auf den Arzt. Es war zu laut um etwas anderes zu hören als den grellen Alarm, deshalb bückte sie sich und fühlte am Hals des Mannes den Puls. Beständig klopfte er an ihre Finger. »Er lebt.«

Hope wirkte erleichtert.

»Verschwinden wir.« Steel zog sie am Arm nach draußen, da sagte ihr Sohn: »Er hat eine Waffe.«

Rhona dachte erst, ihr Kind würde Steel meinen, aber da drängte Steel sie zur Seite, drehte nur den Waffenarm und den Kopf nach hinten, um Hope mit seinem Körper abzuschirmen, und es folgten kurz hintereinander zwei Schüsse. Bloß einer davon war von Steel gekommen.

Als sie sich umwandte, lag dort der Arzt auf dem Bauch, in der ausgestreckten Hand hielt er eine Pistole und auf seiner Stirn prangte ein Loch.

Rhona keuchte. Um ein Haar hätte der Mann auf einen von ihnen geschossen.

»Jetzt wünschte ich, ich hätte ihn tot gemacht«, sagte ihr Kleiner zu Steel. »Er hat dich erschossen.«

Lächelnd schüttelte Steel den Kopf. »Die Kugel hat mich bloß angekratzt.«

Blut lief über Steels Hand. Es kam unter dem Bund seines Overalls hervor.

Rhona sah das Einschussloch an seinem Oberarm. »Wir müssen deine Blutung stoppen!«

»Nur ein Streifschuss, nichts Wildes.« Er lächelte Hope an und ihr Sohn lächelte zurück.

»Jetzt aber aufs Dach!«, rief Steel und winkte alle Kinder zum Nebenaufgang, während Tammy im Gang stand und gemeinsam mit Jazz auf jeden schoss, der nicht zu ihrer Gruppe gehörte. Rhona half ihnen und hoffte, dass ihnen die Pfeile nicht ausgingen. Sie hatte bloß noch zehn.

»Weißt du schon, wo Blaze sein könnte?«, fragte Rhona.

Tammy schüttelte den Kopf und schoss einem heranlaufenden Wachmann in die Brust. »Nein. Ich muss mich damit abfinden, ihn nie mehr zu sehen.« Sie klang tatsächlich so, als hätte sie das bereits.

»Kommt weiter!« Steel hielt die schwere Stahltür auf, bis alle im Treppenhaus waren. Erneut ging es weiter nach oben.

»Dieser Mann hat böse Gedanken«, sagte die kleine Faith plötzlich und deutete auf Murano. »Er will, dass ihr alle sterbt und wir sollen wieder eingesperrt werden.«

Alle Kinder starrten ihn an, und auf einmal griff er sich stöhnend an die Brust und sackte in Jazz' Griff zusammen.

»Ihr kleinen Bastarde«, zischte Murano. »Ich habe euch erschaffen lassen, ihr verdankt mir eure Leben!«

Jazz zerrte ihn weiter die Treppen nach oben, vorbei an der Tür zum zehnten Stock. Gleich waren sie auf dem Dach. Nebenbei warf er eine Granate nach unten, denn mehrere Männer waren auf dem Weg zu ihnen.

»Ohren zuhalten, Kinder!«, rief Rhona und war froh, dass Hope in Steels Armen gehorchte, denn der Knall war gewaltig. Auch Steel hielt sich mit einer Hand sein Ohr zu, an das andere drückte er seine Schulter.

Jazz schaute den Treppenabgang nach unten und murmelte: »Alle erledigt.«

Erneut deutete Faith auf Murano. »Er will nicht, dass ihr dort hinein geht.« Sie zeigte auf die Tür zur zehnten Etage. Ein bewaffneter Wachmann stürmte heraus, und Steel erschoss ihn auf der Stelle.

Seufzend sagte er: »Wie viele von den Typen gibt es hier denn noch?«

Die Kleinen würden alle traumatisiert sein, dachte Rhona. Auch wenn sie erschaffen wurden, Supersoldaten zu werden, so besaßen sie noch ihre unschuldigen Kinderseelen.

»Böser Mann, böser Mann«, murmelten die Kinder im Chor und deuteten auf Murano.

Jazz ließ ihn los, und Murano brach neben der erschossenen Wache zusammen.

Er griff sich wieder ans Herz und krümmte sich. »Ihr habt jetzt die Kinder, also verschwindet!« Langsam streckte er den Arm zum Wachmann aus, an dessen Hüftholster eine Pistole steckte.

»Soll ich dir noch mal die Hand durchsieben?«, fragte Jazz ungerührt.

Blitzschnell schnappte sich der Senator die Waffe und richtete sie auf seine Brust. »Ihr braucht mich, um aufs Dach zu kommen! Ich mach euch die Tür auf, dann lasst ihr mich hier.«

»Wo ist Blaze?«, fragte Tammy unter Tränen. »Lebt er noch?«

»Das werde ich dir niemals verraten.«

»Für diese Spielchen habe ich keine Geduld mehr.« Als Jazz den Lauf seiner Waffe an Muranos Schläfe drückte, sagte Faith: »Blaze ist ganz in der Nähe, er …«

Der Senator riss den Arm herum und wollte offenbar auf die Kleine schießen. Innerhalb eines Wimpernschlages trafen ihn mehrere Geschosse. Rhona jagte ihm einen Pfeil ins Herz, der von Tammy durchschlug seine Hand. Steels Kugel hatte sich zwischen seine Augen gebohrt, die von Jazz …

»Er ist tot!«, rief Tammy. »Warum habt ihr ihn umgebracht?

Blutend lag Murano auf dem Boden und regte sich nicht mehr.

»Es war keine Zeit mehr, ihm in die Hand zu schießen.« Abwehrend hob Jazz die Arme. Er war für das zweite Loch in Muranos Kopf verantwortlich.

»Aber …« Tammy schluchzte auf. »Wenn Blaze tatsächlich da drin ist …«

»Dann holen wir ihn raus.« Jazz durchsuchte hastig seine Hosentaschen, anschließend zog er mit einem Gemurmelten »Da ist es ja« Besteck hervor, Messer, Gabel und Löffel, die alle an einem Ende mit einem beweglichen Glied verbunden waren, wie bei einem Taschenmesser. Er hockte sich vor den Senator, hob mit dem Daumen dessen Oberlid an, fuhr mit dem Löffel unter das Auge und …

»Seht nicht hin, Kinder!«, sagte Tammy, doch zu spät. Mit einem leisen Plopp löste sich das Auge von Nerven und Muskeln und rollte in Jazz' Hand. »Hätten wir auch gleich so einfach haben können.«

»Das ist ja eklig«, sagte Faith eher fasziniert als angewidert. »Darf ich das mit dem anderen Auge versuchen?«

Rhona klappte der Mund auf, doch Jazz sagte cool: »Vielleicht ein anderes Mal, Kleine, wir müssen weiter«, und wiederholte die Prozedur rasch auf der gegenüberliegenden Schädelseite.

»Eins für dich, eins für mich.« Mit diesen Worten drückte er Steel einen Augapfel in die Hand und scheuchte die Kinder nach oben. Jazz schien nicht glücklich darüber, mit einer Horde hochintelligenter und unberechenbarer Waffen allein weitergehen zu müssen, aber er tat es.

Die Kinder würden ihm sicher nichts tun, zumindest Faith hatte ihn in ihr Herz geschlossen, denn sie lächelte ihn selig an. Aus ihr würde mal eine eiskalte Jägerin werden, da war sich Rhona sicher.

»Okay …« Steel übergab Rhona ihren Sohn und hielt den glitschigen Glaskörper an den Scanner. Die Tür ging auf, und Rhona huschte mit ihm und Tammy hinein.

Auf diesem Stockwerk herrschte Totenstille. Überhaupt war es sehr ruhig geworden. Offenbar waren keine Wachmänner mehr übrig.

»Beeilen wir uns.« Steel lief mit gezogener Waffe voran. Auch hier gab es zahlreiche Türen mit Sichtfenstern, doch alle Räume waren leer.

Rhona sorgte sich um ihn, denn er verlor immer noch Blut. Zwar nicht mehr so viel wie zu Anfang, aber das meiste saugte wohl der Overall auf. Er musste dringend versorgt werden.

Eine Tür in diesem Geschoss sah anders aus: Sie schien aus Stahl zu sein und besaß auch kein Sichtfenster. »Zutritt nur für autorisiertes Personal«, stand auf einem Schild. Was sich wohl dahinter verbarg?

Rhona drückte Hope an sich und ließ Tammy vorbei, die sich dicht zu Steel stellte, während er mit Muranos Auge die Tür öffnete. Mit einem leisen Summen sprang sie auf. Steel zog Tammy zur Seite und zielte in den kahlen Raum …

Rhona atmete stockend ein. In der winzigen düsteren Zelle, in der es außer einer Matratze und einer Toilette nichts gab, saß ein Junge auf dem Boden und starrte sie seelenruhig an. Rhona schätzte ihn auf zehn Jahre, also konnte es nicht Blaze sein, er war erst sechs. Auf seinem Kopf wuchs kein einziges Haar, nicht einmal Wimpern, und er trug einen ähnlichen Schlafanzug wie Hope.

Als Tammy »Blaze« wisperte, bewegte sich der Junge weiterhin nicht.

»Ist er das wirklich?«, fragte Rhona. Sie hatte ihn braunhaarig in Erinnerung. Außerdem hatte man Tammy doch Videos gezeigt oder waren das alles alte Aufnahmen gewesen?

»Er sieht viel älter aus, aber ich würde ihn immer erkennen.« Langsam ging sie auf ihn zu und vor ihm in die Hocke. »Ich bin deine Mutter, Blaze. Erkennst du mich nicht mehr?«

»Ich erkenne dich«, antwortete er ungerührt. »Und ich weiß, was du vorhast. Ich werde jedoch nicht mit dir kommen.«

»Was?« Tammy zitterte. »Warum?«

Blaze schwieg.

Steel fasste an ihre Schulter. »Wir haben keine Zeit mehr, ich höre Schritte im Treppenhaus.«

»Was hast du vor?«

Noch bevor er antworten konnte, flog seine Pistole in hohem Bogen aus der Hand.

»Was …« Steel keuchte auf, und Rhona zog sich mit Hope zurück. Hatte sie das eben geträumt?

Sie bekam mit, wie Steel blitzschnell eine weitere Waffe zog und einen Betäubungsschuss auf Blaze abfeuerte. Der Junge sackte zusammen, und Tammy riss ihn in die Arme.

»Er wird wieder aufwachen«, erklärte er ihr.

»Das weiß ich. Von allein wäre er nicht mitgekommen.« Weinend hob sie ihn hoch. »Was haben sie ihm hier angetan?«

»Offenbar haben sie ihm eine ordentliche Gehirnwäsche verpasst.« Steel sammelte seine Waffe ein und fragte Tammy: »Soll ich ihn nehmen?«

»Nein, ich gebe ihn nicht mehr her. Nie wieder.«

***

Eine Minute später befanden sie sich auf dem Dach. Jetzt hörte Rhona die schweren Schritte deutlich, die hinter ihnen durchs Treppenhaus hallten. Mehrere Personen waren im Anmarsch.

Steel schloss die Tür, aber sie sah nicht sehr robust aus.

»Wir müssen uns beeilen.« Er drückte Rhona am Rücken weiter. »Das sind keine Wachmänner.«

Sie nickte und flüsterte: »Warrior.«

Die Kinder hatten sich alle an einer Stelle versammelt, während ein kastenförmiges Transportshuttle auf dem flachen Dach landete. Nur wenige Meter über ihnen erhob sich die Kuppel, und weiter entfernt erkannte sie eine Öffnung darin. Entweder hatte Mark es geschafft, die Schleuse offen zu halten oder sie war ohnehin noch auf wegen des abziehenden Rauches.

Hope drehte den Kopf in alle Richtungen, als ob er nicht wissen würde, wohin er sehen sollte.

Als das Schiff endlich still stand, öffnete Steel sofort die Tür, und automatisch klappten Stufen heraus. »Alle rein mit euch!«

Jazz half den Kleinsten nach oben und stützte Tammy, die Blaze fest an sich drückte. Anschließend legte er seinen schweren Rucksack in den Laderaum.

Da donnerte etwas gegen die Stahltür. Die Krieger!

»Schnell!«, rief Steel und schob Rhona zur Treppe. Er befand sich mit Jazz noch draußen, um die letzten zwei herumlaufenden Kinder einzusammeln.

»Bitte treten Sie von der Tür zurück«, ertönte die Stimme des Bordcomputers. »Das Schiff startet in drei Minuten.«

»Steel!« Rhona stand im Shuttle, als die Stahltür des Hauses durch eine Explosion erschüttert wurde und schließlich aus den Angeln flog. Steel warf sich auf einen kleinen Jungen; die Tür krachte gegen seinen Rücken und begrub schließlich seinen Unterkörper.

Sie fühlte seinen Schmerz fast selbst, spürte ein Stechen und Prickeln in ihrer Wirbelsäule und bekam kaum noch Luft.

Steel regte sich nicht mehr.

»Steel!« Rhona wollte zu ihm, aber Jazz befahl ihr an Bord zu bleiben und übergab ihr das vorletzte Kind. Es war Zoran. Er machte sich von ihr los und lief zu den anderen.

Hope schrie.

»Scht, Baby, alles wird gut, wir sind gleich weg.«

Ihr Sohn drückte sich die Hände auf die Ohren. Würde sie jetzt auch gleich ohnmächtig werden wie dieser Arzt?

Beruhigend streichelte sie ihm über den Rücken. »Scht, wir sind gleich zu Hause, mein Schatz.« Wann hörte dieser Albtraum endlich auf? Und warum bewegte sich Steel nicht?

Sie war hin und her gerissen. Sie wollte zu ihm laufen, aber Hope keiner Gefahr aussetzen. Allein im Shuttle wollte sie ihn auch nicht lassen. »Steel!«

»Was ist da los?«, rief Tammy. Sie stand vor einer Sitzreihe und hielt immer noch Blaze im Arm.

»Krieger haben die Tür gesprengt! Sie hat Steels Beine eingeklemmt!«

In diesem Moment begann sich die Tür des Shuttles zu schließen. »Beeilt euch!«, rief sie und streckte die Hand hinaus.

Jazz zog das Kind aus Steels Armen und halb unter seinem Körper hervor und hob es ins Schiff. Gott sei Dank war der kleine Tilo unverletzt. Er lief zu den anderen Kindern und kletterte käsebleich in einen Sitz.

Jazz zerrte gerade die schwere Tür von Steel herunter, als drei schwerbewaffnete Krieger auf das Dach schritten. Es waren Gladiatoren!

»Niemand verlässt die Stadt ohne unsere Erlaubnis, bevor wir nicht wissen, was hier gespielt wird!«, rief ein kleiner stämmiger Warrior mit braunen Haaren. War das nicht derselbe wie vom See?

Hope schrie lauter, und einer der drei Krieger geriet ins Taumeln.

»Wie wäre es, wenn ihr euch um eure Angelegenheiten kümmert?«, antwortete Jazz, dann war die Tür des Shuttles geschlossen – und Hopes Schreie erstarben.

»Nein!« Verzweifelt suchte Rhona nach einem Knopf, um sie wieder zu öffnen. Es musste einen Notschalter geben! Aber an der Tür fand sie nichts.

Die Turbinen des Schiffes heulten kurz auf und liefen schneller.

»Wir dürfen nicht starten, Jazz und Steel sind noch da draußen!« Verdammt, es war niemand hier, der das Shuttle steuern konnte, es gab nur Tammy, sie und die Kinder!

Rhona eilte ins Cockpit, wusste jedoch nicht, welchen Knopf sie drücken sollte. Daher probierte sie wahlweise ein paar – nichts geschah. Im Display blinkte rot »Autopilot« auf und ein nerviges Piepen ertönte.

»Verdammt!«

Sie setzte Hope in den Pilotensessel und versuchte, die Verkleidung vor den Fenstern wegzureißen, schaffte es aber nicht. Sie musste wissen, was mit Steel los war!

Ich würde alles tun, damit du dein Kind wiedersiehst, hatte er gesagt. Und nun hatte er alle Kinder aus der Hölle geholt und einem Jungen das Leben gerettet.

Es war nicht fair, dass er zurückblieb! Was, wenn er schwer verletzt war oder ihn die Warrior aus New World festnahmen?

Als das Schiff abhob, hörte sie Schüsse. Wie Hagelkörner trommelten die Kugeln von außen gegen die Verkleidung.

»Steel …« Rhona presste sich die Hand auf den Mund und ließ sich auf den zweiten Pilotensitz fallen. Sie schloss die Augen und sah Steel in einer blutroten Pfütze liegen …

»Mami, warum weinst du?«, fragte Hope.

Ihr Baby … Dank Steel hatte sie es zurück.

Sie stand auf und schloss Hope in die Arme. Es tat so gut, ihn zu spüren und endlich wieder halten zu dürfen. »Ich bin traurig, weil Steel nicht mit uns kommt.«

Mit seinem kleinen Zeigefinger strich er die feuchten Spuren ihrer Tränen entlang. »Ist er ein echter Krieger?«

»Hm.« Sie ging mit Hope im Arm zurück in den Passagierbereich und setzte sich neben Tammy. Ihre Freundin hatte Blaze im Nebensitz angeschnallt, sein Kopf ruhte auf ihrem Schoß. Zärtlich streichelte sie sein kahles Haupt.

»Steel ist ein Held«, sagte Tammy leise. »Er und Jazz. Sie haben uns alle gerettet.«

Rhona schluckte, ihr Herz verkrampfte sich und ihre Rippen schmerzten. »Ich habe mich nicht mehr bei ihm bedanken können. Ohne ihn säßen wir wahrscheinlich alle im Gefängnis von White City und hätten unsere Kinder nie mehr wiedergesehen.«

Er hatte sein Versprechen gehalten, hatte alles darangesetzt, dass sie ihr Kind zurückbekam. Doch zu welchem Preis?

Sie musste sich ablenken, oder sie würde durchdrehen. Sie vermisste ihn so sehr, dass sie glaubte, es würde sie zerreißen. Und sie wollte nicht glauben, dass er tot war.

War er auch nicht, sie hatte nur Schüsse gehört, das musste nicht bedeuten, dass er …

»Schläft Blaze noch?«, fragte sie Tammy.

»Ja.« Sie seufzte leise und eine Träne lief über ihre Wange. »Was soll ich machen, wenn er mich nicht mehr lieb hat?«

»Er hat dich lieb.«

Tammy schüttelte den Kopf. »Als ich ihm in die Augen geblickt habe, lag darin nur Kälte. Wie bei Jazz. Da gab es nichts Warmes, kein Lächeln, keine Freude. Als ob er tot ist.«

Wie egoistisch Rhona sich vorkam. Sie hatte Hope zurück, es ging ihm gut. Tammy hatte schon vor vielen Jahren Hunter verloren und auch Blaze drei Jahre lang nicht gesehen. Und nun hatte sie ihr Kind zurück, aber es war ein anderer Mensch geworden. Wieso nur hatte Blaze alle Haare verloren? Welch grausame Experimente hatten sie mit dem Jungen gemacht?

Rhona drückte kurz ihre Hand. »Er wird sich an deine Liebe erinnern. Ganz bestimmt.«

»Hoffentlich …«, wisperte sie.

Rhona musste dankbar sein für das, was sie hatte. Dann sollte es eben so sein, es durfte offenbar nur einen Mann in ihrem Leben geben und das war Hope. Er hatte sich quer über ihren Schoß gelegt und den Kopf in ihre Armbeuge gekuschelt. Schon eine Weile zupfte er an dem Overall.

»Hast du Hunger, mein Schatz?«

Er gähnte herzhaft und nickte. Daher öffnete sie den Anzug bis zu ihrem Bauchnabel, schlüpfte aus den Ärmeln und löste die Verschnürung ihrer Korsage.

Sofort drückte Hope seinen Mund an ihre Brust und begann zu saugen.

Zitternd atmete Rhona ein und beobachtete ihren Sohn, wie er von ihr trank. Es gab kein schöneres Gefühl der Welt, als seinem Kind so nahe zu sein. Aber es war trotzdem nicht fair, dass sie Steel verloren hatte. Er und Jazz hatten sich für sie alle geopfert, damit sie ihre Kinder in Sicherheit bringen konnten.

Als eine ihrer Tränen auf Hopes Wange tropfte, wischte sie sie mit dem Daumen weg. Wenn Hope nicht wäre, wüsste sie nicht, wie sie weiterleben sollte. Der Schmerz in ihrem Herzen fraß sie auf.

Faith kletterte neben ihr in den Sitz. »Wo ist der Mann mit den blauen Haaren?«

»Er ist …« Sie schluckte. »Vielleicht nimmt er ein anderes Shuttle.«

Shayas Tochter schlug die Augen nieder. »Du brauchst mich nicht anschwindeln, Tante Rhona. Du denkst, er ist tot, genau wie der andere.«

Steel … Ihr Herz verkrampfte sich.

»Ja, Steel«, sagte Faith. »Du hast ihn sehr lieb.«

Wenn Faith nicht sofort das Thema wechselte, würde sie nie wieder mit dem Heulen aufhören können. Sie legte Hope über die Schulter, da er schon nach wenigen Schlucken eingeschlafen war; danach steckte sie die Nase in sein weiches Haar. Es duftete ein wenig anders, nach Krankenhaus, aber sie erkannte immer noch den Geruch ihres Kindes. Rhona würde ihm alles über Steel erzählen, wenn er älter war. »Woher weißt du das alles, Faith?« Die Kleine hatte doch früher keine Gedanken lesen können.

»Die Ärzte haben uns Spritzen gegeben, und plötzlich habe ich gehört, was in ihren Köpfen vorging.«

Schnell zog sie Hopes Ärmel nach oben. Seine Haut war makellos, sie erkannte keine Einstichstelle.

»Du musst im Nacken nachschauen, Tante Rhona«, erklärte Faith.

Sie schob sein Haar zur Seite und bemerkte die gerötete Hautstelle. Was hatten sie alles mit ihrem Baby gemacht? Was hatten die Kinder erleiden müssen? Ob sich Mark bereiterklären würde auf ihre Insel zu kommen, um sich ihre Kinder anzusehen? Rhona wollte Gewissheit, dass es Hope gut ging und er keine Schäden zurückbehalten würde.

»Die Untersuchungen waren nicht schlimm«, wisperte Faith. »Ich habe nur meine Mami vermisst.«

»Du bist gleich wieder bei ihr«, sagte Rhona und streichelte über Faith' Arm.

Tammy zeigte ihnen die tief gerötete kreisrunde Stelle an Blaze' Nacken. »Offenbar hat er ständig Injektionen bekommen, sonst wäre die Stelle doch längst verheilt?«

»Der Junge in deinem Schoß, Tante Tammy …«, fuhr Faith fort, »… er heißt Blaze?«

Tammy beugte sich vor. »Ja, Süße. Weißt du etwas über ihn?«

»Ich weiß, dass er nicht mehr schläft. Er hört uns zu und versteht nicht, warum ihr ihn nicht Alpha nennt.«

»Blaze, bist du wach?« Tammy strich erneut über seinen Kopf, aber er rührte sich nicht. »Kannst du dich nicht mehr an deinen Namen erinnern?«

Faith' Augen wurden groß. »Er überlegt, das Shuttle zum Absturz zu bringen!«

»Was?«, sagten Rhona und Tammy gleichzeitig. Sie hatten schließlich gesehen, wozu er fähig war.

Hastig blickte sich Rhona um. Die anderen Kinder schnatterten ununterbrochen oder turnten auf den Sitzen herum und hatten ihr Gespräch nicht mitbekommen.

Tammys Hand über Blaze' Kopf zitterte. »Schatz, du bist verwirrt, aber alles wird gut, das verspreche ich dir. Niemand wird jemals wieder Experimente mit dir machen.«

»Er weiß nicht, wem er glauben soll, Tante Tammy.« Faith rutschte vom Sitz und zwängte sich an Rhonas Beinen vorbei zu Blaze. Die Hände in die schmalen Hüften gestemmt, baute sie sich vor ihm auf. »Du kannst doch deine Mama nicht sterben lassen! Und ich will auch nicht sterben, denn ich will zurück zu meiner Mama! Ich habe meine Mama lieb!«

Als Tammy aufschluchzte, öffnete Blaze die Augen und setzte sich hin. »Wie fühlt sich Liebe an?«

Faith verdrehte die Augen. »Na, das ist ein schönes Gefühl, hier drin. Warm und kuschlig.« Kurz drückte sie die Hand auf Blaze' Brust. »Genau beschreiben kann ich es auch nicht. Ich weiß nur, dass ich meine Mami liebe, weil sie mir immer ein angenehmes Gefühl gibt. Sie tröstet mich, wenn ich traurig bin, und bringt mich zum Lachen, wenn mich jemand geärgert hat. Und sie duftet so gut.« Überschwänglich breitete sie die Arme aus. »Wie eine Blumenwiese.«

Was für ein kleines, schlaues Mädchen. Rhona war beeindruckt und wollte zugleich noch mehr weinen.

»Landung in dreißig Sekunden!«, drang die Stimme des Bordcomputers aus den Lautsprechern.

Gott sei Dank! Rhona atmete auf, doch zugleich wurde ihr bewusst, dass sie ohne Steel und Jazz zurückkehrten. Die Gruppe hatte zwei großartige Krieger verloren.

19. Die Insel / Neuanfänge

»Baby!!!«, kreischte Shaya, als ihr Faith entgegengelaufen kam. Sie öffnete die Arme und wirbelte mit ihrem Kind herum.

Das Shuttle hatte auf dem großen Hof vor dem Kinderhort aufgesetzt, und alle Jägerinnen erwarteten sie bereits. Sie liefen zum Schiff und umarmten ihre Kinder, lachten und weinten. Auch ein paar Warrior waren dabei, wie Seth, der Shaya und Faith grinsend in die Arme schloss.

Seth löste sich bald von ihnen und kam auf Rhona zu, die als Einzige noch beim Schiff stand. Sie starrte auf Tammy, die allen erleichtert ihren Sohn zeigte. Niemand hätte gedacht, dass sie Blaze einmal wiedersehen würden. Da der Junge jedoch verwirrt schien, schaffte sie ihn schnell aus der Menschenmasse.

Rhona lachte und weinte, während Hope in ihren Armen von alldem nichts mitbekam. Wenn er einmal eingeschlafen war, störte ihn nichts mehr, auch nicht das grelle Licht der Strahler, die den Hof erhellten. Dadurch erkannte Rhona kaum die Sterne am Nachthimmel.

Sie suchte den hellsten Stern und stellte sich vor, Steels Seele wäre nun auf dem Weg nach dort oben. Rhona würde von nun an immer an ihn denken, wenn sie zum Himmel blickte.

Sie spürte weiterhin das beklemmende Gefühl in der Brust, aber auch etwas anderes: die Gewissheit, dass Steel am Leben war.

Vielleicht klammerte sie sich auch nur an diesen Funken Hoffnung, um nicht durchzudrehen? Schließlich hatte sie die Schüsse gehört. Oder waren ihre Seelen durch die Prägung auf ewig verbunden?

»Wo sind Steel, Jazz und Murano?«, wollte Seth wissen.

Rhona schluckte. »Murano ist tot. Und … Steel und Jazz vielleicht auch.«

»Was?« Nun kam auch Tarek angelaufen. »Was ist passiert?«

Gerade als Rhona ihnen alles erzählen wollte, fiel ihr Augenmerk auf die Ladeklappe des Frachtraumes, und es verschlug ihr die Sprache. Sie schaffte es lediglich, auf die tiefen Dellen zu deuten, danach schaute sie hastig weg. Falls dort Blut zu sehen wäre, wollte sie nicht daran erinnert werden, dass Steel womöglich nicht mehr lebte. Vielleicht hatten die Krieger ihn und Jazz aber auch zu diesem Sabre geschleppt und sie wurden gerade gefoltert?

Tarek untersuchte die Einkerbungen. Die Kugeln hatten das Metall nicht durchschlagen. »Auf euch wurde geschossen?«

Sie nickte.

Als plötzlich ein Klopfen aus dem Frachtraum ertönte, zuckte sie zusammen.

»Habt ihr einen blinden Passagier dabei?« Tarek zog seine Waffe, und auch Seth hielt die Pistole bereit. Dann drückte er auf den Öffner.

Die Klappe fuhr nach oben und Jazz' vernarbtes Gesicht erschien. »Na, das ist ja 'ne nette Begrüßung.«

Sofort ließen die Krieger die Waffen sinken.

»Zur Seite«, murmelte Jazz und zog seinen schweren Rucksack hervor. »Steel ist verletzt.«

»Steel?« Rhona starrte wie gelähmt in den dunklen Gepäckraum.

Jazz sprang heraus; hinter ihm kroch Steel an den Rand und schwang gemächlich die Beine darüber. Wie ein alter Mann glitt er stöhnend von der Kante und humpelte auf sie zu, ein fettes Grinsen im Gesicht. »Die verdammte Tür hat mir sämtliche Rippen gebrochen. Fesselspiele fallen die nächsten Tage aus.«

Er lebte … »Du lebst!?«, rief sie und schlang einen Arm um seinen Nacken, mit dem anderen hielt sie Hope. »Meine Nerven!« Sie wollte jauchzen und springen und Steel küssen und lauthals schreien. Und ihn schlagen! Dass er ihr solchen Kummer bereitet hatte! Oh, sie wollte ihn am liebsten … Ach, sie wusste nichts mehr, nur dass sie überglücklich war. Sie hätte zu den Sternen schweben können, so leicht fühlte sie sich!

Fast schon grob fuhr sie an seinem Hinterkopf in sein Haar und zog ihn heran. »Tu das nie, nie wieder!« Dann küsste sie ihn so verlangend und besitzergreifend wie möglich, damit er spürte, dass er ihr gehörte, ihr allein!

»Hey, Baby, heb dir das für später auf«, murmelte er und legte mit einem immer breiter werdenden Grinsen einen Arm um sie. »Ich liebe dich auch.«

»Was hast du gesagt?« Atemlos starrte sie ihn an.

Ernst schaute er zurück und strich mit dem Daumen über ihre tränennassen Wangen. »Ich weiß, das kommt jetzt ein bisschen plötzlich, aber möchtest du …« Er räusperte sich. »Vielleicht braucht Hope ja …«

»Ich freue mich auch, dass du lebst«, sagte Tarek wenig rührselig und klopfte ihm auf die Schulter. »Doch ich brauche den Transporter. Die anderen kommen erst in einer Stunde aus White City, aber ich will nicht mehr warten. Jede Minute länger könnte einem Pfeilmensch das Leben kosten.«

»Ja, klar.« Als Steel sie losließ und einen Schritt zur Seite machte, damit

Tarek Kisten mit Waffen in den Transporter laden konnte, hätte sie dem Kerl am liebsten die langen Haare abgeschnitten. Warum musste Tarek sie ausgerechnet jetzt unterbrechen?

Sie fasste kurz an Steels Hand. »Was wolltest du eben sagen?«

Er kratzte sich an einer Braue. »Lass uns später reden, wenn wir allein sind.«

Allein … Das hörte sich fantastisch an.

Tarek winkte fünf Warrior heran. »Was dagegen, wenn ich ein paar deiner Männer mitnehme, Steel?«

»Natürlich nicht.«

Der Krieger bedankte sich. »Ist Murano im Kugelhagel gestorben?« Tarek deutete auf die Einschusslöcher.

»Nein, er hatte es schon vorher drauf angelegt, dem Tod vor die Sense zu springen. Die Spuren hier sind von deinen Brüdern. Sie waren sauer, als wir nicht nach ihrer Pfeife tanzen wollten.«

»Wie konntet ihr entkommen?«

»Hopes Schrei hat die Krieger irgendwie verwirrt, sie schienen sich nicht konzentrieren zu können. Jazz hat mich zum Shuttle gezerrt und wir sind in den Laderaum gekrochen, gerade als das Schiff abhob.«

Rhona erinnerte sich an das nervige Piepen im Cockpit. Vielleicht war das ein Warnsignal gewesen, weil der Laderaum nicht geschlossen gewesen war. Wenn sie sich ein bisschen auskennen würde, hätte sie sich womöglich weniger Sorgen gemacht. Egal, Steel und der andere Krieger waren bei ihnen!

Jazz, der kurz verschwunden gewesen war – Was war denn eigentlich in diesem großen Rucksack und wo hatte er ihn hingebracht? –, stellte sich zu ihnen. »Ich komme auch mit auf die Plantagen.« Beinahe ängstlich schaute er auf die Kinder und ihre glücklichen Mütter. Offenbar fühlte er sich hier nicht wohl.

Tammy stieß ebenfalls zu ihnen. Sie hatte Blaze an der Hand. Der Junge wirkte teilnahmslos, hielt sich aber mit seinen Tricks zurück. Rhona wollte nicht wissen, wozu er fähig war. Vielleicht checkte er auch einfach erst die Lage, um dann alles in die Luft zu sprengen? Sie erschauderte und musterte Blaze erneut. Seine Finger krallten sich in Tammys Hand und er schaute sie immer wieder an. Ob er sich langsam an sein früheres Leben erinnerte? Hoffentlich!

»Hast du etwas über Hunter erfahren?«, fragte Tammy den Krieger.

»Er arbeitet auf der Plantage, zu der ich jetzt fliegen möchte.«

Sie riss die Augen auf. »E-er lebt?«

Tarek nickte.

»Oh Tammy!«, rief Rhona. »Das ist … fantastisch!« Die Neuigkeiten machten sie sprachlos. Hunter lebte!

»I-ich …« Obwohl Tammy lachte, liefen Tränen über ihr Gesicht. »Ich würde mitkommen, aber ich kann Blaze nicht im Stich lassen. Bring mir bitte meinen Mann zurück.«

»Ich werde mein Bestes geben«, antwortete Tarek und stieg ins Shuttle.

Bevor Jazz hineinging, drehte er sich zu Tammy um und nickte zu Blaze. »Ich kenne diesen Blick. Nach dem Entzug wird dein Junge anders sein.«

»Entzug?«

Er drückte ihr Muranos Auge in die Hand. »Geh nach unten in die Kommandozentrale. Kontaktiere den Arzt in White City.«

»J-ja, das mache ich.«

»Die Türen lassen sich jetzt alle ohne Augenscan öffnen«, rief Tarek aus dem Shuttle, »Mark hat die Sperren aufgehoben!«

Tammy hielt Jazz das Auge hin. »Dann brauch ich das wohl nicht mehr.«

Der Krieger nahm es zurück und steckte es in die Brusttasche seines Overalls, danach stieg auch er ein.

***

Es fühlte sich für Rhona irgendwie seltsam an, in ihr kleines Zimmer zurückzukehren. Sie war jedoch froh, wie alle Mütter eine eigene Unterkunft zu haben und nicht in den Gemeinschaftsschlafzimmern nächtigen zu müssen. Daher hatte sie sich den kleinen Raum, in dem sich bloß ihr Bett, Hopes Kinderbettchen und ein Schrank befanden, hübsch eingerichtet. Vor dem vergitterten Fenster standen Orchideen, die sie aus dem Urwald hatte, und an den kahlen weißen Wänden hingen riesige Palmblätter, an denen getrocknete Blüten und bunte Vogelfedern befestigt waren. Rhona liebte die Natur um sich herum, deren Farben- und Formenvielfalt.

Sie hatte geduscht, Hope ins Kinderbett gelegt und wartete auf Steel, der sich noch in der Kommandozentrale befand, um Pearson Bericht zu erstatten. Rhona trug nur einen Kimono, denn normalerweise schlief sie nackt. Wenigstens fühlte sie sich wieder wohl in der Haut, als hätte sie alle bösen Erinnerungen der letzten Tage abgewaschen.

Ihr Blick fiel auf ihr Bett, das etwas eng für sie beide werden würde, aber wenn sie zusammenrückten, würde es schon irgendwie gehen. Sie wollte ohnehin die ganze Nacht in seinen Armen liegen und nicht losgelassen werden.

Sie entzündete ihre selbst gebastelte Kerze aus Palmöl, die zwischen den Orchideen stand, und schaltete das Licht aus. Dann stellte sie sich vor Hopes Kinderbett und beobachtete ihren Sohn beim Schlafen. Sie hatte ihn zurück und ihren Gefährten ebenfalls. Obwohl sie müde war, hätte sie am liebsten die ganze Welt umarmt.

Als sich die Zimmertür öffnete und Steel hereinkam, wurden seine Augen groß. Er fasste in ihr offenes, noch leicht feuchtes Haar und ließ den Blick über ihren Kimono wandern. »Du siehst schön aus.«

Ihr Gesicht erwärmte sich. »Danke.«

Als er Hope im Bettchen bemerkte, senkte er die Stimme. »Darf ich duschen?«

»Du kannst machen, was du möchtest.«

Er grinste. »Ich weiß nicht, ob ich heute Nacht noch dazu fähig bin, all das zu machen, was ich möchte. Aber ich werde dich an deine Worte erinnern, wenn ich wieder kann.«

Sie hatte beinahe vergessen, dass er nicht nur einen Streifschuss abbekommen hatte, sondern sogar die schwere Eisentür.

Rhona folgte ihm ins winzige Badezimmer, in dem es außer einer Duschkabine, der Toilette und einem Waschbecken nicht viel gab. Zu zweit konnten sie sich gerade darin aufhalten.

Rhona half Steel aus dem Overall und den Stiefeln. Als er nackt vor ihr stand, betrachtete sie die Wunde am Arm. Dort hatte sich bereits eine Kruste gebildet und die Verletzung blutete nicht mehr. Steel würde lediglich eine Narbe zurückbehalten, was seiner Attraktivität keinen Abbruch tat.

Sie saugte seinen Anblick in sich auf, jeden Zentimeter Haut, die schwellenden Brustmuskeln, den flachen Bauch, die Muskelstränge, die sich wie ein V zu seinen Leisten verjüngten … Seinen männlichsten Körperteil betrachtete sie völlig ungeniert und offenbar zu lang, denn Steel sagte schmunzelnd: »Inspektion immer noch nicht abgeschlossen?«

Sie lächelte. »Nicht wirklich. So ein Prachtexemplar hat Frau schließlich nicht jeden Tag in ihrem Badezimmer.«

»Dein Prachtexemplar fühlt sich gerade ziemlich verbeult.«

»Dreh dich mal um«, bat sie ihn und fuhr mit den Fingerspitzen über seinen breiten Rücken. Überall hatte er Blutergüsse. »Das sollte sich ein Arzt ansehen.«

»Ach, das wird schon wieder. Einen Warrior bringt so schnell nichts um.«

»Ich bestehe darauf.«

»Na dann …« Grinsend drehte er sich um und zog sie in die Arme. »Mark wollte für ein paar Tage herkommen, er möchte weitere Blutuntersuchungen machen und sich die Kinder anschauen.«

»Das ist gut.« Sie atmete auf und lehnte den Kopf an seine Schulter. »Kommst du klar oder kann ich dir helfen?«

Plötzlich setzte er einen gequälten Gesichtsausdruck auf, doch aus seiner Stimme triefte der Schalk. »Ich wäre dir sehr dankbar, wenn du mich von oben bis unten gründlich abschrubben könntest.«

»Gründlich?« Sie hob die Brauen und löste den Gürtel an ihrem Kimono. »Ich will dir nicht wehtun, Krieger.«

Steel räusperte sich. »Ich wäre auch mit zärtlich und behutsam einverstanden.«

»Das lässt sich einrichten«, sagte sie und stieg mit ihm in die Kabine.

***

Eine halbe Stunde später lagen sie eng aneinandergekuschelt im Bett. Steel schmiegte sich von hinten an sie und hatte einen Arm um ihre Taille gelegt, seine Hand ruhte auf ihrer Brust. Genau so hatte sich Rhona das immer vorgestellt – bis auf den Kommunikator, den er ans Kopfende gelegt hatte, um ständig erreichbar zu sein. Schließlich war Steel nicht hier, um Urlaub zu machen.

Sie hatten sich unter der Dusche leise und sanft geliebt, und Rhona hatte aufgepasst, ihrem verletzten Krieger nicht wehzutun. Danach waren sie nackt unter die Laken gekrochen. Jetzt wollte Rhona nur noch schlafen, aber eine Frage brannte ihr auf der Seele: »Was wolltest du vorhin am Shuttle sagen, bevor Tarek dich unterbrochen hat?«

»Ich wollte dich fragen, ob du dir vorstellen kannst, für immer mit mir zusammen zu bleiben.«

Sie nahm seine Hand und drückte sie an ihr Herz. Dann lächelte sie in die Dunkelheit. »Ja, das kann ich.«

Er strich ihr Haar am Nacken zur Seite, um sie dort zu küssen. »Dich stört also nicht mehr, dass die Hormone an unseren Gefühlen schuld sind?«

Sie drehte sich in seinen Armen und rieb ihre Nase an seiner Brust. Hm, jetzt roch er wieder nach Mann, nicht mehr nach Kuhstall. Sie kicherte.

»Was?«, fragte er leise.

»Ich musste gerade daran denken, wie verrückt das alles ist, was ich in den letzten Tagen erlebt habe.«

»Du weichst vom Thema ab, Baby.«

»Ich liebe dich doch nicht bloß wegen dieser Chemiesache«, sagte sie. »Ich fühle mich bei dir wohl, weil ich auf dich zählen kann. Du hast mich nie hängen lassen, selbst als ich so gemein zu dir war. Außerdem bist du ein hervorragender Warrior, was mir natürlich imponiert, und du siehst verdammt lecker aus. Deine Qualitäten als Liebhaber sind auch nicht zu verachten, und du gehst auf meine Bedürfnisse ein. Welche Frau würde da Nein sagen?«

»Du … liebst mich?«, fragte er mit einem Lächeln in der Stimme.

Sie biss sich auf die Lippe. »Habe ich das laut gesagt?«

»Hmm«, brummte er. »Du hast dich verplappert. Doch ich habe das schon gewusst, als ich aus dem Frachtraum gekrochen bin.«

Grinsend zog sie mit dem Zeigefinger Kreise auf seine Brust. »Okay, dann werde ich es nicht leugnen.«

Er nahm ihre Wangen in beide Hände und zwang sie, ihn anzusehen. Obwohl es fast dunkel war, erkannte sie die Konturen seines Gesichtes. »Ich liebe dich auch, meine leidenschaftliche Jägerin. Na, wie gefällt dir das?«

»Das gefällt mir sehr gut«, antwortete sie. »Aber …« Wie sollte sie es ihm nur erklären? »Ich weiß nicht, ob ich mit dir in White City leben kann, ich …«

»Hey«, unterbrach er sie. »Mach dir deswegen keine Sorgen. Ich werde hier bleiben.«

Ihr Herzschlag flatterte. »Und dein Job als Bodyguard? Ich hatte das Gefühl, du machst ihn gerne.«

»Ja, der Job ist cool, doch nun habe ich einen besseren. Ich soll hierbleiben und das Kommando für den Vorposten übernehmen.«

»Auch das Kommando über uns Frauen?«

»Nein, das wäre mir zu anstrengend. Mir reicht schon, dass ich ab jetzt das Kommando über eine Frau habe.«

Sie lachte leise und lauschte, ob Hope noch schlief. »Das glaubst auch nur du.« Hope … »Und was ist mit meinem Kind? Stört es dich nicht, dass es nicht deines ist?«

»Nein. Ich … mache mir trotzdem Gedanken um Hopes Vater.«

Sie hielt die Luft an. »Du weißt, wer er ist?« Rhona selbst hatte bloß eine Vermutung.

»Ja«, sagte er kaum hörbar. »Ich musste es einfach wissen und habe Mark gebeten, nachzusehen.«

»Wer ist es?«

»Er … hieß Tribal.«

Tribal … Der Name kam ihr bekannt vor. »Er hatte blondes Haar, oder?«

»Ja.«

»Natürlich erinnere ich mich an ihn.« Er war schließlich derjenige gewesen, der alle anderen Krieger besiegt hatte, um mit ihr zu schlafen. Also war er tatsächlich Hopes Vater. »Er bedeutet mir nichts, Steel. Wirklich. Sein Gesicht verfolgt mich manchmal in meinen Träumen, aber mehr ist da nicht.« Sie schüttelte sich. »Wo ist er?«

»Willst du es wirklich wissen?«

Sie hob den Kopf. »Moment, du hast gesagt, er *hieß* Tribal? Ist er …«

»Ja. Er wurde, nachdem man ihn nicht mehr für das Zuchtprogramm gebraucht hatte, auf einer der Plantagen eingesetzt. Dort herrschen raue Sitten vor, die Warrior sind weitgehend auf sich allein gestellt und es gilt nur noch das Recht des Stärkeren. Bei einem Kampf um die Rangordnung ist er wohl gestorben. Jemand hatte ihm mit einem Messer den Bauch aufgeschlitzt.«

Keuchend sank sie zurück in Steels Arme. »Das hat er nicht verdient.« Keiner der Unschuldigen in diesem perversen Spiel hatte ein grausames Schicksal verdient. »Danke, dass du es mir gesagt hast.« Sie zögerte, doch dann traute sie sich zu fragen. »Und … Havoc? Ist er auch tot?«

»Nein, er wurde nach Royal City versetzt.«

Also würde sie ihm wohl nie wieder begegnen. Sehr gut. »Da warst du ja neugieriger als ich.«

»Ich musste schließlich überprüfen, wo meine Rivalen stecken.«

Lächelnd zupfte sie an seiner Brustwarze. »Du hast keinen Rivalen, Steel. An dich kommt nämlich keiner ran.«

»Das will ich mal hoffen, Baby«, raunte er und gab ihr einen langen, leidenschaftlichen Gute-Nacht-Kuss.

***

Am nächsten Tag erwachte Rhona, als Hope wie jeden Morgen zu ihr ins Bett krabbelte. Er quetschte sich zwischen Steel und sie und schaute ihn mit großen Augen an.

»Guten Morgen, kleiner Mann.« Steel rutschte ein Stück von ihr weg, um ihrem Sohn Platz zu machen.

»Morgen, großer Krieger«, sagte er und klopfte ihm auf die nackte Schulter.

Rhona unterdrückte ein Grinsen.

Dann kuschelte sich Hope an ihre Brust und begann zu trinken. Wie es aussah, hatte ihr Sohn den zweiten Mann in ihrem Bett akzeptiert.

Steel seufzte, wobei er verträumt auf ihren Busen blickte. »Hope hat's gut. Frühstück im Bett.«

Rhona zog die Decke über ihren Sohn und strich ihm über den Kopf, während Steel vorsichtig den Arm um sie beide legte. Konnte ein Tag schöner beginnen?

Die Morgensonne strahlte durch das Fenster, die zwei liebsten Menschen auf der Welt lagen bei ihr und das Leben im Zuchtprogramm hatte nun ein Ende. Sie durfte endlich Mutter, Frau und Liebhaberin sein.

»Im Gang befindet sich ein Kaffeeautomat.« Sie deutete über Steels Kopf, um ihm die Richtung zu weisen. »Ich bin leider gerade verhindert.«

Er setzte sich auf und verzog leicht das Gesicht. Eine Nacht auf gebrochenen Rippen zu liegen war sicher mehr als unangenehm. »Tja, und ich hab nichts anzuziehen, fällt mir gerade ein.«

Ihretwegen waren sie so überstürzt vom Gefängnis in White City aufgebrochen. Er hatte so viel für sie riskiert und alles zurückgelassen. Nicht nur seine Kleidung, sondern sein ganzes altes Leben. »Ich leih dir meinen Kimono. Steht dir bestimmt gut.«

»Meine Männer werden sich freuen, wenn ich damit in der Kommandozentrale auftauche.« Er ging ins Badezimmer, und sie hörte, wie er sich erleichterte und wusch, dann kam er mit einem Handtuch um den Hüften heraus. Vorsichtig öffnete er die Zimmertür einen Spalt und lugte in den Gang. Viele kleine Füße trappelten über den Flur.

»Ist hier immer so viel Betrieb?«, fragte er über seine Schulter.

Rhona grinste. »Kinder ticken nun mal nicht nach der Uhr.«

Er öffnete die Tür weiter und zog eine große dunkelgrüne Tasche hinein.

»Was ist da drin?«

Steel zuckte mit den Schultern. »Das ist zumindest mein Bag.« Er machte den Reißverschluss auf, holte ein zusammengerolltes Stück Papier heraus und setzte sich zu ihr ans Bett. Nur dass es kein Papier war, das er in der Hand hielt, es sah dicker aus, und elektronische Buchstaben erschienen wie von Geisterhand darauf. Das war ePaper, das hatte Rhona bereits gesehen.

»Was steht da drauf?«

»Präsident Pearson hat mir etwas zum Anziehen und ein paar persönliche Sachen mitgeschickt.«

Sie hatten in der Nacht gehört, wie die Shuttles angekommen und kurz darauf zu den Plantagen weitergeflogen waren. Steel war kurz draußen gewesen. »Du hast aber einen fürsorglichen Präsidenten.«

Neugierig richtete sie sich auf, wobei sie Hope an ihre Brust gedrückt hielt. Ihr Sohn saugte mittlerweile nur noch halbherzig und war schon wieder dabei einzuschlafen. Seine Entführung hatte ihn wohl sehr mitgenommen und ihr blutete immer noch das Herz deswegen. »Was hat Pearson dir denn eingepackt?«

»Das Buch, das ich mir gerade ausgeliehen hatte, und …«

»Welches Buch?« Sie liebte Bücher, aber hier gab es kaum welche, eigentlich nur Kinderbücher.

Er reichte es ihr. »Der letzte Mohikaner.«

»Das ist ja aus echtem Papier!« Sie kannte hauptsächlich eReader und eben dieses ePaper, nur die Babys hatten Bücher aus weichem Kunststoff, in denen sie blättern konnten.

Hastig überflog sie die Rückseite. »Und es klingt spannend.«

Steel grinste. »Da wo ich herkomme, gibt es noch mehr.«

»Vielleicht musst du mir doch mal deine Stadt zeigen.«

»Unbedingt.« Steel gab ihr einen Kuss und zog ein dunkelblaues T-Shirt aus der Tasche. »Du kannst es gerne lesen. Ich werde ohnehin erst mal nicht dazu kommen.« Er koordinierte hier alles und würde oft beschäftigt sein. Aber das war nicht weiter schlimm. Hauptsache er lebte und befand sich in ihrer Nähe.

Während sie Hope in ihren Armen wiegte, beobachtete sie Steel beim Anziehen. Sein T-Shirt spannte sich über seine Brustmuskeln, und als er sich bückte, um nach einem Slip zu angeln, kam sie in den Genuss, seine strammen Pobacken bewundern zu dürfen. Danach streckte er sich und berührte mit den Fingern die Zimmerdecke. Jetzt war Rhona schon groß, aber Steel schien den ganzen Raum auszufüllen.

»Es wird auf Dauer in diesem Loch vielleicht ein bisschen eng werden für uns drei«, sagte sie.

»Ich bin bereits glücklich, dass all meine Männer hier irgendwo untergekommen sind und auch genügend Zellen für die aufständischen Warrior frei waren.« Er fuhr sich durch sein schwarzes Haar und lächelte sie an. »Aber du hast recht. Ich habe heute Nacht von einem Haus geträumt. Unserem Haus. Vielleicht finden sich in Resur Zimmerleute, die uns hier eine Hütte bauen würden? So am Waldrand mit Blick ins Grüne.«

Rhona riss die Augen auf. »Davon träume ich auch schon ewig!«

»Dann sind wir uns ja einig, Chefin.«

Lachend warf sie ihr Kissen nach ihm.

Er wollte es gerade zurückschleudern, als sie draußen das Geräusch von Turbinen hörten. Da landete ein Shuttle!

Hastig schlüpfte Steel in eine schwarze Cargohose sowie ein sauberes Paar Stiefel, und Rhona legte Hope auf der Matratze ab, während sie ihren Kimono überzog. »Meinst du, sie haben die verschollenen Frauen und Krieger dabei?«

»Das werden wir gleich wissen.« Aus dem Badezimmer holte er eines seiner Waffenholster und steckte die Pistole hinein. Danach lief Rhona barfuß und mit Hope in den Armen hinter Steel her durch den Flur nach draußen. Nur ein Shuttle von dreien war zurückgekommen. Es glänzte in der Morgensonne und wirbelte Staub auf, kurz darauf erstarben die Motoren.

Frauen und Krieger strömten aus den Gebäuden, Kinder versammelten sich neugierig um das Schiff und Steels Männer nahmen Stellung an.

Die Tür des Transporters öffnete sich und Jazz erschien. Er sah noch ausgezehrter aus als sonst und man merkte ihm an, dass eine lange, harte Nacht hinter ihm lag. Sein blaues Haar war zerzaust, dunkle Schatten hingen unter seinen Augen, sein Overall war voller Dreck.

»Wie lief es?«, fragte Steel, während Jazz darauf wartete, dass sich die Treppe ausfuhr.

»Wir mussten erst diese verdammten Drohnen ausschalten, die auf alles und jeden außerhalb der Plantagen geschossen haben. Dann hatten wir ein paar Probleme mit einigen regimetreuen Kriegern, die noch nicht mitbekommen haben, was in der Stadt abgeht. Aber ein wenig Überzeugungsarbeit …« Er klopfte auf seine Pistole am Holster. … »und wir hatten auch sie so weit.«

»Wo ist Tarek?«

»Er bringt mit den restlichen Shuttles die Eingeborenen auf eine Insel, auf der sonst keine Menschen leben. Pearson unterstützt die Idee, dort sind die Leute sicher. Wer weiß, was in New World noch alles passiert.«

Jazz sprang nach unten und hinter ihm stiegen zwei Frauen aus. Sie trugen lediglich Stofffetzen am Körper und sahen kaum besser aus als der Krieger: ausgezehrt, mit kahl rasiertem Schädel und Narben an Armen und Beinen. Trotzdem strahlten ihre Augen, als sie die anderen Schwestern entdeckten und jubelnd von ihnen empfangen wurden.

Waren das … Mika und Zoraja?

Oh Gott! Rhona presste sich die Hand auf den Mund. Sie lebten! Aber was hatten sie erleiden müssen? Sie wollte es lieber nicht wissen.

Es folgten zwei Krieger, die ihr auf den ersten Blick nicht bekannt vorkamen. Oder? Rhona wusste bereits, dass Tribal und Havoc nicht unter ihnen sein konnten, was sie irgendwie erleichterte. Doch auf wen würde sie noch treffen?

Zwei weitere Männer verließen das Schiff, und diese glaubte sie zu kennen. Die Krieger waren Teil des Zuchtprogramms gewesen. Sie führten drei gefesselte Warrior mit.

Steel beugte sich zu ihr. »Sind das welche von …«

Ihr Gesicht erhitzte sich. »Zwei kommen mir bekannt vor.«

»Was soll ich mit ihnen machen?«, fragte er kühl.

Sie schmunzelte. »Nichts. Sie haben sich ihr Schicksal schließlich nicht ausgesucht. Ich wünsche mir, dass sie hier glücklich werden.«

Er legte kurz den Arm um sie und seine Brust schwoll an. »Gut, dass du schon mir gehörst.«

Sein besitzergreifendes Gebaren gefiel ihr irgendwie. Am liebsten wollte sie Steel sofort wieder in ihrem Bett haben, dann würde sie ihn verwöhnen. Zuerst würde sie seinen Rücken mit einer Heilpaste einreiben und ihn danach zärtlich lieben, damit er schnell gesund wurde.

Tammy gesellte sich zu ihr. Sie trug immer noch den Einsatzoverall, und auch sie wirkte todmüde. Angespannt starrte sie auf das Schiff und kaute an ihrem Daumennagel.

»Wo ist Blaze?«, fragte Rhona.

»Er liegt auf der Krankenstation. Kurz nach unserer Ankunft ging es ihm plötzlich schlecht. Einer von Steels Männern meinte, er hätte alle Symptome eines Entzugs. Auch seine Kräfte scheinen zu schwinden. Er hat die halbe Station verwüstet und niemand an sich herangelassen, außer mir.«

»Hat er dich verletzt?«

Sie schüttelte den Kopf. »Zum Glück niemanden, und nun ist er so schwach, dass er nicht einmal ein Glas mit Gedankenkraft anheben kann. Er schläft jetzt.« Sie reckte den Hals, um über die Köpfe der anderen zu blicken, die vor dem Shuttle standen. »Und ich weiß auch nicht, was Blaze sonst alles kann; er erzählt mir ja nichts von sich oder was ihm widerfahren ist.« Sie seufzte tief. »Ich durfte heute früh mit Mark sprechen und habe ihm alles, was ich weiß, geschildert, auch das von den anderen Kindern. Für ihn hört sich das so an, als hätte etwas in diesen Spritzen ihre Fähigkeiten hervorgelockt und verstärkt, und er glaubt, dass ihre Gaben sonst erst mit der Pubertät hervorkommen würden. Offenbar haben die Ärzte meinem Jungen jeden Tag eine dieser Injektionen gegeben. Die haben ihn auch schneller wachsen lassen. Aber natürlich muss Mark erst Tests machen. Ich kann es kaum erwarten, bis er hier ist.«

Wenn es wirklich stimmen sollte, dass die Kinder ihre Fähigkeiten verlieren würden, diese später allerdings wieder hervorkämen, müssten sie sich überlegen, wie es dann weiterging. Aber so weit wollte Rhona noch nicht denken.

Eine dritte Frau verließ das Schiff. Ihr blondes Haar war ganz kurz geschnitten, das Gesicht schmal und eingefallen. Ein großer, hagerer Mann, von der Statur unverkennbar ein Krieger, stützte sie, als sie die Stufen nach unten stieg. Er hatte ebenfalls kurz geschorenes Haar, trug ein ärmelloses Hemd, weshalb seine tief gebräunten Arme zum Vorschein kamen, sowie eine Einsatzhose, die auch schon einmal bessere Tage gesehen hatte. Die Feldarbeit schien sie alle an ihre Grenzen gebracht zu haben.

Tammy neben ihr keuchte auf. »Hunter …« Dann drängelte sie sich durch die Menschenmenge und rief: »Hunter!«

Als er sie bemerkte, ließ er die Jägerin los und lief zu ihr. »Tammy?« Sein Gesicht drückte erst Unglauben, kurz darauf ungezügelte Freude aus. »Tam!«

»Hunter!« Sie fiel in seine Arme und küsste ihn stürmisch. »Ich habe nicht geglaubt, dich jemals wiederzusehen.«

»Ich habe gedacht, du bist tot!« Er fuhr mit den Händen in ihr Haar und streichelte über ihren Rücken.

»Ich habe auch nicht geglaubt, dich jemals wiederzusehen!«

Rhona erschrak, wie dünn und ausgemergelt Hunter wirkte.

»Warum trägst du einen Einsatzoverall?«, wollte er von Tammy wissen.

»In den letzten Tagen ist so viel passiert, ich … Ich kann nicht glauben, dass du bei mir bist!« Dicke Tränen kullerten über ihre Wangen, und auch Hunters Augen glänzten. »Und unser Sohn … Er ist seit gestern ebenfalls hier.«

»Blaze?« Seine Miene erstarrte. Er hatte damals wie ein Wilder getobt, als sie Blaze mitgenommen hatten, und die Ärzte hatten Hunter daraufhin betäubt und ebenfalls weggebracht. »Wo ist er?«

»Er liegt auf der Krankenstation, in einem separaten Bereich.« Rhona sah ihr an, dass sie nicht wusste, wie sie ihrem Gefährten alle Neuigkeiten überbringen sollte.

Er nickte, dann löste er sich von ihr und begab sich zu der hageren Frau, die er aus dem Shuttle begleitet hatte. Etwas verloren stand sie zwischen den Jägerinnen. »Das ist Sun, kann sich jemand um sie kümmern?«

Steel schickte einen seiner Krieger zu ihr, und Hunter kehrte zu Tammy zurück.

»Ich werde kurz mit ihnen gehen«, sagte Rhona zu Steel, der auf der Suche nach Jazz war.

»Hat jemand Jazz gesehen?«, rief er. Offenbar wollte er den Einsatz mit ihm besprechen. Steel gab ihr einen schnellen Kuss auf die Wange und raunte: »Aber Frühstück im Bett wird nachgeholt.«

»Versprochen«, antwortete sie, legte ihren schlafenden Jungen über die andere Schulter und folgte Tammy und Hunter. Sie wollte nur schnell hören, was er berichtete, und sehen, wie es Blaze ging.

Diskret hielt sie Abstand, denn die beiden hatten sich erst einmal viel zu erzählen und mussten sich nach so vielen Jahren der Trennung beschnuppern. Daher beschloss sie, die beiden doch allein zu lassen und später Blaze zu besuchen. Sie stellte sich mit Hope an den Rand der Menschenmenge und schaute ihnen hinterher.

Tammy griff nach seiner Hand. »Wer ist diese Sun?«

»Eine der Frauen, die …« Er räusperte sich. »Sie haben auch auf den Feldern gearbeitet, waren aber hauptsächlich zu unserem Vergnügen dort.«

»Hattest du …« Ihre Stimme brach. »Ich würde es verstehen. Du warst so lange weg und …«

»Ich hatte nichts mit ihr, Tam. Ich habe nur ein wenig auf sie aufgepasst. Es gab ein paar Brüder, die waren nicht nett zu den Frauen.«

»War sie eine Sklavin?«

»Hm«, brummte er. »Jeden Tag durfte ein anderer bei ihr liegen. Immer, wenn ich bei ihr war, konnte ich entspannt schlafen, ohne befürchten zu müssen, überfallen zu werden, und sie wurde ebenfalls in Ruhe gelassen. Die Frauen hatten nämlich eigene, absperrbare Unterkünfte, während wir in Holzverschlägen hausten. Die Sklavinnen sollten uns ablenken und bei Laune halten, damit wir nicht zu viele Fragen stellen oder weglaufen. Was natürlich einige versucht haben, aber es gab Drohnen, die jeden erschossen haben, der sich außerhalb eines bestimmten Areals bewegt hat. Man hatte uns alle Waffen abgenommen, wir hatten nur noch Messer und unsere Körperkraft.«

Düstere Bilder zeigten sich vor Rhonas geistigem Auge. Warrior, die mit bloßen Fäusten um ihr Revier, Lebensmittel oder eine Sklavin kämpften. Männer und Frauen, die unter der gleißenden Sonne auf den Feldern arbeiten mussten, bis auf die Knochen nass wurden, wenn ein Tropenschauer über sie hereinbrach, und von Moskitos zerstochen wurden.

Rhona schüttelte sich. Sie wollte nicht lauschen, aber sie konnte nicht anders, denn sie war zu neugierig. Leider verstand sie Hunter immer schlechter, da die anderen laut redeten und lachten. Hunter und Tammy hatten das Hauptgebäude erreicht.

Als er Tammy die Tür aufhielt, sagte er: »Viele meiner Brüder wurden da draußen zu rohen, brutalen Kerlen. Wir waren frustriert, weil wir abgeschoben wurden und zu niemanden in New World oder euch Kontakt aufnehmen konnten, aber das ist natürlich keine Ausrede.«

Zärtlich strich sie ihm über die bartschattige Wange. »Ich wünschte, ich hätte bei dir sein können.«

»Wünsche dir das nicht, Tam. Es war die Hölle, und ich bin nicht mehr der alte.«

Die beiden verschwanden im Gebäude, und Rhona hörte nicht mehr, was sie sagten. Es ging sie eigentlich auch nichts an. Diese Familie hatte so viel gelitten, sie brauchte jetzt sehr viel Zeit, um zueinanderzufinden und all die schlimmen Dinge zu verarbeiten, sofern das möglich war.

Seufzend drückte sie Hope an sich, der sich schlaftrunken umsah. »Mama, da steht ein Schiff und noch mehr Krieger.«

»Ja, mein Schatz, sie sind alle wieder zu Hause.« Die meisten zumindest. All diese Menschen durften nun ein neues Leben beginnen. Rhona hoffte bloß, dass ihnen die aufständischen Krieger in New World keinen Strich durch die Rechnung machten. Falls doch, hätten sie nun Rückendeckung aus White City, und Rhona hatte einen Mann an ihrer Seite, der sie und ihr Kind beschützen würde, komme, was wolle.

Allerdings wollte sie sich nicht wie ein hilfloses Weibchen allein auf ihn verlassen, sondern auch ihren Teil dazu beitragen. Zwar konnte sie mit dem Bogen umgehen und wäre auch im Faustkampf nicht hilflos, aber sie hatte noch so viel zu lernen.

Als er mit Seth an ihr vorbeilief, hielt sie ihn kurz am Ärmel seines Shirts fest. »Steel?«

»Hm?«

»Würdest du mir einen Gefallen tun?«

»Klar.« Er bedeutete Seth, schon mal in die Kommandozentrale zu gehen. »Ich komme gleich nach.«

Als der Krieger losmarschierte, sagte Rhona: »Bring mir Schießen bei«, und schaute auf die Waffe in seinem Holster.

»Wenn es nur das ist?« Er grinste verschmitzt. »Ich kann dir noch mehr beibringen.«

Sie wusste genau, worauf er hinaus wollte. »Ja?«, fragte sie süffisant. Wegen Hope in ihren Armen konnte sie nicht sagen, was sie liebend gern von

Steel wollte. »Dann will ich Schwimmen lernen und ein Shuttle steuern können. Und ich will auf dieser Insel das Nudelzeug und die Schokoladencreme haben, mit der du mich gefüttert hast, und …«

Er stoppte ihren Wortschwall mit einem heißen Kuss, danach verwuschelte er Hopes blondes Haar und raunte ihr zu: »Was du willst, Baby, was du willst …«

20. White City / Überraschungsbesuch

Yana stand auf der Dachterrasse ihrer Wohnung und hielt Emmas Katze Princess im Arm, während sie darüber nachdachte, wie sich ihr Leben verändert hatte. Stephen war tot und sie nicht die Frau, die sie immer geglaubt hatte zu sein. In den letzten Tagen hatte sie fast ununterbrochen mit ihrer Schwester geredet, aber nun musste sie ihr und Andrew wieder Raum für sich gönnen, zumal Emma ihren Partner ohnehin nicht allzu oft sah. Er war als Präsident sehr eingespannt. Die beiden waren frisch verliebt und hatten bisher nicht viel gemeinsame Zeit genossen, daher hatte Yana Princess zu sich geholt, auch, um selbst nicht allein zu sein.

Wie sollte ihr Leben nun weitergehen? Andrew hatte ihr angeboten, so lange sie wollte neben ihnen zu wohnen, doch sie wollte niemandem auf der Tasche liegen. Daraufhin hatte er gemeint, er könne ihr einen Job im Fitnessstudio besorgen. Oder sie könnte ehrenamtlich in Resur arbeiten. Täglich erreichten mehr Flüchtlinge aus anderen Kolonien die Stadt. Es gab schließlich nicht nur die Menschen unter den Kuppeln, sondern ganz viele außerhalb, und den meisten ging es richtig schlecht. Es gab keine Strukturen, jeder machte was er wollte und lediglich der Stärkste überlebte. Daher hatte es sich herumgesprochen, dass man in Resur besser leben konnte, und Hilfe wurde dort immer gebraucht. Das hörte sich für Yana interessant an, denn sobald sie nicht abgelenkt war, dachte sie an Tarek. Sie hatte erfahren, dass er sehr eingespannt war, weil er die Eingeborenen auf ein unbewohntes Eiland umsiedelte. Dazu musste er immer wieder zurück auf die Insel, auf der auch New World lag. Die Pfeilmenschen wollten möglichst viele Dinge von ihrer alten Heimat mitnehmen, besonders Gegenstände, die sie schon seit Generationen besaßen und wichtig für dieses Naturvolk waren. Außerdem hatten sie Alte, Frauen und Kinder dort zurückgelassen, die sich vor den Kriegern, die sie auf die Plantagen verschleppt hatten, verstecken konnten. Diese Menschen galt es alle einzusammeln.

Da aktuell keiner wusste, wie es in New World City weiterging, wollte Tarek dafür sorgen, dass die Pfeilmenschen nie mehr belästigt wurden. Sie würden fortan unter seinem Schutz und das der Krieger von *Mokupuni* stehen. Das war ein Wort, mit dem die Eingeborenen die Insel der Huntress bezeichneten, und allen hatte der Name gefallen.

»Meinst du, dass ich ihn wiedersehen werde, Princess?«, fragte sie und drückte die schnurrende Katze an ihre Brust. Irgendwie fühlte sich Yana mit ihr verbunden, vielleicht, weil sie Katzengene in sich trug, genau wie die Warrior und die Huntress.

»Ts«, machte sie, weil sie es immer noch nicht glauben konnte, dass ihr ganzes Leben eine Lüge gewesen war. Ihre Eltern waren nicht bei einem Shuttleabsturz getötet worden, und Emma und sie stammten aus einer misslungenen Huntress-Züchtung. Deshalb sehnte sie sich wahrscheinlich so stark nach Tarek. Der Arzt Mark Lamont hielt es für möglich, dass ihre ähnlichen Gene dafür sorgten, dass sich Tarek trotz Injektion von ihr angezogen gefühlt hatte.

Als es an der Wohnungstür klingelte, schlenderte sie hinein, um zu öffnen. »Das ist bestimmt Emma, sie vermisst dich sicher.«

Princess schnurrte als Antwort.

Es war noch zu früh, um ins Bett zu gehen, doch sie war bereits frisch geduscht und trug ihre bequemen Schlafshorts sowie ein dünnes Shirt. Daher erhitzten sich sofort ihre Wangen, als nicht ihre Schwester, sondern der Bodyguard Kian vor der Tür stand. Yana bewunderte stets seine himmelblauen Augen und das lange blonde Haar, das einen Kontrast zu seinem dunklen Anzug bildete. Da konnte jede Frau neidisch werden.

Princess begrüßte den Warrior maunzend, wand sich aus Yanas Armen und lief zu ihm.

»Ich bringe die Katze zu Ihrer Schwester, Ms. Jones.« Als Kian sie aufhob, kletterte sie auf seine Schulter, hockte sich dort hin und schmiegte ihr Köpfchen an seine Wange. Der Krieger blieb stocksteif stehen und ließ sich nicht anmerken, wie sehr er das Tier in sein Herz geschlossen hatte. Yana wusste es allerdings besser. Emma hatte ihr erzählt, dass Kian gerne auf Princess aufpasste und mit ihr sprach, wenn er sich unbeobachtet fühlte.

»Äh ja, okay«, sagte sie. Warum schickte Emma einen ihrer Leibwächter, um die Katze zu holen?

Da trat plötzlich Rock an die Tür, der sich bisher im Gang verborgen hatte. »Sie haben einen Besucher.« Neben ihm stand niemand anderer als … »Tarek!«

Sie blinzelte. War er es wirklich?

Er sah so anders aus in Jeans und T-Shirt und wie er so lässig die Daumen in die Taschen gesteckt hatte.

»Hi«, sagte er und grinste sie an.

Er … GRINSTE!

»Hi«, hauchte sie. War er wirklich, wirklich echt? »Was machst du in White City?«

Sein Blick flackerte, als wäre er unsicher, ob sie sich freute, ihn zu sehen. »Ich hab doch versprochen, dich zu besuchen, und hier bin ich.«

Als er die Arme öffnete, hüpfte sie kreischend hinein. Lachend wirbelte er mit ihr herum, und sie lachte ebenfalls und schlang die Beine um seine Taille.

»Wow, du bist tatsächlich bei mir!« Sie genoss das Gefühl seiner Körperwärme und die kräftigen Hände an ihrem Po. Sie konnte nicht widerstehen und musste Tarek küssen. Dabei waren ihr die Beobachter so was von egal. »Ich hab dich so vermisst!« Er roch nach Aftershave, hatte sich offenbar gerade geduscht und rasiert. Seine Wangen waren glatt und seine Lippen herrlich weich, genau wie sein Haar, das ihm offen über die Schultern fiel, und … Ach, er küsste fantastisch!

Tief vergrub sie die Finger in seinen seidigen Strähnen und züngelte ungehemmt mit ihm. Am liebsten wollte sie ihn auffressen!

»Ms. Jones …« Rock zupfte an ihrem Arm, aber sie ließ Tarek nicht los und er sie ebenfalls nicht. »Wir sollen auf Sie aufpassen.«

»Tarek wird mir nichts tun.«

»Bist du dir sicher?«, raunte er und hielt sie mit einer Hand am Nacken. Seine Augen schienen golden zu glühen.

Sie schluckte, weil sie urplötzlich nur noch mit ihm ins Bett wollte. »Ganz sicher.«

Auf einmal ertönte Andrews Stimme, und er und Emma tauchten im Flur auf.

»Tarek, schön, Sie einmal persönlich zu sehen«, sagte Andrew und streckte die Hand aus.

Schweren Herzens rutschte Yana an ihm herunter, damit sich die Männer begrüßen konnten.

»Mr. President.«

Emma schickte die Bodyguards fort. »Gönnen wir den beiden ein bisschen Privatsphäre.« Sie zwinkerte Yana zu und hakte sich bei Andrew ein, den sie grinsend mit sich zog. Dabei warf sie einen Blick über die Schulter und ihre funkelnden Augen schienen zu sagen: *Morgen will ich alle Details.*

Yana nahm Tarek an der Hand, führte ihn in ihre Wohnung und schloss die Tür. »Mein Reich, hier sind wir ungestört.«

»Schön hast du es hier«, sagte er und sah sich um. Sie zeigte ihm ihren großzügigen Wohnbereich mit der fliederfarbenen Couchgarnitur, den zahlreichen Pflanzen und die verchromte Küchenzeile. In einem Nebenraum stand ein breites Doppelbett, das auch einem Warrior genug Platz zum Schlafen bot.

Er hob die Brauen. »Keine Stofftiere?«

Er erinnerte sich an ihre Sammelleidenschaft! »Ich hatte mir schon überlegt, welche zu kaufen, aber jetzt bist du ja da.« Sie traute sich nicht, offensiver zu werden. Zuvor hatte der Überraschungsmoment dafür gesorgt, dass sie sich ihm an den Hals geworfen hatte, doch nun erschien ihr seine Anwesenheit so unwirklich. »Wen interessiert mein Apartment?«, sagte sie schief grinsend und hockte sich aufs Bett. Dann klopfte sie neben sich. »Erzähl mir alles, was ich noch nicht weiß! Was ist passiert, nachdem ich abgereist bin? Hast du Klick getroffen?«

Er setzte sich zu ihr und nahm ihre Hand.

Yanas Herz pulsierte bis in ihren Hals. Er wirkte so verändert, sie konnte es kaum fassen!

»Ja, ich habe Akamu gefunden.«

»Akamu?«

»Das ist sein richtiger Name. Ich habe ihn mir nicht merken können, aber jetzt werde ich ihn nicht mehr vergessen.«

»Wie geht es ihm?«

»Er ist ein alter Mann. Die Feldarbeit hat ihm nicht gut getan, doch die Naturburschen sind zum Glück zäh. Ich habe ihm angeboten, einen unserer Ärzte vorbeizuschicken, um nach ihm und seinem Volk zu sehen, aber das haben sie abgelehnt. Sie vertrauen auf die Natur, ihre Götter und Mana.« Er grinste. »Akamu sagt, ich besitze viel Mana.«

»Was ist das?«

»Kraft, Energie und Selbstvertrauen.«

Hinter Yanas Bauchnabel zog es und Wärme breitete sich aus. »Ja, das kann ich bestätigen.« Jedes Mal beim Einschlafen erinnerte sie sich daran, wie er sie am Ufer genommen hatte. Kraftvoll. Besitzergreifend … Er hatte voll sexueller Energie gesteckt, und auch jetzt kam es ihr so vor, als würde die Luft um sie herum schwirren.

Erneut drückte Tarek ihre Hand. »Akamu hat sich gefreut, mich zu treffen, und sich tausend Mal bedankt.«

Tarek wirkte erleichtert, ja, geradezu befreit. Offenbar hatte er nun seinen Frieden gemacht.

»Und ich darf ihn besuchen, wann ich möchte.« Sein Blick streifte ihre nackten Beine, woraufhin ihre Haut prickelte.

Unentwegt musterte er sie und sie ihn, seine breiten Schultern, das markante Kinn, die goldbraunen Augen und vor allem dieses leicht verruchte Lächeln. Oh mein Gott, er war noch viel attraktiver als in ihren Erinnerungen.

Sie schluckte hart. »Die Pfeilmenschen leben jetzt also auf einer anderen Insel.«

»Ja, und wir haben den Standort nirgendwo im System verzeichnet, damit sie hoffentlich für immer in Ruhe gelassen werden.« Tief sah er ihr in die Augen. »Und was gibt es bei dir Neues?«

Yana schluckte abermals. »Also ich … Du kannst dich doch bestimmt noch daran erinnern, als sich meine Augen verändert haben?«

»Wie könnte ich das?«, raunte er und beugte sich näher zu ihr. »Das war sexy.«

»Findest du?« Ihre Stimme war kaum noch zu hören. Dieser Mann machte sie schwach. Normalerweise war sie diejenige, die das männliche Geschlecht schwach machte.

Ein leises Knurren stieg seine Kehle herauf. »Ja.«

»Das ist, weil … Ich bin eine Huntress. Also nicht genau, denn das Experiment misslang, zumindest habe ich nicht diese ausgeprägten Sinne, die

Größe, mehr Muskeln und so. Aber das erklärt, warum ich ein wenig stärker bin als gewöhnliche Frauen, sportlicher, oft eine innere Unruhe verspüre, wenn ich mich zu wenig bewege, und … warum sich bei großen emotionalen Belastungen meine Pupillen verändern können.«

Er nickte langsam und kam mit dem Kopf noch näher. »Ich habe das aufgeschnappt.«

Himmel, dieser Mund! »Aufgeschnappt?«

»Gerüchte machen schnell die Runde.«

»Du bist gar nicht erstaunt.«

Seine Lippen streiften ihre Wange. »Ich bin einfach nur froh, dich wiederzusehen.«

Keuchend schloss sie die Augen. »Und ich erst. Ich habe nicht geglaubt, dass du wirklich zu mir kommst. Doch nun bist du da und so … anders!«

Er wollte sie, und er wollte sie jetzt – das meldeten all ihre Sinne. Als sie die Lider öffnete, blickte sie direkt in seine Augen. Ihre Farbe schien sich verdunkelt zu haben, Tarek atmete schneller und seine Hand legte sich auf ihren nackten Oberschenkel. Sofort schoss die Hitze seiner Berührung zwischen ihre Beine.

Sie schielte in seinen Schoß und bemerkte die Beule in seinem Schritt. Wie auf Befehl pulsierte ihre Klitoris heftig. »Wann hast du zuletzt die Injektion genommen?«

»Vor fünf Tagen.« Er ließ seine Nase an ihrem Hals auf und ab wandern und atmete tief ein. »Ich bin also zwei Tage überfällig und warte auf die ersten Entzugserscheinungen.«

Mittlerweile zitterte ihr ganzer Körper. Sie musste Tarek berühren, legte eine Hand auf seinen gewaltigen Oberarm, mit der anderen wühlte sie in seinem Haar. »Und wie fühlst du dich?«

»Von Stunde zu Stunde lebendiger und im Augenblick nur noch geil.« Plötzlich drückte er sie mit dem Rücken aufs Bett und kroch über sie. Erneut schnüffelte er an ihr, am Hals, ihren Brüsten und Achseln, dann musterte er sie von oben bis unten und strich an ihren nackten Beinen auf und ab.

Er knurrte leise. »Vielleicht wäre es doch besser gewesen, die Bodyguards hätten auf dich aufgepasst.«

»Warum?«, flüsterte sie. Ihre Haut prickelte überall dort, wo er sie berührte, ihr Herz trommelte gegen ihre Rippen und Feuchtigkeit benetzte ihren Slip.

»Ich bin so verdammt scharf auf dich, Yana, dass ich dich nur noch ficken will. Ich kann mich kaum zurückhalten.«

Sie wollte ihn auch, und wie! Aber war er bloß gekommen, um mit ihr Sex zu haben?

Im Moment wäre ihr sogar das egal, wenn er sie nur endlich nehmen würde!

Zärtlich biss er in ihren Hals. »Bevor ich diese Injektionen bekommen habe, war ich immer scharf und habe mich ausgetobt.«

»Dieses Mittel, das sich die Show-Warrior gespritzt haben, hat auch ihre Libido verstärkt.«

»Ich fürchte, meine Libido ist auch ohne die Injektionen stark.« Er schaute sie beinahe gequält an. »Noch bevor ich in den Shows auftrat, schon während meiner Ausbildung, habe ich Huren aufgesucht. Ich habe es einfach geliebt, viel zu ficken. Ich brauch das einfach.«

Hastig verdrängte sie die Bilder, wie sich fremde Frauen unter ihm geräkelt hatten. Jetzt musste er nie wieder zu einer anderen, sie würde ihm alles geben, was er brauchte.

Seufzend schloss er die Augen und schüttelte den Kopf. »Ich vermute mal, so hast du dir unser Wiedersehen nicht vorgestellt?«

»Wie?«

»Dass ich in deine Wohnung komme und sofort über dich herfallen will.«

»Eigentlich schon«, sagte sie und zog seinen Kopf zu ihr herab. »Ich könnte den ganzen Tag mit dir schlafen.« Provozierend drückte sie ihren Unterleib an seinen. »Und die ganze Nacht. Das sage ich nicht nur, weil ich den Gedanken nicht ertragen kann, dass du zu anderen Frauen gehst. Ich will, dass du allein mich nimmst, wann immer dich die Lust übermannt.« Ihr Griff in seinem Haar zog sich zu. »Aber ich warne dich, ich bin kein bisschen besser als du. Ja, vielleicht sogar noch schlimmer. Mit so einem Kerl wie dir könnte ich rund um die Uhr schlafen. Ich befürchte, dass du das nicht durchhältst.«

Mit einem Knurren schob er ihr Shirt über den Bauch und zerrte es ihr über den Kopf. »Du bist genau die Frau, die ich brauche.« Nachdem er einen verlangenden Blick auf ihre Brüste geworfen hatte, drehte er Yana herum, zog ihr die Hose aus und biss in ihre Pobacken.

Tarek war so dominant, so archaisch!

Kraftvoll fuhr er mit den Händen an ihrem Körper auf und ab, von den Schulterblättern bis zu den Kniekehlen. »Ich hatte solche Angst, dass ich mich bei dir zurückhalten muss.«

»Bloß nicht!«, rief sie über ihre Schulter und streckte ihm ihr Gesäß entgegen.

Sofort schob er die Nase zwischen ihre Pobacken und schnupperte an ihrem Geschlecht.

Himmel, sie liebte das!

Besitzergreifend schlang er einen Arm um ihre Oberschenkel und drückte die Hand auf ihre Scham, während er seine Nase an Ort und Stelle ließ. Auf diese Art knieten sie beide auf dem Bett – was Yana ziemlich unruhig machte, weil Tarek einfach nur an ihr roch oder mit der Zungenspitze über ihre Schamlippen glitt.

Ihr Schoß pulsierte. »Wenn du nicht endlich richtig loslegst, werde ich über dich herfallen!«

Als wäre er eine riesige Raubkatze, die mit ihrer Pranke nach der Beute schlägt, drehte er sie mit einer mühelosen Handbewegung wieder auf den Rücken und legte sich auf sie. Augenblicklich schlang sie ihre Arme um den heißen, muskulösen Leib und riss an seinem T-Shirt, bis sie es ihm ausgezogen hatte.

»Die Hose«, sagte sie keuchend und versuchte, an die Knöpfe zu gelangen. »Und wehe, du lässt sie wieder an. Ich will dich splitternackt.«

Schmunzelnd fuhr Tarek mit einer Hand zwischen ihre Körper, öffnete die Jeans und strampelte sie sich von den Beinen. Nun lag er nackt auf ihr.

Endlich durfte sie ihn in all seiner Pracht spüren. Sein Körper schien zu glühen, selbst sein Blick wirkte fiebrig, und als er die Lippen auf ihren Mund drückte, glaubte sie zu schmelzen. Seine Zunge erforschte sie frech und gierig, während er seine Erektion zwischen ihre Schenkel schob. Dabei berührte seine kraftvolle Spitze immer wieder ihre vor Begierde feuchte Mitte.

Warum stieß er denn nicht zu, wie damals am See?

Er schien sich absichtlich zurückzuhalten, küsste ihren Mundwinkel, ihr Kinn, ihren Hals … bis er bei den Brüsten ankam und abwechselnd die Nippel einsaugte.

Yana krallte die Finger in seinen muskulösen Nacken und hob ihm ihren Unterleib entgegen.

»Du bist wirklich gieriger als ich«, raunte er – und keine Sekunde später fand sie seinen Kopf zwischen ihren Schenkeln.

Tarek drückte ihre Beine auseinander und presste den Mund auf ihre empfindlichste Stelle.

Yana schrie auf, während er sie hart leckte und mit den Lippen an ihrem Kitzler zupfte. Zwischendurch bohrte er die Zunge in ihre nasse Öffnung oder ließ sie über ihre Schamlippen flattern. Aber all das war nicht das, was sie wollte. Sie wollte ihn. In ihr, auf ihr. Daher zog sie an seinem Arm – und er verstand.

Tarek rutschte nach oben und küsste eine heiße Spur bis zu ihrem Mund. Mit einem harten Stoß kam er tief in sie. Ihr Inneres pochte und prickelte um sein Geschlecht, genoss den lustbringenden Eindringling.

Sie zerwühlte sein Haar, grub die Finger in seine festen Pobacken oder fuhr an seinem breiten Rücken auf und ab. Am liebsten wollte sie mit ihm verschmelzen.

»Ich kann dich wieder riechen«, raunte er. »Du duftest nach Vanille, ich könnte dich auffressen.«

»Wehe!« Sie lachte, als er neckend in ihren Hals biss, danach wälzte sie sich mit ihm herum.

Mal lag sie oben, dann wieder er, als würden sie einen Kampf austragen; sie kratzten und bissen sich. Ihr Sex war wild, rau und roh – genau so, wie sie es mochte. Kein normaler Mann hatte sie jemals derart ungezügelt geliebt.

Yana war verrückt nach ihm, und er war so heiß … seine Haut brannte regelrecht. »Du glühst, Tarek. Geht es dir gut?«

»Mir ging es nie besser.« Schwer atmend lag er unter ihr und schaute fiebrig zu ihr auf. Eine zweifarbige Strähne klebte an seiner Stirn, und Yana strich sie ihm weg. Während sie ihn sanft ritt, damit sie beide wieder zu Atem kamen, streichelte sie seine Brust.

Genussvoll schloss er die Augen. »Deine Berührungen fühlen sich gut an.«

»Ich werde dich die ganze Nacht berühren, wenn du willst. Überall.« Sie ließ sich noch ein paar Mal auf seinen harten Schaft sinken, anschließend kniete sie sich zwischen Tareks Beine, um seine Erektion in den Mund zu nehmen. Dabei schmeckte sie seine und ihre Lust.

Er brüllte auf, packte sie am Haar und sagte etwas, das sich wie »Du bist so verrucht geil« anhörte. Sein dicker Penis war feucht und glitschig, und sie genoss die Macht, die sie plötzlich über diesen großen Krieger hatte.

Sie züngelte um seine pralle Kuppe und drückte die Zunge in den kleinen Schlitz, danach leckte sie über seine gesamte Länge und knabberte mit den Lippen an seinen schweren Hoden.

»Du schaffst mich«, sagte er kehlig, zog sie hoch und knetete ihre Brüste, bevor er sich wieder auf sie rollte, um in sie zu stoßen.

Yana genoss, dass er sie völlig ausfüllte. Sie spürte bereits die ersten Kontraktionen in ihrem Unterleib, und als Tarek langsam und besonders tief in sie kam, brach der Orgasmus in voller Intensität über sie herein. Sie schwebte in einem Nebel aus sinnlicher Glut, fühlte sich geborgen und ganz von Tarek eingenommen.

Ihre Blicke hatten sich verfangen, fasziniert starrte Tarek auf sie herab. Dann schloss er die Augen und legte den Kopf zurück. Während ihr Höhepunkt langsam abebbte, fühlte sie, wie er in ihr zuckte. Dabei krallte sie die Finger in seinen harten, knackigen Hintern.

Tarek zitterte, stöhnte und sackte schließlich schwer atmend auf ihr zusammen. Zum Glück stützte er sich auf den Ellbogen ab, sonst würde er sie erdrücken. Er war so ein Riese! Und ein fabelhafter Liebhaber.

»Also ich könnte gleich noch mal«, sagte sie übermütig und schlang die Arme um ihn. Sie war so glücklich!

Seine Arme bebten, und ein Schweißtropfen lief über seine Schläfe. »Scheiße.« Ächzend rollte er sich von ihr herunter und blieb auf dem Rücken liegen.

»Was ist?« Alarmiert blickte sie ihn an. Was hatte er plötzlich? Er atmete immer noch schwer, als hätte er keinen Sex gehabt, sondern eine Schlacht gegen hundert Feinde geschlagen.

Müde lächelte er sie an und fuhr sich über das Gesicht. »Ich befürchte, jetzt kann ich mein zweites Versprechen nicht halten.«

»Welches?«

»Dich tagelang und ohne Unterbrechung zu lieben.«

»Wieso? Machst du schon schlapp?« Sie baute sich vor ihm auf und trommelte auf ihre Brust. »Kleine Frau hat großen starken Krieger besiegt, aaahuuuu.«

»Ja«, antwortete er grinsend. »Ich befürchte, das hast du.« Er gähnte ausgiebig und schloss die Augen. »Ich vermute, der Entzug geht los.«

Sofort erstarb ihr Lächeln und sie sprang auf, um ihre Kleidung zusammenzusuchen. »Ich werde dich ins Krankenhaus bringen! Ich habe gehört, es gibt Infusionen, die die Entzugserscheinungen mildern.«

Blinzelnd schaute er ihr zu. »Kann ich nicht einfach hierbleiben? Also … falls es dich nicht stört.«

»Ich bin doch keine Krankenschwester, ich habe keine Ahnung, was ich machen muss!« Sie sah ihn schon sterbend in ihrem Bett liegen.

Er schmunzelte. »Keine Panik, Honey. Wir stehen das durch.«

Wir … Ihr Herz erwärmte sich. Und hatte er sie *Honey* genannt?

Wie erstarrt blieb sie mit ihrem Shirt in der Hand vor dem Bett stehen. Er wollte bei ihr bleiben, sich von ihr pflegen lassen … Im Ernst?

Vor Aufregung und Freude wollte sie Purzelbäume machen. »Du kannst bleiben, klar! Aber … darf mal ein Arzt nach dir sehen? Dann würde ich mich besser fühlen.«

»Okay.«

»Puh.« Schmunzelnd hockte sie sich zu ihm und fühlte die Temperatur an seiner Stirn. Sie war ziemlich heiß, oder?

Da sprang sie wieder auf, um aus dem Bad einen feuchten Lappen zu holen, dem sie ihm auf die Stirn legte. »Du wirst bestimmt großen Durst bekommen … und dich vielleicht übergeben müssen!« Sie wollte weitere Utensilien holen, aber da hielt er sie am Arm fest und zog sie zu sich.

Seufzend schmiegte sie sich an ihn.

»Ich …«, begann er zögerlich, und das Herz sprang beinahe aus ihrer Brust. Würde er ihr nun seine Liebe gestehen?

»Ja?« Gebannt wartete sie auf Antwort.

»Ich muss bald zurück, Yana.«

Die Enttäuschung traf sie wie ein Hammerschlag. Was dachte sie auch an Liebe. Hallo, sie hatten erst das zweite Mal miteinander geschlafen und auch sonst noch nicht viel gemeinsame Zeit verbracht. »Wann?«

»In spätestens drei Tagen.«

»Also nach dem Entzug«, sagte sie leise. Sie würden keine Zeit mehr haben, etwas zu unternehmen. Sie wollte so gerne mit ihm auf diese Insel gehen, aber sie traute sich nicht zu fragen, ob er sie mitnehmen würde. »Warum willst du zurück?«

»Pearson vertraut mir. Er möchte möglichst viele Leute auf Mokupuni haben, die sich in New World auskennen. Er braucht Krieger, die in der Stadt für Ordnung sorgen, sobald die Warrior dort ihren Entzug machen. Unter der Kuppel ist alles zusammengebrochen, die Wirtschaft, die Regierung, es herrscht Chaos. Sogar die Warrior bekriegen sich mittlerweile, die Gladiatoren kämpfen gegen die Show-Krieger.« Er seufzte. »Irgendjemand wird früher oder später dort das Kommando übernehmen müssen, und das wird eine gefährliche Aufgabe. Außerdem möchte ich in der Nähe der Pfeilmenschen bleiben, damit ihnen keine Gefahr von New World droht, solange wir nicht wissen, wie es dort weitergeht.«

Ist er vielleicht doch nur gekommen, um mit mir Sex zu haben?, fragte sie sich erneut. *Oder weil er sein Versprechen einlösen wollte? Und jetzt sucht er nach Ausreden, um mich loszuwerden?*

Sie konnte sich auch nicht vorstellen, dass ein Mann wie Tarek eine feste Beziehung wollte, schon gar nicht mit einer wie ihr. Auf dieser Insel lebten richtige Kriegerinnen. Frauen, die ihm ebenbürtig waren und gewiss mehr aushielten als sie. Oder hatte er Angst, seine Sexsucht könnte ihr zu viel werden?

Er zog sie zu sich und murmelte in ihr Haar: »Ich werde die nächsten Wochen und vielleicht Monate auf der Insel bleiben müssen, um von da aus alles zu koordinieren.«

Ihr Puls klopfte hart in den Ohren. »Darf ich dich dort besuchen?«

Tarek drückte sie ein Stück von sich und sah sie prüfend an. »Du hast die Dschungelhitze und die Moskitos selbst erlebt. Dort ist es nicht so angenehm wie unter der Kuppel. Shopping-Malls gibt es nicht, auch keine luxuriösen Apartments, nur kleine Zimmer. Einige Krieger hausen sogar in Zelten, bis neue Unterkünfte gebaut sind.«

»Das ist mir egal. Ich bin schließlich kein Zuckerpüppchen.« Sie wollte nicht wie eine Klette wirken, womöglich vertrieb sie ihn damit erst recht, aber sie wollte nie wieder ohne ihn sein. Sie würde hier verrückt werden!

Tarek runzelte die Stirn. »Die Insel ist recht abgeschottet und nur wenige wissen von ihr. Man kann auch nie vorhersagen, was die Zukunft bringt. Vielleicht wird es gefährlich.«

»Du kannst mir das nicht ausreden, Tarek.« Sie sah sich bereits an seiner Seite durch den Dschungel laufen, ein hartes Training absolvieren, jeden Tag Kampfübungen machen … Sie könnte auch das Bogenschießen lernen und so viel mehr.

»Warum leuchten deine Augen so? Du machst mir Angst.« Er lachte. »Ich kenne diesen Blick, den haben einige der Jägerinnen auch.«

Sie legte sich halb auf ihn und flüsterte an seinen Lippen: »Ich will, dass du mich zu einer Huntress machst. Zu *deiner* Huntress.«

Er keuchte. »Würdest du dort denn wirklich leben wollen? Mit … mir?«

»Ja«, antwortete sie entschlossen. Es war ihr voller Ernst.

»Ich … weiß gar nicht, was ich sagen soll.«

»Sag einfach: Ich nehme dich mit und lasse dich nie wieder gehen.«

»Ich hatte so sehr gehofft, dass du mit mir kommen würdest.«

»Ehrlich?«, wisperte sie. Er … wollte das? Ihr Herz raste.

»Ich wollte bloß sicher sein, dass du es aus freiem Willen machst. Schließlich lebst du hier bei deiner Schwester und …«

»… die ich immer besuchen könnte, wenn ich wollte?«

Er nickte.

»Na, dann ist doch alles geklärt!« Er war tatsächlich ihretwegen gekommen, sie wollte vor Freude schreien, singen, kreischen!

»Wenn du wüsstest, wie glücklich du mich machst, Honey«, raunte er.

»Sag das noch mal.«

»Dasselbe?«

»Nein, nur diesen Kosenamen.«

»Honey?«

»Ja, genau den«, wisperte sie grinsend an seinen Lippen und schmiegte sich fest an ihn.

21. Mokupuni / Heißkaltes Wiedersehen

Während das Shuttle in den Sinkflug ging, drückte sich Fire die Nase am Fenster platt, um nach Jazz Ausschau zu halten. Dort unten in dem von Dschungel umschlossenen Lager wuselte es regelrecht. Zwischen den bereits bestehenden Gebäuden waren Zelte und andere Notunterkünfte aufgestellt worden, denn sehr viele Soldaten hatten sich für den Dienst auf Mokupuni gemeldet, auch einige Kämpfer aus Jax' Armee, die sich gerade mit Fire im Schiff befanden. Noch wurden sie nicht gebraucht, aber Steel wollte auf alles vorbereitet sein.

Die normalsterblichen Männer aus Resur waren wenigstens immun gegen die Lockstoffe, die einige Huntress immer noch verströmten. Die Mehrzahl der Jägerinnen hatte sich zwar einen festen Partner gesucht, doch es gab noch ein paar, die die Krieger ordentlich aufmischten. Diese Warrior waren verpflichtet, Gasmasken zu tragen.

Als Fire von Steel erfahren hatte, dass Jazz ebenfalls auf der Insel lebte, hatte er sich für das Programm dort beworben. Zuerst hatten die Soldaten geholfen, die Eingeborenen umzusiedeln, jetzt machten die Warrior Pläne, wie sie die Militärdiktatur in New World beenden konnten. In wenigen Tagen würde bei den Kriegern unter der Kuppel der Entzug losgehen – von dem keiner dort etwas wissen dürfte. Das würde ein Chaos geben! Wahrscheinlich würde die Mehrzahl denken, sie müssten sterben, weil eine unbekannte Krankheit sie dahinraffte.

Sabre und seine Schwertkämpfertruppe wüteten immer noch. Mark hatte sich unerkannt ins System einloggen können und einem Mitarbeiter die Überwachung übergeben, da er sich nun um die Kinder kümmerte. Sein Helfer schickte ihnen täglich Berichte. Mittlerweile waren fast alle Regierungsmitglieder tot oder saßen im Gefängnis, um auf ihre Hinrichtung zu warten. Die Warrior waren sauer, weil sie von den Arbeitslagern und Plantagen erfahren hatten und man ihre Leute ebenfalls verheizt hatte. Erst waren sie gut genug gewesen, das Volk zu bespaßen, jetzt machten sie ihm Angst. Die meisten Bürger hatten sich in ihren Wohnungen verbarrikadiert oder sich mit Show-Kriegern zusammengetan, die ihnen Schutz versprachen – oft gegen gewisse Gefälligkeiten. Es herrschte Chaos, Krieg, Sodom und Gomorrha.

***

»Hey, schön, dass du auch hier bist.« Steel hatte auf dem Dach der Kommandozentrale, auf dem das Shuttle parkte, auf ihn gewartet. Er begrüßte Fire mit einem fetten Grinsen und einem ordentlichen Handschlag. »Ich hab unser Team vermisst, und Unterstützung kann ich mehr als gut brauchen.«

»Hi, Kumpel.« Fire würde Steel unter die Arme greifen, wo Not am Mann war. »Machen dich die Weiber fertig?«, fragte er und schulterte seinen Rucksack, in dem sich hauptsächlich Kleidung befand. Am liebsten würde er bei der Hitze jedoch nackt herumlaufen.

Sein Bruder lachte. »Nur eine, mein Freund. Ich pendle zwischen Delegieren und Fußmassagen hin und her, und dann bringe ich ihr auch noch Schwimmen und Schießen bei. Freizeitstress pur, aber ich liebe dieses Weib.«

Es tat so gut, wieder seinen Kumpel um sich zu haben und ihn vor allen Dingen glücklich zu sehen. Fire hatte ihn schon vermisst. »Wo ist Rhona denn?« Er hatte die Kriegerin bisher nicht persönlich zu Gesicht bekommen, doch schon einiges von ihr gehört.

»Sie sucht immer noch den perfekten Platz für unser Haus. Wahrscheinlich streift sie mit Hope durch die Wälder.«

Hope … Steel war ja nun in gewisser Weise auch Vater. Von null auf hundert. Sein Leben hatte sich ganz schön verändert. »Und es läuft gut mit euch?«

»Bestens.« Grinsend beugte Steel sich zu ihm und flüsterte: »Das ist das Gute an dieser Hormon- und Prägungssache. Wir werden für immer scharf aufeinander sein.«

Jetzt musste auch Fire lachen. »Bitte keine Details, sonst werde ich eifersüchtig.«

»Schau dich um, vielleicht ist für dich auch die Richtige dabei. Du musst dich allerdings beeilen, viele sind nicht mehr übrig.«

Steel wusste nicht, was zwischen Jazz und ihm wirklich alles passiert war, Fire hatte niemandem etwas davon erzählt. So sollte es auch erst einmal bleiben. So wie Fire Jazz einschätzte, würde er froh sein, wenn keiner etwas von ihrem Liebesspiel erfuhr, außerdem wusste er selbst nicht, ob es eine Zukunft für sie gab.

Sein Magen zog sich zusammen. Wie würde Jazz reagieren, wenn er plötzlich hier auftauchte?

»Weil wir gerade beim Thema sind …« Steel führte ihn über ein Treppenhaus vom Dach ins Erdgeschoss. »Du musst erst einen Test machen. Ich hab gerade Zeit und kann ihn persönlich mit dir durchführen.«

»Einen Test?« Irgendein Aufnahmeritual? Eine Sportprüfung? »Muss ich mich umziehen?« Er trug zivile Kleidung, Jeans, ein T-Shirt und Sneaker.

Steel klopfte ihm auf die Schulter. »Keine Sorge, Bruder, du musst nichts machen außer ein paar Huntress beschnuppern. Wir müssen wissen, wie du auf die ungebundenen Jägerinnen reagierst.«

»Stimmt, wegen der Gasmasken.« Da nur noch Jazz in seinem Kopf hauste, hatte er das beinahe vergessen.

»Genau.« Steel nahm ihm den Rucksack ab und betrat mit ihm einen runden Raum, in dem lediglich ein Stuhl stand. »Setz dich einfach hin und genieße die Show. Ich warte hinter der Scheibe auf dich.« Er deutete auf ein verspiegeltes Fenster. »Die Kriegerinnen lieben und hassen diese Vorführung, aber diese Sicherheitsmaßnahme muss leider sein. Einige sind ganz wild drauf, auf diese Weise den Partner ihres Lebens ebenfalls zu treffen, und tatsächlich haben schon zwei Paare zueinandergefunden. Andere verabscheuen die Vorführung, da es sie an das Zuchtprogramm erinnert. Leider muss es sein, wir kennen keine andere Lösung. Es ist schnell vorbei, wir haben bloß noch acht ungebundene Jägerinnen.«

Fire wurde heiß und kalt. Oh Gott, was war, wenn er hier auf die perfekte Frau traf? Er wollte doch nur Jazz!

Er war hergekommen, um an Steels und Jazz' Seite zu kämpfen, nicht, um an einem Partnervermittlungsspiel teilzunehmen.

Steel verließ den Raum, und kurz darauf schritt eine brünette Huntress durch die Tür. Hüftschwingend stolzierte sie in ihren kniehohen Stiefeln um seinen Stuhl und schaute Fire durchdringend an. Ihm wurde schwindelig und er hielt die Luft an – leider hatte er ihr Aroma bereits wahrgenommen. Sie duftete gut, aber das löste nichts in ihm aus. Wäre er niemals auf Jazz getroffen, hätte er vermutlich nichts dagegen, sich mit diesem Prachtweib in den Laken zu wälzen. Heiß sah sie ja aus mit ihrer wallenden Mähne, den großen Brüsten und dem perfekt gerundeten Hintern. Trotzdem wollte er sie nicht.

»Kein Interesse, Süßer?«, raunte sie ihm zu, während sie sich zu ihm beugte, um ihm eine hervorragende Sicht zwischen ihre Brüste zu gewähren.

»Nein danke«, antwortete er rau und klammerte sich an den Lehnen des Stuhls fest.

»Schade.« Sie marschierte davon, und die nächste Huntress trat ein, diesmal eine sehr maskuline mit einem kantigen Gesicht, kurzen schwarzen Haaren und eng anliegenden Kniehosen. Dazu trug sie nur einen BH, der ihre kleinen Brüste anhob.

Kalter Schweiß lief über Fires Rücken. Die Frau besaß das gewisse Extra, bei dem er früher sicher schwach geworden wäre. Auch sie roch angenehm und sah verdammt scharf aus, doch sie berührte weder sein Herz noch fühlte sich sein Schwanz zu ihr hingezogen.

Fire flog beinahe rückwärts vom Stuhl, als sie sich zu ihm beugte, die Hände zu beiden Seiten auf den Lehnen abstützte und ihm provozierend über die Lippen leckte. »Miau, Süßer, du bist ja 'ne heiße Schnitte.«

»Anfassen ist nicht erlaubt, Taicoon!«, drang Steels Stimme durch den Lautsprecher.

»Spielverderber«, säuselte sie und stiefelte davon.

Verfluchte Scheiße! Hastig wischte er sich mit dem Handrücken über den Mund. »Die ist ja 'ne Mordwaffe, Steel!«

»Sorry, Kumpel, Taicoon ist oft sehr direkt. Sie kann's einfach nicht lassen und mischt hier ständig die Männer auf.«

Fire konnte sich vorstellen, dass sie für jeden die Beine breit machte. Die Jägerin verstrahlte Sex pur.

Angespannt ließ er die Musterung der restlichen sechs Huntress über sich ergehen und war heilfroh, als Steel ihn endlich erlöste. »Das war die letzte, Bruder. Du kannst den Raum nun verlassen.«

Beinahe fluchtartig stürzte er zur Tür hinaus und rannte fast in die beiden Warrior, die dort offenbar positioniert waren, falls es in dem Vorführraum zu irgendwelchen Übergriffen kam.

»Und?« Fire schluckte. »Test bestanden?«

»Ja, du benötigst keine Gasmaske.« Stirnrunzelnd schaute Steel ihn an. »Hey, du bist ja fix und fertig. Alles klar?«

»Jetzt geht's mir wieder gut. Nun verstehe ich auch, warum Murano die Huntress nach White City geschickt hat. Das sind wirklich gefährliche Waffen.«

»Und dennoch hast du ihnen widerstanden.« Steel beäugte ihn weiterhin kritisch. »Bist du sicher, dass du noch ungebunden bist?«

»Äh, ich hab keine Gefährtin, falls du das meinst. Nicht, dass ich wüsste.«

»Hast du nichts gespürt? Ich meine … Die meisten Krieger werden total scharf, und du hast ausgesehen, als würdest du vor Schock gleich tot umfallen.«

»Ich fand sie alle heiß, aber sie haben mich trotzdem kalt gelassen.«

»Ich muss das Mark melden. Er erforscht diese Prägungs- und Hormongeschichte. Es interessiert ihn sicher sehr, warum du völlig immun gegen diese Frauen scheinst oder besser gesagt: warum sie Fluchtreflexe bei dir auslösen.«

Vielleicht stehe ich ja doch nur auf Männer, dachte Fire erleichtert. *Oder ich habe mich innerlich schon für Jazz entschieden, sodass mich kein Hormon der Welt von meiner Entscheidung abbringen kann.* Er räusperte sich. »Okay.« Mark war Arzt, er unterlag der Schweigepflicht. Fire wollte nicht, dass es an die große Glocke gehängt wurde, was sich zwischen ihm und Jazz abgespielt hatte.

»Was liegt jetzt an, Kumpel?«, fragte er Steel, um sich abzulenken. Das eben war die schlimmste Prüfung seines Lebens gewesen – von der Folter abgesehen! Er war unendlich froh, dass er auf keine der Frauen reagiert hatte.

»Noch steht Vieles in den Sternen. Wir müssen abwarten, wie sich alles in New World entwickeln wird, wenn der Massenentzug losgeht. Solange halten wir uns aus der Stadt fern, denn dieser Sabre, der den Anführer spielt, ist total durchgeknallt. Wenigstens gab es keine Toten mehr, zumindest nicht unter der Zivilbevölkerung. Aktuell sind die Warrior damit beschäftigt, sich gegenseitig zu bekriegen. Aber bis es dort so weit ist, sind es ja noch gut sieben Tage hin.«

»Ihr könnt aber nicht sicher wissen, wie viele Ampullen die Kerle noch vorrätig haben.«

»Nein, das sind Schätzungen. Vielleicht wird um die letzten Injektionen gekämpft werden, wenn bei den ersten Kriegern der Entzug losgeht und ein Schlaukopf die Verbindung herstellt …« Steel führte ihn weiter durch das Gebäude. Im Keller zeigte er ihm die Kommandozentrale sowie aktuelle Bilder aus New World und stellte ihm Vigour und Seth vor. Auch hier war Jazz nicht.

Steel deutete auf eine handgemalte Karte, die eine riesige Insel darstellte. »Dort liegt New World …« Er tippte auf ein madenförmiges Etwas – die Kuppel. »Und viele Meilen entfernt gibt es ein Raketenabschussgelände.«

»Ach du Scheiße.« Davon hatte er noch gar nichts gehört.

»Die Operation ist streng geheim und nur wenige sind eingeweiht. Nichts soll an die Öffentlichkeit gelangen, um die Bürger nicht zu beunruhigen. Murano hatte wohl vorgehabt, Raketen nach White City zu schicken, nachdem sein Plan mit den Huntress nicht aufging.«

»Verfluchter Bastard!« Er hatte nicht gewusst, wie schlecht es um seine Stadt gestanden hatte.

»In ein paar Tagen werde ich mit Mark, einem Waffenspezialisten und ein paar Kriegern die Anlage besichtigen. Würde mich freuen, wenn du mich begleitest.«

»Logisch.« Fire fühlte sich geehrt. »Was wollt ihr dort machen?«

»Die Raketen entschärfen und die Anlage stilllegen, damit von dort keine Gefahr mehr droht.«

»Warum brechen wir nicht gleich auf?«

»Mark wird hier noch aufgehalten.«

»Er ist schon da?« Fire wollte sich jetzt nicht von ihm untersuchen lassen, sondern endlich mit Jazz sprechen!

»Ja, seit gestern. Er versorgt die entführten Kinder sowie einige Huntress. Diese ganzen Prägungs- und Erbgutsachen sind voll sein Ding. Er konnte aber das Computersystem der Raketenbasis bereits abschalten und die Abschusscodes neu verschlüsseln, sodass erst einmal niemand dort Unfug treiben kann.«

Fire war beeindruckt. »Ich scheine eine Menge verpasst zu haben.«

Steel führte ihn weiter zu den ehemaligen Unterkünften der Warrior, die vor Jahren am Fortpflanzungsprojekt mitgewirkt hatten. Einige der Soldaten hatten das Martyrium auf den Plantagen überlebt und wohnten wieder hier, andere hatten so schlimme seelische und körperliche Wunden zurückbehalten, dass sie im White City Hospital behandelt wurden und wohl nie mehr als Krieger eingesetzt werden konnten.

»Das Zimmer hab ich für dich reserviert, aber verrate es keinem.« Steel zwinkerte und öffnete die Tür zu einer winzigen Kammer, in der kaum mehr als ein Bett stand.

Fire grinste. »Ich vermisse unser Luxusapartment jetzt schon.« Kian wohnte nun darin und bald noch ein weiterer Leibwächter, den Fire noch nicht kannte. Rock wollte zurück nach Resur; offenbar hatte er dort ein Mädchen.

Fire warf seinen Rucksack in den kleinen Raum und ging dann mit Steel weiter durch den Gang. Ständig kamen ihnen Leute entgegen, Krieger, Wachen, Huntress und anderes Personal. Hier drinnen wuselte es genauso sehr wie draußen. Er war jedoch froh, in einer klimatisierten Unterkunft schlafen zu dürfen und nicht in einem dieser Zelte hausen zu müssen.

»Was habe ich denn sonst noch verpasst?«, wollte er von Steel wissen.

»Hast du von den Schutzschildern gehört, die die Warrior dieser Einrichtung getragen haben?«

»Ist durchgesickert, ja.«

»Das waren zum Glück Prototypen, die hier getestet wurden. Die Serienproduktion sollte in New World in Kürze gestartet werden; die Testreihe war bis jetzt streng geheim, und nur die Soldaten auf dieser Insel waren eingeweiht. Wir hatten Glück. Wären wir ein wenig später gekommen, hätten wir kaum Chancen gehabt.«

»Dieser Sabre weiß also nichts von den Dingern?«

»Gott bewahre.« Steel nickte einem vorbeilaufendem Warrior zu, der den Weg zur Krankenabteilung einschlug, wie Fire den Beschilderungen entnehmen konnte, während sie auf dem Weg zum Ausgang waren. Auf seinem Overall stand *Storm*. Er hatte mittellanges schwarzes Haar, auffallend hellbraune Augen und eine etwas dunklere Haut als der Durchschnitt.

»Das war gerade Marks Partner, oder?« Fire hatte Geschichten über die zwei gehört. Storm war zu Zeiten des Regimes Marks Patient gewesen und sie hatten sich ineinander verliebt, danach jedoch eine schwere Krise durchlebt.

»Sie sind sogar verheiratet. Die beiden werden eine Weile hier wohnen, bis Mark alle Untersuchungen abgeschlossen hat.«

Wow, sie hatten sich also fürs Leben gefunden. Fire könnte sich das mit Jazz auch vorstellen, aber eine Hochzeit fände er zu kitschig. Außerdem würde Jazz wohl schreiend davonlaufen, wenn er den Altar sah.

Fire schmunzelte bei dem Gedanken und kratzte sich am Hinterkopf. »Weißt du zufällig, wo Jazz ist?«

»Er hat sich ein paar Tage frei genommen, um die Insel zu erkunden. Gestern ist er in Richtung Süden aufgebrochen.«

»Allein?«

»Jazz ist am liebsten allein. Er ist schon ein seltsamer Kerl.«

Fire hörte kaum, was sein Bruder erzählte. Endlich war er hier und Jazz war fort. Verflucht! »Hat er einen Funk dabei? Einen Sender, irgendwas, damit ich ihn finden kann?«

Steel ging mit ihm zurück zur Kommandozentrale. Vigour und Seth waren immer noch dort. Steel hockte sich an einen freien Platz und tippte ein paar Befehle in einen Computer. »Ich habe ihm einen Kommunikator mitgegeben. Ich kann ihn orten, wenn du willst. Aber nur …« Scharf blickte Steel ihn an. »… wenn du mir versprichst, ihn nicht umzubringen. Auch wenn mir der Kerl unheimlich ist, so ist er ein verdammt guter Krieger, den ich hier brauche.«

Fire legte den Kopf schief. »Warum sollte ich ihm etwas antun wollen?«

»Er hat dich gefoltert.«

»In Muranos Auftrag. Es ist alles gut zwischen uns. Ich würde sogar so weit gehen und ihn als Freund bezeichnen.« Nervös biss er sich auf die Unterlippe. »Kannst du ihn bitte orten?«

Steel warf ihm einen verwunderten Blick zu. Sein Bruder hatte sich noch nie in andere Dinge eingemischt, er wusste auch meist so Bescheid, und seine Miene sprach gerade Bände. Jetzt brauchte er nur eins und eins zusammenzählen. Fires Immunität gegen die Huntress, dass er unbedingt auf der Insel einen Job haben wollte und jetzt seine dringende Frage nach Jazz.

»Hast du was dagegen, wenn ich ihm folge?«, fragte Fire eine Spur zu heftig, dann wurde seine Stimme jedoch sofort weicher. Steel war hier der Chef. »Sorry, Mann, es ist nur …«

»Er befindet sich an der Küste, keine vier Meilen entfernt.« Sein Bruder deutete auf einen blinkenden Punkt. »Hm, da ist er seit gestern aber nicht weit gekommen und das Signal ist hier abgebrochen.«

»Was ist dort?«

»Klippen.«

Klippen … Fire schluckte. Jazz hatte sich doch nichts angetan? »Ich brech sofort auf!«

Steel hielt ihn am Arm fest. »Jazz sah nicht gut aus.«

»Ich weiß, dass er für viele keine Augenweide ist.«

Ernst schüttelte Steel den Kopf. »Nein, das meine ich nicht.«

»Fuck, meinst du … Gibt es hier Injektionen?«

»Nein, alle Warrior auf der Insel sind clean oder machen gerade den Entzug durch.«

Fires Herz raste. »Warum hast du ihn nicht aufgehalten, Mann?«

»Das wollte ich, aber er hat sich nicht abhalten lassen, zu gehen.«

Ja, das konnte er sich lebhaft vorstellen.

»Melde dich, wenn du ihn gefunden hast, okay?«, sagte Steel.

Fire klopfte ihm auf die Schulter. »Das mache ich, Kumpel … äh, Boss.«

»Kumpel ist okay.« Steel grinste ihn an und wünschte ihm alles Gute, dann rannte Fire aus der Zentrale. Er hörte Steel noch rufen: »Ich finde es toll, dass wir wieder zusammenarbeiten!«, und war selbst glücklich darüber. Aber jetzt überschatteten die Ereignisse um Jazz alles andere.

***

Nachdem sich Fire mit allem Nötigen ausgerüstet hatte, sprintete er zwanzig Minuten später los, eine Isomatte sowie einen schweren Rucksack auf dem Rücken, in dem sich Wasservorräte, Essen und andere Dinge befanden. Jazz würde nach dem Entzug zu Kräften kommen müssen.

Fire erkannte, wo sein Bruder entlanggelaufen war, denn er hatte hin und wieder mit der Machete einer Pflanze den Garaus gemacht. Das Gelände war teilweise unwegsam und er kam langsamer voran, dafür lief er, wann immer es der Weg zuließ.

Je näher Fire der Küste kam, desto weniger Bäume und Büsche versperrten ihm den Weg. Er folgte einem Fluss, der in ein Becken mündete, und eine Stunde nach seinem Aufbruch hörte er Wellen gegen die Klippen schlagen. Hier musste Jazz irgendwo sein.

Ein Felsplateau kam in Sicht, das sich etwa zwanzig Meter über dem Meeresspiegel befand, und Fire schaute sich um. Die Sonne brannte gnadenlos auf den Stein und erhitzte ihn, nur die sanfte Brise vom Meer sorgte dafür, dass man es auf dem heißen Boden aushielt. Fire zog den Schlauch von seinem Gürtel und nahm einige Schlucke Wasser. Sein Rücken war klitschnass geschwitzt und das Atmen fiel ihm schwer – was nicht an der Anstrengung lag. Die Strecke war für ihn zwar kein Spaziergang gewesen, aber er hatte schon Härteres mitgemacht. Er war nervös und sorgte sich um Jazz. Wo war der Kerl, verdammt? Von ihm war weit und breit nichts zu sehen.

Sein Magen schnürte sich zusammen, als er an die Kante des Felsplateaus trat, um nach unten zu blicken, wo die Wellen gegen die scharfen Steine schlugen. Gischt spritzte bis zu ihm herauf; das Wasser war eine einzige tobende Naturgewalt. Niemand würde einen Sprung überleben. Die Kräfte des Meeres waren gnadenlos und hätten Jazz' Körper im Nu zerschmettert.

Fire entdeckte nichts, keine Ausrüstungsgegenstände, keine Kleidung, keine … Körperteile.

Nein, er ist nicht tot, warum sollte er sich umbringen wollen?

Weil ihm seine Dämonen keine Ruhe gönnen werden … Jazz hatte nun kein Ventil mehr, um sich abzureagieren. Hier auf der Insel war er ein Krieger wie sie alle, die bald in New World für Ordnung sorgen mussten. Jazz war kein Foltermeister mehr.

Fire schloss die Lider hinter seiner Sonnenbrille und überlegte. Wo könnte er stecken? Sollte er nach ihm rufen? Was, wenn Jazz nicht gefunden werden wollte?

Fire wollte diesen harten Krieger endlich von seinen Monstern befreien, warum, wusste er auch nicht genau. Aber er hatte den Kerl vermisst, obwohl er nicht mal sicher war, was ihn zu ihm hinzog. Der Mann hatte ihn gequält! Doch er hatte ihn auch gerettet, das würde er niemals vergessen. Außerdem hatten sie beide eine kurze heiße Nacht erlebt … in einer Gefängniszelle. Wie verrückt! Und dort hatte er auch den wahren Jazz hinter der kalten Fassade erkannt, den verletzten, ängstlichen Mann, der keine Gefühle zulassen konnte oder wollte.

Die salzige Brise kühlte sein erhitztes Gesicht, aber nicht sein Temperament. Wenn er Jazz nicht bald fand, würde er durchdrehen.

Als er die Augen öffnete, hörte er ein Stöhnen. Oder hatte er sich das eingebildet? Hatte ihm der Wind einen Streich gespielt?

Er wirbelte herum. Das Geräusch war von hinten gekommen. Sofort marschierte Fire los, bis er einen Felsspalt erreichte, in dem es so tief hinunterging, dass er nur Schwärze erkannte.

Wieder hörte er einen Stöhnlaut, diesmal ganz deutlich. Das kam von dort unten!

»Jazz!«, rief er, und seine Stimme hallte durch den natürlichen Schacht. »Bist du da unten? Bist du verletzt?« Sein Herz raste. Jazz ging es nicht gut! War er abgestürzt?

Schnell legte er Rucksack und Isomatte ab, schob sich die Sonnenbrille ins Haar und machte sich an den Abstieg. Der Spalt war gerade mal so breit, dass er bequem nach unten klettern konnte, je einen Fuß links und rechts abgestützt. Angenehm kühle Luft strömte ihm entgegen, und er atmete tief durch. »Ich hol dich da raus!«

»Verschwinde …«, kam es schwach zurück.

Das kannst du vergessen, Bruder! Resolut stieg er weiter, etwa zwei Meter hatte er es bereits in die Tiefe geschafft, dann öffnete sich vor ihm ein kleiner Hohlraum, etwa drei Meter lang und einen Meter hoch. Darin lag Jazz auf einer Matte, sein Kopf ruhte auf einem Rucksack und neben sich hatte er diverse Ausrüstungsgegenstände aufgereiht.

Das Restlicht, das von oben durch den Spalt drang, zeigte Fire einen völlig anderen Jazz. Er hatte sich den blauen Irokesen abrasiert, auf seinem Kopf wuchsen nun hellbraune Stoppeln. Seine Augen glänzten vom Fieber, auf seinem nackten Oberkörper schimmerte Schweiß. Er trug nur eine lange Einsatzhose, und selbst die war bereits durchgeschwitzt.

Er kam Fire vor wie ein verwundetes Tier, das sich zum Sterben in eine Höhle zurückgezogen hatte. Doch Verletzungen sah er keine, offenbar befand sich Jazz mitten im Entzug.

Langsam krabbelte Fire zu ihm in den Hohlraum. »Hey …«

»Was machst du hier?«, krächzte Jazz und drehte ihm den von Narben entstellten Rücken zu.

Tolle Begrüßung. Wenigstens ein bisschen Wiedersehensfreude hätte er sich gewünscht. »Ich habe dich gesucht, weil …« … *ich dich vermisst habe.* »Ich bleibe und passe auf dich auf, bis dein Entzug vorbei ist.«

»Hau ab, Mann, ich will allein sein.«

Fire kniete sich gebückt neben ihn und fühlte seine Temperatur an der Stirn. Jazz glühte. »Ich freue mich auch, dich zu sehen.«

»Du bist immer noch genau so …«, murmelte Jazz und rollte sich auf den Rücken.

»Genau so wie …?«

»Na, einfach du, eben«, antwortete er und blickte ihn an.

Fire schmunzelte und strich ihm über das stoppelige Haar. Jazz zuckte nicht zusammen. Gut. »Ich bin nicht mehr ganz derselbe, aber ich gebe mir wenigstens Mühe.« Die Folter hatte an seiner Seele ebenfalls Spuren hinterlassen. Sobald er die Augen schloss, sah er sich wieder auf dem harten, kalten Tisch liegen. Er wollte die Stromschläge vergessen, die seinen Körper von innen verbrannt hatten, und auch die Hiebe der Metallpeitsche. Ständig rief er sich ins Gedächtnis, dass Jazz ihn nur gefoltert hatte, weil er musste. Die schlimmsten Schmerzen hatte ihm ohnehin Murano bereitet. Fire hatte wirklich gedacht, er müsse sterben, als der Bastard ihm die Hand zertrümmert und die Dornen unter seine Nägel getrieben hatte.

Er hielt sich die Hand vors Gesicht und ballte sie vorsichtig zur Faust. Die Chirurgen und Microbots hatten sie zusammengeflickt und fantastische Arbeit geleistet. Seine Hand war fast wie neu, bloß durfte er sie noch nicht stark belasten.

Die Narben an seinem Körper hatte er nicht behandeln lassen, er wollte sie für immer als Erinnerung tragen, auch um Jazz zu zeigen, dass ihn ein paar Makel nicht störten. Hey, sie waren Krieger, da gehörten Verletzungen dazu.

»Kannst du mir jemals verzeihen?« Plötzlich umschloss Jazz mit einer Hand seine Faust.

Fire war völlig überrumpelt von dieser Geste und atmete zitternd ein. »Wenn ich das nicht schon längst hätte, wäre ich nicht hier«, sagte er leise. Er wollte Jazz' Hand ebenfalls halten, aber der hatte sie bereits wieder zurückgezogen.

»Du bist ein verrückter Kerl, Fire.«

Du machst mich verrückt … verrückt nach dir. Mit schwerem Herzen betrachtete er den Mann, in den er glaubte verliebt zu sein, obwohl er wusste, dass er von Jazz nichts erwarten durfte. »Ich bin verrückt genug, um mit dir den Entzug durchzustehen. Ich freue mich, dass du dich dazu entschieden hast.«

»Du brauchst wirklich nicht bleiben. Bestimmt hast du was Besseres zu tun.« Erneut drehte Jazz ihm den Rücken zu. Er wollte anscheinend nicht, dass Fire ihn in diesem Zustand sah. Schwach, verletzlich.

»Ich kann dir da durchhelfen, ich hab das auch schon mitgemacht und weiß, wie du dich fühlst. Es wird noch schlimmer, glaub mir, und dann wirst du froh sein, dass sich jemand um dich kümmert.« Zum Glück hatte er nach Jazz' Spritze nicht noch einen Entzug durchmachen müssen. Ihm war nur ein bisschen schwindelig gewesen und er hatte so ein seltsames Hungergefühl gespürt. Daher hatte er sich im Krankenhaus mit allem Möglichen vollgestopft, bis das Verlangen nachgelassen hatte.

»Nicht … so viel … reden«, murmelte Jazz und fasste sich an die Stirn. »Dann kannst du von mir aus bleiben.«

Fire kannte diese höllischen Kopfschmerzen, doch er grinste breit, und zwar über Jazz' Worte. »Okay«, flüsterte er. »Ich werde mich zurückhalten.«

Jazz hörte, wie Fire hinter ihm den Felsspalt hochkletterte und kurz darauf zurückkam, um ihm erst eine Tablette in den Mund zu schieben und danach eine Flasche an die Lippen zu drücken. »Du musst viel trinken, und schluck die Pille, sie wird das Fieber senken.«

Er hatte tatsächlich fürchterlichen Durst. Gierig leerte er die Wasserflasche. Ihm war kochend heiß, unsagbar schlecht und jeder Knochen tat ihm weh. Seit der Ausbildung hatte er sich nicht mehr so beschissen gefühlt.

Als ihm Fire ein feuchtes Tuch auf die glühende Stirn legte, zuckte er zusammen. Verdammt, war das kalt. Aber es tat gut, Fires Anwesenheit tat ihm gut. Es hatte etwas Beruhigendes an sich, einen Krieger an seiner Seite zu wissen, wenn man selbst wehrlos war.

»Du musst aus der feuchten Hose raus«, sagte Fire und hantierte an seinem Gürtel. »Komm, Großer, hilf mir ein bisschen.«

Kanes Hände an seiner Hose, gleich würden die Schmerzen einsetzen … *Nein, das ist Fire, ich fantasiere.* Kraftlos hob er das Becken, damit ihm Fire die Hose abstreifen konnte. Jetzt war er nackt bis auf den Slip.

Fire unterhielt sich flüsternd mit ihm, nahm Rücksicht und berührte ihn lediglich, wenn er musste. Ab und zu rieb er seinen erhitzten Körper vorsichtig mit einem kühlen Tuch ab, und auch wenn es Jazz seelische Schmerzen zufügte, ließ er es zu. Einmal, weil er zu schwach war, sich dagegen aufzulehnen, zum anderen weil er gestehen musste, dass es für seinen Körper doch angenehm war.

Es hatte sich noch nie jemand um ihn gekümmert, er kannte das nicht, und nun musste er alles über sich ergehen lassen, was Fire mit ihm machte. Hilflos wie ein Baby kam er sich vor und genauso verletzlich. Fire könnte ihm alles antun, aber er war nicht wie Kane – nur war das schwer zu begreifen. Jazz hatte immer noch Angst vor diesem Mistkerl und was er ihm angetan hatte, obwohl er längst tot war. Und je mehr die Wirkung der Injektion nachließ und das Fieber seinen Verstand vernebelte, desto schlimmer drängten die Erinnerungen in den Vordergrund. Seine Narben schienen in Flammen zu stehen, seine Haut schien zu bluten und aufgerissen zu sein wie damals, als Kane ihn mit der Peitsche gequält hatte. Er weinte und schrie … und hörte beruhigend geflüsterte Worte. Fire war bei ihm, alles war gut. Er gab ihm Medikamente und zu trinken.

Zwischendurch schlief er immer wieder ein und träumte von Kane. Er war dankbar, als Fire ihn weckte und aus dem Albtraum riss.

»Wir müssen das Fieber senken, die Medizin wirkt nicht so gut wie sie soll.« Fire wischte ihm mit dem feuchten Tuch übers Gesicht. »Die Temperatur fällt einfach nicht.«

Was willst du deswegen unternehmen?, wollte er fragen, aber aus seiner ausgedörrten Kehle kam nur ein Krächzen.

»In der Nähe gibt es einen Fluss, schaffst du es nach oben? Dann kann ich dich tragen.«

»Fluss?«, drang es schwach aus seinem Mund.

»Ja, ich lege dich ins Wasser, es wird das Fieber senken.«

Wäre doch gelacht, wenn er das nicht schaffen würde, schließlich hatte er schon Schlimmeres überstanden. Er rollte sich auf den Bauch und kam auf alle viere, anschließend krabbelte er zum Spalt.

»Ich helfe dir.« Fire packte seinen Arm und zerrte daran, bis er eine Felskante zu fassen bekam. Danach machte er sich an den Aufstieg.

Verdammt, er hatte sich das zu einfach vorgestellt. Ihn schienen sämtliche Kräfte verlassen zu haben; seine Finger und Zehen fanden kaum Halt an dem Stein. Wie in Zeitlupe zog er sich nach oben, und sein Körper fühlte sich an, als würde er Tonnen wiegen. Dabei raste sein Herz vor Anstrengung.

Plötzlich drückten sich Fires Hände gegen sein Gesäß. »Ich schieb dich an.«

Gut, dass er Fieber hatte und zu schwach war, um zu protestieren. Niemals hätte er sonst Fires Pfoten an seinem Arsch geduldet.

Als er es endlich aufs Plateau geschafft hatte, wollte er sich am liebsten hinlegen und schlafen, doch die Sonne hatte den Stein so stark aufgeheizt, dass er sich fast daran verbrannte.

Fire zog ihn auf die Beine und stützte ihn. »Ich trag dich jetzt«, sagte er und fasste an seine Hüften.

»Unterstehe dich«, knurrte er. »Ich schaffe das.« Seine Fußsohlen glühten, das grelle Licht schmerzte in seinen Augen. Wo war der Regen, wenn man ihn brauchte? Er kniff die Lider zusammen und ließ sich von Fire über das Plateau schieben, bis sie endlich Wiese und erste Bäume erreichten. Er hörte den Fluss und roch das kühle Wasser.

»Nur noch ein paar Meter.« Fire hielt ihn fester an sich gedrückt, als würde er Angst haben, dass Jazz gleich zusammenbrach.

Und das würde er; er hatte kaum noch Kraft. Aber er wollte sich keine Blöße geben. *Nur noch ein paar Schritte … und dann bringe ich Fire um, dass er mir das antut. Er hätte mich in der verdammten Höhle liegen lassen sollen!* Hier draußen war ihm viel zu heiß, er kochte regelrecht.

Am Ufer angekommen, ließ Fire ihn los. Sofort sackte Jazz auf alle viere und übergab sich ins Gras. Er konnte es nicht kontrollieren, sein Magen krampfte sich unentwegt zusammen, bis nichts mehr herauskam. Fuck! Wenigstens war es am Wasser nicht mehr so heiß und angenehm schattig, da die riesigen Baumkronen die Sonne zurückhielten.

Erschöpft drehte er sich auf den Rücken und griff nach dem Trinkschlauch, der über seinem Kopf baumelte. Fire lächelte milde. »Ich bin so froh, dass ich den Scheiß hinter mir habe.«

Mit letzter Kraft riss Jazz ihm den Schlauch aus der Hand und leerte ihn, während Fire kurz über seinen Kommunikator mit Steel sprach. »Ich werde mit Jazz eine Weile im Dschungel bleiben, bis er den Entzug hinter sich hat.«

»Okay«, antwortete Steel. »Gib Bescheid, falls ihr etwas braucht oder Jazz auf die Station muss. Dann schicke ich einen Transporter.«

»Danke, Kumpel.« Er beendete das Gespräch und warf das Gerät ins Gras, danach zog er Jazz erneut auf die Beine.

»Kannst du nicht mal die Finger von mir lassen?«, murmelte er. Verdammt, er wollte nur noch schlafen.

»Vergiss es, da musst du jetzt durch.« Angezogen wie er war, spazierte Fire mit ihm in den Fluss.

Das kühle Wasser umschloss jeden Zentimeter seiner Haut, bis er bis zum Hals eingetaucht war. Eine wohlige Trägheit erfasste ihn, er fühlte sich leicht, und die Schmerzen in seinen Muskeln ließen sofort nach. »Wenn du mich auf die Krankenstation bringen lässt, beende ich unsere Freundschaft.« Er hatte keine Lust, in diesem Zustand anderen Leuten zu begegnen.

Fire grinste bis über beide Ohren. »Seit wann sind wir Freunde?«

»Wir verhandeln das, wenn ich wieder klar denken kann, okay?« … und sprechen. Dazu fehlte ihm allmählich erneut die Kraft. Er war so müde.

Wasser schwappte in sein Gesicht, er schnappte nach Luft … Kane tauchte ihn unter, immer wieder, bis er beinahe ertrunken wäre.

»Lass dich treiben, entspanne dich. Ich halte dich …« Das war Fires Stimme, dennoch versuchte er sich aus seinem Griff freizukämpfen und riss die Augen auf. Laut dröhnte der Herzschlag in seinen Ohren.

»Ich halte dich, Jazz, vertraue mir.« Erneut Fire. »Und ich will dir helfen, deine verdammten Dämonen zu vertreiben.«

»Warum?« Jazz krallte sich an seiner Schulter fest, während er auf dem Rücken im Wasser trieb. »Ich habe dich gequält.« Ob er diese Bilder jemals vergessen könnte? Die tiefen Striemen, die sich langsam mit Blut gefüllt hatten, Fires Schreie, verursacht durch die Elektroschocks, und sein Gebrüll, als Murano ihm die Nägel … Gleich war ihm noch elender zumute.

»Lass uns nicht mehr darüber reden, okay? Vergessen wir dieses Kapitel.« Fire hielt ihn wie ein Kind in beiden Armen. »Du hast mich gerettet. Ohne dich wäre ich nicht hier. Und jetzt rette ich dich.«

***

Jazz erwachte ohne Fieber und Kopfschmerzen im Dunkeln, splitternackt, aber bis zum Hals zugedeckt. Er blickte auf ein Moskitonetz und Sterne, die durch das dünne Gewebe und das Blätterdach weit über ihnen blinzelten.

Tief atmete er ein. Natur, duftende Blüten, Salz, Süßwasser … Ruhe und Frieden. Er befand sich im Dschungel, hatte dort allein den Entzug durchstehen wollen, bis Fire gekommen war. Vage erinnerte er sich, dass sein Bruder ihnen am Ufer ein Lager errichtet hatte, nachdem Jazz plötzlich Schüttelfrost bekommen hatte. Ihm war unsagbar kalt gewesen, doch Fire hatte ihn zugedeckt, gehalten und gewärmt. Jetzt lag sein Beschützer nur in einer Shorts bekleidet neben ihm auf dem Rücken und schlief selig, die einst verletzte Hand ruhte auf seiner Brust, die andere angewinkelt neben dem Kopf. Dort befand sich auch eine Pistole. Fire hatte auf ihn aufgepasst.

Jazz' scharfe Augen durchschnitten die Nacht. Es war sehr dunkel, aber ein Kontrolllämpchen an Fires Kommunikator, der neben der Waffe lag, verbreitete ein schwaches grünes Licht.

Wie friedlich Fire aussah … und schön. Die sanft geschwungenen Lippen hatte er leicht geöffnet, den Kopf ihm zugedreht, sodass Jazz ihn in Ruhe mustern konnte. Sein Blick wanderte über die unrasierten Wangen, über Kehlkopf und Hals bis zu den Brustwarzen, die im Dunkeln zwei Knöpfen glichen. Jazz würde gerne darüberstreichen. Würden die Nippel durch seine Berührungen hart werden? Auch wollte er die Hand auf Fires flachen Bauch legen und über die langen, muskulösen Beine gleiten lassen … Aber am allerliebsten wollte Jazz ihn küssen. Sein Blick huschte immer wieder zu dem entspannten, wunderschönen Gesicht.

Er selbst war ein Monster, voller Narben, für immer entstellt. Ob Fire ihn trotzdem noch einmal küssen würde? Noch einmal das tun, was sie in der Zelle gemacht hatten?

Fire hätte einen Belohnungskuss mehr als verdient. Aber dann würde er sich falsche Hoffnungen machen. Jazz fühlte sich noch nicht bereit für mehr.

Oder?

Oh Gott, was hatte er für Gedanken?

Keuchend setzte er sich auf. Sämtliche Emotionen prasselten ungebremst auf ihn ein; keine Injektion verschloss sie. Er wollte Fire, hatte Lust auf ihn! Wollte seine Hände am Körper spüren, von ihm gestreichelt und geküsst werden.

»Sollte ich es noch einmal bemerken, dass du einen anderen Kerl auch nur auf den Arsch schaust, ziehe ich dir die Haut vom Leib«, hatte Kane gesagt. Und danach hatte er Jazz grün und blau geprügelt.

Angst kroch wie Millionen winziger Spinnen an seinem Rückgrat nach oben. Angst vor seinen Gefühlen, Angst vor Zurückweisung, Angst vor dem neuen Leben, das vor ihm lag und den alten Ängsten, die seine Zukunft erschwerten. *Fick dich, Kane! Schmor in der Hölle und verschwinde aus meinem Kopf!*

In der Zelle hatte Fire mit ihm gespielt, um seiner Hölle zu entkommen. Jazz hatte ihm zur Flucht verholfen; nun hatte sich Fire bedankt, indem er ihm durch den Entzug geholfen hatte. Vielleicht ließ das auf Freundschaft hoffen? Gelegentliche Ausflüge, gemeinsames Training, ein wenig Zeit miteinander verbringen, ganz unverbindlich.

Jeder braucht doch jemanden. Zum Reden, beisammen sein, Spaß haben … unverbindlich, hallten Fires einstige Worte durch seinen Kopf.

Unverbindlicher Sex … Nein, Fire wollte mehr als das, das hatte Jazz deutlich gespürt und in seinen Blicken gesehen.

Ablenken, die Panik zurückdrängen … Jazz konzentrierte sich auf die Umgebung außerhalb des Moskitonetzes und versuchte so viel wie möglich zu erkennen. Der Fluss war ein schwarzes Band, auf dem vereinzelt Sterne glitzerten. Auf einem Busch neben ihrem Lager hingen Fires Anziehsachen zum Trocknen, und direkt neben ihm reihten sich drei Wasserflaschen aneinander. Jazz öffnete sofort eine und nahm große Schlucke. Dann lauschte er in die Finsternis, vernahm das Rascheln nachtaktiver Tiere und das Zirpen von Grillen. Wie friedlich es war. Hier gab es nur Fire und ihn.

Zitternd ließ er sich zurücksinken und zog die Decke bis zum Hals hoch. Vielleicht sollte er weiterschlafen, aber er war kein bisschen müde.

Da beugte sich plötzlich Fire über ihn und lächelte ihn an. »Hast du es überstanden?«

»Ich denke schon.« Jazz vermochte nicht den Blick abzuwenden und musste in das makellose Gesicht schauen, das nur Zentimeter über seinem schwebte. Ganz langsam kam es näher, Fires Körper rückte nach und schmiegte sich an ihn. Da sich Fire auf der Decke befand und er darunter, hatten sie keinen direkten Kontakt.

Fire hob die Brauen. »Du liegst über dem Durchschnitt, bei den meisten dauert der Entzug zwei Tage.« Vorsichtig schob sich seine Hand über Jazz' Brust, sein Kopf schmiegte sich an seine Schulter. So blieben sie einfach liegen – Jazz stocksteif, während Fire seinen nackten Oberarm streichelte – und sagten nichts.

Jazz schloss die Augen und konzentrierte sich auf die Finger an seiner Haut. Zuerst berührte Fire nur eine Stelle, dann den Oberarm und bald strich er den ganzen Arm auf und ab. »Sag, wenn es dir unangenehm wird«, flüsterte er.

»Hm«, brummte Jazz. Es lief besser, als er gedacht hatte. Die Streicheleinheiten lösten keine neue Panik aus, sondern entspannten ihn auf sonderbare Weise. »Es ist angenehm«, sagte er schließlich.

»Freut mich«, murmelte Fire und rutschte noch näher. Ein Bein lag fast auf seinem, und als Jazz den Kopf drehte, befanden sich ihre Lippen dicht beieinander.

Er hielt die Luft an. Würde Fire ihn küssen?

Nichts geschah, er starrte ihn nur an.

Jazz bewegte den Kopf ein paar Millimeter näher an den verlockenden Mund.

Fire öffnete die Lippen, blieb aber passiv, als würde er abwarten. Wollte Fire, dass er den ersten Schritt machte?

Verdammt, das konnte doch nicht so schwer sein!

Jazz nahm allen Mut zusammen, legte die Lippen an Fires Mund und drückte sie behutsam an.

Fire schloss keuchend die Augen, seine Hand am Arm verharrte, mehr passierte nicht.

Wie weich dieser sündhafte Mund war … Erst als Jazz die Lippen öffnete, tat er es ihm gleich. Als ihm Fires Zunge langsam entgegenkam, zog Jazz den Kopf mit wild pochendem Herzen zurück. Er war einfach noch nicht so weit.

»Ist okay«, sagte Fire und begann erneut, seinen Arm zu streicheln.

Jazz räusperte sich. »Willst du zu mir unter die Decke?« Es hatte abgekühlt, aber kalt war ihm nicht. Eigentlich war ihm schon wieder heiß, doch unter dem Stoff fühlte er sich sicherer. Schließlich war er nackt, verdammt! »Falls ich dich nicht abstoße.«

»Du weißt genau, dass du das nicht tust.« Ein breites Grinsen stahl sich auf Fires Lippen. Ruckzuck schlüpfte er zu ihm unter die Decke, schmiegte sich wie zuvor an ihn und legte erneut den Arm auf seine Brust. Nun hatten sie eine Menge Hautkontakt.

Tief atmete Jazz durch. Oh Gott, ein anderer Mann berührte ihn!

Es war okay, daran war nichts Verwerfliches. Sie taten nichts Verbotenes, und es war Fire, nur Fire, der ihn berührte, nicht Kane.

Verdammt, er wollte etwas Schönes spüren und Fire nicht zurückweisen müssen. Offenbar wurde es an der Zeit Ballast abzuwerfen, denn so konnte er nicht weiterleben, nicht ohne seine betäubenden Injektionen.

Er räusperte sich erneut und drehte sich in Fires Armen. Dann legte er auch einen Arm um ihn. »Ich bin nun bereit, es dir zu erzählen.« Es … Das Unaussprechliche. Niemals hatte er jemandem von Kane erzählt und was er ihm angetan hatte. »Falls du mich danach nicht mehr berühren willst, kann ich das verstehen.« Allein der Gedanke tat ihm weh, aber er wollte ehrlich zu Fire sein. Er sollte wissen, was Kane ihm angetan hatte, damit Fire ihn endlich verstand.

»Nichts kann mich davon abhalten, dich berühren zu wollen«, sagte Fire und strich ihm über den Kopf. Jazz hatte sich von seinem Irokesen getrennt – warum, wusste er selbst nicht genau. Er hatte die Haare seit dem Tag wachsen lassen, als er Kane enthauptet hatte.

Er redete und Fire hörte ihm zu, ohne ihn ein einziges Mal zu unterbrechen. Er berichtete ihn von den unzähligen Misshandlungen, den Demütigungen, den brutalen Schmerzen und dem Gefühl, kein richtiger Warrior zu sein, weil ihm der letzte Buchstabe fehlte. Er beschrieb den inneren Frieden, den er dank der Injektionen gefunden hatte, als er als Gladiator kämpfen durfte, und erzählte ihm, dass er mehrere Schachteln mit den Ampullen in seiner neuen Unterkunft auf der Insel versteckt hatte, damit er sich so lange wie möglich betäuben konnte. Je mehr aus ihm heraussprudelte, desto besser ging es ihm. Fire wandte sich nicht ab, hielt ihn sogar fester und streichelte seine Brust.

Als er geendet hatte, lief Fire eine Träne über die Wange. »Fuck, ich würde den Dreckskerl gleich noch mal umbringen, wenn ich könnte.« Er wischte sich die feuchte Spur fort und zog Jazz so fest an sich, dass er fast keine Luft bekam. Aber es fühlte sich gut an, auf diese Weise gehalten zu werden. Als er sein Gesicht an Fires Brust schmiegte, merkte er, dass seine Augen ebenfalls feucht waren.

Sanft streichelte ihm Fire über den Rücken. »Wie hast du das alles nur ertragen, so ganz allein, ohne dich jemandem anzuvertrauen?«

»Wir Warrior halten eben verdammt viel aus«, murmelte Jazz.

»Niemand hält alles ewig aus, auch wir nicht.«

»Nein.« Jazz seufzte. »Auch wir nicht.« Er kannte das Gefühl, als würde er gleich zerspringen, als würden all der Hass und die Angst seine inneren Schutzmauern durchbrechen. Auch jetzt nagte noch ein dumpfer Schmerz in ihm, aber er war auszuhalten. Weil er ihn mit Fire teilen konnte.

Als sein Magen lautstark knurrte, mussten sie beide grinsen. Jazz fühlte sich tatsächlich erleichtert, weil Fire nun all seine Geheimnisse kannte.

»Lust auf ein Mitternachtspicknick?«, fragte er.

»Verdammt große Lust«, antwortete Jazz.

***

Sie aßen alles auf, was sie an Proviant dabei hatten – Fire hatte zum Glück letzten Abend seinen Rucksack aus dem Felsspalt geholt, in dem sich auch noch Vorräte befunden hatten. Dabei redeten sie über alles Mögliche, hauptsächlich jedoch über Fire. Jazz wollte so viel von ihm wissen. »Du hast also mit Steel zusammen den Präsidenten beschützt. Und davor?«

»Vor dem Sturz des Regimes war ich wie die meisten Warrior damit beschäftigt, gegen Rebellen und Outsider zu kämpfen. Danach hab ich nur noch in meinen virtuellen Welten gekämpft und meine Spielkonsole heiß und innig geliebt. Aber irgendwie hat sie ihren Reiz verloren.«

»Was reizt dich jetzt?«, fragte Jazz und bemerkte, wie rau seine Stimme plötzlich klang. Fire beim Essen zu beobachten machte ihn irgendwie an.

»Du.« Fire schob ihm ein Stück getrocknetes Fleisch in den Mund und strich ihm mit dem Daumen über die Lippe.

Jazz erschauderte wohlig und wusste nicht, wie er diese Geste erwidern sollte. Na ja, eigentlich wusste er schon, worauf Fire hinaus wollte, doch das war alles so neu für ihn. Und obwohl er dieses Kribbeln im Bauch spürte, hatte er Angst, sich fallen zu lassen. Diesmal hatte er keine andere Injektion, die das für ihn übernahm und ihn hemmungslos machte. »Ich hoffe, du hast Geduld mit mir.«

Fire riss die Augen auf. »Heißt das, du würdest es mit mir versuchen? Also … du und ich?«

Tief atmete Jazz durch. »Ja, du und ich, aber ich kann nichts versprechen.«

Eifrig nickte Fire und sah aus, als ob er ihm jeden Moment um den Hals fallen wollte. »Ganz unverbindlich, einfach mal testen?«

Jazz schmunzelte und spürte, wie sich seine Wangen erhitzten. Das Kribbeln in seinem Magen nahm zu, nur weil Fire grinste. Und hey, das fühlte sich fantastisch an! »Ja, wir beide testen das aus.«

»Spitze!« Sie gaben sich High five und aßen weiter, bis der letzte Krümel verputzt war.

22. Mokupuni / Bonusende Fire und Jazz

Am Morgen wachten sie aneinander geschmiegt auf, als ein Regenschauer sie überraschte. Außer weiteren zärtlichen Küssen und ein paar Streicheleinheiten war nichts zwischen ihnen passiert, sie hatten sich noch lange unterhalten und waren schließlich eingeschlafen. Jetzt sprangen sie auf und verlegten ihr Lager unter einen anderen Baum, dessen Krone besseren Schutz vor dem Regen bot. Dabei wurde Jazz zu spät bewusst, dass er splitternackt war. Die Tropfen klatschten auf seine Haut, was sich interessant anfühlte. Es war ungewohnt, alles anders wahrzunehmen. Intensiver. Das machte ihm schon wieder Angst, aber längst nicht mehr so viel wie früher.

Fire starrte ihn an, betrachtete unverhohlen seine vernarbte Haut.

Nun schützte ihn keine Decke.

Hastig riss er einen Slip aus seinem Rucksack und stieg hinein, danach zog er sich ein frisches T-Shirt über. Sofort fühlte er sich wohler. Hektisch kratzte er sich am Kopf. Seine kurzen Haare fühlten sich ebenfalls ungewohnt an. »Wir haben gar kein Essen mehr.«

»Sollen wir zur Basis zurückgehen? Bist du fit genug?« Fire reichte ihm eine Trinkflasche.

Jazz hielt sie fest, ohne sie zu öffnen. Er fühlte sich ganz gut, aber er war noch weit von fit entfernt. Klar hätte er den Fußmarsch geschafft, doch er wollte keine anderen Leute sehen und die Abgeschiedenheit und Ruhe noch ein bisschen genießen. Er musste sich über so viele Dinge klar werden. »Ich werde einen Tag verlängern. Du kannst gerne gehen, wenn du dich langweilst.«

Fire stemmte die Hände in die Hüften. »Langweilen? Mit dir?« Er schnaubte gespielt. »Da kann mein spannendstes Videospiel nicht mithalten.«

Jazz vermochte es ebenfalls nicht, den Blick von Fire abzuwenden. Zwar hatte er ihn bereits nackt gesehen, aber irgendwie sah Jazz ihn nun mit anderen Augen. Ja, jetzt lag alles klar vor ihm. Er wollte es mit diesem Mann versuchen. »Wer schießt das Frühstück?«

Fire lachte. »Ich hole uns was aus der Basis. Wenn ich mich beeile, bin ich in weniger als zwei Stunden zurück.«

»Okay, ich bin hier«, sagte Jazz und war froh, nun einen Freund zu haben, der seine Geheimnisse kannte. »Und bring was Anständiges zum Trinken mit. Ein Bier oder so, ich kann kein Wasser mehr sehen.«

»Bier geht klar, aber du brauchst nicht zu denken, dass du dich jetzt wie ein nörgelnder Ehemann aufführen musst.«

»Du warst der mit dem Rock.«

»Es war eine Decke!«, rief Fire lachend und warf seinen Rucksack auf ihn.

***

»Hey, Kumpel, schon zurück?«, begrüßte Steel ihn, als sich Fire kurz in der Zentrale meldete.

»Bin gleich wieder weg, ich hole nur Proviant.« Steel hätte sicher jemanden mit Essen geschickt, doch Jazz hätte bestimmt nicht gewollt, dass ihn jemand in diesem Zustand sah.

Steel stand vom Monitor auf und begleitete ihn zur Vorratskammer. »Wie geht es Jazz?«

»Er hat den Entzug überstanden, ist aber noch ein bisschen wackelig auf den Beinen. Wir werden morgen zurückkommen.« Beim Vorbeigehen versuchte er etwas auf den Bildschirmen zu erhaschen – es schien alles ruhig zu sein. »Gibt es was Neues aus New World?«

Steel schüttelte den Kopf. »Nicht wirklich. Die Warrior bekämpfen sich gerade nicht gegenseitig, offenbar haben sie eine Art Waffenstillstand getroffen.«

»Hoffentlich ist das nicht bloß die Ruhe vor dem Sturm.«

Steel begleitete ihn zu den Vorratskammern, das bloß wenige betreten durften. Sein Kumpel besaß als Commander ein zentrales Passwort, mit dem er überall ungehinderten Zugang hatte. Er öffnete eine massive Tür, und sofort flammte weißes Licht auf und beleuchtete Unmengen an Regalreihen.

»Nimm dir, was du brauchst«, sagte Steel.

»Danke.« Fire war echt froh, dass sein Freund hier das Sagen hatte. Nicht nur, weil er ihn mochte, sondern weil er genau der richtige Mann für den Job war. Auch wenn man es ihm nicht ansah … Steel war hart. Aber gerecht. Außerdem besaß er einen kühlen Verstand.

Fire packte ein, was er brauchte, und entdeckte sogar Dosenbier. Als sie einen Raum weitergingen, befand er sich in der Abteilung für Medizinprodukte und stieß auf dreißig Zentimeter lange Metallstäbe. Er zog einen aus dem Regal, an dessen Spitze sich ein gusseisernes C befand. »Das sind Brenneisen!« Überrascht drehte er sich zu Steel um. »Haben die Huntress auch diese Brandzeichen bekommen?« Die Dinger sahen aus wie neu.

Sein Bruder schüttelte den Kopf. »Offenbar war es geplant, aber sie haben kein Aufnahmeritual bestehen müssen.«

Warum auch, primär existierten sie nur, um noch stärkere Krieger zu gebären. »Kann ich das haben?«, fragte Fire.

»Klar.« Steel grinste. »Du kannst dir auch gerne eine andere Waffe mitnehmen.«

»Ich will damit keinem den Schädel spalten.« Das Ding besaß am Ende einen Knopf. Als er ihn aktivierte, erhitzte sich der gusseiserne Buchstabe. Schnell schaltete Fire den Stab aus, bevor er zu glühen begann und er sich noch daran verbrannte.

Steel runzelte die Stirn. »Willst du dir damit eine Art Tattoo verpassen?«

»Damit möchte ich jemandem einen Gefallen tun.«

»Einen … Gefallen?« Steel grinste schief und es schien als wollte er fragen: *Was treibt ihr für perverse Spielchen?* Aber er hakte nicht nach, und dafür hätte Fire seinen Kumpel umarmen können.

Fire räusperte sich. »Das bleibt unter uns.«

»Warriorehrenwort«, sagte Steel und klopfte ihm auf den Rücken.

***

Bevor er in den Dschungel zurückkehrte, begab er sich mit Steel in Jazz' Unterkunft. Sie sah genau so aus wie seine eigene: In dem kargen Zimmer standen nicht mehr als ein schmales Bett, ein Schrank und ein Tisch. Eigentlich erinnerte ihn der Raum an eine Gefängniszelle.

Fire ging zum Bett und zog mehrere Schachteln darunter hervor.

»Also das hatte er in seinem Rucksack«, murmelte Steel.

»Kannst du dafür sorgen, dass die Ampullen vernichtet werden?« Er wollte nicht, dass Jazz rückfällig wurde. Jazz hätte ihm bestimmt nicht erzählt, dass er sich in New World mit dem Zeug eingedeckt hatte, wenn er nicht gewollt hätte, dass Fire es zerstörte.

»Klar, ich werde sofort persönlich dafür sorgen.«

»Danke, Mann«, sagte Fire und klopfte ihm auf die Schulter.

***

Der Regen hatte aufgehört, der Dschungel dampfte. Als Fire am Fluss ankam, fand er Jazz nicht vor. Ihre Sachen lagen unter einer Plane und hatten das Unwetter trocken überstanden, bloß von Jazz fehlte jede Spur. Vielleicht vertrat er sich die Beine, war pinkeln oder machte sich irgendwo frisch? Fire wollte auch nur noch raus aus seinen nassen Sachen.

Als er den Rucksack mit den Vorräten abstellte, bemerkte er ein schwarzes Mäppchen, das geöffnet auf dem Boden lag. Sein Atem stockte. So ein Etui hatte er auch einmal besessen. Darin verwahrten die Warrior ihren Monatsvorrat an Ampullen und die Injektionspistole. Verdammt, es war leer!

Eisige Schauder liefen über seinen Rücken. »Jazz?!«, rief er. »Wo bist du?«

Er wusste nicht, warum, aber es zog ihn zu den Klippen. So schnell er konnte, rannte er zum Felsplateau und atmete auf, als er die große Gestalt erkannte, die dort am Rand stand und in den Abgrund starrte. »Jazz!«

Er war barfuß, trug nur seine Armeehose und ein T-Shirt. In der einen Hand hielt er die Injektionspistole, in der anderen mehrere Ampullen.

Scheiße!

Hatte Jazz ihn absichtlich zurückgeschickt, damit er sich einen Schuss setzen konnte? Hoffentlich kam er nicht zu spät.

»Tu es nicht!«, rief Fire. Nur noch wenige Meter trennten ihn von Jazz.

»Doch, ich werde es tun!«, hörte er ihn sagen, dann warf er die Ampullen sowie die Spritze ins Meer.

»Verdammt!« Keuchend stützte Fire die Hände auf die Knie, als er neben ihm zum Stehen kam, und starrte die Klippen hinunter, gegen die die Wellen schmetterten. »Jag mir nie wieder so eine Scheißangst ein!«

»Ich hab dir gesagt, es wird nicht einfach mit mir.« Jazz schmunzelte und zog ihn am Arm von der Kante weg. »Hast du das Zeug aus meinem Zimmer entsorgt?«

»Ja, aber woher wusstest du, dass ich …«

»Weiß nicht, ich hab nur gehofft, dass du dir die Gelegenheit nicht entgehen lassen würdest. Ich hätte es vielleicht nicht geschafft.« Sie schlenderten zurück zum Fluss, und Fire wünschte sich, Jazz würde etwas sagen oder ihn berühren. Stattdessen schaute er nachdenklich auf den Boden.

»War es schwer, dich von den letzten Ampullen zu trennen?«

Jazz nickte. »Ich hab mir gedacht, jetzt oder nie. Dieser Gefühlssturm in mir ist kaum zu ertragen. Für einen Moment hatte ich echt überlegt, mir einen Schuss zu setzen.« Er ging vor Fires Rucksack in die Hocke und machte ihn auf.

»Was hat dich davon abgehalten?«

»Das Bier. Ich hab richtig Bock drauf, es endlich richtig genießen zu können.« Grinsend zog er eine Dose heraus.

Hatte Fire etwa erwartet, Jazz würde sich ihm jetzt immer voll und ganz öffnen? »Gib mir auch eins, Kumpel«, sagte er lächelnd und hockte sich neben ihn. Er war überglücklich, dass Jazz der Versuchung widerstanden hatte. »Stoßen wir auf ein neues Leben an.«

»Gute Idee.« Als Jazz die zweite Dose herausholte, zog er auch das Brenneisen hervor. Stirnrunzelnd legte er das Bier zur Seite und blickte Fire fragend an.

»Ähm ja …« Er kratzte sich am Hinterkopf. »Das hab ich gefunden.« Shit. Was hatte er sich bloß dabei gedacht, das Ding mitzunehmen? »Also, ähm, das klingt jetzt vielleicht blöd, aber … ich hab mir vorgestellt … Wenn du wieder bei Kräften bist … Also, möglicherweise macht es dich irgendwie ganz, wenn ich …«

»Tu es«, sagte Jazz, stellte sich hin und zog sich das T-Shirt aus. »Jetzt.«

Fire starrte auf die leicht erhabenen Brandnarben unterhalb seines Bauchnabels, die wie ein N und ein W aussahen. »Dein Ernst?«

»Mein voller Ernst.« Jazz drückte auf den Knopf, und sofort erhitzte sich der Metallbuchstabe an der Spitze. Als er glühte, gab er Fire den Stab in die Hand.

»O-okay.« Scheiße, das würde wehtun. »Willst du dich lieber hinlegen?«

Jazz hob eine Braue. »Ich bleibe stehen.«

»Dann lehn dich wenigstens gegen den Stamm.« Er deutete mit dem Eisen auf den nächsten Baum.

Jazz stellte sich hin und lehnte sich an. Danach schaute er Fire tief in die Augen. »Es bedeutet mir viel, dass du das für mich tust.«

»Ich bin immer für dich da«, sagte er rau, holte tief Luft und drückte Jazz den glühenden Buchstaben unterhalb des Nabels neben das W, obwohl es ihm riesengroße Überwindung kostete, ihm wehzutun. Es zischte und stank bestialisch nach verbranntem Fleisch. Als sich Jazz' Bauchmuskeln anspannten und er die Hände zu Fäusten ballte, riss Fire den Arm zurück.

Ein Schweißtropfen lief über Jazz' Schläfe, keuchend atmete er aus. Er hatte nicht einen Ton von sich gegeben. Leuchtend rot prangte nun das C in einer Reihe mit den anderen Buchstaben.

Er hatte es getan, kranke Scheiße!

Fire schaltete den Stab ab und warf ihn ans steinige Flussufer. Überrascht holte er Luft, als Jazz ihn am Nacken zu sich zog und küsste. Es war ein harter, stürmischer Kuss – und leider ein viel zu kurzer. »Danke«, murmelte er an Fires Lippen. Dann grinste er schief und ließ ihn los. »Jetzt brauch ich wirklich ein Bier.«

***

Sie saßen am Flussufer auf der Isomatte und leerten eine Dose nach der anderen. Das Bier stieg Fire leicht zu Kopf, doch der Rausch hielt nicht lange an, da ihr Körper den Alkohol schneller abbaute als bei gewöhnlichen Menschen. Aber er sorgte für gute Laune. Fire war glücklich, wie es sich zwischen Jazz und ihm entwickelte.

»Das muss höllisch wehtun«, sagte er und drückte Jazz das kühle Metall der Dose auf die Brandwunde.

»Lass doch mal.« Jazz zog seine Hand weg. »Ich muss das spüren, sonst glaube ich es nicht.«

Fire glaubte eher, dass ihm seine Nähe immer noch ein wenig unangenehm war. Er musste sich zurückhalten, was ihm schwer fiel. Am liebsten wollte er Jazz ständig anfassen. Was musste der Kerl auch so leicht bekleidet hier herumsitzen? Er trug bloß seine Hose, immer noch.

Seufzend lehnte sich Jazz zurück gegen einen Baumstamm. »Weißt du, was jetzt klasse wäre? Eine Jagd. Ich habe total Hunger auf frisches Fleisch. Das Trockenzeug bleibt mir immer im Hals stecken.«

Fire stand auf. Es war später Nachmittag und es würde bald dämmern, die beste Zeit also, um auf die Pirsch zu gehen, da viele Tiere erst aktiver wurden, wenn es nicht mehr so warm war. »Dann lass uns jagen gehen, Krieger.« Ein bisschen Ablenkung könnte er gebrauchen.

***

Fire ließ Jazz durch den Dschungel vorangehen. Er hatte sich lediglich ein Brustholster um den nackten Oberkörper geschnallt und seine Stiefel angezogen. Offenbar schien er nun keine Hemmungen mehr zu haben, sich halb nackt zu zeigen. Was so ein Buchstabe ausmachte … Fire würde das nie richtig verstehen, da es diesen Brauch bei ihnen nicht gegeben hatte. Es schien für die Krieger aus New World wirklich ein bedeutendes Statussymbol zu sein, diese Brandnarben zu tragen.

Jazz fasste in seinen Nacken und drückte ihn neben sich nach unten. »Da vorne ist ein Wildschwein, das holen wir uns.«

Fire sah den Vierbeiner friedlich an einer Wurzel kauen, hatte aber kaum Interesse dafür. Viel lieber schielte er zu Jazz, der die Waffe auf das Borstentier richtete. Sein Blick wirkte konzentriert, dann schoss er. Das Wildschwein kippte zur Seite; ein Loch prangte in seinem Kopf.

Beide gingen sie zu der Stelle, an der das Tier lag.

»Wenn du willst, bringe ich dir bei, wie man ohne Fertigfraß im Dschungel überlebt.« Jazz packte das Schwein bei den Hinterbeinen und warf es sich über den Rücken. Anschließend marschierten sie zurück.

»Das wäre cool.« Jazz hatte eine andere Ausbildung genossen als er, da die Krieger aus New World außerhalb der Kuppel im Dschungel zurechtkommen mussten, während sich Fire hervorragend in Tunneln oder der Kanalisation orientieren konnte.

Zurück bei ihrem Lager zeigte ihm Jazz, wie man dem Tier das Fell abzog, es ausweidete und das Fleisch über dem Feuer briet. Es roch so lecker, dass ihnen das Wasser im Mund zusammenlief und sie einen Großteil verschlangen, noch bevor es ganz durchgebraten war. Fire kam sich vor wie ein

Wilder. Männlich, viel mehr wie ein Krieger.

Irgendwann lag er in Jazz' Schoß, den Blick auf die Sterne gerichtet, und wurde von ihm gefüttert. »Ich kann nicht mehr, ich platze gleich.«

Neben ihnen glühten die Reste des Lagerfeuers und tauchten die nähere Umgebung in orangefarbenes Licht. Jazz legte den Schlegel weg und wischte sich die Finger an dem Shirt ab, das neben ihm auf der Matte lag. Er trug immer noch kein Oberteil.

Fire richtete sich auf. »Ich habe Brandgel im Medi-Pack. Deine Wunde sollte wenigstens versorgt werden, damit sie sich nicht entzündet.«

»Wenn's denn sein muss.« Jazz hob eine Braue und sagte mit rauer Stimme: »Dann verarzte mich, Bruder.«

Gab ihm Jazz ein Zeichen, dass er berührt werden wollte?

Mit zitternden Händen holte Fire die Tube mit dem Brandgel aus dem Rucksack. Es würde die Wunde nicht nur desinfizieren, sondern auch den Schmerz lindern. Danach wäre Jazz frei, sich auf andere Gefühle einzulassen. Angenehmere Gefühle.

Mittlerweile wusste Fire, dass für den Krieger zarte Berührungen schwerer zu ertragen waren als Schmerzen, und Berührungen von anderen waren der Supergau. Jazz hatte sich nach Kanes Misshandlungen von seinem Körper distanziert, hatte sich damals nicht für die Sexshows gemeldet, sondern die Arena gewählt, in der er wie ein Gladiator mit dem Schwert gegen die Sklaven angetreten war, um sie hinzurichten – bevor er Senator Muranos Handlanger wurde. Dieser Mann hatte so viel Leid hinter sich … Fire wollte ihm endlich die Sonnenseiten des Lebens zeigen. Doch er musste behutsam vorgehen, denn Jazz hatte Angst, sich auf diese neuen Gefühle einzulassen.

Vorsichtig tupfte er eine erbsengroße Menge Gel auf die erhabene, heiße Narbe.

Jazz lehnte sich an den Stamm zurück und beobachtete jede von Fires Bewegungen. »Wenn ich die Zeit zurückdrehen könnte …«, murmelte er.

»Das kannst du aber nicht.«

»Ich kann einfach nicht vergessen, was ich dir angetan habe. Und ich verstehe immer noch nicht, was du an mir findest.«

Ich steh auf kaputte Typen, wollte er scherzhaft sagen, doch damit würde er Jazz nur wehtun. Im Moment wirkte er wieder sehr verletzbar, dieser große Krieger. »Manchen Dingen kann man eben nicht mit Logik kommen. Genießen wir einfach, was wir haben.«

»Hm«, brummte Jazz und schloss die Augen. Seine Hände lagen neben seinem Körper, und immer, wenn Fire über die Wunde strich, krallte er die Finger in die Matte.

Es lag nicht am Schmerz, wusste er, sondern lediglich an den Berührungen.

Als die Narbe versorgt war, wollte er nicht aufhören, Jazz anzufassen. Vorsichtig drückte er eine Hand auf dessen Brust. Ungestüm schlug Jazz' Herz dagegen.

Als er die Hand wegziehen wollte, hielt Jazz sie fest und drückte sie weiterhin an seine Brust. Die Augen hatte er immer noch geschlossen.

Langsam nahm Jazz die Hand weg, Fire ließ seine, wo sie war.

Die letzten glühenden Holzstücke knackten, mehr Dunkelheit hüllte sie ein, doch seine scharfen Augen erkannten den großen Krieger immer noch gut genug. Jazz' Gesicht entspannte sich nach und nach, und Fire traute sich, die Finger über seine Brust gleiten zu lassen. Er fuhr über die zahlreichen alten Narben und rutschte näher, um Jazz' Schulter zu küssen.

Jazz saß weiterhin einfach nur da und ließ geschehen, was Fire mit ihm machte.

Sobald Jazz zuckte, verharrte Fires Hand, und erst wenn sich sein Freund wieder entspannt hatte, machte er weiter. Es berührte Fire im Herzen, dass dieser nach außen hin kühle und grausame Mann derart verletzlich war.

Jazz musste die Augen öffnen, um sich davon zu überzeugen, dass es immer noch Fire war, der ihn so behutsam streichelte. Er gab sich so viel Mühe, ihm zu gefallen, und vor allem: ihm nicht wehzutun, dass dies in ihm eine Stelle erwärmte, die sein vereistes Gefühlszentrum zum Schmelzen brachte.

Tief atmete Jazz ein und aus, damit er sich besser entspannen konnte. Niemals hatte sein Herz vor Erregung so schnell geklopft – außer bei ihrem ersten Sex in der Zelle. Nur diesmal spürte Jazz alles noch intensiver, sogar den rauen Baumstamm in seinem Rücken. Die Berührungen hätten ihn umgebracht, wenn sie nicht von Fire gekommen wären. Jazz vertraute ihm jetzt blind, daher ließ er sich fallen und auf der Gefühlswelle treiben, genoss das Prickeln seiner Haut und das Pochen in seinem Schwanz. Mittlerweile war er so hart, dass er ihn aus seinem Gefängnis befreien wollte, aber er wagte es noch nicht.

Als Fire mit dem Unterarm an seine Erektion stieß, stöhnte er auf, denn ein feuriger Impuls durchzuckte seinen Leib.

Gebannt starrte Fire ihn an, bevor er ganz langsam begann, Jazz' Hose zu öffnen.

Mit wild tosendem Puls schaute Jazz zu, wie sein Slip freigelegt wurde. Sein Schwanz füllte ihn aus, sodass die Eichel am Bund hervorspitzte.

Als sich Fire über die Lippen leckte, stellte sich Jazz vor, wie sie sich an seinem Geschlecht angefühlt hatten.

»Hilf mir«, sagte Fire und zog an der Hose.

Jazz drückte sich mit den Händen vom Boden ab, und Fire zog beide Hosen über seine Beine nach unten.

Jetzt lehnte er splitternackt am Baumstamm, während Fire noch angezogen war. Am liebsten hätte er sich mit der Hand oder etwas anderem bedeckt, doch er war wie gelähmt. Fire starrte ihn an, und immer, wenn sein heißer Blick auf seine Erektion traf, zuckte sie.

Langsam beugte sich Fire zu ihm, küsste behutsam sein Schlüsselbein, den Oberarm, eine Brust … Oh Gott, er würde doch nicht … Die zärtlich knabbernden Lippen drückten sich erst auf seinen Oberschenkel, danach spürte Jazz einen Atemhauch an seiner feuchten Eichel. Sein Schwanz zuckte stärker, als würde er Fires Mund ausweichen wollen – oder ihm entgegenkommen?

Plötzlich züngelte Fire über die pralle Spitze.

Jazz knurrte und krallte die Finger in Fires kurzes Haar. Er hyperventilierte beinahe, so sehr raste sein Atem. Fire leckte bedächtig über seinen geschwollenen Schaft, wobei Jazz die intensiven Gefühle bewegungsunfähig machten.

»Mein mutiger, starker Krieger«, raunte Fire, während er sich einen Weg nach oben küsste, über Jazz' Bauch und die Brust bis zu seinem Mund.

Da packte er Fires Kopf und hielt ihn fest, züngelte mit ihm und küsste ihn verlangend. »Ich will, dass du auch nackt bist.«

»Dann musst du mich ausziehen«, verlangte Fire.

Seine Knochen schienen mit Blei gefüllt zu sein, als er die Arme ausstreckte, doch er schaffte es, Fire erst das Hemd auszuziehen und danach seine Hose zu öffnen.

»Bitte hilf mir«, flüsterte Jazz. Der Anblick dieses nackten Mannes beraubte ihn seiner Kräfte.

Als Fire gehorchte, streckte sich Jazz auf der Matte aus. Splitternackt legte sich Fire daneben. Sie berührten sich überall, küssten und streichelten sich. Als sich Fires Hand um seinen Schwanz schloss, wäre er fast gekommen.

»Nicht«, sagte Jazz rau. »Ich will noch nicht, dass es zu Ende ist.«

Fires Lächeln reichte fast bis hinter seine Ohren und Jazz erntete heiße Küsse für seine Worte.

Er drehte Fire herum, sodass der ihm den Rücken zukehrte, und knabberte an seinen Schultern. Jazz schlang den Arm um ihn und massierte Fires Erektion, währenddessen sich seine eigene an die strammen Pobacken presste.

Jazz rutschte tiefer, um seinen Rücken zu küssen. Wenn er der Aktive war, klappte es ganz gut.

Fest schmiegte er sich von hinten an Fire, atmete seinen Geruch ein, streichelte die perfekte Haut und genoss das seidige Gefühl an seinen Fingern. Fasziniert beobachtete er, was jede seiner Berührungen bei Fire auslöste: eine wohlige Gänsehaut, ein leises Stöhnen, ein hartes Keuchen.

Jazz schob seine Erektion zwischen die muskulösen Oberschenkel seines Freundes und genoss die Enge der zusammengepressten Beine. Anschließend bewegte er das Becken vor und zurück, woraufhin er Fires Geschlecht härter massierte.

»Jazz«, stöhnte er. »Ich halte das nicht lange durch.«

»Ich auch nicht«, raunte Jazz und pumpte noch ein paar Mal mit den Hüften, bis prickelnde Schläge durch seinen Unterleib peitschten. Der Höhepunkt raste heran wie ein Geschoss, und tatsächlich fühlte sich Jazz wie eine geladene Waffe. Seine Eichel pulsierte, es zog heftig in seinen Lenden – und dann spritzte sein Samen fast schmerzhaft hervor. Der Höhepunkt war wie eine Erlösung, eine Befreiung. Er spürte keine Scham, keine Reue, keine

Angst und keine Wut. Er fühlte sich nur noch high, berauscht von den Gefühlen, die dieser Mann in ihm auslöste.

»Fire …«, murmelte er und küsste den leicht verschwitzten Rücken, während er seinen Freund weiterhin massierte. »Fire, ich …« Er wusste nicht, was er sagen, wie seinen Gemütszustand beschreiben sollte. Daher wisperte er einfach: »Danke.«

Schon ergossen sich heißflüssige Kaskaden über seine Finger. Fire legte den Kopf zurück und stöhnte losgelöst, und nachdem der letzte Tropfen aus ihm geflossen war, drehte er sich in Jazz' Armen um. Tief schauten sie sich in die Augen. Dieser Mann liebte und begehrte ihn, das spürte Jazz, außerdem las er es in seinem Blick.

Fire lächelte. »Gern geschehen.«

»Ich … du weißt, ich kann nicht ausdrücken, was …«

»Pst.« Fires Lippen streiften die seinen. »Du musst nichts sagen.«

»Ich möchte es aber. Danke, dass du für mich da bist.« Dann küsste er ihn langsam und innig, woraufhin Wärme in seiner Brust explodierte und es in seinem Bauch kribbelte. War er verliebt?

Ja, er glaubte schon.

Eines wusste Jazz jedoch mit Sicherheit: dass es Fire tatsächlich schaffen könnte, seine Dämonen zu vertreiben. Er freute sich darauf, dieses Abenteuer mit seinem Freund gemeinsam zu bestreiten.

Schlusswort

Liebe Leserinnen und Leser,

die Warrior haben mich nun 16 Monate lang fast ununterbrochen begleitet. Ich ging viele Jahre mit der Geschichte von Jax schwanger, bevor sie das Licht der Welt erblickte, habe Höhen und Tiefen mit den Jungs erlebt, immer wieder gezweifelt, ob euch denn jede weitere Story bei Laune halten kann, habe versucht, ständig neue Ideen und Elemente in die Handlung einzubauen, mich mit meiner Lektorin ausgetauscht, umgeschrieben, verworfen, auf die Seite gelegt … bis alles stimmig war. Auch recherchieren musste ich einiges. Obwohl die Romane in gewisser Weise Science Fiction sind, weil sie in der Zukunft angesiedelt sind, spielen sie doch an Orten, die in 80 Jahren durchaus noch existieren könnten (falls die Menschheit nicht alles ausgelöscht hat oder Mutter Natur uns Parasiten mitsamt ihrer Haut abstreift und ein paar fürchterliche Erdbeben heraufbeschwört).

Mein Mann hat mir sehr oft den Rücken freigehalten, ohne ihn wärt ihr nicht immer so schnell an Nachschub gekommen.

Okay, bei Steel dauerte es länger, aber dafür habt ihr diesmal 450 Seiten bekommen, also 200 mehr als sonst :-)

Ihr habt sicher einige Fragen. Warum Tammys Junge »Alpha« genannt wurde und wie es mit Hunter und Tammy weitergeht, warum Hunter von Tam getrennt wurde und was er alles auf den Plantagen erlebt hat … ob Rhona und Steel vielleicht auch noch ein gemeinsames Kind bekommen … und natürlich, was nun mit den Kriegern in New World passiert. Sie stehen kurz vor dem Entzug – und dann?

Ihr merkt, das war noch nicht der letzte Teil, obwohl ich eigentlich das Ende geplant hatte. Aber in meinem Kopf sind noch so viele Geschichten übrig.

Falls ihr sie hören wollt und ihr immer noch nicht genug von meinen Kriegern bekommen könnt, lasst es mich wissen, schreibt es mir in einer Rezension (für uns Autoren die schönste Art, uns zu danken) oder kontaktiert mich auf Facebook, Twitter oder über meine Homepage. Ich habe immer ein Ohr für euch und freue mich auf euer Feedback.

Ansonsten …

Haltet die Öhrchen steif und … MAKE LOVE NOT WAR.

Eure Inka

♥♥♥

Weitere Romane:

Inka Loreen Minden

Die Lady und das Biest

Historischer Liebesroman mit Wolfswandlern, Vampiren und Dämonen.

Als Taschenbuch und E-Book im gesamten Buchhandel.

Die junge Lady Patricia hat es satt, dass alle über ihr Leben bestimmen. Als sie mit einem alten Lord verheiratet werden soll, läuft sie von zu Hause weg und versteckt sich auf der Fregatte eines Freundes.
Leider ist sie auf dem falschen Dreimaster gelandet und glaubt sich unter Piraten, doch die Realität ist schlimmer: Patricia befindet sich auf einem Schiff voller übernatürlicher Kreaturen, und ausgerechnet der Captain, das Alphatier des Rudels, hat sie zu seiner Gefährtin auserkoren …

Über die Autorin:

Inka Loreen Minden, die auch unter den Pseudonymen Lucy Palmer, Mona Hanke (Erotik), Loreen Ravenscroft (Romantasy) und Monica Davis (Jugendbuch) schreibt, ist eine bekannte deutsche Autorin erotischer Literatur. Von ihr sind bereits über 40 Bücher, 9 Hörbücher und zahlreiche E-Books erschienen, die regelmäßig unter den Online-Jahresbestsellern zu finden sind.
Neben einer spannenden Rahmenhandlung legt sie Wert auf eine niveauvolle Sprache und lebendige Figuren. Explizite Erotik, gepaart mit Liebe, Leidenschaft und Romantik, ist in all ihren Storys zu finden, die an den unterschiedlichsten Schauplätzen spielen.
Sie schreibt ua. Für Bastei Lübbe, Blanvalet und Rowohlt.

Mehr über die Autorin auf ihrer Homepage:
www.inka-loreen-minden.de
www.monica-davis.de

Gay Romance:

Tödliches Begehren – Mortal Desire

Reporter Ethan Hunter beschattet schon seit Wochen den obskuren Sicherheitschef eines Kasinos. Gabriel Norton wäre ein Kerl genau nach seinem Geschmack, gäbe es da nicht die Gerüchte, die sich um Gabriel ranken: Er soll Geld aus illegalen Geschäften im Kasino waschen und Mitglied eines New Yorker Verbrechersyndikats sein.
Was für eine Art Mann er ist, erlebt Ethan bald am eigenen Leib, als Gabriel ihn beim Spionieren erwischt und ihn dafür auf seine Art bestraft. Ethan kann sich seiner Anziehungskraft nicht mehr entziehen und gerät, auf der Suche nach der Story seines Lebens, in einen Strudel aus Sex, Gewalt und Leidenschaft.

Presse:
Ich steh auf Krimis und antörnende SM-Szenen ... beides zusammen: perfekt! Dazu mixt die Autorin Inka Loreen Minden noch eine Prise Romantik, und heraus kommt der Roman »Tödliches Begehren«.
(SM-Magazin »Schlagzeilen«)

Erschienen im Dead Soft Verlag, erhältlich als Taschenbuch und E-Book.

5176238R00154

Printed in Germany
by Amazon Distribution
GmbH, Leipzig